JN174882

与謝野寛晶子の書簡をめぐる考察

『天眠文庫蔵与謝野寛晶子書簡集』
『与謝野寛晶子書簡集成全四巻』

逸見久美 著

風間書房

目次

第二章　大正期の書簡

第三章　昭和期の書簡

凡例

一、本書は、『天眠文庫蔵与謝野寛晶子書簡集』（植田安也子・逸見久美編　昭和五八年　八木書店）および『与謝野寛晶子書簡集成』（全四巻、逸見久美編　平成一三～一五年　八木書店）に収載された、明治二五年から昭和一七年晶子没年までの寛晶子の書簡について、年代順に抄出し考察を加えたものである。

一、全体を明治期、大正期、昭和期の三章に分け、それぞれを節で大まかな年代に区切り、話題によって小見出しを付した。また、目安として、各年の始めを明治二五年のように網掛けで示した。

一、資料の引用は、『天眠文庫蔵与謝野寛晶子書簡集』『与謝野寛晶子書簡集成』に依った。

一、書簡中の短歌には、その後収載された歌集と歌番号を併記した。

一、本文中の「与謝野寛自筆年譜」は、『与謝野寛短歌全集』（与謝野寛著　昭和八年　明治書院）の末尾にある「与謝野寛年譜」を指す。

はじめに　四つの与謝野研究

（一）『評伝与謝野鉄幹晶子』一巻と『新版評伝与謝野寛晶子』三巻

卒業論文に端を発し、二〇数年にわたる資料の探索、蒐集と幾度かの連載を経て書き上げた自著『評伝与謝野鉄幹晶子』は寛の渡欧前年の明治四三年まで執筆し、昭和五〇年四月一〇日、八木書店から刊行した。これは恩師塩田良平先生のご指示によるもので、この時点では四四年以降を後篇にするつもりだった。しかしその後の『新版評伝与謝野寛晶子』執筆に当たって研究の発端に戻り、新たに書き直すことに決め、明治、大正、昭和の三篇に分けて「新版評伝」にした。従って前著を「旧版評伝」とした。その旧版『評伝与謝野鉄幹晶子』の「あとがき」に

寛に言及しなければ、完璧な晶子研究が書けないことに気付き寛の研究にも全力を傾け資料蒐集にかかった。

と書いている。この「旧版評伝」の本文は五五八頁、年譜五三頁、書誌一九頁　参考文献二頁（単行本・全集・講座その他所収一〇頁、雑誌・新聞・紀要などに所載三八頁）、あとがき四頁、索引（人名・事項・短歌・詩、長歌（ほか俳句、子守唄））三三頁であり、全七一一頁であった。

「新版評伝」を書くに当って明治篇は、既に明治四三年まで書いており、そのあたりを何度も連載していたことと多くの資料が手許に揃っていたので比較的気楽に書けた。「旧版評伝」完結後は直ぐに後篇を書く気持ちになれず、二人の書簡蒐集、全集編輯、歌集全釈などやって横道に逸れることが多くて「旧版評伝」の後篇を書くことか

ら離れていた。その間八木書店の社長から何度も催促されていたが、書き出したのは、現在続行中の『鉄幹晶子全集』着手の平成一三年五月以後だったと思う。すでに明治四三年までは書いていたので比較的スムースに進められ、それらをさらに充実させ、やっと平成一九年八月に『新版評伝与謝野寛晶子』の「明治篇」を刊行した。

次の大正期は晶子の作品が圧倒的に多かったが、思ったより比較的気軽に執筆できた。ところが昭和期の「評伝」は何故か戸惑うことが多く、遅遅として進まなかった。余りにも事件や戦争が多かったことなどから、何となく億劫で遅遅逡巡としていた。しかし全巻完成の平成二四年が晶子歿後七〇年に当たることで、それに間に合わせねばという焦りもあって八木書店は完結を急いだ。思えば平成一九年から二四年の五年間で「新版評伝」の明治篇七五〇頁、大正篇四九三頁、昭和篇六二〇頁を出版できたのは八木書店の社長、編輯の方達のおかげだと感謝している。昭和篇では本文五四二頁の後に、「索引」七八頁（人名・事項・歌）をつけたが、「書誌」「年譜」「参考文献」は現在続行中の『鉄幹晶子全集』の別巻に付することになっているので本書掲載を省略した。

（二）『与謝野晶子全集』二〇巻と『鉄幹晶子全集』四〇巻

「旧版評伝」執筆のために蒐集した晶子関係の資料を『与謝野晶子全集』作成に、という話が持ち上がって急遽着手したのは昭和五三年の春のこと。その頃は嘗て手書きで写していた資料がゼロックスできるようになり、毎日、東京大学の明治文庫に通って手書き資料が電子化により手軽に全集に役立たせる喜びは一入だった。全集作成がスピードアップされてゆく楽しさは今では当然のことながら当時は非常に感動的、躍進的な満悦でもあった。

先ず全集編纂のために私の所蔵していた初版本を全部コピーして、手書きしていたものを、原資料の新聞や雑誌と照合するために国会図書館や他の図書館にも連日通った。作業の手順として歌集校異から始まった。私蔵していた晶子の初版本や他資料は全部投入され、新たなに探索した資料も含めての全集作業だったが、社の方で急ぐこともあってか、一方的に作業を進めて行き、不如意なことが多く、当時若輩だった私の意見などは全く無視され編集者の意向の方が強く、嫌なことも多々あったが、何としても全集を仕上げねばならぬという一心から追従してゆくより仕方がなかった。あの頃はただ「嫌なことは一切忘れようと無我夢中だった」と今でも追想している。私は始めの『与謝野晶子全集』着手の折に二人の『与謝野寛晶子全集』を希望していたが、全く無視されたままだった。

仕方なく私はこの「全集」完結後、寛の全集をやりたい一心から、寛の資料を再び蒐集し始めると、新資料が楽しくなる程に沢山発掘されて二人の研究連載に役立つことも多くなり、益々「与謝野寛全集」への意欲が強まっていった。大分集まってから色々の書肆に当たってみたが、「与謝野寛」と言うと、どの書肆も相手にもしてくれなかった。半ば諦めていたころの平成一二年の秋、もと東洋大学学長、歌人で元歌人クラブ会長の神作光一先生から、寛の全集についてのお電話があって、ご一緒に勉誠出版に伺った。そのとき池島社長の方から

「折角やるなら『鉄幹晶子全集』はどうですか」

という有難いお言葉を頂き、夢ではないかと疑う程に深く感動し、翌平成一三年五月から『鉄幹晶子全集』に着手した。予想外の大作業だったが、本文だけで一〇年四ヶ月かかって平成二三年九月に三二巻の本文は完結した。三三巻から拾遺篇の「別巻」となり、「別巻」1の「詩」は平成二五年一一月で終え、現在は拾遺篇の「別巻」2の「短歌」の明治期を終え、刊行した。「別巻」3は短歌の大正・昭和期で、「別巻」4以下は「散文」、「補遺」、「年譜」、「書誌」、「参考文献」、「五句の歌索引」の四〇巻で完結の予定である。今はただ献身的な一〇人の編集員方と共に完結へ向かって一路邁進するのみ。

(三)『天眠文庫蔵与謝野寛晶子書簡集』一巻と『与謝野寛晶子書簡集成』四巻

二つの書簡集のうち、第一回目の書簡集は昭和四二年から始め、五八年にかけて完結した『天眠文庫蔵与謝野寛晶子書簡集』一巻で、四五九通の書簡があった。終生与謝野夫妻を援助した小林天眠（本名政治）一家に宛てた書簡の数々である。本文のはじめに共編者植田安也子（天眠長女）の「序にかえて」三頁、本文五七二頁あり、その後に逸見久美の「あとがき」五頁、その後に寛と晶子の明治、大正、昭和の書簡を年代毎に分け、寛書簡は明治三五年一月一一日から昭和九年一一月二七日までの一八八通、晶子書簡は明治三六年一一月四日から昭和一五年四月一三日までの三〇五通、これらの中でゴチック数字は同封または同紙の書簡番号のため同じ番号、（　）内の算用数字は寛と晶子の書簡番号で八頁あり。その後に寛の未発表書簡一五二通、晶子の未発表書簡九二通には書簡番号を付す。「冬柏」掲載の「与謝野寛書簡抄」二三通、前記の岩野喜久代編『与謝野晶子書簡集』二二二通、鞍馬寺の「雲珠《うづ》」掲載の「与謝野寛書簡抄」一二通、「同誌」掲載の「与謝野晶子書簡抄」五通あり。その次に与謝野家五男六女と小林家の一男六女の名前と生没を記している。その次に天眠の略歴、最後に索引（人名、事項、地名索引、詩歌一覧）があり、全六一八頁。与謝野夫妻の長男光と小林天眠三女迪子は昭和三年に結婚し姻戚関係となる。

昭和四二年の秋、私は晶子の生地堺で開催の「与謝野晶子展」に出席し、その帰途京都の小林天眠旧邸に植田安也子氏を訪ねた。このとき書簡集編輯の協力を安也子氏から依頼され、帰京後から着手し一〇数年へて本書簡集は八木書店より昭和五八年六月に刊行した。秘蔵の書簡故にコピーは許されず、京都通いの解読編纂の仕事だった。まず共編者植田安也子氏と解読したものを帰京後、原稿用紙に清書し、再度の読み合わせのために上洛して読み合わせる、その繰り返しが延々と続いた。これらは秘蔵の大切な書簡だったので拝見の前には必ずクレゾールで手を消毒してから解読する。しかし念校の段階で八木書店の社長の強い要請からコピーはやっと許されて東京のわが家で校正できたことは非常に有難かった。この書簡集には長い〳〵与謝野、小林両家の暖かい交誼の様相がまざまざと見せつけられる。ここには天眠一家の、与謝野家への懸命な献身と赤誠が日常茶飯事として、ごく自然に伝わってくる。この書簡集作成時には所蔵権などの配慮は一切なかったので容易に進行できた。

しかし第二回目の『与謝野寛晶子書簡集成』の場合、小林家以外の大多数の人々へ宛てた寛、晶子書簡集を出版するに当たって、まず与謝野家から著作権継承者の快諾を得、さらに書簡所有の個々の方々や公の機関の掲載許可を取らねばならなかった。一部の方達からは厚意的に書面で許可を得た。いよいよ出版するに当たり、書簡所有者に出版報告と挨拶を兼ねて八木書店から通知して許可を得た。年数が経ち過ぎて再度の現物確認の出来ない書簡も多々あった。

この「書簡集成」で最も掲載したかったのは若き日の鉄幹四通、晶子六通の書簡だったが所持者の許可が得られぬために載せられなかった。私はこの一〇通を晶子の『みだれ髪』、『小扇』、鉄幹の『鉄幹子』、『紫』を論ずる時には必ず引用していた。これらの書簡は昭和二六年一一月三日の大正大学での「一葉、晶子資料展」に公開された。これらをネタにして戦後、与謝野夫妻への淫猥な風評が続いた。それ故に正しい意味で、与謝野研究のための第一の不可避的な大切な資料として、この二人の書簡一〇通は貴重な存在として高く評価したい。

翌昭和二七年の夏、初めて晶子の生地である堺へ行き、偶然ながら覚応寺に河野鉄南あて晶子書簡一九通（後に一通発見）を知り、その後も同じ堺の歌人宅雁月と河井酔茗の書簡も発覚、それらを恩師塩田良平先生により助成金で大正大学が購入、その後、先生のご協力でそれらを全部コピーさせて頂いた。本格的に書簡求めての地方巡りしたのは昭和五六年六月、福岡の大牟田在住だった白仁秋津あて書簡から始まった。岡山の中山梟庵、山口県徳山の林瀧野の生地出雲村、大阪池田の小林一三《いちぞう》記念館の逸翁美術館、仙台の原阿佐緒記念館、北海道芦別の西村一平、雑餉隈の加野宗三郎、由布院の倉田厚子、熊本の後藤是山記念館、松江の奥原家（NHK依頼）・湧島長英、今治の内野辨子宛て書簡、佐渡の渡辺湖畔宛て書簡、備前（岡山）の正宗文庫、最後となった鹿児島文学館の萬造寺斎宛て書簡。近郊では群馬の田山花袋、秦野の徳富蘇峰記念館、東京では河井酔茗、森鷗外、北原白秋、三ケ島葭子らなど含めて三〇余年にわたる津々浦々を廻って、時には助手の市川千尋さん同行の時もあった。多くは与謝野門下の方達で、「晶子祭」の折々にお会いしていたが、私が訪れた時ご存命の方は北海道の芦別の西村一平氏と九州の由布院の倉田厚子氏のみ。殆んどがご遺族でお子さんか、お孫さんか、近親の方々であった。本文の後の「あとがき」は逸見久美五頁、市川千尋二頁。『与謝野寛晶子書簡集成』の一巻から三巻の本文の後に所蔵者・出典一覧三頁あり。四巻も本文の後に第一巻〜第三巻誤記・誤植の訂正二頁。全四巻所蔵者・出典一覧（50音順、敬称略）三頁。歌索引一〇頁。事項索引二三頁。人名索引一五頁。宛名索引六頁。凡例一頁。

この全四巻の本文は明治二五年三月二九日（寛）から昭和一七年六月六日（晶子）までの一一五四頁、第一巻は明治二五年三月二九日から大正六年月日不明までの四一六通、二九五頁。第二巻は大正七年二月一日から昭和五年一二月二九日までの五五七通、三五三頁。第三巻は昭和六年一月一日から一〇年一二月三〇日までの五三四通、三〇二頁。第四巻は昭和一一年一月一五日から一七年六月六日までの三九四通、二〇四頁。年不明一一三通。補遺九四通。

第一回目刊行の『天眠文庫蔵与謝野寛晶子書簡集』は明治三五年からの小林一家宛てのみで、第二回目の『与謝野寛晶子書簡集成』は明治二五年から始まるので、本書では、明治三五年以降は第一第二の二つの書簡集の書簡は混合させながら年次を追って見て行く。

(四) 九冊の歌集全釈―鉄幹（寛）三冊、晶子六冊

九冊の二人の歌集全釈中、晶子の『みだれ髪』と寛の『鴉と雨』は二回全釈した。第一回目は『みだれ髪全釈』（昭53刊）で昭和四九年から五〇年代にかけて青山学院の短大と大学で講義していた『みだれ髪』の全釈を歌誌「青雲」（田中御幸主宰）に四八年一〇月から五二年三月まで五一回連載し、昭和五三年六月に桜楓社から刊行。これは歌の制作年代順の配列で全釈した。本文の後に「『みだれ髪』の成立まで」一三頁。「『みだれ髪』について」二六頁（「『みだれ髪』という名」・「『みだれ髪』刊行前後の晶子評」・「西欧的なもの」・「各巻について」）、「『みだれ髪』所収及び拾遺の歌の収載年表」六頁、「『みだれ髪』初句一覧」（索引）五頁。「あとがき」三頁。全三五二頁である。既に佐竹壽彦著『全釈みだれ髪研究』（昭32・11）と佐藤亮雄著『みだれ髪攷』（昭昭31・4）の出版あり。

晶子生誕百年の昭和五三年に『与謝野晶子全集』二〇巻に着手し、拙著『みだれ髪全釈』を出版できたことは私にとって幸運であったといえよう。

「みだれ髪全釈」の二回目の『新みだれ髪全釈』は昭和六二年一〇月の「形成」（木俣修主宰）から平成六年一一月の「波濤」（大西民子主宰）へかけて四一回目で完結し、平成八年六月八木書店より刊行。一回目の『みだれ髪全釈』は私にとって初の歌集全釈だったので自信なく、その後「形成」連載の晶子の第二歌集『小扇全釈』二〇回（昭59・10〜62・5）と「明日香」（川合千鶴子主宰）連載の鉄幹の『紫全釈』二九回（昭55・1〜57・7）の二歌集には『みだれ髪』に共有する新詩社特有の紅・紫・すみれ・百合などが「恋」を意味することや、「粟田山」を巡る二人

の出会い、上京、同居などから『みだれ髪』を再検討してみたい気持ちが湧いてきて『新みだれ髪全釈』を連載し始め、完結へと挑戦させ、一冊にまとめた。

もう一つの二回全釈は寛の詩歌集『鴉と雨』の全釈である。寛自ら「会心の作」と「自筆年譜」で自負していた程だったが殆ど評価されていない。「明星」廃刊以来、鬱々としていた寛の再起を図って晶子や多くの人々の協力により寛は渡欧できた。『鴉と雨』の作品は明治四四年一一月の寛の渡欧以前の作で、その巻末に「幻滅、苦笑、倦怠、焦躁、懊悩」とか「毫末の自負も無い」と書いているように、辛い内面を暴露しつつも大正四年八月に自費出版した。この著作で寛の単独著作は終わり、その後晶子との共著は四冊（『巴里より』・『和泉式部集』・『霧島の歌』・『満蒙遊記』）あり、寛歿後『与謝野寛遺稿歌集』（昭10・5刊）・『采花集』（昭16・5）の遺稿集が出版された。この『鴉と雨全釈』の一回目の歌四一一首は「形成」や「波濤」に短歌全釈のみ二八回（昭56・3〜59・10）連載し、出版に当って「詩」の評釈を加えて『鴉と雨抄評釈』は平成四年九月に明治書院から刊行された。「抄評釈」とは三校の段階で『鴉と雨』の本文に差別語ありという指摘から、六〇頁が削除されて「抄評釈」となった。削除せねば私の大学出講と執筆を停止させるという差別語団体の厳命から明治書院は強制的に執行して、本文三五〇頁中六〇頁に赤線の×印が大きくつけられた。泣くに泣かれぬ悔しさだったので、研究の有識者の方々に相談するとみな抵抗しても無駄だというご意見に従い、出版中止を書院にお願いしたが、「抄評釈」として六〇頁削除したまま刊行された。その後八年経て差別語に詳しい先生へ削除された六〇頁を送り、可否を伺って全釈出版の快諾が得られたので、凡てを訂正し補正し加筆して平成一二年一二月『鴉と雨全釈』を刊行した。しかし何の咎めもなかった。八年前の悪夢を思い返して感慨無量であった。『鴉と雨全釈』は本文二七七頁、その後に「解説─与謝野寛詩歌集『鴉と雨』」として「与謝野寛の半生─渡欧まで─」、「『鴉と雨』について」（1体裁・2体裁上の問題点・3出版事情と渡欧前後の経緯・4書名をめぐって・5歌に見る自画像・6「痩せ」の美学・7渡欧と短歌との関わり―自己肯定の現れ―・8妻晶子への眼差し・9山川登美子への思慕・10対照的な二つの作風・11自然詠・12人事詠に見る近親者達・13詩をめぐって・「死」を詠む）、「『鴉と雨』の歌五句索引」二六頁、「あとがき」五頁がある。

二人の「歌集全釈」九冊を出版年代順にみると、『みだれ髪全釈』（昭53）、鉄幹の『紫全釈』（昭60）、晶子の『小扇全釈』（昭63）、寛の『鴉と雨抄評釈』（平4）、晶子の『夢之華全釈』（平6）・『新みだれ髪全釈』（平8）・『舞姫全釈』（平11）、寛の『鴉と雨全釈』（平12）、『恋衣全釈』（山川登美子・増田雅子・与謝野晶子合著　平20）の九冊であり、これらのうち『みだれ髪』・『紫』・『小扇』・『鴉と雨抄評釈』・『夢之華』全釈の歌の配列は歌の制作年代順なので歌頭には二つの番号が付されている。『新みだれ髪』・『舞姫』・『鴉と雨全訳』・『恋衣』の全釈は初版本通りの歌の配列で全釈している。

第一章　明治期の書簡

第一節　明治二五年から二九年にかけて

徳応寺時代の鉄幹書簡二通　「書簡集成」の第一信は明治二五年三月二九日の河野通該（鉄南）宛ての与謝野鉄幹書簡であり、長文である。本名は与謝野寛、「鉄幹」は雅号で、これは明治二三年から三八年まで使用した。寛は明治一六年から一九年にかけて二回の養寺生活を送ったが、その二度目の養寺安養寺（大阪府住吉郡遠里小野《うりおぬ》村）にいた頃、堺の歌友河野鉄南と親交があった。その安養寺を一九年六月突然、脱出した鉄幹は岡山にいる長兄和田大円を頼って行き、その後一時京都の親元に帰った。その後、二二年には山口県徳山の徳応寺の養子となっていた鉄幹の次兄赤松照幢の許へ行き、三年間いた。その間鉄幹は徳応寺経営の徳山女学校の国漢教師となった。ここで当校の第一回生の浅田サタとの恋愛事件を起こしたため退職したのは二五年三月であった。この頃書いたと思われる、左の書簡の消印が「周防徳山」となっているので、未だ徳山に居た頃のことだと分かり、退職後の身をもてあましている様子を鉄南に宛てて鉄幹は

おのれは今に碌々としてなに一つなすとしもなく侍り　昔し《ママ》の抱負頗る誇大なりしにも似ずか丶るありさまなるこそ旧友諸氏の思ひ玉はんことも愧しくていと〳〵面なきこ丶ちのせられ侍れ……　3・29

と反省しながらも「一寸の虫にも何とかや　おのれも一片のをこ丶ろはたもち侍るからは決してこのま丶にては打ちはてぬ考に侍り　行くすゑ永く見すて玉はざらむことをいのる」と書き、再起を図り、将来への展望として「国

文学の流行熱ハ殆んどその度をきはめぬ」とか「三十一字を口にする人々の日を追うて増加する」と記しながら、

　　此間に立ちて真成の大手腕を有する豪の者ハ何人ならん

と強攻に発言して「今に之といふ」功名も立てていないが、と謙遜しながらも

　　されといよ〳〵勉精せん決心に侍り　大男児この世にうまる　いかでか牛馬的に五十年を没了せん　心の駿駒いでや一と鞭あて丶まし　君もまたおのれと同し考ならむ

とある「真成の大手腕を有する」「大男児」の出現こそと言って、自らを文芸革新熱に燃えていると書く。また文末に当年の二月一一日、山口県積善会出版部発行の鉄幹の「みなし児」（署名は霊美玉廼舎主）と記している。

次は明治二五年八月九日の近藤茂世宛ての長文の寛書簡で、「生こと帰省後頓ニ全身の快健をおぼえ」とあり、封筒裏に「京都愛宕郡一乗寺村　与謝野寛」とあることにより、それは徳応寺退去後、両親元から出信した、その返信だと分かる。

　　土用すきて後のあつさなか〳〵に凌ぎかたうこそ侍れ　か丶る折しもおむあたりにはいか丶おはすにかあらむ　そへられ玉ふ方もましまさぬにや

と書き始め、茂世からの文を得て、

　　中にまこ丶ろあふれていと丶ねもころなるふし〳〵なむ骨身にとほりて嬉しう覚え侍りける　ここにひたすらおむ礼きこえ侍りぬ

と感謝をこめて丁寧に返信している。今後も「親しう奨導を加へさせ玉ひてよ」と今後の交際を続けたい意向を示す。この茂世は同じ徳山女学校の教員で、寛が結婚を申し込んだようだが、豊田浩一郎編『豊田茂世慰霊抄』（昭芸刊）によれば近藤家で断ったとある。茂世に「夙に国書の上にあつきみこ丶ろあり」と聞き、「生も知らせ玉へ

るやうこのみちには執ふかく」と書き、さらに「今後の国語学者がなすへきこと」「豪壮勇烈の歌曲を新作すること」の「切要」を説き「当代の女学」の不振を指摘し、「勇進一躍大に実力を示すの女豪傑果して誰にかあらむあゝ女豪傑その人の出てこんを他に求め玉ふ勿れ　功名は瞳上ニ迫りつゝあるよ」と、恰も貴女こそ実力ある「女豪傑」と言わんばかりの書き振りだが、茂世が右の文面通りの「女傑」であったか、否か分からない。この頃の寛には既に女性の才覚を引き出そうとする能力や期待が潜在していたのであろうか。

浅香社時代―忌日を予知する鉄幹　明治二六年三通、二七年二通の小中村義象宛ての寛書簡三通のコピーは与謝野門下の湯浅光雄氏から頂いた。これらについて「冬柏」（昭10・12）に湯浅氏が「あさ香社時代の鉄幹先生の書簡」と題し解説しているのは、寛没年の昭和一〇年八月末、湯浅氏が荻窪の采花荘に晶子を訪ね、これらの書簡を見せられた時の晶子の様子を

　無言のまま感慨ふかい面持ちでしばらく御覧になつて居られた。

と書き、晶子は「これらの筆跡が晩年のそれとは趣が異つてゐて大変おもしろい」と言い、「近日これを『冬柏』の口絵に」載せたいと言っていたことが書かれている。寛の筆跡は若い頃の方が崩し方が屈折していて難解で年と共に洗練されて詠みやすくなっている。同日に出た、この二通は明治二六年一二月二六日で、短いので全文のせる。

　拝白

馬の説、本日の紙上、予告仕候。御忙間中おそれいり候へども二十七日の正午までに（二十八日の早朝までにてもよろしく候）御脱稿願上候。御文中陛下御愛寵の金華山にも一言御及し下され度候　また相馬家にも一言願上候。二六新報は多分本日の紙上を以て発行停止の災厄を買ひ候ことと存候。休刊中に附録の印刷を

整頓致す心得に御座候。いづれ両三日中社主より万々御礼申上候。

拝具

二十六日

与謝野　寛

小中村先生　御函丈

猶猶老先生の玉稿毎毎ありがたく拝受仕候

拝白

果然停止の発令に接し申候　解停は三日の後にあらむ乎と存候　休刊中に附録丈け印刷致度と存侯間例の日限までに御脱稿くれぐれも御願申上候也

十二月二十六日

与謝野　寛

小中村先生　侍史

二十六日に生れ二十六日に討死仕候　呵呵

とあり、「二六新報」の創刊は明治二十六年十一月二十六日、この「二十六日」に鉄幹が「生」まれたのは事実だが、その日に「討死仕候」と書いた日とも合わせて「死」という事実を予想していることが偶然だったのであろうが、「二六新報」の「二六」に合わせて昭和一〇年三月二六日の忌日まで言い当てたのは不可思議である。

小中村義象と海上胤平への鉄幹の思惑　次の書簡は明治二七年七月二七日である。ここでは小中村の「暑中休暇と遊泳」の原稿投寄の礼と暑中旅行の歌と日清戦争の歌もお願いしている。其の後で歌論俄に勃興、六号雑誌なとは口を極めて小生等を罵倒致さむと試み候。希くは先生の御応援に預り申度候。

とある鉄幹への「罵倒」とは、当時「二六新報」の記者だった鉄幹が当紙に連載したばかりの歌論「亡国の音」八回（明27・5・10～18）に対する「罵倒」であろう。それに対して小中村に「御応援」を懇願している。その後で和歌革新の真髄としてまず「精神の改革」を提示して「持論を忌憚なく主張する」とあって

万事を歌に虚飾なくイツハリなく真面目に之レか余の歌也　余の思想を述へたるもの也と何人へも見せらるゝ丈の歌を詠じ申度候。

7・27

と述べている。このあたりの鉄幹の主張は、まさに処女詩歌集『東西南北』（明29・7刊）の「自序」にある「小生の詩は小生の詩に御座候」と強調する鉄幹の格言の前提を成すものであったと言えよう。さらに当時の歌壇を批判して鉄幹は

従来の歌ハすへて古人の思想となりてウソ八百を詠み出で候もののミ甚だ慨歎の限に存候。この辺に於て先生は固より百感に在らせられ候事と存候。何とそ今後斯道のために御応援願上候。

廿七日　　　　拝具

寛

小中村先生　侍史

とあって、ここに於いても鉄幹は「亡国の音」への誹謗を擁護して欲しいと頼んでいる。

もう一通「冬柏」に掲載されていない小中村義象へあてた寛の返信、それは小中村と「宅の先生」（落合直文）に共通する寛への叱正に対し「やゝ血気にハヤリたる跡有之候へともかゝることは到底両先生のお口よりは痛論し玉ふこと叶ハざる義」と受け止め「軽卒の罪奉万謝候」と青春の客気だと自己反省し、その一方で

海上胤平氏を攻撃致度と存居り候　革新論ハ進歩を促す第一の要素として是非必要に候へハ差支なき範囲に於て此論を唱導仕り度是非一度ハ誰かの口より出つへき議論ゆゑ人に御譲りかたく候　5・16

と書かれている海上胤平について鉄幹は後に「自筆年譜」の明治二六年の項で、「翁の歌論を叩くこと数回」とあり、さらに「万葉擬態の歌のみ翁に呈」したところ「翁は寛に嘱望」したが、寛自身は「翁の歌論の一部に服して他の多くの部分に従せざる寛は翁に従遊する能はぎりき」とあって、この頃から鉄幹は胤平の歌論には批判的だが、同年譜で「翁」は「寛が邪径に入れるを惜まれり」と聞き「寛は常に之を回想して翁の恩情に感謝する」と書いている。寛は後に胤平批判の原因を「中学新誌」（明30・4）に

胤平翁は、和歌に就ては敬服すべき見識を持ち給へど、但だ頑固執拗といふ一癖ありと記し、頑固は「どの老学者にも有り勝ち」で、胤平に「新体詩論を敲く」のは鉄幹にとって「抑も本気の沙汰にはあらず」とあり、「邪径」ということばは万葉調から脱して新しい歌を作ろうとする鉄幹の態度を胤平が難じたことへの鉄幹の反発である。このように鉄幹が万葉擬態から脱して新派和歌へ向かっていた頃、正岡子規は万葉へ接近し万葉崇拝へ志向していたのである。

金子薫園との友好

明治二八年に書簡はなく、二九年には九通、其のうち五通は佐佐木信綱、他の一通ずつは金子薫園、小中村義象、河野鉄南、師岡須賀子で年代順に見て行く。それらのうち六月五日の金子薫園宛ての「よさの生」署名の書簡は持参便で消印なく、文末に「五日」とあるだけだが、文中に「『東西南北』目下印刷中に有之候」とあることから『東西南北』の発行日が明治二九年七月一〇日であることから、この書簡をその前月の六月五日と推定した。本名「金子雄太郎大兄」宛て、雅号薫園は鉄幹と同じ落合門下だったが、その後「明星」と対抗的

になってゆく。しかしそれ以前のこの書簡にはそんな気配は見られず、この頃の鉄幹はただ新派和歌への情熱に燃え、薫園に向けて

　　草敲《ママ》より新しき内容多て夫がため何かと奔走の種をまし実ハ小生も詩想どこにあらず御一笑下さるべし。

と書く程に「新しき」方向に向かっている歌友としての鉄幹に親しみを薫園は感じている。一方鉄幹も詩歌集『紫』（明34・4）に於いて「以上四首鶯を薫園君の庭に葬りし時」とあって、そのうちの一首には

　　汝がこのむ梅の花うゑ汝がこのむ春の水まくうぐひすの塚　181

と薫園に鶯の死に関わる親愛の情を向けていた。ところが急転してか、その翌三五年一月の尾上柴舟・金子薫園の『叙景詩』には一転して反明星風を思わせる露骨な表現で名指しではないが「今時の詩に志すもの」に対して「浅薄なる理想」とか「卑近なる希望」、「下劣の情」「猥雑な愛」と婉曲に「明星」を誹謗し、それはまさに「明星」に対する批判中傷であった。これに対して鉄幹は「明星」（明35・4）に

　　近時蕪雑なる景色を配合せる短歌に、ことごとしく『叙景詩』の美名を附して、世に問へる者あり。

と名指しで『叙景詩』に反発する。また『新派和歌事典』への対抗意識、その後も薫園の歌集『伶人』（明39・4刊）に対して鉄幹は「明星」（明39・8、9、10）に「伶人を笑ふ」（上中下）で酷評し、これは苛酷、執拗とも言うべき鉄幹の薫園に対する誹謗文で、互いに敵愾心をもつようになるが、右の書簡の頃はまだ同門の誼の親しさがあった。

　次は小中村義象あての鉄幹書簡で

　　先夜御ねがひ申上候御序文なにとぞ御恵投下され度別紙下刷り一二葉御覧に入れ申候　明29・6・26

とある「下刷り一二葉」とは『東西南北』掲載の小中村の「序」の校正の「下刷り」の原稿であろうか、それは

　　われハ、わが思ふところあれハみづからの歌を、世に公にせむとす。

であり、『東西南北』の「自序」の「小生の詩ハ、即ち小生の詩に御座候ふ」を小中村は意識していると言えよう。

　次は河野鉄南宛ての鉄幹書簡である。平素の無沙汰を詫び、鉄幹の三回目渡韓阻止の一文として

　　早速渡韓の考に御座候処いろ〳〵に引とむる人も有之ためニ当分滞京の事と相定め申候。　明29・8・31

とあり、「引とむる人」とは鉄幹の身を案ずる恩師落合直文、その後で友人の「近状如何」と問い、『東西南北』再版」の件や「初度の詩集なれハまづき処ハ御推恕下さるべし」と謙虚に書き、酔茗を評価し、自らへの批判も下している。

　次は一一月二三日の師岡須賀子宛て書簡で、極めて丁重な「御恩借の義」の交渉は鉄幹の「名誉を嫉み弱点あればバ攻撃の材料」にされることで「御相談申上候」とあって書店、女学校の自らの定収入まで具体的に記し、「折返し御一報」を「万々御申上候」で終わっている文面で、これは単なる借金の要請の書簡である。

　また佐佐木信綱宛て五通は日本近代文学館所蔵ゆえ現物未見。七月三日の「御序わざ〳〵お持たせ下され御礼申上候。第二首の御作服膺仕るべく候」とある信綱の「序」には歌三首、「東西南北をよみて」二首その中一首に

　　道のためつくせや吾せますらをの常にとらむはつるぎのみかは

があり、「ますらを」は当時の鉄幹にとって拳拳服膺する程の感動であったのであろう。また正岡子規について「新詩壇に一花さくの時節近き候」と書いているが、自分のことは「遊撃隊の地に立つの外」とか「創作」していることを「ワルイ横みちへ這りし」と書く。この「創作」とは明治二五年五月、防長婦人相愛会出版の鉄幹の小説「孝女阿米」のことであろうか。これは二九年六月に再版されている。新派和歌ひと筋で行くべきを「創作」に心惹かれたことを「ワルイ横みち」と反省しているのであろうか。

信綱宛ての寛書簡には

実は近ころの歌人諸君の批評を試みる考に御坐候。　8・23

とあるのは、歌人らの歌評を意味しているのであろうか。既に八月六・七・八日の「読売新聞」の「ぐれんどう」（一・二・三）、後に同題の「大倭心」の九月・一〇月にも、さらに同月の「新国学」の「なんじやもんじや」、一〇月の「中学新誌」「反省雑誌」「読売」などにも詩や歌に関する鉄幹の評論が多く載せられている。信綱宛て書簡には「新体詩会の評判新聞帋にて承知仕候」（9・29）とあり、新体詩の発展を喜び伝えている、その一方で

帝国文学の秀才連が小生等の歌疵を事々しく申されたるは御親切なる事に存候へとも極端なる保守論（古言云々）には呆れ入候　小生の分は次号の「大和心」にて辯駁致すへく候　9・29

とある「歌疵」とは明治二六、七年の「婦女雑誌」掲載三回（明26・11・15、27・1・25、2・15）の「歌疵を論ず」を指すとすれば、これはこの年から二、三年前を採り上げて言ったものか、或いは当時（明29）の鉄幹一派の歌の欠点を「歌疵」として、それを暴く意味なのか。何れにしても鉄幹への嫉視は早くから波及していたことが分かる。

第二節　明治三〇年から三二年にかけて

心揺れる若き日の鉄幹　河井酔茗宛て鉄幹書簡は、文末に「二十日」とあるだけで署名も「鉄」とあるだけで年月不明だが、書簡中に「よしあし艸の御発起まことに嬉しく奉存候」とあることにより、「よしあし草」創刊が三〇年七月なので創刊直前とみて明治三〇年六月二〇日だと推定した。なお続けて

関西の文壇なんど云ふ狭い了見ハ止めにして日本の文学を背負つてお立ち被下度片隅へをり〳〵御紹介ニ相成り可申候

とあって、さらに「貴命のまゝ別呑ニ五十首丈新作とり交ぜ認め申候」とあるのは、酔茗依頼の鉄幹の詠草だと思われる。その校正を頼むと書いているが、この五〇首はどこに掲載されたか分からない。河井酔茗は明治二四年に山田美妙編纂の『青年唱歌集』に「東海散士」の署名で二編の詩を発表後、二八年「文庫」の記者となる。鉄幹は前記の河野鉄南宛て書簡（明25・3・29）に「堺に河井袖月といふ人ありとか」と書いて「その地位その才学」を問うていた。「袖月」とは酔茗の雅号。鉄幹と酔茗との初対面は鉄幹の第一回目渡韓（28・4）の送別会の折で、その席上で鉄幹は即席歌として

ましみづの和泉にすめる君なれば清きしらべの歌もあるらむ　『酔茗詩話』昭12・10

を酔茗に送り、この書簡は鉄幹の三回目渡韓（明30・7・31〜31・4・16）直前のもので、酔茗への返信（6・20）で

吾兄の御近状ハいつぞや鉄南より承り上候処益々御余力を文事におん注ぎ被遊候上の事お羨ましく奉存候。

とあり、自分は「邪道に踏入候為め近頃ハ殊更俗了の身分」となり「旧友に対し良心に対し申訳なき次第」で「爾後ハ旧日に倍しお教導のほど希望致候」とあるのは、『東西南北』（29・7）や『天地玄黄』（明30・1）を出版し、自負に満ちていた鉄幹とは裏腹で極めて謙虚、ここにある「邪道」とか「俗了」とは恐らく二回の渡韓への反省の意ではないか。日本語教師としての一回目の渡韓は政治犯と誤解されて送還された。そのあと更に政治的な野望を抱いての二回目渡韓は失敗し、三度目は朝鮮人参で一攫千金を狙っている時期で「いつ迄もこの儘にてはゐぬ積りに御座候へば」とある「この儘」とは三回目渡韓への意慾を示したものか、逆の反省であったか、ここには文学の正道を歩もうとしながら、さまざまに揺れる若き日の鉄幹の内面を痛感する。

中学生へ送った晶子書簡

明治三一年ごろ、堺の電話局に夜間勤めの士官学校を目指す中学生を晶子は電話で知

り、文通していた。それは一通限りの日付不明の書簡である。その書簡が昭和四〇年頃、名古屋の「毎日新聞」に出て一時騒がれた。その中学生は森崎富寿という人で、私は聖蹟桜ケ丘の森崎宅を訪ねた。かなりのご高齢で、耳が遠く耳に長い筒を当てて私は質問した。新聞で仰山に書かれて困惑したと義憤気味だった。晶子とはただ電話と文通だけで、会っていないのに「初恋の人」と書き立てられ「迷惑千万」だと大声で言われた。私は思わず「すみません」と言うと、初めて森崎氏は笑顔になって「あなたとは関係ありません」と言われて、私はほっとした。難解な書簡で全文を掲載する。

さはらばきえむ露のたまづさおぼつかなくもしめし上参候。
扨も〱の御はづかしさに何かくべくもあらず候へど昨夜の御わかれのあまりにほひなくおハし候ひしまゝ例の女のくど〱ときこえ上るをあしからずおぼしめしの程ねんじ上参候　のち程と云ひ給ひしをたのミにて十二時頃までもしや〱にひかれて御まち申せしかひなさを御わらひ被下ましく候
またの日をいつとだに承るのひまもなくいつをその日とまつべくもなく候。私どもこの頃十時半頃までにふせ申候まゝ御話の被下べき日には前に一寸御しらし下さらばうれしく候　さ候ハゞ何時までにても御まち申べく候　私御前さまの御返事いたゝきたくそんじ候へども何分にも私宅人目しげくおハし候まゝとよしなに御すいもじの程ねんじ上参候　おたがひさまにきよきこゝろをくらふべくもあらず　ミちのくにありと云ふなる名とり川とかなき名はくるしきものに候
先は昨夜の御わびかた〱

あら〱かしこ

はつかに

よるべなきさのたななし小舟とか
さる方様のお前に
なほ〳〵か丶るもの人に見せ給ふ如きお前さまならずとあつく信じ参候

まさに恋文だが、電話なのに「昨夜の御わかれ」とか「もしや〳〵にひかれて御まち申せしかひなさ」とか、「例の女のくど〳〵」とも書く、ひたすら電話を待つだけの可愛いらしい乙女の晶子が彷彿と浮かぶ。「私宅人目しげく」と気遣うところに当時の厳しい封建社会が偲ばれる。文面はラブレターであるが、実態のない恋文である。

明治三二年代の鉄幹書簡二通と葉書一通

①鉄幹の浜寺ゆき　年月不明の「廿一日夜認む」とある「持参便」の書簡はうす褐色の巻紙で封筒に入っていて「本願寺御坊横覚応寺河野通該殿　至急」とあり、「沢田旅館内　与謝野生」と書かれた短い書簡で、全文あげる。

啓者
小生事明日一夜ハ浜寺ニ滞在致度と存候　御都合ニて御来遊如何　御返事被下度候や
廿一日認む
与謝野生
袖月様
鉄南様梧下
猶浜寺ハ何れへ参侯方閑静なる乎　併せて御認めし被下度候

艸々

とあり、「廿一日」に来堺した鉄幹の足跡を「よしあし草」（明32・4）にみると

　三月二十五日与謝野鉄幹氏と高師の浜に会して大いに詩を語らふ。

とあることにより、右の書簡は明治三二年三月二一日のものと推定できる。ここには「鉄南雁月秋雨の諸氏」が同席したことも記されている。この頃の関西では「よしあし草」同人達は新派和歌勃興期の機運に燃えていた。この年の同誌に晶子は新体詩「春月」（2月）、「わがをひ」（5月）、鉄幹は四月に「高師の浜にて」二首を掲載していた。

②当時の詩歌壇への鉄幹の酷評　五月五日の鉄南宛ての鉄幹書簡は長い。「消印32・5」とあるが、日付は書簡末尾に「初幟の節句」とあることにより五月五日と判明した。ここには当時の詩歌に対する鉄幹の厳しい土井晩翠評として

　晩翠の天地有情を珍しがる世の中なれば明治の文壇も愛相が尽き申候　　5・5

と書き、「よしあし草おひ〳〵整備致候」とあり「諸君の惨憺たる御苦心」を推察すると言って励している。しかし「短歌の近状」については「あまりニ軽佻なるが浅ましく」「何れも他人の口真似ならぬはなし　革命だなんて能くも左様なる鉄面皮なる事申せたものかな」と皮肉り、「独創」を望むと、かなり憤慨している。そして当分自作を公表せず「彼等が暗中ニ模索するの痴態を傍観致す」とも書いている。鉄幹のいう新派和歌とは「自我の詩」だが、これ程に強烈に批判し「独創」のみと強調していた鉄幹は、「自我」に対して甘かった。例えば『東西南北』に大町桂月の歌を自作の歌として掲載し、それを金子薫園に指摘されて再版で歌を入れ替えたこと、また後の

『紫』（明34・4）に於いても自分が選をした女性の歌の一句のみ変えて自歌として掲載したり、その後も鉄幹選の女性の歌をそのまま鉄幹の歌として『紫』に載せたりしている。これらをみると鉄幹の論は正論もあるが、時折自己矛盾に気づかぬこともあったのではないか。この書簡中の歌に

都には聞き知るほどの人もなし啼かぬもよしや山ほととぎす

と歌い、孤高にある自己を客観視しているようである。

③「荊妻妊娠」と出産

荊妻妊娠まことにおどろくの外無之候。　啊々

初幟の節句　与謝野生

鉄南詞兄　梧下

右の報らせは明治三二年五月五日鉄南宛ての鉄幹書簡の末尾にあり、第一の内縁の妻のことで徳山女学校の一期生だった浅田サタの懐妊を報せている。この人との恋愛が表面化し、封建制の厳しかった当時にあって鉄幹は徳応寺に居辛くなって徳山女学校も辞めざるを得ず徳山を去って、京都の両親の許に帰った後、上京する。この妻浅田サタとのことを鉄幹は「婦女雑誌」（明25・8・15）に

腹立たしき事のありて忍ひかてに幾度か人に云ひ出でんとしたる折に

涙川みかさまさりて哀れ今ハ胸の堤もきれんとすらん

諸共に末かけて道のためになと誓ひたる中を妨くる人のありけれバ

馴衣の胸も心も合ふ中を断たんとすらん人ぞうれたき

とサタとの恋仲を裂かれた、その悔しさを「腹立たしき事」と詞書きに、その思いを率直にぶっつけて詠んでいる。それ以前から、鉄幹とサタは東京で暮らしていたようで、右の鉄南あて書簡には「荊妻妊娠」と書いているが、その年（明32）の八月一〇日の鉄南宛ての鉄幹葉書にも

去る六日夜荊妻女児を挙げ申し候。まことにおどろくの外無之候

と報せている。女児はふき子と名付けられたが一月余りで没する。「読売新聞」（明32・10・8）の「行く秋」（一）（二）（三）に掲載、後の『鉄幹子』（明34・3刊）には「女児挙げし時」二首（101、102）、「ひと月ばかりありてみまかりければ」五首（103～107）採られた。ふき子の死後、サタとは協議離婚した。この年の夏、愛児の死の悲しみもあったろうが、鉄幹は「思想的に懊悩する所あり」、とあって、「夏期に京に帰り、嵯峨天竜寺」の禅室に籠もったと、明治三二年の「自筆年譜」にある。その年（明32）の一〇月、サタと同じ徳山女学校の教え子林瀧野の家の養子になる約束をして瀧野を伴って上京し、麹町の上六番街に同棲、この明治三二年の一一月三日に鉄幹は新詩社を創設する。

第三節　明治三三年

男の優しさと憎らしさ―酔茗・鉄南と雁月　第一回目の近畿文学同好会の新年会は三二年一月三日、堺の浜寺の鶴廼家で「よしあし草」同人達によって開催、ここには鉄幹も晶子も出席していない。翌明治三三年の第二回目の同好会の新年会は同所で同年一月三日に行われた。この時、紅一点の晶子が初めて出席、この会の主催者河井酔茗は「堺時代の晶子さん」（「書物展望」昭17・7）に、この時の晶子は「玄関先で挨拶だけして帰った」と書いている。この会の後の一月六日に晶子は酔茗と鉄南に宛ててそれぞれ礼状を送っている。酔茗には短く、鉄南には長く、二

人に感じられた共通する自らの思いを

さるをにくしともし給はで御やさしくいたはり給はりし御なさけのほど忘るゝ世なくうれしと存じ入参候

酔茗へ

女とへだてさせ給はでやさしくいたはり給はる御こゝに接せし御事世にもうれしく忘るまじきものゝひとに数へ申すべく候。

鉄南へ

とそれ〴〵について書いている。何れも新年会で初対面した二人の異性に対する挨拶状だが、酔茗への「さるを」とは、女の身で男たちの中に仲間入りして出席したことを指し、それを「にくしともおもはで」と書いて酔茗の優しさを表し、鉄南へは「女とへだてさせ給はで」と女性である自分を男性と隔てせず、とあって二人とも男女の差別をせずに「いたはり」の心を以て接してくれた事に感動している。また鉄南には特に「女はあはれなものよはかなきものよ」と記し、当時の女の「あはれ」さ、「はかなさ」を訴えている。男尊女卑の厳しかった封建社会では女は虐げられるのが当然で、男女対等の新しい生き方など女性には到底考えられなかった。

ところがこの優しい二男性とは対照的だったのが、同じ「よしあし草」同人の宅雁月、彼は晶子の弟の友人で気軽に駿河屋に出入りしていたので、この二男性とは異なる感触があったようで、続けて

きのふも宅様に忘るゝ世なく御うらみ申すべくと申上げしに候。　1・6

と鉄南宛て書簡に書いて、さらにまた

又来ん年は新星会の方さまがたの百首いたゞきそがかるた会にあらむかぎりの女あつめて雁月様御招き申しつらきおもひのほどを知らせ参らせでやとひとりごち居り候。御ついでもおはし候ハゞ雁月様ニ女の執念はおろしきものぞと御伝へ下され度候。

と雁月に対しては、かなり憤慨しているようだが、その後の三月一五日の鉄南宛て晶子書簡には

私今もかの鶴の家へゆきし時の事をおもひ出す度にはしるのに候　走りて然してわすれむとてに候　3・15

と新星会の折の雁月のことを思ってか、「恥じ入る」と鉄南に洩らしている。更にその後鉄南宛て書簡でも

新年のこと仰せられては私は背より冷たきあせが出参候。よくも〳〵とあなた様がた思せしならむとはづかしうて〳〵されどかくかたみにきこえかはすもその時の故かと思へば　運命の糸はおかしくあやつりある事とぞん参候　5・4

とも書き、始めは「御うらみ」と記していたが、「はづかしうて〳〵」と書くほどに反省していて、それを「運命の糸」の「あやつり」などとも記しながらも、一方では雁月に対していやなことや怒りの思いなど感じたことを鉄南へ赤裸々に訴えている。然し当の雁月にはそれらしきことを一言も書いていない。それ以前の雁月への晶子書簡の短いのを全文載せる。それは

今はたなごりなき御こゝろに手もふれさせ給はしとはしれどみだれごゝちのゆく方しらぬおもひやりにもとかつ〳〵かきつけ参候　かごとくりごと申さるべき身の程ならずとはしれどかねてもあかでこそおもはむ中ははなれなめ　そをたに後のわすれかたみにといのりしそれもあたなりそとより外は御座なく候。

わすられしひとの玉づさとり出しなきミわらひミうつゝなの身や

かなしきこの夜　阿来子

雁月様　まゐる　1・29

とあり、あれ程に興奮して雁月に対して「女の執念はおそろしきもの」と鉄南に訴えていながら、右の雁月宛ての書簡にはこのように書いている晶子の本心は、一体どこにあったのであろうか。

酔茗と鉄南には、男の中に女性一人の晶子が現れたことへの驚きはあったろうが、優しくしたことで、人一倍に晶子は感動した。然し雁月は晶子に対して、そのような気遣いは全くなくて何かからかい気分で失礼なことでも言ったものか、晶子は女であることの哀れさや悲しさが身にしみていて、その神経はかなり過敏になっていたものか、その時点では許せなかったのであろう。そこでかなり憤慨して鉄南に訴えていた。然し雁月に対して晶子は極めて冷静に細やかな神経を配りながら書いているように思われる。まさに自家撞着の場面が書簡に見られた。このように娘時代の晶子は男性に対し優しさと憎らしさを実感として体得していた。そこには既に自ずから新しい女の生き方というものが潜在していて、時代を先取りする先駆的な萌芽がすでに芽生えていたのであろうか。

たわいもない乙女心—雁月に対して　晶子は雁月に対するさまざまな感情を何度も鉄南にぶっつけていた。そのことについて

この間雁月様私に何か鶴かめの目出度事あるならむとさんぐ〵いじめさせ給ひしかばさるねなしごとたれにと申せしに酔茗様より承り　二月某日

とあって、晶子はすぐ酔茗に恨み言の数々を言ったことを後で「はしたなき事」と反省し、雁月がからかったのを真に受けて暴言を吐いたことを恥じて「せよりあせも出べく」と書いて酔茗に詫びて欲しいと鉄南に頼んでいる。このように鉄南には手放しで自らの恥を曝している。ここには未だ無邪気で純真な晶子の心情が伝わってくる。

また三月三日の鉄南宛て書簡にも「かのわるさ好きの雁月さま」から手紙をもらった夜、鉄南から「雁月は口かろきもの」と書いた「手紙請けしならむ」と雁月が言ったと言う。そこで晶子は「何としてあなた様が申せしニと鉄南に問いつめたようだが結局「御舎弟様の雁月様ニ皆つげ給ひし」と聞いて晶子は弟の鳳籌三郎に言ったこと

を知って、「私誠ニはづかしくぞんじ参候」と恥入っている。また同書簡に「先日雁月様ニ」とあって、鉄南に書いた手紙の「おもてがきは楷書ならではと仰せらるゝがむつかし」と鉄南に言われたことを雁月に伝えると、

　鉄南様はお人がわるくおハすまゝそう云ひて文おこすまじのこゝろならむ

と雁月が言ったとあなた（鉄南）に伝えても「それはそのとほり」と言うはずもないのにと思って

　私は誠ニ〳〵われながらもおろかなるとおどろき申し候。　3・3

と自らの浮薄さを鉄南にも訴えている。その後で重ねて「目出度話の事誠ニ〳〵雁月様はわろき方とぞんじ候」とあって、また「私酔茗様にははづかしくて〳〵、いやで〳〵致しかたもなく候と申居る」と伝えてほしいと鉄南に頼んでいる。雁月については未だ続く。鉄南宛て晶子書簡は

　かの可愛き雁月様の人を中傷するなどさるいまはしき事あそばす御こゝろにては夢さら〳〵おはさねどたゞおろかなるこゝろにとや　3・15

と弁明して自分が雁月に対してこんなにも思い悩むのは「をかし」とも書いている。しかしこれを雁月の「いたづら」だから「なとがめ給そ」と鉄南に書いているのは、本気で雁月に対して怒っていないのではなかろうか。

　その雁月に送った晶子書簡（3・21）では

　おはすことおほき君
　それよく〳〵すゐし候　今にして昨夜のたはぶれ君ゆるしかたくはおほすまじけれど　……

など極めて温厚で激しい思いは洩らしていない。その後の鉄南宛て書簡で雁月につき

　われを雁月様の花おほき御ことのはニまとひしとし給ふか　かの君はわれより一つとし下のたゞおもしろき方様とはがり《ママ》（ばかり）思ふのミに候　3・29

と書いて雁月の言葉に踊らされていることを知り、「おもしろき方様」と表現を変えている。さらに同書簡で「かのいたづらずきの雁月様の御ことのはをまことゝするならば」と、又しても感情を露わにして

「けふもまた小舟君から手紙がきたが君実ニ困つちまふでじやないか」と仰せられしは誰さまにや　何処の正直な方さまの御ことのはぞや　3・29

と鉄南に問い質している。あまり「小舟」（晶子）が鉄南に手紙を送るので、監視の厳しい鉄南の母の手前、鉄南は現実には困惑していたのかも知れない。それを察して雁月がこのようなことを晶子に伝えたものか。雁月に関してたわいもないことを鉄南に書いては自ら恥じ入る、という乙女心の揺れと青春の華やぎが見えるようである。

「明星」経営の困窮と晶子の評判　「明星」創刊計画につき、鉄南宛て伊良子清白書簡（明33・2・21）には、鉄幹の訪問を伝えてから、さらに

氏は今度月刊雑誌発行の計画の由にて

と書き、雑誌の内容にも触れ、その後の酔茗に宛てた鉄幹書簡（3・14）には「雑誌出版の計画中」だが「俗物の金主と衝突し」困っているので「我兄」か「宅君」に「本月中に五十金来月中に百金合せて百五拾金御融通被下まじや」と酔茗と宅雁月に借金を乞い、また三月の日付不明の酔茗宛て鉄幹書簡に再び「百金可也五六十金にても可也」「雁月君へも御相談」と必死に書き「内密に御哀願中申上候」とも記している。その一方で同書簡で「出来ずとも致方無之候間其辺ハあまり御心配なきやう切望仕候」とある。これらを見ると、さ程でもない貧窮なのか、「また金のことか」と思われるのが嫌だったのか、この三月日付不明の酔若宛て鉄幹書簡のはじめの方には

「明星」第一号のマヅサ可減《ママ》我ながら不慣れの結果に驚入候

と謙虚に言って機嫌を取ろうとしたものか、その「マヅサ」とは、実感であったか、その後で鉄幹は

　晶子女史へも明星の御吹聴希望致候。「よしあし草」の短歌ま丶見るべきものあれども多くハ粗苯也

とあって晶子を「明星」同人に引き入れようとする一方で、「よしあし草」に対してやや批判的で、その鉄幹の意向を知ってか、鉄南宛ての晶子書簡（4・7）に

　明星などニうた出すなどなんぼうはづかしき事ニ候はずや。さればたゞ御兄様の御袖の下ニかくれてとぞ

とあって、乙女らしい可愛い晶子が彷彿と浮かぶ。其の後「明星」二号（5月）から晶子は同人となって

　鉄幹さま妙齢などおかき遊バし私はづかしく御坐候　5・4

と鉄南に書き送っている。これは晶子が同人となったことを「明星」二号で「会員中に妙齢の閨秀」と鉄幹が紹介したことを指しているのであろう。同人となった晶子について前記の鉄南宛て鉄幹書簡の追記に

　鳳女史の和歌ハ東京にて大評判となれり。婦人作家中近来の見込ある人也と師匠なども申され候。大に読書して才気を包みたまはゞ恐るべき人なるべし。乱筆ハ腹痛の為め也。　5・2

と晶子の歌の才能に瞠目し、師落合直文でさえ、その鬼才に驚嘆していると伝え、右の二号にも辯護士で同人の平出修が晶子を「この人侮り難きよみぶり」といち早く、その才能の素晴らしさを紹介した。右の書簡にはまた

　明星第二号差出候。体裁のわろきところ多し　僕一人の編輯故致方なし、サテ明星拡張上諸友の寄附金を募集せり。

と謙虚に書き、さらに「何卒酔茗、雁月の二君鳳女史等へお話し被下壱円以上の御寄附奉煩度候」とあって、未だ見ぬ晶子にまで寄附を間接的に頼んでいる。このように借金の交渉を「東京の友人ハ太抵参円より十円十五円といふ申込也。独り落合先生ハ百五十円を寄附せらる丶約束あり。尤も月賦に御座候」と書いた後で「右御含の上御

応分の寄附を右の諸君へお頼み被下度候」と記し、何時の間にか「借金」が「寄附」として当然受け取るようにと表現を変えているのは言い訳なのであろうか。鉄南宛て晶子書簡には鉄幹から便りがあって、それは

私身に過分なる御ことば多きかの手紙ひと様に見せらるべしや　5・18

とあって、晶子が同人となった喜びを表すのに鉄幹は晶子の才能を推賞し、更に「過分」な内容を盛った手紙を晶子に送ったのであろうか。それを晶子は恥しくて人には見せられないという、謙遜している晶子を思わせる。この後で酔茗から晶子へ手紙がきて「明星」支部を堺に置くように鉄南に頼んで欲しいとあったが、「明星」三号の社告には雁月の家が「明星」の支部となったことが記されている。

晶子の一週間上京―鉄南への思慕　兄の無理解　鉄南宛ての晶子書簡には、鉄南を意識してか、文末に

鉄幹様朝夕にあひ見まゐらす友がきとたしかに思ひ居られる由雁月様もの給ひ候。　6・22

と書いて鉄南と自分は確かに友達だと「鉄幹様」も「雁月様」も思っている、と鉄南に確かめている。この頃の晶子は未だ鉄幹と逢っていないので、鉄幹の存在は、ただ歌の師として仰ぎ見る程度のものであったのであろう。

その後、突然、晶子は鉄南に宛てて「とりいそぎ一筆しめし上参候」と書き始め

私これより上京いたすのに候。

まこと〳〵に夢のやうに候。されどそはわが身の上のことにてはあらずて弟のことにつきてに候　7・4

と晶子にしては短い手紙である。自分の用でなく「弟のこと」で上京するが必ず帰ったら「貴方には」手紙を書く、とあり、その後に「あなかしこ　わすれたまふなとのミ」ともつけ加え、四日後の七月八日には「夢のやうに上京していまもなほ夢ごゝちに候」とあって、手紙を書く暇はないが、帰宅後「何もかもくはしく申上べく候」と弁じ

「十五日」頃には帰る予定だと記す。兄の家は「こまごめにて」とあり、その頃の兄鳳秀太郎は東京大学の学生だった。鉄南に中々手紙が書けないので、近くに住んでいると思われる河井酔茗の所へ行って鉄南へ手紙を書こうとしたが、雨降りの上、日曜日で兄は在宅なので出かけられず「それは〳〵おもふて居りしに候」と思慕の情も訴えている。雁月に「安着」したと伝えて欲しいと書き（7・8）、さらに鉄南に向けて同書簡に晶子は

　あなたは何と思して居らるゝがわからず御手紙ほしけれどまゐらば大変なことゝぞんじ　わすれ給ふな

と念を押すように書いて、自分を忘れないように頼むが、兄の所へ鉄南から手紙が来たら大変だとも心配していたようである。その後、予定より四日早く「たゞ今無事帰たくいたし候　身はなほくるまの上にあるやうにて」（7・11）と帰宅したことを知らせて興奮状態である。言いたいことは沢山あるが、心が落ち着いてから書くとあって

　扨もあなた様なほわれを覚えゐ給ひつや……ありしながらの御心にてゐらせらるゝや……　7・11

と鉄南の気持ちを確かめて「それ承らでは心おちゐず候まゝ何とぞ　おきかせ被下度御まち申参候」と縋る思いで

　あまりにたびかさねてはとぞんじ候……　7・14

と書ているように、七月四日から一一日までの上京中に三通も書簡を鉄南に送っているのは、鉄南との関わりを繋ぎ止めておきたい乙女心からだと想像される。その気持ちの延長のように同書簡に

　親のふところを出てはかなしきことのおほかるにおどろき候　7・14

と鉄南に訴えているが、その「かなしきこと」を親にも告げられず、酔茗が近くにいれば「泣いて〳〵そして大川へでも身をなげましなどと」思ったとも書き、自分を理解してくれない家には帰りたくないが帰ってきたのは

　たれにひかれて帰りしと思すぞ……百三十里をひとり旅の君ありと思ふばかりをよすがにてつれなき里を帰

　　りしに候。　7・14

と鉄南への一途な思慕の情を打ち明け、一週間の上京中に三通の手紙を送るほどで認めてもらいたかったのであろう。ここにある「かなしきこと」の内容をさらに「さはりある世にさばかりのこと」と言って兄からの

　　名をあらはして御名歌など新聞に出すは無用にねがひたく候
　　赤面いたし候
　　一人のはぢにてはなく候

という激しい言葉で晶子の歌作りを罵ってきた、その兄のことを晶子は鉄南に続けて

　　あまりにてはなく候ハずや　私は兄の前にてなどは歌のうの字も云ハざりしに候がいかにしてきこえけむ

と書き「私は死にたく」とか、家では「歌のこと」は話したこともないのにと残念がり、「大鳥晶子としたまへ」と雁月は忠告してくれるが、「しかしてまでも詩に執着のある身か」と自らを省みたりする。

兄秀太郎は後に東京大学の教授、工学博士となる。鉄幹との恋愛結婚で晶子とは絶交。封建制の厳しかった当時にあって晶子の生き方は許し難かったのであろう。以上鉄南への慕情と兄との相剋などについて述べてきた。

連日の鉄南宛て晶子書簡二通—鉄幹と出会うまで　一週間の上京は晶子にとって思わぬ体験だったが七月二六日の鉄南宛て書簡に晶子は、鉄南が「よき御夢」を見たのを知って、それを羨ましく思ってか、

　　春の山ニ艶なる人と鶴ニのりて遊ぶか君はやむわれよそに

と詠み「その艶なる人」と遊ぶ君に対し「女は誰しもねたミご、ろの深きものニ候」と鉄南を嫉しく思う。その後で『源氏物語』の「紫の上」「夕がほ」「明石」について述べ「女ニつれなき男はにく、て〱しかたなく候」とも

書き「源氏の君の紫の程の人を都ニ泣かせをきながら明石にて都へ召されし時」とあり『源氏物語』の「明石」の巻の

みやこ出し春のなげきニおとらめや年経る浦を別れぬる秋

の上句だけを引いて「なんぼうにくきことに候はずや」と明石の君に心寄せる源氏に対して女を苦しめる男への恨みを訴えている。さらにバイロン、ゲーテについて「恋人の名のおほき」とか「多情多恨」とか言って、その事に対して「私身ぶるひ致し候」とも書いている。女を悲しませる男への反感は当時の晶子にとって男尊女卑の男性社会への抵抗でもあった。こうした晶子の青春期の思いは、時代の先端をゆく女性の発想であったとも言えようか。

同書簡では森鷗外の『みなわ集』や『かげぐさ』などを読み南欧への憧れが「きのくるひし」と書く程に強まっていた。晶子の愚痴や不満を鉄南が聞いてくれるという便りを受けてか、晶子は「ひと日二日もかかる程」といって喜び、「またこのうつし世ニて再び逢見まゐらすの時もおはさば」と心を躍らせ、愛を確かめるように「お前様ニこゝろへだて候」とは「夢さら〳〵おはさず候」と心をこめて書き綴った。その後で吉野へ行くが真っ先にお便りする、と書き、その末尾に「私字が人なミにかけぬが何よりもつらく候」と記し、「手習する程のひまがない」と加えている。ここに自ら分かりにくい字を書いていることを認めている。この書簡は「いざや川」の署名である。

京都の女学校から夏休みで帰省中の妹のためにご無礼していたことを詫び、このころ鉄南の妹が手紙を晶子に届ける文使いをしていた、その妹に詫びを書いてから、鉄幹西下の報せを鉄南に、

与謝野様いよ〳〵八月三日にあちらおたちあそばすとかこの間書信のうちに見え候　さらば今十日あまりニて絶て久しき御たいめんいたすべくさばれはづかしくぞんじ候。　7・27

とあり、鉄幹が来ることで鉄南に逢へる喜びを恥じらいながら書いている。このようにこの頃の晶子は鉄幹との初

対面より、久し振りに会える鉄南との「御たいめん」の方へ思いは馳せるばかりだった。さらにまた

うつし世にては再会の期あるまじとおもひしわれらの今十日ばかりせば松青きはま邊に相見ることのかなふとおもへばもう〳〵毎日この頃はくうそうばかりいたし居り候　夢の子なればやがてさめてうつゝに泣くのに候べし

とあって、眼前に現れる未だ見ぬ鉄幹より、今はただひたすら鉄南に会える喜びに打ち興じ、書簡の末尾に

君がふミひとめわびしく中のまの衣こうのきぬのかけによりてよむ

とある。この歌は九月の「関西文学」二号に掲載されるが、この「君」は鉄南であることがこの書簡により判明する。この頃の晶子は鉄幹の存在より鉄南に文を送ることに熱中していた。当時の男女の交際は文通することでしか、愛を確かめ合うことができなかったのである。これら二通とも長文の書簡であった。

広江洒骨宛て晶子書簡二通（『みだれ髪』2首）、鉄幹書簡一通　新詩社同人の廣江洒骨宛ての晶子書簡には『みだれ髪』の歌が二首あり、その歌の詠まれた動機が書簡によって明らかになった。

その日よりけふこゝのかめにおはし候。

帰らばかならずとあれほどにいひ給ひしにと男のかたる言の葉をまことゝおもふ事なかれ　男のかたることのはは旅にすてゆく

などゝ藤村をひき出すまでもなくまことのろひ歌御送り致さむと存じ居りし二候　をくらせ給ひしをあなた様のために祝しまゐらせ候　8・23

とあって別れて九日経っても手紙をくれないことを恨めしく思う怒りを、藤村の『若菜集』そのままの表現でぶっ

つけている。しかし便りを受けると「祝しまゐらせ候」と嬉しいのだが皮肉っぽく言い放ち、この書簡の末尾に

　　わがためにひとのしづみし淵の水に花たばながしほゝゑむ夕

　　なさけあせし文みてやみておとろへてかくても君をおもふなりけり　『みだれ髪』254

がある。二首目の、失意の状態にありながら恋情を訴えている対象は酒骨だと思う。この歌は『みだれ髪』に採られているが、下句を「かくても人を猶恋ひわたる」と改作して、『みだれ髪』では第三者的な「人」にして今まで通りに恋い続けると歌っている。右の二首の前に

　扇に何かそめてよといひ候をうるさしとおぼしてか潮あびにゆくと手拭さげていで給ひしまゝの御わかれハ
あまりほいなくおはし候ひき

とあって、扇に歌を書いてほしいと頼んだが、煩わしいと思われてか、海水浴に行くと言ったままの別れだった、と別れの不愉快さを思い出して右の書簡に書いている。こうした場面と連鎖させる歌が『みだれ髪』に、

　　染めてよと君がみもとへおくりやりし扇かへらず風秋《あき》となりぬ　375

とあり、この歌は扇に染筆をお願いしたのに無視したように出掛けてしまい、その願いが無視されたことへのつれなさを詠んでいる。これらの『みだれ髪』二首は、つれなくされた酒骨への青春の一齣を詠んだものであろう。

　この年にある八月七日の河野鉄南宛ての晶子書簡とこの八月二三日の酒骨宛ての書簡とは内容的に繋がっているように思うことは、男の「つれなさ」を歎く女の思いは「失恋」に通ずるものと見て、この八月七日の鉄南宛て書簡に「浜寺へまゐり」とあるのは八月六日に催された堺の浜寺歌会の翌日のことである。この会は八人の出席で、酒骨は出席していないが、七日には一二人一行の舞子行きの世話を酒骨がしている。ここには鉄幹、晶子、登美子、鉄南、雁月など出席している。この書簡には懸想している人がいて翌日その人（酒骨）のことを早速書いたのが八

月七日の鉄南宛て書簡であった。まさに晶子の青春回想の中の一人と言える人のことでこのことは前記の八月二三日に記した洒骨宛ての晶子書簡でも分かる。それは洒骨のことであった。さらにまた

私は浜寺へまゐり候へばひとしれぬくるしさがあるのに候。……誠ニ私は失恋のものに候　か丶ること誰様にも申せしことはないのに候へど　昨日はことにそのくるしさ覚えしま丶情ある君にのミもらすのに候　8・7

と鉄南にだけ洩らした「失恋」の人とは洒骨ではないか。この頃の洒骨の歌について洒骨宛て前記の鉄幹書簡には

「バイロン調の洒骨様の歌には骨が折れ申候」と薊女史より申越され候　薊女史は梅花女史と小生より改めて

君はたゞ嵐ふく夜にひとえだのしら梅いだき泣く神のごと

といふ一首を贈りて諸君よりの攻撃を慰め申候。　8・28

とあり、洒骨評をした人を「薊女史」と言い、その人を「梅花女史」だと鉄幹が「改めて」書き、歌にも「しら梅いだき」と詠んでいることからも「しら梅」の雅号をもつ増田雅子だと分かる。この洒骨評をその洒骨に知らせて攻撃している増田雅子の存在をアピールしたものか。この鉄幹書簡の末尾には洒骨の雅号「白蛇」を捩って

鐘に這ふ白き小蛇を見つるより洒骨が歌は蛇の気の多き　『鉄幹子』229

と「洒骨」の名を詠み込む。この歌は「明星」六号（「小生の詩」）に掲載。もう一首も「明星」同号に

浜寺に合宿りしてひける風それよ洒骨がねざうわろきに　『鉄幹子』230

と詠んでいるが、洒骨は濱寺の歌会には出席していず、出席した八人は「合宿り」しないで夜八時半に皆帰った。

思慕は一転して「われはつミの子、君もつミの子」へ

未だ鉄幹とは会っていない頃の鉄南宛て晶子書簡に

この秋与謝野さまこちらへお出で遊バすとかあふてやらむと仰せられ候が今よりはづかしきことゝ思ひ居候　その時やあなた様にもと今より夢のやうなはかない〱ことを期し居り候　明33・6・13

とあり、鉄幹との初対面より鉄南に会えることの喜びを「夢のやうなはかない〱こと」と書いて鉄南に思慕の情を深めている。また鉄幹来堺の日も迫った、この七月二七日の鉄南宛ての晶子書簡も同様に鉄幹に逢うより、鉄南との再会に深い思いを寄せている。ところが八月五日の浜寺歌会の前日の四日に来堺した鉄幹の宿を訪ねた晶子は、その翌日から歌会や講演などで会う鉄幹へと心は奪われてか、思いは揺らぎ、鉄南宛て書簡にはこれまでとは一変し、

都合よろしき時私より御文たまはれと申べく候　それまではおまち被下度候
とりあへず無礼のおわびまで　明33・8・7

とあれ程に待ちに待った鉄南に対して全くつれなく書いている。このようにもはや鉄南への思慕は消え、現前の鉄幹への魅力に取り憑かれ、鉄南へは冷淡な手紙となった、その二日後に鉄幹から晶子へ初めて書簡が来た。その時の晶子がどのような気持ちで受けたか、その返信の書簡がないので分からないが送信した鉄幹書簡は現存、この晶子宛ての鉄幹書簡が初めてなのか確かめようがない。その晶子宛て最古の鉄幹書簡には、

かなしきことあまたきかせたまひつるかの松かげよ　こよひも月ハすめりや露はしげきかとはやおもひ出の一つニ相成候事げにわれ〱の世は梦ばかりに御坐候　8・9

と書き始め、五日の浜寺歌会の後「をとつ日神戸の談話会はてゝ人々と須摩《ママ》（磨）の海辺にさまよひ候をり梦といふ題を分ちて」とあって

荒海のいはほに立ちて君ひとり泣くよとみしはよへの梦なり
まこと理想の恋は荒海のあやふきいはほに候。沈まぬものは稀なるべくや
石よりもつめたき人をかき抱き我世むなしく沈むべきかな
となげき候此身もまた濱寺の松の枯れなん日をまたぬにしも侍らず候かし
はま寺の松の上葉のしろくなり枯れなんときぞ君も死なんとき
人としてのわづらひハ我詩をいたましめ候事いかばかりぞや。抱け緒琴は玉のやうにも覚え候をそは渕に抛つへきえにしとかなしく存候事も屢有之候。
世の上におなじなやみをもてるひとうへこそにたる歌はよみけれ
いのちといのちとのつなぎにはすねたらむ歌のあやしき調べは神もみゆるしたまふべく候。
よそながら恋ひをるわれによそながら人も恋せは見てなぐさめむ

とあり、一首目の「君」は鉄幹が恋慕する晶子を詠んだものか、夫婦の不和を歎く妻林瀧野を鉄幹が詠んだものか、二首目の「人」は石よりも冷たく頑固な妻瀧野を指し、夫婦仲の不幸を訴えて空しく不幸なわが身を歎いている。さらに「よろづのなやミはまたも小生を都の市に引き返して責めさいなまんと致候」とこれは凡てに悩み多い詩人である自己を鉄幹は印象づけている。その後、八月七日以来、二ヶ月近く経た鉄南宛ての晶子書簡には

おもへば〳〵こゝにはや一月あまり夢のごとすぐし申候・・・何申上るにも今はむね一ぱいになりかくべくおハさず　ともかく御せうそくきかせ給へ　　9・26

と以前と違った無音を「夢のごと」と言い、鉄幹への恋慕を間接的に表現し、四日後の鉄南宛ての晶子書簡は遂に

われはつミの子に候　あなた様のこゝろよきますらをぶりの御文にわれは今何もつゝまず申上へく候　かの

去月七日に出せしわが文とそれよりかの間のあれ　あれとてもわれはまことの心ニてかきしか、　われはつミの子に候　わが名を与謝野様にかいし給ひしはあなた様に候。
わが今日の名もそれにもとづきしに候。また今日のつミの子となりしもそれにもとづきし事に候　何も申すまじ　高師の松かげにひとのさゝやきうけしよりのわれはたゞ夢のごとつミの子になり申候。
さとりをひらき給ひし御目にはをかしとおぼすべし
むかしの兄様さらば君まさきくいませ
あまりにこゝろよき水の如き御こゝろに感じて

この夕　　　　　　　　　　　　　　　つみの子　9・30

鉄南様

と恋を罪として意識し、無沙汰だったことを弁じながら本音を吐いている。その後の鉄南宛ての晶子書簡でも

まこと君は水にておハすなり　水のごときよき〳〵御こゝろにておハすなり
われはつミの子に候　のたまふごとくかの君もつミの子にておハすべし　されど清き〳〵御心のあなた様はそのつミの子は誰ぞやとはとひ給ふまじ　とはせ給ふな……　10・1

と鉄南のことを「水のごとき」とか「きよき〳〵」と書き、それまでに鉄南に送っていた自分の思慕の情は否定せず、鉄南を清らかな人としてのイメージに作り上げて弁解している。その後、一〇月一七日の鉄南宛ての晶子書簡には雁月や登美子のこと、「小天地」「関西文学」など、また鉄幹に子供が出来たことなどが書かれてあり、最後となった鉄南宛ての書簡でも「御文御なつかしく拝し」と書き、久々の御無沙汰を詫びてから

じつはさきに御質問にあひしやわはだの歌何と申上てよきかとおもひて今日になりしに候　梅渓もかの歌に

身ぶるひせしと申越され候　をかし　このゝちはよむまじく候　兄君ゆるし給へ。　11・8

とある「やわはだの歌」とは『みだれ髪』26の歌で人口に膾炙された。同書簡にはその翌年に鉄幹と再会する粟田山の地名は書いていないが、この年の秋、粟田山に登美子と鉄幹、晶子が一泊したことだけを打ち明け、さらに

扨もこれは兄君だけに申上げるのに候　まこと〳〵たれにも〳〵もらし給ふな　わたくしこの五日の日与謝野様にひそかにあひ候

たれにも〳〵もらし給ふな　そは山川の君と二人のミひそかにあひしに候　兄君のミに申なり　たれにも〳〵もらし給ふな　かの君中国ニて不快なることのありしまゝこの度はたれにもあはで帰京するとの給ひ候

今日あたりはもう帰京あそばせしことゝぞんじ候。……

与謝野様にも何とぞ〳〵しらぬかほにて御出で被下度候　晶子

とくれぐれも内密にして欲しいと何度も頼んでいる。娘時代の気儘な晶子の一面がこの書簡により知られる。この書簡にある「かの君中国ニて不快なること」とある「かの君」とは鉄幹のこと、「不快なること」とはその頃、鉄幹は妻林瀧野の周防にある実家へ行き、林家の養子になる約束をして上京し瀧野と東京で同棲していたが、瀧野との間に生まれた子を与謝野へ入籍させたい旨を伝えたことで即座に離婚を言い渡された、このことを指していると思われる。鉄幹と晶子が会うまでの、その前後の、鉄幹の様々な心の変化が諄々と書かれている書簡であった。

晶子宛て鉄幹書簡　この明治三三年の晶子宛ての鉄幹書簡は二通あって、一通目（8・9）は前記した通りで、二通目は

うしろに人一人ある心持して力づよきまぼろしのなかの日送り苦しきも腹立たしきも物の数にもあらず慰み

中候はこの秋必ずしもうしとかこつべからず候
こちらへのお手帋一々みたり。
あなたへとありしは終に今日まで着かず宛名わろかりしに途中ニまごつきをり候にや。
まことに心もとなし。今一度
麹町区飯田町四丁め
成功堂気付
11・15

とあり、一通目では「かなしきことあまた」と書き始め、妻との不穏の情況を書き、すでに歌にも詠まれていた。二通目では「うしろに人一人ある心持ちして」とあって、この「人」こそ「晶子さんあなたですよ」と心こめて鉄幹は書いているのであろう。「あなたがいるからこそどんなに辛いことにも耐えられ、この秋は幸せで決して歎くことはない」と果敢な気構えを見せている。二通目は一通目とは対照的だが、郵便の行き違いで「途中ニまごつき」ともあって届かない書簡もあったのであろう、この年の鉄幹宛て晶子書簡はなく、以上の晶子宛て鉄幹書簡二通のみ。同書簡は、その後で登美子にも触れ「友情に於てハ窃かに満足する処」と書いて晶子に安心するように気遣っている。同書簡では、その後で

小生の長詩七種中に長酔一篇ハ髪乱し玉へる君の為めに　山蓼一篇ハかの足冷かりし人の為めに廿五日に御批評なされたし。

とあり、「長詩七種中」とあるのは、「明星」八号（明33・11）掲載の長詩は「秋思」のことで、その中の「長酔」には「髪乱し玉へる君」の晶子、「山蓼」には「足冷かりし君」の登美子をそれぞれ詠んでいる。「足つめたかりし」という語は「明星」八号（明33・11）の晶子の「素蛾」に詠まれている、登美子のことである。

友のあしのつめたかりきと旅の朝わかきわが師に心なくいいひぬ　『みだれ髪』184

宅雁月宛ての晶子と鉄幹書簡　明治三三年代の二人の書簡は「書簡集成」には六二通あり、その中で堺時代は河野鉄南宛て晶子書簡が一番多く三〇通、鉄南宛て鉄幹書簡は四通である。次に多いのは宅雁月宛て晶子書簡一一通、鉄幹書簡三通である。雁月について鉄南宛て晶子書簡には悪口めいたことや批判も書いていたが、雁月宛て書簡には鉄南宛て書簡のような真剣さと情熱が見られない。雁月宛ての最古書簡についてすでに述べたが、何か遠回しに訴えているようである。晶子に対して感情を害するような雁月の言動がすでにあったのであろうか。その時の印象を胸に秘めながら晶子は青春の戯言めいたことを皮肉って書いている。その後の晶子書簡では人がいて自分の気持ちも言えず、その上雁月が不機嫌な様子だったので、一夜悩み、その後で「あまりには候はずや」と悔しさをぶちまけて四月一三日の雁月宛ての晶子書簡には

　をとこはそれですむのに候や　扨も〳〵御男子様とはしごく御親切なものに候　私はたゞくやしくて字もよくはかゝれず候　何をかきしやらたゞあまりに候とのミ　かしこ　4・13

と何に興奮して怒っているのか、その内容が具体的には分かりにくい。

四月一六日の書簡は、よし野竹林院からの晶子書簡は同日に鉄南と雁月に送っており、内容はほゞ同じである。ここには感情的なことは書かれていない。同日に雁月へもう一通出しているのは、非常に思い詰めた心情を晶子は

　あまりにおもひたえがたくせめてもと文し参候　扨もこの夜を何としてね候べき　いくそたびかの前にたちて泣きしかはお前さま御すいし給はるべけれどあゝこのおもひ何とすべき　せめてこよひにこの文とゞくすべもがなの前の雨だれ音かなしきこの夜　終世忘るまじくとぞんじ参候……

十時とや　　　　　　　　　　　　　　　　　　　　　　　　　小舟

と雅号「小舟」で心の乱れか、感傷であったか、かなり露わに生《なま》の感情を表出させている。

その後の六月一日の雁月宛ての晶子書簡は明け方に悪夢に襲われて目覚めた後に「御文」を受けて、「たゞ身は夢ニゆめみるこゝちの致し参候　ゆく水にちり、つく花をかき給ひし御玉づさに」

　しのばれぬわかきおもひニいく度か君が玉づさそむる口べに

とあって、雁月から歌を受けて感動しているように見せているが、「こゝろにもなき事するがこの頃のはやり」だと言った雁月の言葉に捕らわれてか、晶子は、その書簡の末尾に

　かりそめのをとこの歌にもゝとせをすつるためしニわが名ひかれむ

の歌を添えて書簡は終わっている。心をこめた雁月の手紙を受けて喜んでいるように見えるが、雁月の言葉を重く受け止めていない。逆に自分の名が利用されているような、嫌みさえ感じている。

　この年の月日不明の雁月宛ての晶子書簡二通あり。一通目は結婚話について具体的なことは分からないが、

　その結婚なる文字をきかばわれは死なむとまでの私に候。あやしくくねりまかりし人世《ママ》観もつ身にはひとさまの思もしり給はぬわがこゝろに候。あなたさま御こゝろづかひうれしけれどわれにはわれの見識が御座候

と内容が錯綜していて掴み難いが、一般的な結婚に対して「死なむとまで」と拒否している。日付不明書簡の二通目はお悔やみの短い書簡である。雁月宛ての晶子書簡は鉄南宛ての晶子書簡に見るような具体的な情念の盛り上がりはなく、抽象的で内容の把握が難しく、年下で弟の友人なので、気軽に会えて感情をそのまま表したようである。

　雁月宛ての鉄幹書簡の一通目は九月一四日で「竹の里人の攻撃今は止むを得ず候」とあるのは「明星」九、一〇月号を賑わせた「鉄幹子規不可併称説」の論戦のことであろう。また雁月の勉強振りを「敬服々々」と褒めている

短文の書簡はあるが、果たして本心で言っているのだろうか。

一二月三日の雁月宛て鉄幹書簡では新派和歌の状況を述べ新詩社の仲間のことを噂している。「神戸党は気焔ハ大阪に譲らねども手は低く丶候」と批判しており、東京では窪田通治、水野蝶郎、前田林外などをあげて「進歩まことにめざましく候」とあり「平木白星も見込ある詩人」だと讃じている。また河井酔茗については「退歩の気味退歩にはあらず他人が進歩致候也」とあり「酔茗君は『明星』のために深切に御尽力」し「畏敬」していると書き、

女詩人のおひ〳〵に殖ゑゆき候事もよろこばしく候　大きな男が女詩人の真似はみぐるしく候

と書き晶子の存在を仄めかし、「明星」発展途上にあることを示し鉄幹自身も確信と自負に満ち満ちていた。

寺田憲宛て鉄幹書簡一七通（明33〜42）　昭和五四年三月、千葉県立上総博物館から刊行の『下総神崎町寺田家文学資料集成』には二二名の文人からきた寺田憲宛書簡が載せられ、その殆どがアララギ歌人で、その中に寛書簡が一七通収録されている。明治三三年代七通、明治三四年代一通、三七年代三通、三八年代二通、四二年代四通である。最古の三三年五月五日の寛書簡に

拝復　御入社の義了承致し候　従来の歌人より見れば小生等の歌風ハまことに乱りがはしき事に考へられ候事と存候　乍去「歌」は最早日本の歌といふが如き狭隘なるものには無之今日は世界の詩の一種に御坐候。

と謙虚に見せているが、「明星」の歌に世界性を見ようとしているのであろうか。

五月八日の書簡には寺田のことを「ご熱心のほど敬服仕候」とか、草稿を「拝見致すべく」とあり、「歌界の事どもどうやらおもしろき機運に向ひ申候。何卒この機をのがさず短歌に新体詩に一革命を試み申し度と存じ候」と

寺田に敬意を表し、新派和歌進展への抱負を自負している。

五月一四日では明星出版費への感謝と「御詠草中の佳作ハ併せて第三号へ掲載可致候」とあり、寺田の歌はこの三号の「新詩社詠草」の冒頭に二首を載せ、「明星」五号（明33・8）に五首載せ、これらは「明星」歌風を思わせる歌である。

五月二七日の書簡では前便と同様に「雑誌の編輯其他に多忙をきはめ」とあって、作歌指導について

直言ばかり致候故社友の感情を損じ候事も有之候様子御一笑被下度候

とあるのは克明な添削をする寛の言葉らしい。

六月七日の寺田宛て寛書簡には「遠からず天才の人相現れ大成の日有之候と頼もしく存ぜられ候」と寺田に将来への希望を抱く。同月一三日の葉書には「参号ハ再版の分も品切につき二号を七冊三号を三冊差出候」と「明星」の売れ行き上々の朗報を伝えている。この年のさいごは七通目で七月一五日の書簡である。

三四年一一月一八日の書簡では、写真で対面できて嬉しいと記し、「明星」に「御気づきの点有之候はゞ御忌憚なく御忠告被下度候」と謙虚に書いているのは、寛を文壇から失墜させようとした『文壇照魔鏡』（明34・3）による多くの誹謗を浴びて弱気になっていたからであろうか。三七年一二月一二日の書簡に「唐突に申し出でし御無心を御聞き下され」とある。このように「明星」経営の苦衷を訴えて援助を乞う寛のやり方は終始一貫していた。

寺田の、歌人としての出発は新詩社であったが、「アララギ」歌人との交渉が多かったことから「アララギ」へ移行したが寛との交友は続いていて、寛とは文通があり、さらに四二年五月一八日では「心のミあせり居り」とか「もはや小生などの鈍才が彼是さし出候時期にあらずと信じ居り候」などと、かなり精神的に落ち込んで卑屈な状態にあったのは、この年の前年の明治四一年一一月に「明星」廃刊となり、その翌年だっただけに自暴自棄的に

なっていたのであろう。同月二六日の書簡では「十年ぶりにお逢ひ致しよろこびに心躍り候ひき」と嬉しげに書いているが、「アララギ初めて拝見致候」ともあって、この頃の「アララギ」について寛は「摯実なる態度」は認めているが、個性の乏しさ、万葉摂取も一部のみなどといって「アララギの諸君の覚醒を望む心の切なる」と皮肉っている。また「小生や荊妻の作ハ皆過渡期の所産」だと言って「識者」から見れば「疵も嫌味も似非歌もあまた」あるので、それを是正しようと努力していると書き、茂吉が晶子を非難するのは、それが理由ではないかと疑問を呈している。淡々と述べているが、心底には「アララギ」への対抗意識が根強かったと思う。

しかし同年の六月二一日の書簡では、香取神社の神主から「先師の遺墨を分ちくれられ」とある。「先師」とは落合直文のことである。翌七月一〇日では、その遺墨を斡旋したのが伊藤左千夫で「他日のおもひでに」彼と一緒に香取にある寺田の家へ行く相談をするとも書いて伊藤との親しみを見せている。寺田への一七通の寛書簡は一〇年間の寺田との交流で「明星」発展途上から衰退するまでの時期を駆け巡った感じの書簡の数々であった。

第四節　明治三四年

明治三四年という年　明治三四年は鉄幹と晶子にとって新しい人生のスタートを切った運命の年であった。二人の足跡を辿ると、一月は一日に鉄幹は「明星」一〇号を出し、三日に鎌倉で新詩社同人有本芳水、水野葉舟ら一〇名と会って会合をもつ、同じ日、堺では晶子、酔茗、鉄南、雁月らの「よしあし草」同人らは半日歌を詠んでいた。六日鉄幹は「よしあし草」「明星」同人たちによる神戸大会に出席し、七、八日は大阪にいた。九、一〇日は昨秋鉄幹、晶子、山川登美子の三人が一泊した京都の粟田山で鉄幹は晶子と再会して二泊した。二月は二七日の新聞「日本」に正岡子規が「明星」廃刊の誤報を流したが、三月一日その誤報を訂正した。三月一〇日には鉄幹を文壇から失墜させようとした『文壇照魔鏡』出現。その直後鉄幹の第三詩歌集『鉄幹子』（3・15）出版、先妻林瀧野は鉄幹と離縁となり、三月半ば頃に周防の実家に帰る。四月鉄幹は麹町より東京府下豊多摩郡渋谷村字中渋谷二百七十二番地に転居。鉄幹の第四詩歌集『紫』（4・3）刊行。五月一六日瀧野は長男萃と共に渋谷の鉄幹の許へ来たが、六月上旬に郷里の周防へ帰る。六月一四日晶子は父に無断で、母の配慮により京都にいる女学生の妹里の所を廻って単身上京し、以前からいた婆やと鉄幹が同居している渋谷の家にゆき、三人の生活が始まる。

晶子上京の二日後の六月一六日、新詩社小集に同人ら一三名が集まり晶子と初対面す。一八日「伊勢物語合評会」を新詩社でやり晶子も参加し、それらが八、九月の「明星」に掲載された。七月、鉄幹と晶子は京都の嵯峨へ行く。八月一五日、晶子の処女歌集『みだれ髪』刊行。八月二人は結婚す（入籍は翌年一月一三日）。婆やは辞め、二人は九月に豊多摩郡渋谷村字中渋谷三百八拾弐番地へ転居す。『みだれ髪』は新派歌人としての名声を博し賛否論はあったが、前代未聞の女性歌集として歌壇で高く評価された。前記の『文壇照魔鏡』による被害は「明星」に甚大な影響を与えたが、『みだれ髪』への世評が高まってゆくにつれ「明星」は復帰し次第に上昇して行った。

粟田山をめぐって—若き日の二人の書簡とその所在　二人の恋愛は明治三四年一月九、一〇日の粟田山二泊という事実が鉄幹の『鉄幹子』、『紫』、晶子の『みだれ髪』『小扇』の歌を生ましめた。ここには二人の交わした鉄幹四通（2通は明33年）、晶子六通による二人の相聞の世界が美しく歌われ、描かれている。この粟田山二泊について拙著『新版評伝与謝野寛晶子』の「粟田の春」（198～204頁参照）に詳述している。この一〇通の二人の書簡を秘蔵していたのは鉄幹の先妻瀧野であった。このことについて後の瀧野の夫正富汪洋（詩人）から直接伺ったが、戦後間もなく氏が茅野雅子にその一〇通の書簡を見せた後、雅子が戦後、大逆事件で著名な神崎清に見せたということだったが、その真偽の程は不明である。その神崎の書いた三つの文章について本稿の「はじめに」に述べたが、その影響が鉄幹晶子を淫乱な読み物風の小説やエッセイに巻き込み、淫風が広まった。昭和二六年一一月三日巣鴨の大正大学で「一葉晶子資料展」にこれら一〇通（鉄幹6通、晶子4通）と他に瀧野宛ての鉄幹書簡一〇通と先妻瀧野宛て晶子書簡一通などが展示された。この展示会は当時非常に注目された。これらの書簡が直接出回っていたわけではないが、「栗田山再遊説」などという流行語まで広まり、再会を「密会」「再遊」と艶文めかして不倫の事実を暴き出そうと、興味本位に二人の青春の記録として書簡を悪宣伝風に広めようとした。これは与謝野夫妻の名声に対する瀧野夫婦の嫉視から来る羨望や怨恨の複雑な感情による報復が根底にあったのではなかろうか。この流行の渦中に正富汪洋の『明治の青春』（昭30・9刊　後に『晶子の恋と詩』と改題して再版）が刊行された。ここには瀧野が帰郷した後も鉄幹と同居していた婆やから瀧野が聞き出した鉄幹と晶子を悪意的に誇張し書き綴られている。この一〇通を瀧野が秘蔵していたのは不思議に思うが、『石川啄木全集』五巻にある明治四一年一月三日の啄木の「日記」には上京した晶子が、厚意を抱いていた同人水野葉舟に晶子は「故郷に居た時鉄幹氏から来た手紙など一本残さず水野に見せたといふ。」と書かれてていた。それにより鉄幹から来た晶子書簡を持参して上京したことが分かる。晶子から鉄幹に送った手紙も恐らく同所に置いてあったと思う。それらを誰が瀧野の許に運んだか、瀧野は帰郷して東京にいない。このことに関して上京後の生活を記した晶子の自伝小説「親子」（「趣味」明42・4）には瀧野に同情していた婆やが晶子に扮するお浜にいつも嫌がらせをしていたことが書かれている。その婆やと鉄幹に扮する七夫とお浜の三人はお浜上京後しばらく同居していた。さらに小説では先妻がお浜らの家の近くに子供と一緒に住んでいる。こうしたことから婆やが先妻に同情して書簡を運んだものか、先妻が婆やに頼んで運ばせたものか、何れにも考えられるが、与謝野門下の佐藤春夫の『晶子曼荼羅』（昭29・9）には、それらしきことを仄めかして春夫はそれらのものは瀧野の使つてゐた老婢が何となく晶子に反感を持つてといふが、実は瀧野への忠義立と旧道徳の見解とから、不義者たちの往復書簡を盗み出して瀧野に提供したのが今に残つてゐるのである。

と書いている。まだ封建社会の厳しかった明治期には、恋愛から同棲、結婚という生き方は一般的には批判、誹謗の対象になっていて、それを晶子自ら「われはつみの子」「君もつみの子」と鉄南に訴えていた程で、「恋愛」は罪深いものとして暗い影を落としていた。そういう中でも鉄幹、晶子は恋愛を賛美し、謳歌する歌を歌い上げていた。

商家だが旧家の厳しい躾の中で育ちつつも晶子は、当時の新しい思想を書物から得ていたであろうが、生来、人間は自由であり、男女平等だという生き方を自ずから体得していたようにも思われる。それらが前記した鉄南、酔茗、雁月らにあてた書簡の中に、男尊女卑の社会にある女の悲しさ、哀れさを訴え、男女は平等であるべきという考えが自ずと内在していたであろうことが垣間見られた。鉄幹との恋愛、結婚によって古い殻を突き破って新しい世界を求めてきた晶子は様々な苦難をのり越え、理想をめざして自らの詩精神を鉄幹と共に全うしたのである。

粟田山再会の事実が書簡によって明かされたことで二人の恋愛も明確に把握できる。この粟田山を「京の山」と表現して晶子の『みだれ髪』・『小扇』、鉄幹の『鉄幹子』『紫』に詠んでいる。粟田山再会は二人の青春回顧のロマンの根源であり、明治浪漫主義の一翼を担う重視すべきもので、これら一〇通は与謝野研究の金字塔とも言える。

河井酔茗宛ての晶子と鉄幹書簡　この年の酔茗あての晶子書簡は五通、寛二通である。一月一二日の晶子書簡には酔茗から届いた晶子待望の『史海』二二冊を使者から受けた歓びを伝えている。その頃の、晶子の生活状況を三月の「文庫」の「文壇活人画」に

店頭で机に倚りかゝつて、歌を書きながら客が来れば、起つて手づから羊羹を皮に包んで「ハイお待遠様」

をやるのださうだが

とあり、このことを二通目の酔茗宛ての晶子書簡に「くるほしの今」とか「もだえ居る」と、はがゆい思いを訴え

今朝文庫手にいたし候

たれ様の御いたづらにやイやなことに候　今の身にもほほゑまれ候　さ云へイヤに候　はづかしく候　3・19

と書いてから、寺町の慈光寺に住んでいる晶子より五歳年上の「姉様」のことを報せてから

春のよひをちひさくつきて鐘をおりぬ二十七だん堂の石はし　『みだれ髪』343

と詠んでいる。三通目には季節の様子と雁月の消息を伝えてから

私世の声　人の声に一日はつよく一日はよはく毎日もだえし居るのに候　もう何もおもふまじと今は二三日
おもひおりしに候　されどまたよはくなるべくまことわれくるしく候　3・22

と書く。当時の封建社会にあって鉄幹との恋歌が取り沙汰され噂になっていたことが懸念されていたことを指す。

その後で登美子のこと、姉の子のことにも触れ、書簡中の歌が『みだれ髪』に添削されて三首も採られている

浴ミする泉のそこの小百合花あしたのわれを美しと見る　39

結《けち》ぐわんの夕の雨に花ぞくろき五尺こちたき髪かるうなりぬ　361

春あさきとなりすむ絵師美しきけさ山吹に声わかゝりし　72

四通目は晶子上京直後の書簡で、登美子を訪問したいと思っているが、色々と「御相談もいたしたく　まことわれ何やらくるしく〳〵候」とあって

そは弟なる子国へ帰りていかなることや伝へ候ひし　帰国せよ〳〵と日々申まゐるのに候　私イヤなりとお

もふのに候　かなしとも
照魔鏡によりてこゝなる師を誤解いたし居るのがくるしく〳〵候
弟までがと　イヤに候　私お目にかゝりてと何も〳〵　6・22
と書き、お会いして何事も相談したいと酔茗に頼っている。この頃の晶子は頭が混乱していたようで、続けて
何かとの仰せ私そはワけのわからぬもの　こゝの先生にわらはれ候まゝかくしあるの、をかしき〳〵もの、
無茶なるもの、君のミ御目にかくるべく候。
私もちまゐるべくとおもひ居り候。…
と不安を隠し切れずにいたが、五通目の書簡では涼しくなったことを酔茗に伝えてから
昨日水野様とふたり秋むかへにとて野に出しに候
かなたこなたへ道まよひ候てあらぬところにて美しきミ堂のかべ見など興あるひと日にておハしき　このあたりあなた様を御ともしたくおもひ候ひき。…　8・9
と武蔵野の散策を楽しんでいる。水野葉舟と晶子との噂は前記した「啄木日記」（明41・1・3）に書かれていたが、ここにはそんな気配は全く見られない。右の酔茗宛て書簡では鉄幹と客と三人で花を買って植えた、と楽しそうだが、続けて
人の家にある身のその日〳〵のそこの人のかほいろ見ることおぼえて……
と酔茗に心のうちを訴えており、上京直後の晶子は右にあるように、出入りする同人たちや、特に婆やの晶子に対する仕打ちは酷かったようで、居心地の悪い生活だったようである。（小説「親子」―「趣味」明42・4参照）
この年の酔茗宛て寛書簡は二通で一通目には、「明星」の厳しい現状を訴えるように

苦境のなかに処するお互他人行儀ハ入らぬ筈　基本金などこと〴〵しく候よ　1・21

と書いて、その後に「明星」の広告の差し違えや原稿のこと、挿絵に関して「重ね〴〵の不信用に一条氏ハ退社せしめ申候」と怒りをこめて書き、本号の「『明星』にハ一切長原、藤島、横池文学士の三氏の挿絵のみに相成候」と一条成美の不始末の結果、「明星」は一条抜きの挿絵にしたことが伝えられている。

二通目は六月二〇日で酔茗の祖母の葬送の挨拶を述べてから「両三日中に鳳君と共にお悔までニ」とあり、此の頃の二人は同棲中だったので「鳳君」と他人行儀に書いたのであろう。

晶子の悩み―鉄幹への最古の書簡　粟田山再会から半月余りして晶子から鉄幹へ送った最古の書簡には

そのミ写真いつごろ　2・2

と書き始め、「その君を夢ミ候ひし」とあって、夢の中の「君」である鉄幹のさまざまな場面を思い出して書き、「しまひに白百合の君になり給ひしゆるし給へ」とあるのは登美子の存在を意識したのか、懐かしかったのか、さらに「卅一日の日けふくるしきことおはさずてやとおもひ居りしに候」とあるのは、鉄幹の経済面での月末の支払いなどを気遣ってのことなのか、はっきりしない。続けて自分のことに関して

商家の子のそのなやミしらぬ身にはおはさず候。すゐし居り候ひしに候。白百合の君その丶ち何のおともおはさず候。まことこ丶ろにか丶るわかさぢの雪におはし候。こ丶ろもとなく候　2・2

とあり、商家の娘である自分の「そのなやみ」とは、旧弊に閉ざされて自由の許されぬ桎梏の身を指しているのであろう。また登美子について音沙汰のないことを伝え、気懸かりな登美子の消息を伝えながらも鉄幹の心の底をそっと覗き込むようである。この頃の登美子は『山川登美子全集』（昭36・11）によれば、三三年の「十二月中旬に

挙式」し、「新婚生活は東京市牛込区矢来町」だったが、「式後当分の間は、若狭に留まっていたようで」とある。この頃の晶子は登美子の消息を案じてか、「おち椿」（「明星」明34・3）に

かのそらよわかさは北よわれのせてゆく雲なきか西の京の山　　『みだれ髪』197

と詠んでいる。この歌の結句に粟田山再会の折の感慨を詠み込み、「粟田山」を「京の山」と表現している。表面的には若狭の登美子に会いたい思いを歌っているが、まだ登美子に未練のある鉄幹を目前にして何となく妬心を漂わせている。鉄幹から『東西南北』が送られてきたことの礼を述べた後で、鉄幹の土井晩翠評に同意してから、粟田山再会以来、恋の虜となっている思いを続けて

あとの月の末つかたよりまことくるしき〳〵まどひおはしきくるしくおはしき　　2・2

と書き、先月末から悩み、苦しみ、その内面の辛さを綿々と訴えている。さらに

山の湯の香終にしら梅におはせはさることかたきかと君まどひ候　かなしきことかず〳〵おもひ候はづかしきのことに候　されど君ゆるしきゝ給へ。さきにまゐらせし文にそれ皆ひめてそのおもひひめてくるしくおはしき　　2・2

と、愛を誓った二人は、晶子上京の契りを交わしたであろうことが行間に感じられる。ここには得恋の歓びはなく「まどひ」とか「かなしき」ことを「皆ひめてそのおもひひめてくるしくおはしき」とあって鉄幹との恋愛を心に秘めて苦悩に満ちたものだと訴えている。それは「商家の子」としての束縛の多い日常への悩みと妻子ある男との恋愛への煩悶もあったのではないか。また「さること」が原因で君が困難なこととして惑っているとあるのは、恐らく鉄幹からきた手紙に晶子上京の件について書いてあったことではなかろうか、晶子はそのことを「はづかしき」「君ゆるしきゝ給へ」と詫びている。鉄幹から来た書簡にある晶子上京のことと、それを晶子は家族に隠して

いるのが「くるしき」とか「さること」と書き「人の子としてのわれ星の子としてのミ名何となるべき」と下界にいる「人」である我、天上界の「星の子」である我、つまり世俗と天上界の狭間にあって悩み、その上白百合の君を意識してか、「時々たゞふることおもひ候」と登美子との思い出が眼間に浮かぶ。一月二日の晶子書簡では

　何れと死とおもひきめて扱いろ〳〵のことおもひ候ひき。そのなくは、たいのち君をさびしき世にのこしまゐらせて、そのいのちをその少女のいのちにかけてのねかひけふその君君と末ながくともに居させ給ハれとその父君なるひとに文のこさばやなど、それせめて
　君へのわがつミにむくひまゐらすことかなどもおもひ候。

といろいろ考えて死を決意した。しかし「君」（鉄幹）をこの世に残して、その「君」の命を「乙女」（妻瀧野）にかけてと願い、「今日その瀧野さんとあなたは末長く共にお過ごし下さい」と瀧野さんの「父君」に手紙を残したいなどと思い、それがせめてもの「君」（鉄幹）への「つミ」の償いだと思っている、という晶子の告白である。「あなたと瀧野さんは一緒に過ごし、自分は身を引く」、とまで思い詰めて切迫し、死を覚悟して

　死のことおもひ〳〵ていつもそのはてはさ云へ恋しきものをと終にはいつもかくおもふのに候

と考えるだけで、そう思ってもやはり「われえ死なざりしなるべくされど死もよひ〳〵おもひ候」と生死の境をさ迷うほどに苦しみ、詠草を送る時にも晶子は

　しばしは歌よむまじときこえしこのなやミもちていかでとおもひしに候。この一月二月せめてたのしくあたゝかくと云ひ居給ふ君にかゝるまどひきかせまゐらすことかとそはまこと〳〵くるしくおはしき

と悩み、苦しんだ。「心経質《ママ》」とか「あまり小心」と書き、「はづかしく候」と乙女らしい口吻を洩らした。しかしそこには当時の男尊女卑の弊風に対する晶子の厳しい批判がすでに芽生えていた。その後で「そのころ」と記して

君さらば粟田の春のふた夜妻またの世まではわすれ居給へ　『みだれ髪』220

世のつねのそれに見られぬ情ぞと今この時にあゝせめて君

今かくて今かゝる時その星に恋とはざりし子とおもひ出よ

いとせめてのこすこの神世故なくミ涙うけんわがねがひなり

われあたゝかしおもふことなし、死にたしとおもふ時死れで人恋しく〳〵のこるこゝろおふき今かゝるかへりて死なるゝものか、わがすくせにすぎしえて恋のむくひかとなどおもひ候。あたゝしとおもひしころはまこと恋たらずおはしき。星の子人の子としてのさら〳〵のことおもひつゞけしはてにさ云へ恋しとおもひし君。

このことにつきては何も〳〵云ひ給はるなとひ給ふな。

はつかしく候。……さらば　夢見し朝

とあって「二日の朝　晶子　与謝野様　ミ前に」で終わる。右の一首目の、二、三句が「巫山《ふざん》の春のひと夜妻」と改作され『みだれ髪』に採られた。この一通目の最古書簡は、晶子の六通中で最も貴重である。「君さらば」の歌には上句と下句に込められた、先妻瀧野への深い同情から鉄幹とは別れる決意はしたものの、二首目は世の常識では考えられない恋情だと思うが、今せめてあなたを思うことで一杯だと詠み、三首目では今こんな気持ちになって星の世界に恋を求める私だと思わないでほしいと否定的になっている。四首目は「いとせめて」と恋に縋る切迫した思いが「ミ涙うけん」という悲しい「ねがひ」に変わってきている。これらの歌に当時の晶子の辛い真情が窺える。書簡の末尾近くには、このことにつき「何も〳〵云ひ給はるなとひ給ふな」「はづかしく候」と書いて、一度は諦めた恋だったが、その一方で恋を取り戻したような喜びさえ感じられる。

この粟田山について昭和二、三〇年代の鉄幹、晶子に対する弊風のひどい頃、古くから与謝野家の支持者だった小林天眠は激怒して門弟の湯浅光雄と「粟田山再遊説」の賛否論を「浅間嶺」で交わしたことが起った程であった。

鉄幹への恋情―晶子書簡三通　二月二日最古の書簡の後、粟田山を思わせる晶子の二通目は、寝ようとして晶子は店を見回った後「毎夜やすむ前に『相思』を見」、鉄幹の「ミ写真見て」寝に就くという。晶子の娘らしい日常は「あたゝかくやすむ」といって恋の幸せに満喫している。粟田山の様子が「かのとぐちに湯の気のもれて」という文面から粟田山の華頂温泉の辻野旅館の門前での二人の様子から待ち合わせの雰囲気が想像される。暗闇から現れた鉄幹の姿を捉えて

かの「相思」梅と云ふな百合といふな　といく度かくりかへし給ひしそれよりと、おもひて現実《うつつ》とおもひて
やすむのに候　　2・15

と思い出す。この「梅と云ふな　百合といふな」は鉄幹の詩「相思」（「新文藝」明34・2）は『紫』に同題で掲載されている。粟田山体験を「梅」でも「百合」でもない、というのは「白梅」の雅号をもつ雅子、「白百合」の登美子でもない、と詠み、「相思」はまさに「白萩」の君である晶子一人だと言わんばかりに鉄幹は詠み、「相思」に

すくせ問はば　髪みだれたり　きぬ破《やぶ》れたり　人の子のまへ　栄《はえ》ある二人《ふたり》か

と詠み、恋に心乱れる喜びを「栄ある二人か」と確認し、また「ひそかに誇る　くれなゐの袖かみて　また千とせ説かず　つよくつよきつよき　このふたりが恋」と再び二人の恋を賛嘆している。また書簡（2・15）には駿河屋での晶子の生活がそのまま描かれて、晶子には「火桶にただぬかあて」る「くせ」のあること、「けふは十五日」なので「店のぼんさんは早退」、「店の次の間のしきの上」で手紙を書いて「奥へきこえぬやうに」して投函するの

も家族に気兼ねする、などと封建社会に閉ざされた当時の様子が偲ばれ、末尾に

なつかしの湯の香梅の香山のやどのいたどによりて人まちしやミ　『みだれ髪』243

とあり、前記の「かのとぐち」に通ずる粟田山での待ち合わせた場所にいる二人の情景がこの歌により偲ばれる。

三通目の晶子書簡の書き始めに

国文学昨日いたゞき候。ありがたく　京の山の花のミ歌おなじねざしの　かの君にすまぬやう　2・22

とある「京の山の花のミ歌」とあるのは鉄幹の

かざしにと若狭へさてはやるならずあせたる色も京の山の花（人と残れる菊を粟田山につみてとみ子のもとにおくるとて）　『紫』114

とあり、添え書きにより粟田山で「人」（晶子）と摘んだ菊の花は若狭にいるとみ子に簪として送るのではない。「残れる菊」なので、たとえ色褪せていても登美子を思い出す「京の山の花」として送るのだと詠んでいるのは鉄幹の、登美子への未練ありげな様子そのものが、この歌中に「京の山の花」と詠まれている。書簡の始めの文には続けて「おなじねざしのかの君」とあるのも「小天地」（明34・1・1）に掲載された鉄幹の「それ羽子」の一首に

野のゆふべすみれひそかにささやきぬおなじねざしの友にとがあり（とみ子のもとへ）　『紫』70

がある。書簡中の「かの君」は登美子、右の歌の「友」は鉄幹、右の二首とも鉄幹の、登美子への慕情だと知りながらも晶子は、この書簡のはじめの方に

かの君にすまぬやう、うれしと承り候　されどなほミこゝろあそばして

と登美子に詫びている。これは現在の二人の粟田山再会の幸せを思っての登美子への気遣いなのか、鉄幹が登美子へ送った二首を登美子が喜んでいたと晶子は伝えている。しかし「されど」と言って、鉄幹の内心には登美子への

思いのあることを「あそばして」とやや皮肉っている。その後に登美子からの来信があったことを「この人うれしく候」と祝いたい思いなのであろうか、ここに晶子の、登美子への複雑な心情も絡んでいるのではないか。

さらにその後に全く別のことで「これはひがミにおはすべし」とあり、同人林のぶ子に手紙を出したが返信なく

皆々われをしか品性ひくきものとおもひおそれいミ給ふのに候べし

とあって、ここでもまた鉄幹との仲を「品性ひくきもの」として誹謗されていると気に病んでいる。しかし他方では「今いく日またばと例のわがまゝ」とあるのは鉄幹からの文を待つ気持ちで「しのびがたく」とか「この二日三日来夢にえあひまつらず」とせめて夢にでも会いたいという思いを洩らしている。この書簡には「ひいなの歌」を書いた毛筆の晶子の歌一六首が同封されている。

次は四通目の三月二〇日すぎの書簡で特に印象的なのは増田雅子（しら梅）について「このひといじらし」と書き、「その写真見ても増田様あたりの娘様が田舎の子守のやうなふりしていらせらるゝさまに母なきひと故かと涙ぐまるゝのに候」とあって、雅子に深く同情している。この書簡には『みだれ髪』に採られた歌が二首あり、それを左に記す。

うたひとつそめむねがひにてかさはあらざりき笠はあらざりき（60）

山ごもりかくてあれなのミをしへよべにつくるころ桃の花さかむ（21）

一首目の初二句と結句は改作され、二首目は四句のみが改作された。また粟田山回想の場面は

私何故かこのごろかの山のミこひしくてかの時のミこひしくていたしかたなく候

これかの時のミをおもひでのかなしき兆にはあらずやなどにわりなきこともおもはれ候　歌もそれ筆のすさびもそれかの時今ハ〳〵恋しきに候

それのミうたひ居り候。　3・20

とあって、三首あり、その後に「さ云へ追想はたのしきものに候かな　たのしく候」とある。「かの山」「かの時」とは言うまでもなく粟田山追想である。この書簡には白百合や水野葉舟、中山梟庵、河井酔茗などの新詩社同人の消息を伝えている。特に白百合や白梅についての話題性が面白い。以上三通の鉄幹宛ての書簡を紹介したが未だ鉄幹の許へ行く決意が見られず、ただ恋しさのみ覗かせていた。右の「山ごもり」の歌に因んで

わがにはの紅梅はよき花に候。花ことにもゝえなるのやうに候

十日ばかりすればさかむとおもひ居り候

と紅梅を愛でている。粟田山の歌には梅が多い。手紙の最後に「けふ何かきしことやら　さらば君」で結んでいる。

「辨疏ハ無用」の言　この年、晶子に送った三通目は三月二九日の鉄幹書簡である。始めには「反古籠に入れんハをしき有明子の『幻影』の原稿」とあり、同人たちの様子を書いてから新聞「日本」掲載の正岡子規の「明星」評に対して鉄幹は

くだらなくて呆入候。箸にもかゝらぬ愚論のみに候。　3・29

とかなり強烈に非難している。さらに続けて『文壇照魔鏡』にも触れ、「かの書を信じて第一支部ハ解散」裁判沙汰になっていること、「今ハ辨疏致さず候。嘲罵の下に倒るゝか、倒れぬか、ためしたく候」とか、この年の四月出版の『紫』についても欠点を示しながら思ったより「珍しき形に出来候」「表帋のすみれハ藤島氏」とか、「咄嗟に編輯」のため歌の取捨選択はできなかったことを「今更口惜しく候」とも書いている。この書簡中の生《なま》の声として

昨日木村鷹太郎氏来訪、泉州の女豪との関係を白状し玉へ。雑誌をそれで埋めるはヒドし、今ハ一般の与論なれば辨疏ハ無用なり、何もバイロンは人よわくなるに及ばず、ヤルべし〳〵とたゝみかけての詰問に、覚えず苦笑致候。この人などには能く「おち椿」が分かりをリ候ものと、一般の世評のほどもうなづかれ申候。いまは君、ゑにしの神の袖うらむまじく候。寧ろ誇つてヤルべく候。われらは詩よりも恋のかた大きく候。われ誇るべきに候。　3・29

と自分達の関係を見抜かれた木村鷹太郎からモーションをかけられて「苦笑」するという鉄幹の表情が浮かぶ。「おち椿」七九首は粟田再会直後の「明星」（明34・3）に掲載され、『みだれ髪』に四九首採られた。ここには粟田山行の歌が多いので木村に二人の行状が暴かれたのであろうか。この人は鉄幹と晶子の媒酌をした。この書簡では二人の仲を当然のように書いている。その後で「財政上」の「迫害」「切迫」「世人の誤解」「金融界の逼迫」などと書いているが、「男」故に「あくまで世と戦ふのに候」と男らしく気負っている。その書簡の終わり近くに

こよひ春の雨のむしあつき夜に候。粟田のかりねしのばれ候。あひたく候。四月の末とは遠き〳〵ことに候かな

とあり、「四月の末」と書いて晶子上京の期日を待ち遠しく思っているのであろう。これをみると晶子上京は「四月の末」と約束していたようである。それが延び〳〵になって六月中旬となるのである。

晶子の瀧野宛て、酔茗宛て書簡一通ずつ　粟田山再会後の寛二通、晶子六通により、晶子が鉄幹の許へゆく約束をした後、上京するまでのことが分かるが、瀧野からの手紙を受けて、その返信と思われる三月一三日の晶子書簡が一通だけ現存し『与謝野寛晶子書簡集成』一巻に収録されている。妻子ある鉄幹との恋愛故の良心の呵責に耐え

られなかった晶子書簡である。全文掲載する。

うれしく候　ミ情うれしく候　君すゐし給へ　みたりこゝちの有に候　やさしの姉君は、そはすゐし給ふべく　かゝるかなしきことになりてきこえかはしまゐらすちきりとはおもはず候に人並ならぬつたなき手もつ子それひたすらはづかしとおもひながら　いつかはのとかにかきかはしまゐらすことゆるし給ふ世あるべくたのミ候ひし　おもひ候ひし　おのれか奇矯を売らむとてのうた　その為に師なる君にまであらぬまかつミかけまゐらせしこの子　にくゝこらしめ給ハぬがくるしく候

この後はたゞ〳〵ひろきこゝろをのミたのミまゐらすべく候　ゆるさせ給ふべくや　つミの子この子かなしく候　御なつかしく候　やさしのミ文涙せきあへず候ひし。

けふまことそゞろがきゆるし給へ。何も〳〵ゆるし給へ

御返しまで参候。

この夕

晶子

姉君のみ前に

「かゝるかなしきこと」とは鉄幹と瀧野との離婚を意味し、その原因を自分に向け、さらに自分の突飛で気儘な歌のために師（鉄幹）が誤解されていることを、咎めない瀧野の優しさに感動してか、「涙抑へ難く」とひたすら謝罪している。滝野からの手紙が見られないので、その内容は推測だが、恐らく平静ではいられなかったと思う。晶子は一方的にただ〳〵許してほしいと書いているが、現実はもっと生々しく厳しかったと思われる。ここでも自分を「つミの子」として道義的に詫びの思いをこめて「かなしく候」と繰り返し書いている。この頃の瀧野は鉄幹

とまだ同棲中だったので「麹町区上六番町四五」の与謝野家へ宛て、堺の「鳳あき」の名で晶子は出信している。晶子はこの頃の辛い思いを、その六日後の三月一九日の酔茗て書簡に

ものくるほしの今　それのミ静かに拝し候ひし
その松原を静かにしのびその夕方静かにおもひしづかに泣候
まことくるほしの今に候　世の声人の声　さ云へ少女に候
私かなしきことのミおもひつゞけられ候　くるほしのこのごろに候
今朝文庫手にいたし候
たれ様の御いたづらにやイヤなことに候　今の身にもほほゑまれ候　さ云へイヤに候　はづかしく候
3・19

と訴えている。瀧野への書簡と「文庫」の記事は連動して妻子ある男との恋愛に苦しむ晶子自身の心を告白している。「文庫」には晶子の噂が時折載せられていたことで、この書簡にもこのように書いているが、前記した瀧野に対する自己への良心の呵責の思いも強かったと思う。

三月二二日に再び同様の辛さをまた酔茗に訴えている。それは誰にも打ち明けられない内面を酔茗に告げている。鉄幹とのこと以上に瀧野に対する苦悶の方が多かったと思う。現存する晶子書簡で最古のものは三一年の日付不明の酔茗あて書簡で、それ程に酔茗とは旧知の仲であったのは、同郷の誼もあり、晶子の才能をいち早く認めた人として晶子の気心をよく理解していただけに、鉄幹には言えぬ辛さを忌憚なく訴えられたのであろう。

このように、この頃の晶子にとって一番心を傷めていたのは瀧野の存在であった。世間では瀧野との離縁は鉄幹との子供の入籍問題にあったことなど知らない。ただ晶子との恋愛沙汰のみが先行していたことから晶子の内面は

益々落ち込んでゆく。その渦中に書いた瀧野宛て晶子書簡について既に述べたが、この頃の晶子は非常に気弱になっていた。この書簡所有者が私の友人の従姉妹という事情から『与謝野寛晶子書簡集成』編纂の折の出版許可は好意的に協力頂けたことに今でも感謝している。瀧野はこの晶子書簡を受けて一〇日余りして帰郷したと思われるのは、帰郷した瀧野は三月二七日に鉄幹からの手紙を受けていたからである。

上京間近の二人の書簡　鉄幹宛ての晶子書簡の五通目（5・29）は「よべはをさなきまろねせしに候」から始まり「源氏などおもひうかべわれはたれ、さりとてよもぎふとはおもハず」とあって「源氏その人のこゝろ」とか「夕がほへのそれを」とか「よいかな源氏や伊勢や、こん世はとちぎる蓮のうてな、君にとふ、また幾人かのする」とか、とりとめもなく『源氏物語』を話題にする。その後で薄田泣菫の言葉、長原止水、藤島武二の文や絵の消息を伝え末尾近くに晶子は

　君その日われまことこのごろ迷信のやうのこと毎々しているのに候。されど迷信ならず候。

と精魂込めて自ら納得しているかのように「かくまで神を信じ居るのに候。かならずその日の幸大かるべく信じ居り候」という「その日」とは晶子の上京する日のこと。もはや上京の日が間近かに迫っているのである。「ミ文うれしくぞんじ候」とあることから、恐らく鉄幹の方から上京の日程を指摘してきたのであろうか。その後で、

　けふは廿九日この月は大の月なれど君まことうれしく候。われおひとへにておよろしく候　われもそうおもひつゝあるのに候　かさねぎし給ハねばならぬやうの山ごゝちならばわれそのときそこにて、たちてぬひまゐらすべく候。蓮の糸松のはのはりは君それこそ　一むかし前

　　二十九日

晶子

与謝野様

とあり、優しく娘らしい晶子の真心が示されている。これ程までに尽そうとする晶子にはただ一筋の情熱あるのみ。晶子は堺の裁縫女学校卒業なので裁縫は上手かったらしく、啄木が真夏の暑い時に一枚きりの袷を着て来たので即座に浴衣を縫ってあげたという逸話が残っている。また駿河屋の店員たちの着物も晶子が縫っていたこともあって、右の書簡は決して晶子が誇張して書いたのではない。いじらしい晶子の、ひたむきに文学に生きようとする一面をそのまま伝えているようである。

晶子上京の杞憂—二人の書簡　一月の粟田山の二泊の旅は二人の人生に光明をもたらし、美しい歌を多く詠ましめた。その再会から二ヶ月程して鉄幹から晶子宛ての前記の三月二九日の鉄幹書簡は三通目で、粟田山で交わした晶子上京約束の期日を

粟田のかりねしのばれ候。あひたく候。四月の末とは遠き〳〵ことに候かな

と粟田山を懐かしんだ恋情を洩らし、四月末の晶子上京を待ち遠しげだったが、その後の鉄幹書簡には、

六月の初めにのばし申すべくや、のばすことイヤなれど、今しばし神にそむくまじく、ちひさきことより千丈の堤の流れ候も面白からず候。千とせはやり祈る子、君しのび玉へ、しのび玉へ。　5・3

と書き、さらに晶子上京の日程を伸ばす原因を同書簡の末尾に、

周防へいにし人、この七八日に上るべきよし、たゞいま文まゐり候。物学ぶため、また児のためにも二三年ハ東京に下宿すべしとに候。そは両親の許しありしとに候。されど君が宅へは行かじ。

下宿は遠きところに求むべければ、坊の顔見に君よりきませとに候。この人きよくつよくおもひさだめて、親のいさめに従ひし人に候。たゞこの後は物学ぶと児を育つるとをたのしみにと、これまことにうらさびしきこゑに候かな。われつねになぐさめて、文かきをるのに候。こちらへ上りても、われより行きて折々ものいひてなぐさめ合ふべく候。君そはもとより許し玉ふべし。

で終わっている。「周防へいにし人」とは帰郷した瀧野のこと、離縁した瀧野が再び上京するという便りを受けて予想もしなかった鉄幹は慌てて晶子に上京日の延長を書き送った。四月末と鶴首して待っていたのに二ヶ月延長とは晶子に言い知れぬ不安があった。しかし諦めずに「その日」といって「迷信」のようにも思う一方で、「神」を信じて「その日の幸大かるべく信じ居り候」と上京を疑わずに切々とした一途さこめて晶子は待ち続けた（5・29）。その後三日目の晶子書簡には鉄幹からの便りが絶えたので、思い余ってかなり感情的になり、狂わんばかりの焦燥感は一刻も早く鉄幹の許へ行きたいと、苦悶する思いを率直に表白した六通目が最後となった、この書簡に

あすにならばなほくるしくなり候べし。よくもわれかくて二月三月四月五月ゐられしこと。君まこと三日とはあさつてに候。それ五日にまではなり候とも君われくるしく〳〵候。一日もはやく、まことくるしくて〳〵、この二日三日のうちになにごとかあらば何とせむ。まことくるしくて〳〵、あすはまたなほ何となる御ことゝ、われくるしく候かな。君まことといかにしても、いのり〳〵まつり候。　6・1

なかなか上京できない苛立たしさと焦りの思いを「くるしく〳〵」と繰り返し書き、六月三日に上京するつもりなのか、「あすにならば」とは二日のことであり、それは上京の前日なので「なほくるしくなり候べし」なのである。また「君まこと三日とはあさつてに候」とあるので「三日」が約束の日だと分かる。然しまだはっきりせず「それ五日にまでは」と迫っているが、その後は具体的には示されていないが、ひたすら祈るばかりで

あひまつらるればよいのに候。一週間ものびむなどあらばわれよく魂たえべしやとまで、おもふ程まして、神とは云はじ、いのり〳〵まつり候。　6・1

と「一週間ものび」たならば死んでしまう、とまで追い詰められていた。待ち合わせの栗田山を確認するようにかの山より打電し給ハるべくや。かのやどの名辻本とか君云ひ居給ひしそれそのときよくきかせ給ハれな、何々ニてと。

そしてわが名「オホトリ」はわかりにくからばイヤに候。大変なりと私おもひ候まゝ「ホウ」とあそばして、かゝること、君わらひますな。うつゝなの子あひまつりえばよろしきに候。さ云へくるしく、うれしき、今のこゝちまことうたなどにてはなく候。　6・1

とあるように、鉄幹が栗田山の宿から晶子へ打電する手配をしていたらしい。「宿の名辻本」は「辻野」の誤りである。現実に打電されたら家の者に分ってしまうであろう。それで「オホトリ」とか「ホウ」とか言って笑わないように、と言いながらも現実に逢えれば嬉しい、今は歌を詠む気にもなれない、と真剣に訴え続けている。最後に、

君、たゞいのり〳〵まゐり候。つミの子ならば今さらに、そまぬ子ならば、ことさらに。

六月一日　午後　　晶子

よさの様　ミもとに

とあって、どのようにして堺を出たか、その経路の記録はないが、山本藤枝の小説『黄金の釘を打った人』（昭59・9）では、上京する晶子が栗田山で鉄幹が来るのを二時間も待っていた。そこへ「都合で行けぬ」という鉄幹からの電報がきたとある。これは作り事で実際の晶子の手紙は栗田山で待ち合わせるという所だけで終わっている。

昭和四二年、私は堺へ行き当時ご健在だった晶子の妹さんの志知里氏にお会いして、晶子上京当時のことを伺っ

た。その頃の晶子は東京の鉄幹の許へ行きたくて半病人の状態だったので、母は父には無断で、京都にいた妹里の所を廻ってから上京させようと手配して上京できた、という直言を得た。右の山本の著書は粟田山で晶子が鉄幹を待っていたと事実のように書いたことが芝居や小説にも使われたが、これは事実でなく、全くの創作である。

晶子の実筆の書簡は評伝の裏付けとなり、それが研究にも繋がってゆく。創作風に作り上げるのは小説やエッセイでは許されるが、研究は事実を客観的に見極め分析して持論を固めてゆく。それが重要なのである。書簡を裏付けとして実証性を探すことで研究は成り立つ。上京間際の心境を晶子は回想して

日にこそ浮《うか》べ、ふるさとの　堺《さかひ》の街《まち》の角《かど》の家《いへ》、　帳場《ちやうば》づくゑと、水いろの　電気《でんき》のほやのかがやきと、
店《みせ》のあちこち積み箱《つばこ》の　かげに居睡《ゐねむ》る二三人《にん》。……一番頭《いちばんとう》と父母《ちゝはゝ》と　茶《ちや》ばなしするを安《やす》しと見《み》、
こなたの隅《すみ》にわが影《かげ》は、　親《おや》を捨《す》つると恋《こひ》すると　繁《しげ》き思《おもひ》をする我《われ》を　あはれと歎《なげ》き涙《なみだ》しぬ。
よよとし泣《な》けば鈴鳴《べるな》りぬ。　電話《でんわ》の室《しつ》のくらがりに　つとわが影《かげ》は馳《は》せ入《い》りて　茶《ちや》の間《ま》を見《み》つつ受話《じゆわ》器《き》とる。　すてむとすなるふるさとの　和泉《いづみ》なまりの聞《き》きをさめ。……　（「親の家」（「芸苑」明40・4・1））

と詠んでいた。この六連の詩のうち一、四、五連を右に載せた。また上京当時を回顧して晶子は

相見《あいみ》ける後《のち》の五《いつ》とせ見《み》ざりける前《まへ》の千《ち》とせを思《おも》ひ出《い》づる日《ひ》　『夢之華』306

と歌い、この歌について『短歌三百講』（大5・2）で晶子は

今年の六月十日もまた来た。自分のためにこの日程大きい意味のある日はないのである。自分が上京して恋人に迎へられた六月十日……その間の長かつたことをも切実に思ひ出させるのであつた。

と晶子は上京した日を「六月十日」と重ねて書いているが、鉄幹の瀧野宛ての書簡では二回にわたり

・ちぬの人十四日に上京致候　小生と只今一処にをり候　6・15

・鳳君の上京は十四日に候ひし　右のやうの事を偽りて何の益ありや　6・16

とあることから、晶子の「六月十日」上京とは思い違いで、六月一四日が正しい。上京した晶子を迎えた鉄幹は、

武蔵野にとる手たよげに草月夜かくてもつよく京を出できや　「明星」明34・9『新派和歌大要』59

と歌って「よくぞやってきた」と歓迎したように歌っているが、上京直後の晶子は暫くの間きびしい現実に対応せねばならぬことが多々あった。この頃のことが晶子の第二歌集『小扇』（明37・1）に多く詠まれている。

瀧野宛ての破格な鉄幹書簡と晶子の感慨　晶子が上京したのは二度目、前年七月は弟のことで上京した時には鉄幹とは逢っていない。この頃の晶子は鉄南との文通に熱中していた。しかし一年後の今は一途な思いで上京しわが才能への可能性にも強い確信、待望があったようで家出同然の形で鉄幹を頼って上京した。その折の感慨を『みだれ髪』の「春思」に歌っている。

いとせめてもゆるがままにもえしめよ斯くぞ覚ゆる暮れて行く春　320
春みじかし何に不滅《ふめつ》の命ぞとちからある乳を手にさぐらせぬ　321

一首目は激しい情熱に身をまかせて上京した時の思いを感慨深く詠み、二首目は青春が不滅であると信じて具体的な官能描写をしている。慎ましさを女の美徳としていた当時の女性の歌としては驚嘆すべき前代未聞の歌と言える。情意の解放を高らかに謳歌した晶子に対する抵抗は当時大きかったと思う。

鉄幹にもまた別の意味での破格な所があって、現代でも許し難いような思いを別れた妻瀧野に書き送っていた。それらは晶子上京前後のことであった。

君今は我れなにもつゝまず候。鳳も山川も和久も増田もわれの恋人に相違なく候　鳳ハ尤もあつき恋人に候

……君よ鳳女史をまことの妹とも思ひ玉へ。何卒かの人々と我と恋する事も許し玉ふべし　4・13

と書き、また恋人を作るが妻にはしない。妻にすれば「君のやうに浅田女史のやうに心の苦労のみさせねばなら」ないので「いつまでも恋人にてすませたく候」と書き、続けて

これ詩人には深くとがむべき事にはあらず候。ゲーテの恋は文学史にある丈にても十二人バイロンは数知れぬ恋人をもちをり候。バイロンはその妻とわかれて又妻をもたずに終り候と聞き候。

と常識を逸し、今日でも一般的に見て極めて非常識であり、利己的な寛の書簡である。また同書簡には

鳳女史より君をとこしへ姉と思ふと申しまゐり候。かの人かわゆき人に候。君ゆめ〳〵悪しくとり玉ふな。かの人もまた我とは添はれぬ家庭の人に候。一生をひとり身のわれを恋ひて〳〵となりまさ子もたき子もおなじ事に候　とみ子君も女子大学へ入学するよしに候

とあり、「詩人には」云々とは、女性側から見ると身勝手で許し難い発言である。瀧野の気持ちを蹂躙すること甚だしい。実際に晶子は「とこしへ姉と思ふ」と言ったものか、真偽の程は分からない。登美子も新婚早々で女子大入学など考えられない。何れも鉄幹の自己流の想像であったか、何故このようなことまで瀧野に告げねばならなかったか、この頃すでに晶子上京の期日も迫っていたので焦っていたものか、瀧野宛て書簡で鉄幹は

君も恋しくちぬの人も恋しく君何もおこゝろひろく願上候　詩人の恋に人間らしき事ハのたまはぬやういのり上候……詩人の恋に君何もお恨みなされ候事なしと存候　よしやちぬの君と夫婦と云ふ時節有之候とも君も一時ハ夫婦なりしにあらずや　何も人間らしき事ハ君と我との間にのたまはぬやうに祈上候　6・15

と、ここでも「詩人の恋」を特権のように振りまき、さらにその翌日には

君あまりに人の子らしき事を我との間にのたまひ候かな　それくらゐの理想はよく〳〵お分かりなされ候君

なるべきに今更無学なる人の如きお言葉は君の為めにくちをしく候。……君ハあまりに小生の心を小さいものに誤解なされ候かな　君をおもひ候事坊をおもひ候事ハ今更申すまでもなく候に君ハ小生をつまらぬ男子のやうに小生の苦しき境遇も未来の希望もかへりみたまはぬは残念に存候。　6・16

と鉄幹は自分が全く理解されていない悔しさを述べている。続けて瀧野からの「小生の感情を害する手紙」が鉄幹へ送られ、それによって瀧野は怨恨を晴らしていたのであろうか。その後で

昨日の裁判十九日にのび申候　今度は必ず有罪と存候

とあるのは、この年の三月一〇日に出た『文壇照魔鏡』に関する裁判のことである。その後で

雑誌の方ます〳〵困難に候ゆゑ毎月の払も出来ず困居候　猶いろ〳〵と責められ候　お察し被下度候。

と弱音を吐いている。このように晶子上京後も瀧野との文通は続き、さらに瀧野あて鉄幹書簡には

坊ハひきとりてよろしく候　鳳女史しきりに育てたきよしに候　君の事よく〳〵女史にもはなし申候。
君みこゝろひろくおもち被下度候
われ今貧乏と戦ひをり候くるしく〳〵候……
坊の事毎晩気になり申候。よろしく〳〵衛生に御注意被下度候　6・23
廿三日夕　寛
しろ芙蓉様　ミもとに

とあって父親として愛児への思いを洩らしているが、晶子が本心から瀧野の子を育てたいなどと言ったものか、瀧野の機嫌伺いのために発した言葉とすれば浮薄な鉄幹となる。さらに鉄幹書簡では「坊」のことを

日々気にかゝらぬ日も無之候　ちぬの人、いつも〳〵その事語りて上り玉はゞお目に懸り何も〳〵お話し致

し互の誤解をわすれて親しくお交りしたく坊やも引取りたくと語りをり候。君のみこゝろの中もこの人よく〱分りをり候　今ハ小生一人がワル者になりしやうにおもはれ候　8・7

と、ここに於いても瀧野の機嫌をとるために坊やの子育てを晶子が希望しているように書いているが、瀧野と晶子の仲をよくさせようと鉄幹は色々と気遣っているのは、瀧野に金策を求めたかったからであろうか。この書簡には『文壇照魔鏡』のため、これまで「明星」五千部の売れ行きが半減したこと、そのため「毎月百円」の赤字になり「小生ハ収入もなく」とあり、また坊やには何もしてやれず一枚の夏着も送らず「君より却つて助けて貰ふ事ハまことに〱すまず候　米代もなくて困候」とあり、八月日不明の書簡にも「君もし御都合がつき候はゞ本月の末までにこゝの家賃丈」でも送って欲しいと書かれている。

九月一日にも「至急お助け被下度候、十五日までに参十円ほど」とあり、別れた妻に平気で金を無心するという常軌を逸した鉄幹の行為は、事実として瀧野が送金していたか否かは分からない。この年には瀧野に送った一〇通の書簡には借金や坊やのことの他に『みだれ髪』刊行費用が「四百ほど」（8月日不明）とか、晶子上京の日とか、婆やのことなど、鉄幹と晶子の書簡から色々の個人情報も知られた。特に瀧野と晶子の仲を取り持とうとするのも興趣深い。以上、鉄幹と晶子、瀧野、酔茗などに関わる個人的な情報などを見て来たが、他の人たちへの書簡を見て行く。

八月九日の蒲原有明宛ての寛書簡には『独絃哀歌』の印刷ミス、「片袖」の原稿依頼。蒲原あてのもう一通は月不明の書簡で「御稿」拝受礼。九月九日の滝沢秋暁あての寛書簡に「みだれ髪の御高評を文庫紙上に奉煩し候事著者及び小生の感激致す所に御座候」と謝意を表し、次号の「明星」原稿を依頼する。一二月一五日の田山花袋宛て寛書簡は「玉稿只今拝受」の礼である。この年の書簡は鉄幹、晶子の青春がそのまま表出されている。

上京後の新詩社　晶子上京後も鉄幹と先妻瀧野は文通していた。この頃のことを前記の自伝小説『親子』の冒頭に「恋の盲目《めしい》」について、

戀《こひ》の初《はじ》めは盲目《めしひ》であると云《い》ふのは嘘《うそ》だ。目《め》の無《な》いものが戀《こひ》のやうな大事《だいじ》を何《な》んで出來《でき》やう。平生《ふだん》よりはどれだけ理性《りせい》が鋭《するど》く働《はたら》いて居《ゐ》たか知《し》れぬとお濱《はま》は思《おも》ふ。盲目《めしひ》になつたのはその後《のち》のことである。初《はじ》めて七夫《なゝを》に逢《あ》つた時《とき》のお濱《はま》は冷《ひやゝ》かな二十二の娘《むすめ》であつた。

と書いている。。晶子に扮する「お浜」、寛に扮する「七夫」である。小説では一途に燃えて上京してきたお浜にとって夫の七夫が別れた妻と文通するのが不快になって、「自分一人のものであれば」という愛の独占欲が湧く。それはまさに現実の晶子の心を傷めたことで瀧野宛ての鉄幹書簡にも出てくる、その中で、とくに瀧野に仕えて来た婆やが上京して来た晶子を憎んでいたことは既に述べたが、事毎に嫌みを言っていたことが小説「親子」に出てくる。婆やのことはたった一通だけ、前記の晶子あての鉄幹書簡に、

婆と茶をのみてさびしげに蒲団をかぶりてねむらうとしてもねむられず……　5・3

とあって婆やと同居していることを伝えているが、この婆やが晶子と鉄幹についての一部始終を瀧野に報せていたことが前記の正富汪洋著『明治の青春』の文章となり、その書に晶子が上京した折の様子を婆やの言葉として

奥様をおくつて新橋駅に行かれた旦那様は、その日、顔に髪をふり乱した、その髪の間から眼が光つてゐる、一見おばけのやうな女を物好きにも伴つてこられたと報じた

と如何にも憎々しげに書いている。こと毎に悪意的な報告をしていた婆やと晶子、鉄幹は二ケ月余り同居するが、その間に『みだれ髪』が刊行された。その出版は経済的に苦しかったようで八月の日付不明の瀧野宛て鉄幹書簡に

文友館非常の貧乏にて其上明星で損をし、またみだれ髪も四百円ほどかゝり候よしにて誠に気の毒に存候

とあり、同書簡には極貧の辛さを訴えている。この貧乏のどん底にいることを同居していた晶子は気付いていなかったのであろうか。この頃の晶子書簡には暗い翳は見えない。上京後の晶子にとって鉄幹以外に最も頼りにしていた河井酔茗宛ての、この年の八月九日の書簡では「けふは、や、秋の季に入りしのに候よし」から始まって水野葉舟と秋の散歩をしたことが記されている（51頁）。この葉舟との噂が立っていたようで、『明治の青春』では、これを事実のように書き、葉舟もまた後年小説「再会」（「新思潮」明41・1）で鉄幹、晶子、水野をモデルにして書いている。それをとりあげて、そのころ啄木の日記（明41・1・3）に、

何とかした張合で晶子女史は水野と稍おかしな様になつた。……聞く所によると、晶子女史は何でも余程水野に参つて居たらしい。故郷に居た時鉄幹氏から来た手紙などは一本残さず水野に見せたといふ。……〝再会〟は此水野と鉄幹とが赤城山で再会するといふ事を書いたもので、自分の見る所は、全篇皆事実の事、少しも創意を用ひて居らぬ。……

と書いているのは噂話を真に受けているようである。すでに鉄幹、晶子の恋歌が多く掲載され、特に晶子に対して一寸した言動でも文学仲間の関心の的になっていたようで、酔茗宛ての晶子書簡でも

人の家にある身のその日〳〵のそこの人のかほいろかほいろ見ることおほえて、…　8・9

とある「そこの人のかほいろ」とは日常ともに暮らしていた婆やの存在だと思う。瀧野宛ての最後となった鉄幹書簡（9・11）には「こゝの老婆より一々通信致しをり候事と存候」とあるのは、その内容は分からないが、婆やは一部始終を瀧野に報告していたのであろうか、そのためか、この文末には

婆ハ近日中にかへらせ申候

とあり、この書簡の翌一〇月の「明星」一六号の社告には同じ渋谷区内に転居したと報じている。恐らく婆やを

断った直後に転居し、それ以後瀧野宛ての書簡もないことで婆やと共に瀧野との縁も切れたのであろう。

　また前記したように晶子には故郷から頻繁に帰国勧告があり、鉄幹との同居を世間は勿論新詩社内部でも同人たちの批判も大きかった。その頃の新詩社同人窪田空穂は当時を回想して『与謝野晶子』（昭和25・11、雄鶏社）に

　水野、平塚は晶子が東京の人となる事を嫌つた。それは自分たちの新詩社の如く思つてゐる所へ力量のすぐれた晶子が入り込んで一緒にやると、従来程の我侭が出来ないこと又晶子のために師鉄幹が他から非難される事などの理由から帰国を勧告した。

と書いており、同文には鉄幹の親友であった同人の内海月杖は鉄幹から晶子との結婚の相談を受けた時のことを、新しい歌を詠む女性は歌妻には適さない理由で反対した、と答えたということも書かれている。当時、鉄幹は二八歳、晶子二三歳であった。二人の同棲への批判の声を気遣ってか鉄幹は、その心境を（『明星』明34・7）に

　　いつの春かわかきけなげの一人子《ひとりご》をもてあましたる国のちひさき　『新派和歌大要』36

と、けなげにも上京してきた晶子を重荷に感じている小心者の自らの内面を披瀝している。晶子は『みだれ髪』に

　　さそひ入れてさらばと我手はらひます御衣《みけし》のにほひ闇《やみ》やはらかき　284
　　ふさひ知らぬ新婦《にひびと》かざすしら萩に今宵の神のそと片笑《かたゑ》みし　62

と詠む。一首目は男からつれなくされる女の切なさを匂いやかに詠み、二首目は微笑ましい新婚の姿である。因みに「しら萩」は晶子の雅号である。

　以上、鉄幹と晶子、瀧野に関しての三四年代の書簡をみてきたが、この他に生きる姿勢を鮮明に示した鉄幹書簡に明治三三年代の寺田憲（千葉県下総香取郡神崎町の酒造元）宛書簡七通中の五月五日の最古の書簡（本稿46頁）に鉄幹詩論が述べられている。これらは特に印象的で「明星」創刊当時の鉄幹の意気込みが痛感される。寺田は明治一

五年生まれでアララギ歌人ではあったが、アララギ以前に寺田宛て鉄幹書簡で分かるように新詩社入会を希望していた。三四年代には一通のみだが、ここでも

たゞ世の毀誉にまかせていさゝか志し候所に精進致し諸友の知遇に乖かざらむ事を専念致をり候へば御放念被下度候　猶「明星」紙上等に於て御気づきの点有之候はゞ御忌憚なく御忠告被下度候　11・18

と自らのあり方を明言している。寺田に宛てた書簡には新派和歌勃興期にあった「明星」の詩精神を鉄幹ははっきりと打ち出して「明星」のあり方をアピールしている。

この他に前記の八月九日の蒲原有明宛書簡では九月二五日刊行の「片袖」初号の原稿を依頼した後で「初号は纔かに五百部を印刷」と書き「一切再販」せず「珍本的のもの」と書いている。この「片袖」には有明四編と鉄幹三編の詩のみである。また滝澤秋暁宛て書簡で鉄幹は九月掲載の秋暁の『みだれ髪』評を

殊に過般のみだれ髪の御高評を文庫紙上に奉煩し候事著者及び小生の感激致す所に御座候　9・9

と書き、晶子からの「よろしく御礼」の伝言も加えている。

第五節　明治三五年から三九年にかけて

鉄幹の苦闘と天眠の縁談　前年に出た『文壇照魔鏡』の影響で、明治三五年もまだ鉄幹批判は続いて誣調に近い本が五冊も出版された。それらは『叙景詩』（1月）、『公開状』（3月）、『文壇笑魔経』（5月）、『魔詩人』（10月）、『へなづち集』（11月）である。これらに対して鉄幹は『照魔鏡』の時のように強く対抗せず非難や罵声を無視して他に様々な企画を立てた。まず「明星」の刷新を図って、この明治三五年の一月号から六月号（一日）までを「第二明星」とし、それを六月一五日に「白百合」と改題し、さらに七月号から「第三明星」と改題している。また

「明星」の赤字を防ごうとして「片袖」は三集、「少詩人」は二集を出したが、何れも終刊となった。この年には晶子の著作はなく、鉄幹は詩歌集『うもれ木』（6月）、詩歌文集『新派和歌大要』（12月）を出版した。常に新しさを求めては貧困が酷くなる二人の生活であった。そういう状況の中で「明星」は毎月発刊されたが、三四年三月の『文壇照魔鏡』出現のため三五年の「明星」の二、四、六月は休刊となった程に打撃は大きかった。

この明治三五年から『天眠文庫蔵与謝野寛晶子書簡集』が二人の書簡集に加わる。これは与謝野家を終生援助してきた関西の小林天眠一家に宛てた書簡四五九通を収録した書簡集である。この年には天眠宛ての寛書簡三通を見る。一通目の書簡は昭和期の「冬柏」と「雲珠」に既に掲載されている。まず

その夜の御ものがたりまことによく小生へお打ちあけ被下候御志ありがたく感激致居候　その後の御成りゆき窃かに御洩し被下度候。　1・11

から始まる。天眠の妻雄子との縁談の相談への返信。自らを「大丈夫」といって「俗物同様に朽ち」たならば「世の毀誉を気にして心ならぬ一生を淋しく送る」ことになるから「之を忍ぶの要無之候」と強気で、書簡末尾近くに

自ら燃ゆる二人者の情火あゝ誰か之を咎めて制し得べきとするぞ

と書いているのは、この書簡の二日後の一月一三日には晶子が与謝野へ入籍する日であることを念頭において自分等の燃える情熱に重ねて「大兄の幸福を祈る」思いをこめての日々を確信を以て書いているのであろう。

二通目の鉄幹書簡（10・7）は金銭面のかなり厳しい困窮を訴えている。九州からの天眠書簡に金子が封入されていたことで「御高情のほど感激の外無之候」と感謝をこめ、さらに「篤志の畏友」の「補助」にも深謝して

「明星」の維持は固より困難に候へども毎月大兄の如き篤志の畏友より補助せられ候為めに辛うじて醜態を破綻するに至らず　加ふるに幾多の交友は何れも報酬の念を放れて毎月心血の文字を寄せくれ候ゆゑ

と、このような尽力で「明星」に「進歩」の跡が見えるのは「過分の栄誉」で、「健闘精励」しているのだが、

たゞ残念なるは財政不如意のため恰も火山の上に立ちて活動するの感有之頓と一日も後顧の憂なくして文筆にたづさはり難き事に御坐候　乍去これも天賦の小生の運命也　他を羨まずしてこの中に苦闘可致候間この微衷を御洞察被下御助勢願上候。

と貧困生活の不安を訴えている。次に書いているのは晶子の著書を多く出版してゆく金尾文淵堂から受けるべき稿料が夏以来未払いだったので下阪して請求すると、八〇円の約束手形をよこしたので、それを銀行で七〇円位に割引してほしいと思い天眠宅を訪ねたが不在だったが、天眠の妻となった新婚の雄子夫人に会った。その印象を

一見兄が理想の君丈ありておしとやかなる君とうれしく存じて引取申候

と、新婚の夫人に好感を抱いたことを書いて、その後に鉄幹はさらに

目下紙屋へ前月分の「明星」の用帋を払はねばならず荊妻が本月の分娩用の費用も要し次には「明星」出版費不足の為め秋、冬の夫妻の衣服一切典物と致候などのお恥しき義につき其等の衣服も三四枚は引き出し度く旁々至急入用に候へば何卒この手形を割引したくと存候次第に御坐候　10・7

と切迫した窮状に陥っている生活を赤裸々に訴えて必死に援助を懇願している。「分娩」は晶子の初産である。

ゾラとドレフェス事件　この年の天眠宛ての鉄幹書簡は昭和期の「冬柏」と「雲珠」に掲載済み。ここには一九世紀末に起こったドレフェス事件で容疑者を弁護して禁錮され、この年（明35）に死去したゾラについて鉄幹は天眠に

近く亡くなりし佛のゾラの如き　あのやうの死にざまはなんぼうくちをしき事に候はずや　ゾラの如きは十

九、二十両世紀の世界文学史に最も光ある星斗の人に候へども我等風情は今死ねば路傍の枯れくさ遺らむにほひも候はんや　かく思へば貴き光陰に候　又貴き命に候　空費しては成らずと存じ候。　10・29

と書いている。ゾラの死について想起されるのはドレフュス事件と文豪ゾラのことで『世界史研究より』（山川出版社）にエミール・ゾラは1898年1月13日の新聞「オーロル紙」に「私は弾劾する」という大見出しのもとに大統領あての公開状を発表し軍部の虚偽と不正を弾劾し、ドレフュスの無罪を訴えました。ゾラはそのため訴追され有罪となつたため倫敦に亡命しましたが、その反響は大きくこれをきつかけにドレフュスの再審を求める運動が盛り上がり、1999年再審が行われドレフュスは大統領によつて特赦されました。

作家大仏次郎はこの事件をテーマに同名の作品を発表、当時の日本の軍国主義台頭に警鐘を鳴らしました。と書かれている。ゾラは晩年にこの大事件に遭遇した。これは仏蘭西全土を震撼させた。それは一八九四年、ユダヤ人のドレフュス太尉が軍部権力の策謀で無実のスパイ容疑を、でっちあげられ、ドレフュスは赤道直下の流刑地の悪魔島に送られ、酷烈な環境下に囚われの身となる。これに対してゾラ自身が反対したことで名誉毀損で起訴されるに至った。以上のゾラに関しての事件について寛は天眠に訴えたのである。

貧困と韻文朗読会　その後で「先頃の御迷惑の件」とあるのは前便の手形割引のことで「意外にもあまたお送りに預り」とあるのは、恐らく手形割引の金子以上に多額の送金が天眠からあって、そのお陰で停滞していた「明星」の用紙、印刷代金を払い、家賃を払い、米炭を買い、更に

夫婦が秋冬の着料も質受致し、生まるべき小児のウブギ其他の用意も出来て候。　10・29

と貧乏のどん底生活であったが、天眠の送金で一時救われたことに万謝し、天眠の「御懇情」に対して「両人とも

毎日のやうに申し合ひをり候」と丁重に礼を述べている。また一〇月一一日開催の韻文朗読会について

　朗読会の公開は時期ニ適し候と見え　意外に他数《ママ》（多数）の来会者有之満場の静粛他に例の無き上品な公会に候ひき。青年が世に立つて思ひしよりも勢力否実力を認めらる丶事になりしを天に謝し候　10・29

と書いている。右の朗読会は新詩社の二回目の会で、一回目は八月一五日で新詩社で行なわれた。右の二回目は神田の美土代町の青年会館で行なわれ、七五名の予定が九百名の来会者で盛会で黒字となる。鉄幹は自らの新体詩「黄金ひぐるま」「寿老亭」と短歌五首を朗吟をした。この会について「明星」に記載されている。

『魔詩人』　前記の天眠宛て書簡（10・29）は「魔詩人」について

新声社は先きの悪書に満足せず　この度また〳〵小生等の事を構造して『魔詩人』と題する小説を公に致候
　作者はやはり文壇照魔鏡の筆者の一人田口某に御坐候　乍去識者は　もはやか丶るもの丶為めに動揺致すまじく候　若し小生の事を仕組みし之等の書が売行よろしくして新声社近々（事）の苦境が幾分にても救はれ候ならば寧ろ社の為めに可賀候へども覚束なく候　10・29

と寛は書いている。『文壇照魔鏡』に続く、この年出版の『叙景詩』と『魔詩人』は寛への誹謗書で何れも新声社出版であったが、寛は自分が犠牲になって新声社の売れ行きが上がって「苦境」が打解されるのならば「可賀」と書いているのは皮肉か、同情であったか。『魔詩人』の内容は、雑誌を発行するために女から金を引き出しては捨てるという悪質な詩人天野詩星を描いた小説で、筋の展開には劇的な場面もあって、興味本位の読物風な感じである。前記の瀧野宛ての寛書簡の数々に見られた瀧野に金を無心する場面が想起される。この小説は当時の貧しい文士らの日常を写したとも言えようか。以上天眠に宛てた書簡の中での明治三五年の鉄幹書簡をみてきた。

貧困との戦い　毎月の「明星」出版やその他のこともあって、定収入のない与謝野夫妻の生活は金銭面での協力者がいなければ成り立たなかった。この頃だけでなく、与謝野夫妻の終生にわたって最も強力な後援者は天眠であった。「明星」の絶頂期とも言われた、この三五年に於てもこのように、二人にとって貧苦との戦いそのものの生活であった。

無断転用への鉄幹の抗議　『みだれ髪』出版の翌年であっただけに、この三五年は鉄幹批判はあっても新詩社の歌は人気があり、注目されていたこともあってか、新詩社の歌が無断で転用されることが多かった。それは新派和歌に関する評釈や辞典に新詩社の歌が作例として引用された。これに対して鉄幹は度々抗議した。未だこの頃は法律的に著作権侵害は問題にされていなかった。しかし鉄幹は服部躬治編『草笛』の中に鉄幹の歌三四首、晶子の歌二三首をはじめ新詩社同人の歌を利用したと言って「明星」一七号（明34・9）の社告で「何等の交渉を受けたる事な」く「明星、紫、みだれ髪等にある諸作を無断にて採録」したことを「全く彼書の編者の不義」だと詰責した。さらにこの年（明35）の七月に出た『新派和歌辞典』に対しても鉄幹は「我等が攻撃せねばならぬ悪書」だと激怒した。その「作例の三分の一が鉄幹を始め新詩社同人の作だといって、それについて、

　無断に我等の開く作（今から見れば改作したきもの、破棄したきものが多い）を引用し、甚しきは故意に改作をさへ加へたのは誠に無礼千万である。

と書いている。この書も『草笛』も『叙景詩』も金子薫園が関わっていたことも寛にとって憤怒の原因になっていた。しかしそれ程に新詩社の歌は人気があったともいえる。

この三五年でもっとも重要なことは晶子が与謝野に入籍したことで、一月の「明星」から「与謝野晶子」の署名

で発表されるようになる。

企画に揺れる鉄幹　三五年の寛書簡五通中にある一通目の大矢正修宛て書簡を見る。

旧蝋中は屢々御来示を賜り加ふるに詩社への基金を寵賜せらる御礼はいつも延引と云ひながら身辺の煩累に邪魔せられ本意なき御無沙汰に相成候事万々おわび致候　1・23

と無沙汰の失礼を丁重に述べてから度々の通信と「明星」への基金のお礼の書簡から始まる。正修の「明星」初登場は五号からで、五号の「一筆啓上」欄の寄付者一四名中に「金参円　大矢正修君（越後）」とあり、同号に四名の同人の「新詩社詠草」があり、その中に四首あり。この年の鉄幹への誹謗や悪評が多かった様子を同書簡には、

烏兎匆々人空しく老を催し候かな　自ら顧みて影に泣く夜も少なからず候へども今三四年は一世の毀誉を気にする小胆先生に伍して斯くは日本に跼蹐と致すべし　1・23

とある。この年、鉄幹は多忙の中にあって「空しく老を催し」と否定的になっている。非難轟々とふりかかって、身を愛おしんで泣く夜も多いが、「今三四年」は俗世間に妥協しながら生き長らえることにした、とあり血気盛んだった頃の「虎の鉄幹」の勇壮さの片鱗すらみえない。それはまさに昔日の「抱負」に比して現在の辛さ、悔しさが身に沁む鉄幹であった。「刻下の理想より見て」悔しいことは多いが「是が人生の状態」だと言って諦念の気分にもなる。しかし「誰を怨みむ　又誰を羨まむ」と自ら納得しながらも鉄幹にとって真の理想とは「活動建勲」「特立特行」「立志敢為」を以て生きることであった。表面上は「傲骨空しく朽つべけんや」とか「千百俗児が嘲罵や意とするに足らず　大丈夫よろしく千秋の意気高く標致成候やう切望致候」と意気がり、「小成功」だけで安んじていたならば「今日の悪名も赤貧も猶猜疑も無かりし」と自省しながらも「生まれし我侭は抑へられ」と言って

どこ迄も奮闘の人にて通し可申候　只今の如きも日夜薪炭の費にすら事欠く境遇に有之候へども妻と二人のわびずみ此中に恋の真実あり　詩の生命あり　他年の理想の夢あり　痩せ我慢のみには無之真個楽しき生活と存居候。我兄の今日もまた然らむ歟　1・23

と、如何に貧しくても一途に奮闘し、自らの信念に生き、晶子との精神生活に満たされていることも伝えている。その後で渡韓時代に行動を共にした堀口九万一（堀口大学の父）に触れ「あの男なかく血は涸れぬ事と存候故ブラジルなどの美人系ならぬ地には居たゝまれぬ事と気の毒に御座候」と強気で意気がっているが、内心は常に揺れ動く鉄幹であった。この年の書簡の中で、内面をこのように披瀝したのはこの書簡だけだった。

寛と晶子の西下は滝澤秋暁宛て寛書簡は年賀状の謝礼の後に、

新春十一日まで京阪に烏水君と清遊致候為め終に御返しも致さゞりし次第に候。　2・1

と返信の遅れた理由を「京阪」の「清遊」のためだと述べている。これは「明星」二号（明35・2）社告に前年の「十二月三十一日」に東京を発ち「新春二日の文学同好会の新年大会」出席のため京阪に向かったとある。この時の記事は烏水同伴とだけ記しているが、事実は新婚早々の晶子同伴で三人の旅であった。この頃の鉄幹と晶子は同棲から結婚となったために陰口が多く、表面的には関西への同行も公表できず。大阪の新年大会に晶子は出席せず、堺の実家へ直行した。晶子にとって長男光連れての初の里帰りであった。その晶子を鉄幹は、

あわたゞしひと夜泊《と》めての朝なで髪《かみ》君が和泉の御母《みはゝ》に泣かる　『うもれ木』75

と歌う。晶子上京後半年ぶりの帰郷である。その翌年に父、五年後に母は他界。この旅の晶子の歌で薄田泣菫や本山荻舟とも会ったことが分かる。『みだれ髪』の歌壇への反響から「関西文学」同人らとの対面に感慨深いものがあったろう。

わかき君のきさらぎ寒《さむ》の堂ごもり勢至菩薩に梅ねたまれな（泣菫の君にまゐらせける）　『小扇』41

と寒の堂篭りをしている若き詩人泣菫に向かって梅に心を奪われないで修行に励みなさいと晶子は力づけている。また歌を作り始めた頃を回想して「表現する所は泣菫氏の言葉使」に「負ふ所が多い」（与謝野晶子歌集）と書いている。右の歌は梅の美しさに視点をおきながら、泣菫との親交の篤さと深い思い入れが感じられる。一方鉄幹は、

西《にし》加茂の尼《あま》は蓮月《れんげつ》岡崎の歌はわが父その世とほざかる　『うもれ木』94

と「西加茂」から寛の名付け親蓮月を偲び、自らの生地岡崎そして蓮月と親交の篤かった父をも偲んで歌っている。さらに同書簡では、滝澤秋暁の執筆協力に深謝の意をこめ、次号の「文芸雑俎」への助力も懇願した。この人は『みだれ髪』出版直後に批評を載せた一人であった。秋暁宛ての寛書簡は全部で五通でみな明治期である。

前号で第二回目の韻文朗読会について書簡に述べたが生田葵山宛ての鉄幹書簡は第一回目の韻文朗読会について、

先日は御来会被下難有奉存候　公会は白星と協議し十月上旬の事に致候　何れ其内打合の為め今一会相催し可申候　9・5

と次会の相談の後で次号の「明星」へ短編小説の寄稿願いを「何卒御助成の思召を以て御投恵」を「頗る恐縮に候へども特に御快諾被下度候」と鄭重に書く。この書簡の他に葵山宛て寛書簡は五通あるが皆明治期のものである。

蒲原有明宛て二通の寛書簡のうち一通目は第二回目の韻文朗読会の打ち合わせの依頼で、二通目は一一月二日の長男光出産のことで、

昨一夜夜九時晶子遽かに一男を挙げ申候為め無人の家内大に狼狽致し取込候為め失礼致候。　11・2

とあって、初めてのお産であっただけに寛一人で困惑していた様子が彷彿とする。「初産」について晶子は後に自伝小説「初産」（「読売新聞」明42年4月16・17・18・20）や評論集『愛、理性及び勇気』（大6・10）の「生後百日頃ま

での我児」に書いている。初産は長男光であった。前記した天眠宛ての書簡（明35・10・7）にも極貧の中での光の出産に天眠からの援助を受けて感謝していることが書かれてあった。

「明星」全体を俯瞰すると三五、六年代がピークと言えようが、決して安泰な状態ではなかった。この三五年は多岐にわたっての鉄幹の企画のさまざまを展開させたが長続きせずに終わったものが多く、「明星」だけが残った。「明星」経営のために文学上の企画の他に、晶子の歌が盛んに模倣されていたことから、この年には「みだれ髪かるた」や「明星絵はがき」や「明星画譜」などが出版されたが、何れも失敗であった。「明星」刷新のための焦燥と努力が却って裏目に出たが、晶子の歌の人気は続き、多くの歌人に波及していたことは事実であった。

「別号うもれ木」（鉄幹）　明治三六年は鉄幹書簡のみで田山花袋宛て三通、蒲原有明、滝澤秋暁宛て二通ずつ、毛呂清春、真下飛泉、岡稲里宛て一通ずつで計一一通。花袋や有明宛ては原稿依頼などの鉄幹書簡である。

「なのりそ」主幹の毛呂清春宛ての書簡には、

別紙の如き候もの若し御余白へ埋草に相成候はば御採用被下度願上候　若し御捨て被下候はば、次号には何か之にまさるもの差出し可申候間御遠慮なく御返し被下度候　幸に御採用の節は小生の別号うもれ木とのみ御記入願上候　7・6

とある。右の「別号うもれ木」とは「明星」（明35・10）の「蝶ものがたり」と同年一二月の「木がらし」（烏瓜・悪源太）の鉄幹署名が夫々「埋木」になっている。これらは鉄幹の詩歌文集『うもれ木』（明35・12・30）にも採られている。このように原稿を頼みながら、その後で、「一号の『なのりそ』紙上感服致さぬものは第一に」……と書き、具体的に指名して「原稿の粗末」さを指摘している。文末に「右失礼なることのみ申上御赦し被下度候。早早拝述」とあるのは直情的で鉄幹らしい。毛呂清春は浅香社入門、同門の林信子と結婚、信子は新詩社同人となる。明治三六年六月二〇日、丸岡桂らと「莫告藻」創刊、与謝野門下の歌人であるが、歌集はない。

寛の病、花子と登美子のことども　蒲原有明宛ての二通のうちの一通目の寛書簡には、

小生長く黄疸と脳病とを病みぶら〳〵致し日々拝趨仕り度と存じながら失礼何卒御海恕被下度候。　3・20

とある。この年の七月の「明星」の「涼榻茶話」で「全く脳の貧血」、「子供の病気」で「介抱の為め毎夜睡眠不足が続い」て「益々神経が衰弱して」とあり、五月の「明星」の「病榻小詩」に三〇首あり、

病《やまひ》こそ高き窓なれ観るによし世やは小《ちひ》さき我《われ》や大《おほ》いなる　『毒草』47

次は真下飛泉宛ての書簡には「小生夏に入りてやゝ元気を回復致候感ある筈が、貧乏生活とのみ戦ひ居り候」と日常生活をそのまま伝えている。またこの年の一月から平木白星・前田林外・鉄幹との連載「源九郎義経」が一月から始まっており、それについて「御細評を煩し候」とある。薄田泣菫について「昨今に於て詩人らしきは今の処この人」と讃じ、後に平野万里の妻となる玉野花子について「彼女史の近状聞くにも惨然と致候　人生の不平等今更ながら長歎致され候」とある。さらにまた

山川女史も早く未亡人と申す悲境に陥られ又更に肺患をさへ得られ候　大阪の増田女史も肺患と申す事に候
才人の薄命千古同然に御座候　8・2

と登美子と雅子が「肺患」とあるが、この頃の二人にはどこにもそんな記録がなく、二人とも翌三七年の春には上京し、日本女子大生になるので、これは誤解である。

「日本武尊」と「源九郎義経」　その後で長編叙事詩「日本武尊」のうちの「熊襲」を高村砕花（光太郎）に頼んだが、他に連載中とのことで辞退されたので真下喜太郎に「何卒御快諾被下度」（8・2）と書いて「一題　日本武尊　一体　定めず行数ハ五十行以上に限る」「一作風　擬古にして神話的、ローマンチシズム的なるべき事」「正史以外に空想を十二分に用ゐる事」「一期限　九月十五日まで」と説明し一〇篇を予定して、それを「十一月の『明星』付録として一時に公にする事　一作者　左の如し」と夫々に題と作者名をつけたが、これらは一一月の「明星」には記載されず、一一月号には「日本武尊」の八編の合作として右の作者の題を変え、新たに加わった人もいる。この中に晶子の「玉の小櫛」があり、翌一二月の冒頭に鉄幹の「日本武尊　哀歌」が載った。「日本武尊」は一〇篇の予定が九編となり、それ以前の「源九郎義経」も一〇篇の予定が八編で終わった。これについて九月二一日の秋暁宛て書簡で鉄幹は「白星君と申す人おもひしよりは小心者にて」と批判し「向ふより『義経』は合作を断念す」とあり、そのため中断を決意し、早速「日本武尊」に切り替え、飛泉に長詩を依頼したのである。一一月三〇日の秋暁宛て書簡でも山崎紫紅の詩集「日蓮上人」評のお礼と新年号の「雑俎」執筆を依頼している。この頃の鉄幹は秋暁に原稿を依頼することが多かった。

このように三六年は前年の様々な企画とは違って長編叙事詩に精力を注いだ。時恰も日露戦争の前年であり、擬古典的な思潮の中で「源九郎義経」や「日本武尊」という史上の人物を長編叙事詩の合作にしたことは鉄幹の生来の資質もさることながら時局的な認識が感じられる。他に有明に『うもれ木』評を頼み、岡稲里には新体詩の近状を頼んで終わる。この年二つの叙事詩合作を「明星」に載せたのは意味が深い。

天佑社の企画　明治三六年の天眠宛て寛書簡は二通あり、何れも個人的な打明け話が多い。その天眠について述べる。天眠は号、本名は政治《まさはる》（明10・7・27〜昭31・9・16）であり、天眠は明治三〇年四月の浪華青年文学会を結成、七月の「よしあし草」創刊に加わる。丁稚から叩き上げた関西の実業家だが、小説願望が強く、「難破船」（「少年文集」明29・4）を始め「よしあし草」「関西文学」「新小説」「万朝報」などに小説を掲載。著書に『四十とせ前』（昭14・9）、『毛布五十年』（昭19・6）などがある。多くの文化人を声援し、中でも与謝野夫妻への援助は終生続いた。鉄幹と天眠との初対面は、鉄幹が「新派和歌に対する所見」を大阪で講演した時のことである。その時の天眠宛て鉄幹書簡はあったであろうが、残っていない。現存している最古のものは前記の三五年の書簡から始まる。

三六年の鉄幹書簡（9月上旬）には天眠が突然上京したが寛に逢えず翌日寛が天眠の来訪を待っていたが逢えず「もどかしく又口惜しき事に申合ひ候」と晶子と共に無念がっていることが書かれている。同書簡には「去月の初めには又々御広告料との名義の下に御援助」を頂き「心くるしく」思い、「雑誌」と「小生の境遇」について「名状すべからざる苦境」にあるので「謹で拝受致候」との丁重なお礼状であるが、経済的困窮を訴え、続けて

天佑社の着々として真面目なる御活動、及び第二よしあし艸の御編輯等此間も小島烏水氏よりまことに敬服の旨申参り候　小生も何も大兄の御精神は存居り候一人につき事々しく申上げず候へども個人の熱烈なる信念が如何なる偉大の結果ある乎は十年後に明著なるべくと刮目致され候　　9月上旬

とあるのは、大正七年の天佑社設立準備が「着々と」行なわれていることを意味する。「第二よしあし草」とある「よしあし草」とは、「明星」以前、関西から出ていた文芸雑誌のことである。天佑社について三六年七月の「明星」には「明治三十六年四月十七日」に天眠たち三人が「将来文学上の或る理想的事業を遂行せんが為め本社を組織し、左の趣意書を作成す」とある。これに鉄幹と晶子も加わっている。この天佑社創立の暁には、第一出版として晶子の「源氏物語口語訳」を計画して明治四二年には、その計画について天眠は晶子に依頼している。このこと

については後述する。天眠は晶子の「源氏口語訳」執筆開始の明治四三年から大正七年の天佑社設立までの八年間、原稿料を小林個人で払い続けていた。しかし設立した時にはその「源氏口語訳」は半分も出来ていず、その上書き直しを申し出るなど、この間の事情が綿々とこの書簡集に綴られている。ところが大正一二年九月の関東大震災で「源氏」の原稿は全焼してしまう。その天佑社の企画が立てられた年が、この明治三六年なのである。

光と安也子の生誕は一年違いの同月同日　次は一一月四日の書簡である。これは天眠の初子安也子誕生の感激の寛と晶子の書簡である。寛は「菊花時節かわゆき君を挙げたまひ候こと謹で御祝ひ申述べ候」と書き、「その無垢、可憐、神聖、直ちに神より授けられたる如き小さき『女神』に乳をまさぐられ」とか、その後で雄子夫人の健康法や乳の飲ませ方や分量など女性的な濃やかさを記している。晶子は同紙に「母様にの《ママ》美しきくろ髪もち給ふ君にや」とか「そのお子様の御ゆく年の幸美しかれといのり候」と二人は赤児安也子を美辞麗句で伝えている。共通に感ずる事実を

御子様が当方の光と一年ちがひにて恰も同月同日同夜に生れ給ひしも何やら小生どもに取りては嬉しき事に存ぜられ候　11・4

と鉄幹は書いており、晶子もまた同じ巻紙に「わが子光とおなじ日おなじ夜の御うまれはいとゞいとしう御おひさきいのらるゝことに候」と書き、光も安也子も一一月一日の夜の生誕を無上の喜びとしている。安也子は六女一男の長女だが、雄子の実家を継ぎ「植田安也子」となる。光は五男六女の長男、互いに毎年の出産の様子が、その折々の書簡に出てくる。天眠宛ての書簡はその後は欠如しており、次は明治四一年からである。

「明星」の原稿依頼に執心する鉄幹　明治三七年の書簡を見ると、蒲原有明宛ての寛書簡には

　拝述「姫が曲」拂目して拝見致候……その後の御作を本月の編輯へ賜るまじくや伺上候……　3・9

と依頼したところ、有明はすぐに応えてくれたので「明星」五月号の有明の詩「短調二首」（「それゆゑに」・「あまりす」）掲載。同月一五日の田山花袋宛て寛書簡には「早速御快諾被下御礼申述候」とあるが、「明星」には作品はない。無視されたものか、分からない。伊原青々園宛て二通、そのうちの書簡には、この年の四月一三日に没した齋藤緑雨の葬儀の世話をしてくれたことへの謝辞を述べてから

　緑雨氏記臆《ママ》談を何卒来る二十二日中に「明星」のために御恵み被下度是非奉願上候　長きハ如何に長きもよろしく候　右必ず二十二日中に願上候　4・18

とあり、さらに「都新聞」の「転載を得候事忝く存候」（4・21）とあって、さらに青々園の原稿は四月の「二十二日中」と再度書いており、その文末に寛は、

　緑雨氏のあとじまひにつき昨夜二三友人の決議にて大兄その外へ御願ひに出で候事と相成候　4・21

と書いている。それは五月一日の「明星」冒頭にある七人中の一人として「故斎藤緑雨君」（談話）の青々園の長い追悼文が載せられた。その「転載」の礼を述べているが、五月の「明星」の全頁の三分の一近くの四二頁にわたる緑雨の追悼文は冒頭に幸田露伴を始めとし、笹川臨風、伊原青々園の追悼文は特に長い。

三八年になって森鷗外・峰子宛てには、

　近々御稿を頂戴に罷出可申候間御戦地より御送りの御稿何卒頂戴仕り度候　1・3

とあり鷗外は早速送ったものか、「明星」三月号に「ゆめみるひと」の署名で「画はがき」七首が載せられていた。

五月一日の田山花袋宛てに寛は再び「六月の『明星』へ何か短き御高訳一篇賜るべくや　御芳諾乞ふ　〆切は五

月十八日に御座候」と日付まで明記し丁重に書いたが、前年と同様に三八年も花袋の原稿は「明星」に掲載されていない。この頃の花袋は三七年二月の「太陽」に評論「露骨なる描写」を掲載し、自然主義作家としての地盤を固めていた。それだけに思想面で全く異なる「明星」に協力できなかったのであろう。蒲原有明宛て寛書簡末尾には、

次号の『明星』へ何卒『二十五絃と白玉姫』の御評ねがひ上候　7・4

と依頼している。これは要望通り翌八月の「明星」に有明の「『二十五絃』を読む」（批評）が冒頭に載せられた。

三九年には生田葵山宛ての鉄幹書簡は「さて四月の号には必ず御作を賜り度今よりねがひおき候」（2・23）とあり、

本月ハ君必ず「明星」へ一篇御助け被下度小生病中故若き人達大まごつきに候間何卒御助勢願上候　乍軽少又乍失礼拾円丈差出可申候間その御積にて一篇御恵与願上候　艸々　4・2

と執拗に執筆依頼している。再度の原稿依頼をしてその上、当時として高額な稿料を出しても葵山の原稿が欲しかったのであろう。その葵山からやっと二度にわたり小説「夜の雲」上（5月）・「夜の雲」弐（7月）が届き、「明星」に掲載された。かなりの長文である。同七月には葵山の「アリストオテレス氏詩学」（評論）も掲載されている。

また馬場孤蝶宛てには

原稿不足の為め鈴木氏の承諾を得て「国文学」昴上の御高稿「同情」を転載致度候　御快諾願上候。8・24

と転載を要望したが、それに応ぜず、九月の「明星」に、「『春鳥集』合評」中の一人として載せた。一二月には「負債」（訳文）を掲載するが、寛が依頼した転載の「同情」は三九年の「明星」には掲載されていない。

森鷗外宛てには

新年号の『明星』へ何か一二編　御近作至急おめぐみ被下候やう願上候。　12・13

とあるが翌四〇年の新年号には鷗外の作品はない。以上で三七年から三九年までの「明星」掲載の依頼は終わる。

鉄幹の戦争批判　明治三八年に日露戦争は終わるのだが、この頃の寛の戦争観を書簡にみると戦時中の滝澤秋暁宛て寛書簡には

軽はづみなる国民は何事を措いても戦争々々と申候。この際野生等は大すましにすまし度くひそかに読書と吟味とに熱中致さむと致候はワルイ量見に候や如何　明38・3・2

とあり、戦争讃美者を批判し、自らは戦争を無視し読書と鑑賞に生きると言い、同年の寺田憲宛てにも、

日露両国ともに真実誠意より講和を欲し候時機に達し候は人類の幸運のためうれしき事の至に御坐候　戦争の終局を見るに至り候はゞ文芸の事も又々一層の進歩を見るに至るべしと予期致し楽み申候　6・12

と書き、及ばずながら「人後に落ちぬ心がけ」で「研鑽」するので「新詩社同人今後の所作に就て何卒御一読を煩し度候」とあって、同人擁護のために必死になっているとあり、非戦論者鉄幹の、人類の平和と自由を求める姿勢から文芸一筋に生きようとする純粋さが痛感される。寛は嘗て日清戦争時には「血写歌」（『鉄幹子』明34・3刊）に

あはれやな　人を殺して涙なく　おそろしや　生血《いきち》に飽きて懺悔せず　英雄と　われから誇り　豪傑と
一世を愚にす

とうたい、また『鉄幹子』に

ひんがしに愚かなる国ひとつありいくさに勝ちて世に侮らる　264
創《て》を負ひて担架《たんか》のうへに子は笑《ゑ》みぬ嗚呼わざはひや人を殺す道　266

と戦争の悲惨さを歌う。晶子もまた日露戦争時に「君死にたまふことなかれ」を発表、これを評論家大町桂月は

「詩歌の真髄」二回に亘り攻撃した。これに対抗して鉄幹は「『詩歌の骨髄』とは何ぞや」で対抗した。これらにより戦争否定の二人の思想が根底にあったことが知られる。

鉄幹の病気　明治三九年には寛の病気を伝える生田葵山宛て書簡が二通ある。

実ハ小生この二月の一日より面瘍を病み候て順天堂病院にて手術致候　引つゞき入院致をりし為めおくれて拝見致候　2・23

とあり、「明星」三号の「社友動静」にも寛は右の日に順天堂病院入院、手術を伝え、それに加えて「発病」し、「一時危険の容体なりしも、手術後の経過宜しくして、既に退院するに至れり」とあり、発信地は千駄ヶ谷となっている。こうした事情からか三、四、五月に寛は歌を発表していない。再び寛は四月二日の葵山宛て書簡に、

小生二月一日より病みつゞけて今ハ大学病院にあり　二三日前より発熱なく本日ハこの葉書を認むる迄になりぬ　但し本月中ハ退院しがたかるべし。

とある。ここには前記した同書簡に原稿欲しさに「乍失礼拾円」送るために、「明星」三号では退院と書きながら退院していないと書いている。何故か分からない。

次男秀誕生（明37・6・22）　秀の誕生については「明星」七号の「産室日記」に晶子が詳述している。薄田泣菫から鉄幹宛てに、

御飛電によれば御目出度御分娩遊され候由謹而祝意をさゞげ候　御名は秀《しげる》といふを撰び候。春蓮が句より思ひつき候もの貴意にかなひ候はゞ満悦に存じ候　晶子さまへも宜しく御伝へ祈上候。……

小生は只今京都へまゐるべきつもり文稿はいづれ何とか致すべく候

水無月

中二　泣菫

鉄幹学兄

硯

とある。これは『与謝野寛晶子集成』刊行後に発見されたので該書には掲載されてない。二人の出産祝の歌は

ひんがしにキイツと親もたふとびし君が賜びたる汝が名し思へ（泣菫君児の為めに名を秀と撰ばれたり）

鉄幹「花外一鈴鳴」―「明星」8号

欠くる期なき盈つる期なきあめつちに在りて老いよと汝もつくられぬ　晶子

ともに感動深い、それぞれの歌である。晶子の歌はどこにも掲載されていない。

志知善友による寛の動揺―秘蔵の晶子書簡（明39）　明治三九年には馬場孤蝶宛て晶子書簡は四通あるが、その中の年月日不明の書簡は一通だけ。この書簡には晶子の最も深刻な懊悩が見える。そこには寛について「あんぎや」とか「志知氏と同道に」という言葉があり、それらは事実と繋がる。「志知」は晶子の実妹里の夫志知善友のこと、この人は宗門の出であり、真宗の中学から四高に進み帝国大学の倫理科出身の新進の倫理学者であった。この人について明治三九年一月の「明星」の冒頭に寛は、

乾坤一転、年は新まる。人の心も亦新まざらんや。彼の多数なる詩人・文士・学者・宗教家の空言放語は、何の益する所ぞ。究竟は真実自家の努力・修養・證得を語る少数者の述作に向って注視し、傾聴せよ。……

と書き出し「人間の救世主なる一大自覚者ぞ出現したる」と記し、次頁から善友の「救世言」と題して八頁にわたる長文が載せられた。同号末尾の「社告」に寛は、

忽然として茲に聖人を見、神を拝し、如来を仰ぐの感を成し、真に心を虚しうして、如実に救済の真法を聴くを得む。これ人間絶対の福祉なり。願はくば何人も参じ聴かれよ。

とあり、更に「口頭の説話を」「欲する諸氏は、日を期し本社に来訪せられよ」とも書いて宣伝しているのは善友の説話を全面的に支持し、盲信し、狂信して、感動し、同号末尾掲載の寛の長詩「心のあと」の中の「永生」の中に

三十路《みそぢ》あまり三つの齢《よはひ》の秋の暮、わが恋妻《こひづま》の俗縁に宿善ひらけ、ゆくりなく末法《まつぽふ》の世生身《しやうしん》の　善友仏を拝むこそ未曾有なれや、まのあたり金口《きんく》尊き説法に、わが億劫の迷妄は薄らぎ初めぬ……

と書いて「仏善友、善友仏」と礼賛した。当時の知名な評論家登張竹風はこの年の「読売」（1・21）に

近頃、自から人間の身でありながら、我ハ神だ、佛だ、菩薩だ、救世主だと、名乗り出るものが多い。……余ハ仏陀なりといひ、救世主なりといひ、大恩教主なりと呼称する、「明星」の志知善友を始めとして……

「神仏の出現を笑ふ―余が人生観」

と批判し、河上肇、綱島梁川などの宗教観をも難じている。このようにして「志知善友」の名までとりあげられ、三九年一月の「明星」は一時的だが、善友の宗教熱に翻弄されていた。この頃すでに下降状態になりつつあった「明星」に寛は新風を採り入れようとして、当時まだ無名の善友を「明星」に利用して名を売り、信者を募りたかったものか、単なる宗教観であったか、何れにせよ旋風のような宗教熱だった。しかし翌年一月の「明星」に善友の「光闡録」という宗教の論旨を載せたが、この時にはもはや寛は何の反応も見せていない。あの熱した期間は

どの位だか分からない。これを晶子は非常に悩み、その苦衷をこの年の月不明二四日の孤蝶宛て書簡に打ち明けた。「とつ然さし上候こと御ゆるしあそばされたく候」とあり、その内容は寛が「明星」を他人に託し「自らは修養のみちにつかむとのおもひたち」と書き、「御承知の御こと丶」とも記す。これは寛が「明星」を他人に任せると言い出したことにあった。晶子は信じられず、それから「十日」して「さま〴〵私おもひみだれて」と孤蝶に書き送っている。さらに「としごろ夫の二なき兄」とも頼りにしている人として孤蝶に「御相談に」上がりたいが、子供に追われ「文して御判だんえたきこと申上候」とも書いている。この問題について新詩社同人たちにも相談すると、歌は晶子がやり、他は皆でやるようにいう。しかし始め寛は万里の所に新詩社を移すようにいったが、地方では困惑する人が多いだろうということで新詩社は「こゝにおくことになった」と晶子は自らの気持ちを伝えて、

　寛こと一切関せずと申候ニつけては私何もいたさねばならず候があなた様いかゞおほしめされ候や　夫と妻とそのやうのこととしてあり候ことは不自然に候はずや　不自然のことは、ひげきのもとに候まじくや

月不明24日

と、これまでは夫婦が協力してきた「明星」を一人でやらねばならぬ破目に陥った夫婦の悲劇にも繋がると晶子は言う。同人たちも夫々の勤めなどあり「皆々ひきうけがたきやう申さる丶」と彼らの事情を晶子は察していた。「明星」創刊以来、粉骨砕身、情熱を傾けてきた寛が何故、突然転身するようなことを言ったのか。続けて「私は何れ（寛はあんぎやなどにおほく出づるの　よしに候）」とあり、

　まこと寛こと三年の丶ち宗教家になりて帰りまゐらばかなしく候かな　さま〳〵おもひみだれ候。

あんぎやに四月と申候をふた月にたのみ居り候へど志知氏と同道に候まゝ何やらわかり申さず私はこころぼそく候

月不明24日

ともある。「志知氏」とあることから寛が「宗教家」を目指して志知善友に帰依し行脚を同道する。それを晶子は憂慮して善友に不安を抱き、「明星」の将来など馬場孤蝶に判断を仰いだのである。しかし三九年の書簡や「明星」には、善友のことは一ケ月だけで終り、「明星」も平常通り毎月発行されている。だがこんなに思いつめた晶子の書簡が残されている限り、内々で一過性ではあったが、「明星」から離れたい気持ちが寛にはあって、その悩みを救うかの如く善友の「救世言」が寛の心を捉えたのであろう。恐らく善友と行脚することも具体的にあったと思われるが、二月一日から「面瘍」のため寛は入院、手術という事態が起った。晶子は悩みの果てに「明星」を諦めて「出し申さずとおもひしに候が」と書いて、その後に続けて

さてのちざつしよりも誰よりも私は愛こそいのちなりとおもひしに候　不自然なるしごとは愛の上に何ものをもかなしきことを加へ申すまじくや

と書いて晶子は「愛」の重大さを言って、自分は子守をしていても楽しく、子供の将来も考えて家庭を大事に思い、夫が行脚して帰ってきても新詩社が我が家にあれば、と夫思いの優しい気持ちを晶子は披瀝した。最後に、

わかりがたき文字したゝめ候ことといく重にも御ゆるし被下度候　お奥様に何とぞよろしく御伝へあそばされたく　とりいそぎあら〳〵かしこ　かしこ

廿四日朝　晶子

馬場先生　御もとに

と書いて、この書簡は終わる。孤蝶とは肉親以上の親近感があり、寛と晶子の、何か事件が起きるたびに孤蝶が仲裁に入っていた。この後の「明星」廃刊の時も寛の家出事件の時も孤蝶が仲裁に入っていた。

第六節　明治四〇年から四五年、大正元年にかけて

覇気のない書簡類　明治四〇年は「明星」廃刊の前年であり、寛と晶子にとっては苦悩の前夜ともいうべき心性の疼きの絶頂であるべき年なのに、そうした懊悩めいたものはこの年の書簡には一切見られない。恐らく二人は自らの弱みを見せまいとする虚勢を張っていたのであろうか、下降状態にあることは認識していたであろうが触れたくなかったものか、明治三七年から四〇年代にかけて天眠あて書簡はないが、「書簡集成」は、みな寛書簡で、森鷗外宛て一三通、馬場孤蝶・河井酔茗宛て三通ずつ、角田勤一郎・落合直幸・大信田金次郎宛て一通ずつ、観潮楼歌会のことが時折出てくる。この年の落合直幸宛ての寛書簡に

家人分娩の事有之明日の会は突然見合申候。右森先生へも御伝へ奉願上候　2・9

とある「明日の会」とあるのは「森先生」とあることから鷗外宅での観潮楼歌会のことであろう。「分娩」はこの年の三月三日出産の女児双子八峰、七瀬のことで晶子は我が身を案じてか、会には欠席したのであろう。

その後の鷗外宛ての寛書簡一三通中の八通目の九月六日の葉書には

明夕ハ新詩社の吉井勇と申すわかき人を同伴可致候間傍聴者として御許し被下度候。　艸艸拝復　9・6

があり、新詩社同人の吉井勇を紹介している。次も一〇通目鷗外宛て寛の葉書には

明日の御会には吉井勇、北原白秋、小生の三人罷出度間御許容被下度候　右申上度まで　艸艸拝述　10・4

とあり、また一二通目の森鷗外宛て寛書簡には

七日の御会には吉井と小生と両人まかり出可申候　艸艸　12・4

とあり、観潮楼歌会に二人の新詩社同人の勇と白秋を同席させようと配慮している。これは単に紹介するというこ

とより、この年は「明星」廃刊の前年で、この二人は新詩社脱退の首謀者であっただけに、寛は脱退中止を願う気持ちから鷗外に依存しようとしたものか、その真意の程は分からない。

また「女子文壇」主宰の河井酔茗から晶子に同人の添削を頼まれていたものなのか、酔茗宛て寛書簡に

> 歌の数も殖え非常に添削に骨が折れ候ため荊妻ハ添削に四日もかゝり後二三日ハ頭痛に悩み候有様に候間申上かね候へども次回より五円丈御報酬にあづかり候やう御社主へ御願被下度右甚だ申上かね候へども荊妻に代りて申上候　宜しく御配慮願上候　4・1

と添削料の値上げを交渉している。この書簡は封筒無しで末尾に「四月一日」とあるだけだが、この年の五月に晶子は「女子文壇」に「ゆりばな」六首を掲載していることから、四〇年四月一日と推定した。送稿と共に、値上げのことも書いたのであろう。如何に貧困生活に追い詰められているかが想像される。

「明星」廃刊と寛の自然主義論　明治四一年の天眠宛て寛書簡は九月三日の一通のみである。この年の九月といえば「明星」廃刊の二ヶ月前なので寛は断腸の思いをこめて「熟考を重ね協議を重ね候上にて」とあって

> 断然来る十一月の百号記念号を機として「明星」を廃刊致候事に定め申候。……財政不如意のために廃刊致候は身を切るにひとしき苦痛に候へども今は已むを得ず候…　9・3

と絶大の無念さを述べているが、「併し新詩社ハます〳〵堅実なる研究を致候機関として保存致し他日機を見て『明星』を復活」する「積り」と言って、この廃刊時であっても「明星」復刊の夢を前途に抱いていた。機関誌を失うことは「多大の損失」だが、来年一月から「昴」という雑誌を出し、編集員には新詩社中の平野万里、吉井勇、石川啄木、平出修、川上賢三、茅野蕭々及び晶子、とあって鷗外が監督、上田敏と寛が顧問だと書き、「昴」の命

名は鷗外だともあり、基本金がないので編集員や与謝野夫妻が毎月三、四円の不足分を補給すると、恰も「昴」主宰者のような口吻で天眠に書いている。

「昴」は後に述べるが新詩社同人の脱退組が中心で彼らは「昴」創刊には各々が自説を強調していたので寛の意見など無視されていたのであろう。そのことを寛は胸中に納めながら天眠だからこそ、このように思い切り自己流の内面をこの九月三日の書簡で綿々と打ち明けたのだと思う。予定通り四二年一月から「昴」は創刊されるが、寛の思い通りに行かない。「明星」廃刊前後の資料は多いが、本稿は二つの書簡集とその周辺の資料を探ることにする。

明治四一年の書簡が一五通ある。その中で鷗外六通、啄木と内海信之は二通ずつ、河井酔茗、三宅せい子、渡辺湖畔、真下飛泉、平野万里は一通ずつである。鷗外宛て書簡の数は多いが、人を紹介したり、速記をさし出すとか、また「御会」とは観潮楼歌会のことだと思われるが、その会の欠席の通知を寛は何度も出していて、その中で一通だけだが、「校正」催促のため欠席とあり、その後で、

平出氏と申す人を代りに差出候やも知れず候間よろしく御許容願上候　　7・3

とあって、修を鷗外に紹介するという便りがあった。これは修と鷗外との初対面であったと思う。

まず二通中の内海信之（明17・8・30～昭43・6・14）は雅号が内海泡沫、新詩社同人で新進詩人として認められ、日露戦争の時「北光」（「白虹」明38・5）、『かりがね』（「新声」明38・7）の優れた反戦詩を発表している。内海に宛てたこの年の寛書簡に、

拝復本年は大に御努力可相成由刮目可致候　諸氏の退社ハ何等感情のゆきちがひにてハ無之候　全く社より独立して行動せむとてに候　御案じ下さらぬやうやうに願上候　　艸々拝復

御佳什あまた御見せ被下度候　1・22

と寛は書いて新詩社脱退の七名に対して何等の恨みを洩らしていない。現実は大変な感情の縺れがありながら、それには触れず「社より独立」してと快く見送るような雰囲気である。「明星」（明41・2）の「社中消息」も

各独立して文界に行動するを便なりとし其旨申出の上退社せられ候

と何事もないように同じことを伝えている。しかし事実は「脱退宣言」を告げるために七人が与謝野家へこの年の一月一三日に押しかけた。この時は憤懣をぶちまいたことが高田浩雲あて白秋書簡（明41・1・15）に現存している。そこには彼らが独立するために行き、退社したいことを寛に告げると、

寛氏の手がふるふ。うつむく、眼をあげて、イヤににこにこし出した。さあいよ〳〵例の手だぞ用心せい。皆眼がほでうなづき合ふ

などと劇的な場面が如実に書かれている。翌日退社の通知状を一人一人が寛に渡し、その一〇ケ月後に廃刊となる。

その後、「明星」廃刊間際の内海信之宛ての寛の毛筆葉書には

明星を失ひ候には一味の哀感《ママ》有之候へども小生は却て之を進歩の一段階と楽観致候　但し詩界の事ハ再び擾乱時代に入り候　口語詩などハ言語道断のくせ事に候　徐ろニ正しき大道を御進み願上候　10・17

とあり、廃刊の悲しみを訴えても前進への意気込みはあった。しかし四〇年の一二月の「明星」末尾には「『明星』を刷新するに就て」と題して「無益なる自然主義の論議」と書いて、さらに、

見よ、性欲の挑発と、安価なる涙とを以て流俗に媚ぶる、謂ゆる自然派の悪文小説は市に満つ。

とある、この反自然主義宣言は、背水の陣を敷いたかに見えたが、現実には空漠とした強がりに過ぎず何の効果もなかった。三月八日の啄木あて寛書簡には、

自然主義の大流行之には一得もあり一失もあり候が、大観すれば文界の一進歩と信じ申候　但し平凡なる連中の口実に成り候事だけは自然主義のために気の毒に候　此騒ぎの効果は除ろに二三年の後に顕れ候べきかと楽み申候……尤も自然主義も実は古きものなれども……

と自然主義小説を「悪文小説」だとあれ程に罵声を浴びせかけ、断末魔の叫びのように悪口を振りまきながら、自然主義肯定者の啄木に向けては「一得」「一失」ありとか、「文界の一進歩」だと妥協的に書き、「平凡な」書き手が書くと「自然主義のために気の毒」だと皮肉を以て巧言を振舞っている。さらに啄木宛て寛書簡では

北海道のはてより東京の方がよろしく候。堅実なる文学的生涯に入られむ事を希望此事に候。　4・11

とあり、下宿につき「さしづめ拙宅へ御出で被下度候」と親切に書く。その後六月六日に啄木は与謝野家を訪ねる。

自然主義について真下飛泉宛て寛書簡がある。飛泉の本名瀧吉（明11・10・15〜大15・10・25）は小学校訓導、校長を経て「明星」同人。軍歌「戦友」の作詩者として有名。右の書簡を抄出、飛泉に向けて

自然主義論の流行も本年の上半期にて打止めに候べし　この流行にも相応の利益ハ有之候　更に来るものは初めて欧州の現状と（尤も形式だけにて）一致せるものなるべく旧文学を根拠として新文学の発生致候事疑も無之候　泰西にては既に自然主義を摂取したる新ロマンティックの気運大に動き居り候由歴史はいつも多少の新しきものを加へてくり返し候の故小生ハますく今後の芸苑ニ期待深く悠然として楽観致し候。　5・11

と寛自身、自然主義を認めているが、西欧ではもはや新浪漫主義が起っているとも書いている。日本でも耽美派の人たちによって明治三〇年代末頃から新詩社では白秋や勇の歌に現れていた。さらに寛は将来の文界を非常に期待して「今後の芸苑に頭角を出し候者は天分ゆたかなる新しき人才なるべく」といって「今日御覧の如く跳梁致候凡物諸君の内より現るゝものには無之と信じ申候」と超天才の出現を寛は期待して書いているが、現在の芸苑に対し

ては厳しく批判している。

万里と酔茗宛ての晶子書簡　四一年の書簡一五通中に晶子書簡は三通あり、そのうちの万里宛て晶子書簡を見ると以前、万里は晶子に英語を習うように奨めたようだが、その頃の晶子は英語は難しいと思っていた。しかし今は

　私このほどより生田様に英語をならひ居り候。読本一冊の半ばかりやう〱ならひ申候。　6・20

とあって「あなた様に申上げねば、すまぬこととやうぞんじ、一寸御しらせ申上候」と晶子の無邪気な一面を見せている。同書簡には一月に新詩社を脱退した勇と白秋が来たことを伝えている。脱退後五ヶ月目のことで、その当時のことは何も書かれていないのでわからない。晶子とは何事も無く以前のような付き合いだったのであろうか。脱退当時は寛とは対抗的であったろうが、晶子には気楽な思いのようで

　御二人にて、おあそびに御出でになり、三時間ばかり御話あそばして、御かへりになり候。皆様むかしのとほりにて、うれしく候ひき　6・20

とあり、「明星」廃刊後の陰惨であるべき時期だが、右の書簡には平和でのんびりした雰囲気が漂っている。

他の二通の晶子書簡中の河井酔茗宛ての一月日不明の書簡は短く「選歌のなほしやうぞんざいニてすまず候ひき」と詫びている。もう一つは三宅克己せい子夫人宛ての二月六日の書簡では作歌を希望する夫人に平野万里主宰の「金星会」に詠草を送るように奨めている。

この年には晶子の第七歌集『常夏』が七月一〇日に日本橋の大倉書店より刊行。四六判、本文一八八頁、全歌三七四首あり。「明星」廃刊という現実を目前にして、その心情が詠まれている。

　たのみてし初念《しょねん》をにくきものとせずながき宿世《すくせ》を相《あひ》かたりゆく

風狂《ふうきやう》のいと大《おほ》いなる神人《しんじん》のはた偉《い》なるをも超《こ》えにきわれら

「初念」を語り継ぐ幸せな二人。あらゆる艱難をも超克してきた「われら」という自負と矜持が詠まれている。

天佑社企画前進と寛の渡欧への期待

明治四二年は「明星」廃刊の翌年、「スバル」創刊の年である。一月三一日に与謝野家は神田区駿河台東紅梅町二番地へ移転。三月三日、三男麟誕生。四月四日から一年間、自宅文学講演会を開く。一五日「トキハギ」（与謝野晶子主宰）創刊。同日に同人山川登美子他界。一六日に晶子の第八歌集『佐保姫』刊行。観潮楼歌会が盛んに催される。天佑社のこと、晶子の源氏口語訳のことなど、「明星」から離れた寛と晶子の身辺には様々なことがあった。

この年（明42）には寛と晶子には一通ずつ、寛は長文である。嘗て明治三六年九月上旬の天眠宛ての寛書簡に「天佑社の着々として真面目なる御活躍…」とあって、四二年になり天佑社企画についての、天眠宛て寛書簡には

八九年の後に更に第二の大転歩を試みむとせられ候事は双手を挙げて賛成致候。　6・21

と寛は感激し、「更に十年後の事業に於ても一快戦を賭され候事ハ世に甚だ稀有の事」として四三年の中村吉蔵の帰朝を待っての「実行の方法」を計画し、八、九年後には「東京」へ進出し「新活動」する「御壮挙には全然賛成」、「人生の最大快事と信じ候」と書いて寛は非常な満悦と期待を寄せていた。その後で自分は「具図々」しているように見えるが「小説及び劇の方面」に力を入れたくと希望を述べ、現在語学の勉強を続けていると伝え、

四十歳までに一二年仏国へ参り頭脳をも世間の気受をも新しく致度存じ候。佛国の費用は弐千円もあらば宜敷かるべく夫れは四十歳までに何かの方法にて準備致度と考へ居り候。　6・21

とあり、さらに「五百金位は自らの著述」で「千円位は渡欧前一年に小生と晶子と両人にて短冊とか幅物」を書き

「全国の同好」に協力を求めて、さらに「五百金は発行所明治書院などの特別な関係の友人知己に義捐を乞ひ度」とあり、「ご迷惑を乞ふ」と暗に渡欧費の工面を天眠に頼んでいるのである。

晶子の「源氏口語訳」と寛の協力　天眠から源氏口語訳依頼の手紙を受けて晶子は「御もくろみと涙こぼれ候」（9・18）と、その返信書簡に深い感銘をこめて万感胸に迫って書き、「先づ仰せの書物は源氏の注釈」か、「講義」か、と問い合わせている。さらに

かの仮名文字おほきをてき当のかん字を（おほく）入れて先づ目に見やすくすること句点などのおほくたがへるをたゞしくすること（これらは何れも寛のいたし候こと）　9・18

と書いて「それに私ら二人にて注釈」するのは、と言って寛の協力を当然のように書き「文学全書の落合氏の注釈に幾倍」もする、それに「絵を入れて書物にする」、その「仰せの費用と時日」で完成できると快諾している。その上、晶子は確信を以て「（私はある程度まで意志のつよき人に候）」と自恃し、完結の決意を明確に示している。ここでいう「講義」とは全釈の意と解する。さらに晶子は自家の経済を明白にし生活費は月賦も含めて「毎月百三十円」必要、二人の収入は七十円程、自分は「万朝、二六、都、中学世界、少女の友、女子文壇、大阪毎日、東京毎日の仕事」、他に「毎月二十五円位の仕事を」する。それらの仕事は「ほゞ十二日間もあらば出来る」「十八日」で執筆する故「御保ご下され候金高を二十円づつにして」と、生活援助を「源氏口語訳」を通し天眠に具体的に懇願している。続けて

私一生の事業としてそのことはいたしたき考へに候　さ候へば時日は百ヶ月に候なれば二千円の稿料となり

と言って他の出版状況など色々と説明している。また

私など不学のものに候へど　式部のかきしものを直覚に私の感ぜしところを講義いたさむとおもひ候　式部と私の間にはあらゆる注釈書の著者《ママ》（書）もなく候　只本居宣長のみ私はみとめ居り候

と書いて、絵を沢山入れると売れゆきがよくなるとも書き「講義ならば云ふまでもなく両人にていたし申すべく」と寛の協力が如何に必要かを盛んに述べ最後に「寛よりもくれくれもよろしくと申出で候」と書いている。

憲・鷗外宛て寛書簡と万里・白秋宛て晶子書簡　四二年の寛書簡は寺田憲と森鷗外宛てが四通ずつで、他は一通ずつであって、そのうち晶子書簡は二通である。鷗外宛てはみな葉書で、そのうち一通（7・20）が高村光太郎の仏国から帰朝後の談話会（25日）の知らせであり、他は意味のない文面である。

寺田憲宛書簡に寛は心をこめて「御芳情ニ満ちたるお手紙」と「過褒の御言葉」と「御贈りの物」の礼を述べて

もはや小生などの鈍才が彼是さし出候時機にあらずと信じ居り候　たゞし此後はつとめて我身を磨砺し小生は小生丈の「自己」をどれ迄伸ばし得るもの乎　夫れを試めし申度と覚悟致候……　5・18

と悲観的だが、「自己」の可能性を見極めようとしている。同月二六日の寺田宛て書簡では「曙覧翁直筆の書と短冊二葉の御礼」の後、「アラヽギ初めて拝見」とあり「作者たちの摯実なる態度ハ羨しき」と讃じた後で「何れの作も同じ色合にて個性の発露のいちじるしからぬは残念」と、辛辣な批判である。最後に茂吉の晶子批難は当たるか当たらぬかと言い、『佐保姫』を駄作とも言う「茂吉君の結論に全く降参せし事も御序に御伝へ被下度候」とも「小生の拙作」批判も寛は乞うている。

六月二一日の寺田宛て書簡は「昴」掲載の鷗外の「魔睡」を「先生近日の小説中一番出色と存候」とあり、「次号の日誌にも大作を出す」とのこと、「大家の目ざめ玉へるは心づよくもまた怖しく存候」とあり鷗外の偉大さを

書いている。また寺田宛て書簡には伊藤左千夫と寺田の斡旋により「先師」「落合直文」の遺墨を見せられ、寛は、

先師の筆は俗臭あり歌も稚気多く候へども門下生たる小生には私情上別種のなつかしき理由有之いつ迄も壁上に掲げて伏拝み申度と存候　この度御配慮にあづかり候大幅ハ歌こそ拙けれ　書に筆墨淋漓とも申すべき勢ありて先師の覇気を表はしをり候ものとうれしく存候。　7・10

と率直な批評だが、そこには恩師への敬慕の情は禁じ得ず、遺墨の持ち主と左千夫に深謝している。その後で鷗外の「井《ママ》タ・セクスアリス」について「一種の倫理小説とも見るべきものにて文芸の立場より書き乍ら人心の根底にある道徳心にも抵触せずと存候　御高見如何」と結んでいる。

この四二年の書簡のうち晶子書簡の平野万里宛て書簡（2・20）には、次々子供たちの病気、自らの体の不調も訴えているのは当年の三月三日の三男麟出産を控えての辛さであろうか。その上平出修から「寛にすばる初号の損害金八十円本月中にかへしくるゝやうとの御手紙」を受けた寛の非常な悩みを伝えている。「私も来月七日頃より日本橋病院へ入院いたすことになり」「家さがしやひつこしにてうまれぬ児のよわり候てほと〳〵死にかけ居り候ひしがまた少しもちなほせしよし」とあり、瀕死の状態にあったが三男麟は予定より早く生れた。

次は北原白秋宛ては晶子書簡で、四二年の月日付不明はこの書簡だけである。その冒頭に

御かへり遊ばせしよし承りうれしくおもひ申候。　12・日不明

と書き始め、何か具体的な事件らしきものがあるようだが、不明である。これについて木俣修の『白秋研究』Ⅱに、

白秋が明治四十二年十二月、実家の財的破綻に際しての帰省から再び出京した事実を指したものであろう。

とあり、白秋の不幸に対して「人の世はかゝるもの」とか「君はすでに〳〵ゲザにておはさすまじく候」と書いているのは励ましと卑屈にならないようにという意味なのであろうか。

山川登美子追悼の二人の書簡　登美子の弟山川収蔵宛与謝野寛晶子書簡は登美子訃報への返信であるが、これは『山川登美子全集』下巻（345〜346頁）には

御葉書拝見仕り候。
登美子様御逝去遊ばされしとは、夢の覚めぬこゝちにおどろき申候。昨年の末のお便りには余程快方に赴きしとのお知らせに、こちら友人ハ皆々安心致居りしに候。……とみ子様ハ早くより文学上の御才なみ〳〵ならずすぐれ玉ひしに、多年の御病気のために十分その方面の結果をも収め玉はずして、芳蘭空しく砕け候は哀しく存候。願くは小生どもの手にて遺稿を編し、永く此君の御記念と致度候。此義《ママ》御許し被下度、それに関する御材料のあらゆるかぎり御貸し願上候。……

と哀切極まりなき思いをこめ二人は書き送り、遺稿集の「御材料」提供を願ったが、叶わなかったようで、寛と晶子は「スバル」五号（明42・5）の社告には「新派和歌草創者の一人に数ふべき山川登美子女史は宿痾遂に癒えず、四月十五日を以て逝去致候。我等同人は此の得難き才媛の薄明に対し痛切に哀悼の情を表し候」とあり、「トキハギ」の「消息」には「女史が三十一年の短き生涯に就いて別に晶子が記述する所あるべく候」とある。「トキハギ」創刊号（明42・5）の巻頭に「哀歌」と題して寛と晶子の登美子への挽歌二〇首ずつ掲載、

君《きみ》なきか若狭《わかさ》の登美子《とみこ》しら玉《たま》のあたら君《きみ》さへ砕《くだ》けはつるか　『相聞』683　寛
背《せ》とわれと死《し》にたる人《ひと》と三人《みたり》して甕《もたひ》の中《なか》に封《ふう》じつるごと　『佐保姫』499　晶子

寛の、惜しんでも惜しみ切れない哀切な叫びと、晶子のこれまでの三人の恋の葛藤を自らに封じ籠め、今やっと解放された安堵感が、それぞれに詠まれている。さらに「トキハギ」同号に晶子の「故山川登美子の君」を掲載、その後に晶子は「トキハギ」三号（明42・7）に「文月集」一六首掲載している。

なき友《とも》を妬《ねた》ましと云《い》ふひとつよりやましき人《ひと》となりにけるかな　『春泥集』477
妬《ねた》ましき思出ばかりとりいづるものぎたなかる心となりぬ

と「妬まし」を連発的に詠んでいるが、寛は「太陽」（明43・6）の「殻」三三首に

はて知らぬ悲みもまた月日《つきひ》あり君にわかれし春めぐりきぬ（以下山川登美子の一周忌に）　『檞之葉』48
君しのぶ心の上に花ちりてうすくれなゐに悲しき四月《しぐわつ》　『檞之葉』50

と忘れ難い追悼の思いは感傷的で美しい。二首とも『檞之葉』の48と50に採られた。登美子の死の直後の鎮め難かった晶子の妬み心も一周忌には

君死にぬ妬みにをどる心より悲しきことのやゝまさるかな　「東京毎日」明43・5・3
このごろは日ごと香焚く君が日の今日も香焚くあなさびしとて　「スバル」明43・5（223頁）

と心は和み、登美子の死の悲しみが身に沁みて、香を焚いて寂しさを慰める心境になってきている。

寛の詩作への懸命な迫力　前橋の同人誌の麗藻社宛て寛書簡は、その返信で

唯今詠み置きの歌も無之候間此度は御許し被下度候。　5・4

と断り状書だが、長文で色々と忠告をしている。

地方雑誌は宜しく地方文人の作物を主として掲載し、之を以て都下の文人と拮抗するの意気あるを特色と致したく候。……一たび雑誌を発行せし上は、痩我慢にも二三年は維持するだけの覚悟ありたく、軽忽なる振舞は心ある者の避くべき所に候

と助言し、また「詩とは何ぞや」という「問題」について

詩は自家の人格の最高処より発電する通信にして、この最高処に於ける「我」は、最も自在なる想像、最も鋭敏なる感覚、最も甘美なる陶酔、最も精緻なる歓察《ママ》、最も直截なる知感、最も昇熱し若しくは最も凍結せる情感、最も普遍なる同情、最も新鮮なる驚畏、是等やや次位に在る諸種の「我」が齎らせる情報を直ちに取捨按排して言語の標号を以て打電する任務に就き居り候

と、これは寛自らが「詩を作る実際の態度を露骨に」述べたものとして「小生は確信致し」と書き、最後に

小生に於ては自家の天分を尊重して其れに全力を傾倒するの外なく候。されば昨日の拙劣なる製作も亦小生の為めには多少の愛着を繋ぎ申し候

とあって「右幾分の御参考にもとて書き添へ候」で終わっている。詩作のために之ほどまでに懇切丁寧に指導する寛の多面にわたる迫力に畏敬の念を抱く。

明治四三年には二人の著作二冊ずつ出版　明治四三年は与謝野夫妻にとって、前年からの「常磐木」が五月に七集目を以て廃刊となり、ほぼ同じ頃に始めた「自宅文学講演会」も一年で終了となった不運の年でもあった。いずれも個人的資金でやったため続かず、ほぼ一年で手を引いた。しかし四二年一月創刊の「昴」の方は隆盛の途に向かいつつ順調だった。

すでに三六年に企画した「十五年計画」の天佑社設立に向け、設立時の大正七年までの資金積み立てが実施された。二月一八日に三女の佐保子は誕生した直後里子に出される。四月一六日の観潮楼歌会に晶子は一回のみ出席。晶子は四月に書簡手引書『女子の文』（大4まで13版も続く）。九月に童話『少年少女《おとぎばなし》』。寛は三月に唯一の歌集『相聞』、七月に詩歌集『檞《かし》之葉』を出版し、八月に父親の『礼厳法師歌集』を刊行した。この年の八月四日に麹町区

六番町三番地へ転居。このように二人が二冊ずつの著作を出版した年は、これ以前にも以後にもないこと、それに加えてこの年から晶子の内田魯庵依頼の『新訳源氏物語』と天眠依頼の「源氏物語口語訳」のそれぞれの執筆がそれぞれ始まる。

晶子の著作刊行は四三年以後も続くが、寛は四四年以後大正三年の訳詩集『リラの花』までの間に単独著作はなかった。また大正四年に出版した寛の詩歌集『鴉と雨』以後、晶子との共著は四冊あるが、単独の著作はない。

四三年の歌壇を見ると、多彩な流派が活躍するが、アララギが中心的勢力を広めようとしていた。そうした中で寛と晶子は新詩社詩風を保ちながらも、時には自然主義的な歌も作ることもあった。寛は少数なから小説、評論、歌を紙誌に発表していた。晶子は歌集、評論集、童話、古典訳などの著書を殆ど毎年幾つも出版し多作であった。評論界に晶子は明治末年から執筆し始め、大正期には新進の女性評論家たちと拮抗し激しく論戦を交すこともあった。

天眠宛て寛書簡の三通のうち一通目の書簡には、いよいよ天佑社設立の準備にかかる様子を、

天佑社の御計画も着々好都合に御運びの由是又中山君より承り申し候。小生の御紹介致せし中に未払の人有之候ハ遺憾に存じ候が先般夫々督促致おき候。　8・9

とあり、天佑社のために懸命になっていることが分かる。この書簡の最後に「先月分の源氏講義ハ明日御郵送可致候」とあるように、天眠依頼の晶子の源氏訳の遅れを寛が言い訳しているのをよく見ることから、寛もこの口語訳に協力していたことが分かる。同書簡にはまた昭和期の「冬柏」の重鎮ともいうべき平野万里について、

平野万里君此度森夏目両氏の口添にて大連の満鉄の試験所技師に赴任の事と定まり申し候

と書き、「同君も初めて細君の必要を感じたらしく候」とあって是非「教育と美点」の揃った「女子の御心当り」

の人がいたら「御周旋被下たく」といって「御心当り」の人の「写真丈なりとも」見せてほしいと、あって積極的である。世話好きな寛の一面を垣間見る。その親切さは福井の中学卒業の人の職まで天眠に頼んでいる。

そのあと「八月中旬には亡父十三回忌のため帰国致候間その節ハ必ず御伺ひ可致候」と書いている。十三回忌の法要は八月十七日、京都の錦小路の順正寺で異母兄大都城響天、長兄和田大円、二兄赤松照幢、寛、妹静ら集まる（『与謝野寛年譜』）。

八月二九日の天眠宛ての寛書簡では先日来、病中だった天眠と雄子の四女園子の無事出産祝と中山臯庵の家を寛が訪ねた時「今猶亀戸ハ三四尺の水あり」とあって船で通行する程の惨状など書いているが、「同君は楽天的につき中々快活に候」とあり、寛は同情しつつ安心している。

八月三〇日の寛書簡は、寛の妹静の縁談について天眠から長文の手紙を受けて深く感謝している。兄たちの意向も聞き、近く上京してくる妹に会って欲しいと書き、四人の子供のいる人との「再婚の事故慎重に」と言って「又々貴下の御骨折りを煩はさねばならず」と、何事も寛は天眠に頼っている。以上で天眠あての書簡集は終わる。

寛七通、晶子一通あり　四三年の三月一〇日の徳富蘇峰宛て寛書簡は内容の意味が分かりにくい。八月一七日の京都の吉井公平宛て寛書簡には「父の十三回忌に京に帰りて詠める」と詞書して二行書きの歌一〇首あり。その後に「御蕃社詠草の中へ之にても御加へ下され度候」と記す。一〇首中『鴉と雨』の176〜179の四首採られている。

白仁秋津宛て寛書簡で、秋津の歌に対して、「貴兄の御健勝は御作の上に窺はれ候」とあって、近頃の毎月の作品も「大に心づよく感じ申し候」と褒めている。しかし、自分の「直截なる批評には御不満足」と思うが、「今姑く御辛抱なされ候はゞ御会得」すると励ましている。さらに「お互いに一句一行も千古を想ひて筆を下ろし」と書

いているのは、寛自身の世界観であろう。その後で

十一月の「学生文芸」に晶子が認め候「歌を詠む心もち」を御一読被下候はゞ我等が自重のほども御領解相成るべく候。　10・18

と書いている。そして一年に一回ほど上京しないと「自然雑誌学問の弊に陥り易く実力ある少数の文人の趣味見識と餘りに距離が出来申すべく候」とも忠告する。このように有力な新詩社同人白仁秋津に色々と歌について助言し、励ます寛の思いが切々と伝わってくる。

佐藤豊太郎宛ての寛書簡がある。この人は佐藤春夫の父で、明治一九年、初めて和歌山の新宮で医者を開業。鏡水の雅号あり、俳句、和歌を楽しみ、春夫の才能を自由に伸ばした人。書簡には、春夫は元気で「着実に御通学し」与謝野家へも出入りし、とあり、春夫は同じ慶應義塾の学生の堀口大学とも親しいと記して、

去る五日六日の両日は、社中十餘人と御賢息様をも一緒に塩原に一泊掛にて遠足致し　11・10

と伝えている。この旅行について晶子は「塩原より」一首を「毎日電報」(11・8)に、寛は後に『塩原の秋』二五首を『鴉と雨』に掲載している。

一一月二六日の角田勤一郎宛て晶子書簡は、歌五首のみ載せている。どの歌も歌集に採られていない。この人は角田剣南、角田浩々歌客と号する評論家で「大阪朝日」「大阪毎日」の記者である。晶子の詩「君死にたまふことなかれ」を攻撃した大町桂月に対抗して晶子の詩を擁護した人として当時(明37)の紙上に浮上した。

本美鉄三宛ての三通はみな寛書簡である。どれも本美の歌集出版についての助言であるが、どこにも歌集名が記載されていないので、出版以前の準備段階の内容であろう。一一月二七日の書簡には表紙の図案や表紙をクロスか紙かと問い、寛の「序文」はない方がいいといって自分の撰の厳しさを伝え、「真に自家の芸術と人格とを尊重し

て歌集を出」すならば、「五六十首を収めた歌集」がいい。「右様なる御自尊心があらば小生は喜んで御作を撰び又序文をも書くべく候」と承諾している。選択について吉井勇の『酒ほがひ』は「千首以上棄てたる心掛は敬服すべき自重自愛の心」だと讃え、寛の唯一歌集『相聞』は八年間の作の中より千首を採り、晶子の『春泥集』は二千首中から七百首選出という実例をあげている。それ程の撰の厳しさを訴え、「右様の次第につき」自分は「拝見」も「序文」も断り「自由に御出版を」と書き、「拝見すれば屹度貴下の心持と反対の事多からんと危ぶまれ申候」と厳しい指導である。前に引き受けながら同文で一転する寛の急テンポは性格の一面を表している。しかし「挿絵も表紙も十分小生が監督し又和田英作先生の検閲も乞ふべく」とあり、責任を以て処するとも書いている。追伸に、

　小生が親友と頼む処はその人が真に芸術を愛し自己の人格を重んずるや否やに在り。

とあり、最後に「軽佻なる行動言論を避け、高く天才の道を歩まれたく候　真摯なる研究をとげられたく候」で終わる。寛は誰にでもこのように自分の理想を強い信念で強要するのであろうか。

　また本美宛て寛書簡（12・24）で歌の組み方の三行を賛成しているが、哀果も啄木も三行だと言って「何となく軽佻なる感じ」だと批判し「貴意のまま」と書き、部数は三百にすることなど懇切に指導している。一二月不明の本美あて寛書簡ではもはや歌集完了の処まできている。「表紙及挿絵外に包み紙の画、トビラのカット都合四枚出来申し候」とあり、挿絵は岡本一平だと言い、全て一流の画家に頼み、一二月日不明の本美宛て書簡には

　トビラのカットは鴉と夕日之は二色にても一色にても出来候。包み紙は孔雀に候。之も濃淡二色に候

とかなり贅沢な製作のようである。さすがに寛は「此の二つは君の印刷費の御都合にて省きてもよからん、御返事を待つ」と配慮している。最後に「御承知の御事」と思うが、と書き、

　画料、及び彫刻料、木版印刷料、用紙代等にて小生の概算にて五六十円は要し候事と存じ候。（部数三百部と

して）猶画料以外の事は直接彫刻家井上氏より可申上候。彫刻も年内に出来候や甚だ懸念に候。12・日不明

とあって書簡は終わっている。「大多忙」だと寛は言いながらも、これ程に懇切に誠実に弟子の歌集出版に力を入れるのも寛の、何事も徹底してやる性格を表し、蔭の力として、ここまで面倒を見る人は少ないであろう。

明暗の人生さま〴〵　明治四四年も明暗の両極を体験する二人にとって「暗」の一つには四一年の「明星」廃刊後、歌壇の中心から下ろされる程の「暗」の人生で、そうした内面を寛は後に『鴉と雨』（大4・8）の「自らを嗤ふ歌」に

すてばちに荒《あら》く物言《ものい》ふ癖《くせ》つきぬ何《なに》に抗《さから》ふ我《わ》れにさからふ　62
何事《なにこと》を待《ま》てるか誰《たれ》を頼《たの》めるか問《と》ふ声《こゑ》ありてその答《こたへ》無《な》し　63

などと回顧して詠んでいる。しかし「明」の一つにこの年の一一月には寛の悲願であった渡欧の夢が現実となったこと、そうした中で晶子は執筆に追われ、その量は寛を遥かに超える程に忙殺される日々であった。この超人的な晶子の執筆の蔭には、寛の協力があったと思われることが時折垣間見られた。この年には寛の著作はないが、晶子は一月に第九歌集『春泥集』、七月に第一評論集『一隅より』を出版する。これらは晶子にとって「明」の一つといえよう。これとは対照的だが、「暗」に該当するものに最悪な難産がこの年の二月二二日、これは二度目の双生児出産であり、一児は新生児メレナで他界、それは凄絶な出産だった。これについて七日間の「産褥別記」を（『一隅より』）に「産前から産後へかけて七八日間は全く一睡もしなかつた」とか「産前十日程から不安に襲はれ体の苦痛に苛まれて」とか「鬼の子の爪が幾つもお腹に引掛つて居る気がして」など、このような辛酸な状況を

悪龍《あくりょう》となりて苦《くるし》み、猪《ゐ》となりて啼《な》かずば人《ひと》の生《う》み難《がた》きかな　『青海波』182

蛇《へび》の子《こ》に胎《たい》を裂《さ》かる丶蛇《へび》の母《はは》そを冷《つめ》たくも時《とき》の見《み》つむる　『青海波』184

産屋《うぶや》なるわが枕辺《まくらべ》に白《しろ》く立《た》つ大逆囚《だいぎゃくしう》の十二《じふに》の柩《ひつぎ》　『青海波』193

と詠み、また「悲鳴を続けて居るより外は無かつた」と激痛に耐えていた晶子は、さらに「手術」という医師の小声を聞いて「真白な死の崖に棒立になつた感じがした」と書き

あはれなる半死《はんし》の母《はは》と息《いき》せざる児《こ》と横《よこ》たはる薄暗《うすぐら》き床《とこ》　『青海波』187

よわき児《こ》は力《ちから》およはず胎《たい》に死《し》ぬ母《はは》と戦《たたか》ひ姉《あね》とたたかひ　『青海波』190

と難産の渦中をそのまま歌う。寛が「一目見て置いて遣らないか。これまでに無い美しい子だ」と言うが「見る気がしなかつた。産後の痛みの劇しさと疲労で、死んだ子供の上など考へて居る余裕は無かった」とある。

虚無《きょむ》を生《う》む死《し》を生《う》むかかる大事《だいじ》をも夢《ゆめ》とうつつの境《さかひ》にて聞《き》く　『青海波』188

と熾烈な痛みの現実と死と虚無の境を昏迷する晶子だった。

「産褥の記」の後、一行明けて晶子は書いている。寝ようとすると「種々の嫌な幻覚に襲われて」この年（明44）の一月に「大逆罪で死刑になつた」大石誠之助の柩が枕許に並び、目覚めるとすぐ消えてしまう、その頃の寛と晶子には、その大石誠之助のことが最も懸念されていて、これも二人にとって「暗」の一つであった。

前記した佐藤佐太郎宛て書簡に

本日の新聞にて発表致され候公判開始決定文によれば、御地の大石氏も意外の重罪に擬せられ候様子、まことに浩漢《ママ》に堪へず候。想ふに官憲の審理は公明なる如くにして公明ならず、この聖代に於て不祥の罪名を誣ひて大石君の如き新思想家をも重刑に処せんとするは、野蛮至極と存じ候。この上は至尊の宏徳に訴へて、特赦の一事を待つの外無之候。……　明43・11・10

とある記事も二人にとって痛恨の「暗」であった。以上四三、四年の二人にとっての明暗について述べてきた。

寛の渡欧の夢叶って　四四年には天眠宛て寛六通、晶子二通、二人署名の一通である。『書簡集成』に寛一一通、晶子八通。船中よりの晶子宛て寛書簡は一一通、その多くは寛の渡欧に関わることに終始している。二つの書簡集から寛渡欧前後の様子を見てゆく。既に渡欧希望について、嘗ての寛の三回目渡韓の折（明30）についての「沙上の言葉　六」（「明星」大14・1）に「今度朝鮮へ行けば洋行費ぐらゐは訳も無く独力で作れるといふ空想」とか、「専ら友人と或事業を共にして洋行費を作るのが目的」で「一躍欧州へ五六年間遊学しようと思ひ」という一攫千金を夢見ていたことなど述べている。だが全てが失敗に終った。まさに若気の至りであったといえよう。しかし今度の渡欧は心機一転させ、詩壇に返り咲きしようとする止むに止まれぬ寛の熱望と遠大な期待に満ち〳〵たものだった。

まず四四年五月二九日の小林政治（天眠）宛ての寛書簡に渡欧のことが初めて出てくる。これまで与謝野一家を常に支えてきた天眠は渡欧に関しても寛の真情を最も理解し、協力的に応援していた人だったので寛は第一に相談した。先ず先立つ資金は善意ある人々の寄付や新聞社の執筆契約の前借、そして「百首屏風」販売によって得たものであった。「百首屏風」の趣意書には、晶子自筆の歌を二枚折屏風に百首の歌を縦横に雑書したもの、屏風の大きさは竪五尺、幅弐尺五寸とあり、「第一種」は縁黒塗の金屏風百円。「第二種」は縁黒塗の金砂子屏風五〇円、他には晶子の歌一首を自書した半切幅物が一五円、何れも箱入りである。この「百首屏風」を計画したのは以前から夫妻を常に援助していた金尾文淵堂主人金尾思西であった。資金集めに苦労している晶子に同情しての思いつきで、この間の事情について晶子の長編自伝小説『明るみへ』（「東京朝日」大2年6月5日〜9月17日）に詳しく書いている。

この小説で金尾は小沢の名で登場する。寛は天眠へ前記の書簡（明44・5・29）に、

此度小生どもの悪筆に対し過大な御謝儀に預り恐縮致し申候。御同情の厚きを乍毎度御礼申上候。小生渡欧の費用もほゞまとまり申候

とあって「内訳」として六人の名と金額を明記し「計弐千七百円」を計上している。これは寛の目算であって確かでない。渡欧費「弐千五百円」必要、出発前の準備費は自分達で作るとあり、左に掲げる百首屏風や半切幅物の「応募者へ勧誘状を出す」とも書き、晶子の名で一斉に依頼状を発送した。

拝啓

いよいよ御清適のほど賀し上げまゐらせ候。さて唐突に候へども、此度良人の欧州留学の資を補ひ候ため、左の方法により私の歌を自書せし百首屏風及び半切幅物を同好諸氏の間に相頒ち申し度く候間、御賛成の上御加入なし下され候やう、特に御願ひ申上候。

早々敬具

明治四十四年七月

与謝野晶子

殿

と記し、「規定」を一〇条掲げ、東京新詩社、昴発行所、金尾文淵堂、小林政治の名と住所を添え申込所にした。8・6

先の天眠宛て書簡に寛は自らの胸中を訴え、

応募者が少なくば荊妻の渡航ハ見合せ候事勿論に御座候。……小生の立場よりも又荊妻のためにも外遊致し頭脳を一洗致候事必要に候故猶何かと御援護願上候。5・29

と援助を乞い、晶子同伴とならば子供は弟夫婦に託し、とあるが現実は寛の妹静が面倒を見た。また長男は森鷗外

宅へ預け、と決めている。留守中の費用は新聞の通信を晶子に、他は同人たちに頼むとある。そして晶子の服装にも配慮しているが「出来る丈質素にして成るべく余計に彼国を見て参るべく」と寛は楽しげに述べている。

しかし晶子の方は深刻で、阪急電鉄の創業者で、宝塚歌劇団創設者で著名な小林一三へ宛てて晶子は

先日書面にて申し上げ候ひし私の書の屏風ぢくもの丶ことその丶ち申込の候ひしかずはかねておもひ居り候ひし四分の一にもたらず候へばはなはだか丶ること申し上げ候は心苦しく候へどぢくものの一つにても御加入被致下候ハヾとぞんじ御同情を乞ひ上げ申候　かしこ　9・22

と臆面もなく必死に縋っている。その後も小林一三に書簡で晶子は

再度の御文拝し参候。

あつかましき御ねがひに候ひしを御ゆるし給はり御送金までなさせ給はりし御志のほどあつく御礼申上候　9・30

と書き、「仰せの絵は中沢弘光氏に依頼いたし」とあって感謝している。恐らく多くの人々にも、このようにして晶子は自書した屏風や半切幅物の購入を依頼していたろうことが想像される。

かくしていよいよ渡欧出発の日時を報せる白仁秋津宛ての同文の寛書簡は二回に亘って

小生来る十一月八日正午横浜出帆の郵船会社汽船熱田丸にて渡欧致候に就ては出発前拝趨の時間無之候につき甚だ略儀ながら寸楮を以て御告別申上候　草々　10・15、26

とあり、このほかにも寛書簡は前記した佐藤豊太郎にあてて

小生今回の旅行は全くの赤毛布党に有之、頭脳も無く財力も無き東洋の一措大が茫然として伊仏の文明と自然とを仰視しつつ遍歴致すのみ、帰来何の御土産話も無之事と今より流汗致し申候。　10・23

と謙虚に書き「今後満一年ほどは御高風に接しがたく侯」と敬意を表す。内海信之宛ての寛書簡（10・28）には、

小生も近日より一寸欧州へ行脚致し申侯。帰国後久ぶりに御目に懸り申度候。時下御自愛を望み申侯。

と消極的な表現で報せている。

その後、天眠宛ては一一月に三通、一二月に二通の便りを出して寄港する毎に、その地の様子を報せている。寛渡欧前の晶子の心情は前記の『明るみへ』に、また渡欧前後は「良人への手紙」（「大阪毎日」明45・1・2）に詳述されている。この他の書簡では、寛没後「冬柏」に晶子が載せた「与謝野寛書簡抄」のうち四四年には一一通の晶子宛ての寛書簡（光・秀宛て2通を含む）が「書簡集成」に再掲されている。それらは一一月一二日から一二月二六日までである。書簡は寛が門司に着いてから始まる。長男光へは

カアサンガサビシイデセウカラ、イロイロオハナシヲシテ、ナグサメテアゲテ下サイ　11・13

と書く優しい父親寛の思いが伝わってくる。上海、南支那海、香港、新嘉坡、馬来半島、印度洋、コロンボ、ペナン、ポートサイド、地中海を経てマルセイユに着く。船中から身辺のこと、各界の人々との出会いが書かれている。晶子へは「歌集や、雑誌新聞の原稿、源氏、さぞさぞとお察し致居り侯」（11・19）とか、船旅なので「巴里に着くまではまことに片便りなるが残念に侯。君が寒がりゐ給ふこと、目に見ゆるやうに侯」（11・26）とか、「ただ君と子供の上のみ案じ侯て毎夜嫌な夢を見申侯」（12・4）など家庭的な寛の優しさが伺われる。また「さて小生が此度の旅行に遺憾に思ひ侯は君を伴はざりし事に侯。……二人にて見学致侯方よかりしものをとつくづく残念に思ひ侯」（12・17）と書き、同書簡では巴里が近づいてきたので「伊太利その他英、独へは、君と二人にて参り申すべく侯。右の御決心を至急巴里大使館宛にて御知らせ被下度侯。君と子供の御健康をひたすら祈上侯。」と書き、金銭面で同行できなかったが、一人だけの見聞は惜しく、晶子に異国の素晴らしさを見せて人生観も芸術観も一転させ

てやりたい、という晶子渡欧の夢を寛は船中から抱いていた。いよいよ巴里に近づく。最後の晶子宛て寛書簡に、

地中海に入りて少し荒れに逢ひ、一日おくれ今二十六日の正午にマルセイユへ著致し候　12・26

とあって「今明両日は当地を見物し、明後日、巴里に着する積に候」と一二月二八日に巴里に着くと伝えて終わる。

以上で寛渡欧するまでの二人の書簡を見て来たが、国費で留学するのとは違い、個人的な遊学なので全面的な負担である。この年の書簡は小林天眠、小林一三、白仁秋津、内海信之、佐藤豊太郎の他に、松原恭太郎、北原白秋、菅沼宗四郎、西村米三宛て寛書簡があるが、船中よりの晶子宛ての寛書簡がもっとも印象的である。巴里についてからの寛は、晶子呼び寄せのための様々な配慮と愛情を籠めた数々の書簡を晶子に送る。そこには寛の暖かい夫婦愛が如実に表れていて感慨深いものを痛感する。

四四年の一一月八日に横浜を出港した寛は同年一二月二六日の朝、マルセイユに着陸、二八日に巴里に着いた。途中東南アジアの国々を楽しみながら歴訪した五〇日間の船旅であった。明治四五年一月一日から大正元年一二月二〇日までの天眠宛て書簡の一二通、『書簡集成』の六五通の中から見てゆく。

天眠宛て書簡は寛、晶子の六通ずつあり。巴里到着の寛の第一信はこの年一月一日の天眠夫妻宛の絵葉書で、年賀の挨拶の後で二八日無事巴里着を報告し「本年の気候は異例」（1・1）の暖かさだと知らせ、晶子が世話になっていることの礼を述べ「自動車馬車その他の車の通過すること五分間に百台を数ふべくそれを横切り候ごとにいつも命拾ひの観有之候」（1・1）とあるのは、晶子が渡欧した折にも同様に感じて「エトワアルの広場」（『舞ごろも』大5・5）に

八方《はつぽう》の街《まち》から繰出《くりだ》し、此処《こゝ》を縦横《じうおう》に縫《ぬ》つて、間断《たえま》なしに　八方《はつぽう》の街《まち》へ繰込《くりこ》んで居《ゐ》る。おお此処《こゝ》は偉大《ゐだい》なエトワアルの広場《ひろば》だ……わたしは思《おも》はずじつと立竦《たちすく》んだ

と詠んでおり、明治末年の日本人にとってもまた今日でも誰しも実感する驚異と感動の一場面であった。

晶子は東京から天眠夫妻へ三日の賀状に「新春の賀を申述べ候」と書き、一首のみ

かたはらに人あらずして春にあふこのこゝろよりあはれなるなし　明45・1・3

を送り、夫不在の新春を迎える無上の侘しさを詠んでいる。

晶子の渡欧を勧誘する寛　天眠宛て晶子書簡（1・25）に、

先頃より良人が度々この秋にシベリヤにて四五ケ月のつもりにて見物にこよと申まゐり候が只今平野様と御相談いたしかの方より森様へ相談にゆき給はるはず、また大毎の菊池氏にも相談いたす必要の候へば

と、平野万里から森鷗外へ相談話が行っていること、菊池幽芳にも相談するとのことを天眠に伝えているのは寛の配慮によるものと思われる。同文に晶子が来るまで旅行せずと寛が言っていると書いているが、「空想に終るらしく」とあり、色々の意味で諦めムードの晶子であった。しかし天眠から心温まる便りがきたものか、晶子書簡には、

啓上、御文ありがたくぞんじ申候　いつの日も　かげにひなたに御つくし下さる御厚志をおもひ候ておもはず暗涙にむせび候　はたいろ〳〵の御ことばもて慰め給はり御情忘るまじく候。……　2・8

と天眠に深謝して、「何ごとにもうちかちて」と前向きの意欲の程を見せている。天眠の協力を得る一方で、晶子は自力で渡欧費のために百首屏風に専心したりしていた。その他にも右の書簡に

日日新聞社　千円、実業の日本社　三百円、だけ今日のところにては約束が出来申し侯　いかにかしてあとを三越の店ニていだし貰はんとその方便を二三の人と相談いたし居るのに候

と原稿料の前借や借金など、各界の人達の援助を頼りにして渡欧費の工面に晶子は奔走していた。その一方で更に

あなた様のかの清き御心を承り候て私は文部省が私の作物に女なればと云ふ如きかんせうをいたして授賞させぬことにするよしを伝聞いたして腹立て居るなどのこの四五日の心をあさましくおもひ申候　もうそんなことはおもひ申すまじく候

と書いているのは晶子の、文部省への怒りで大分憤慨しているようだが、生活を支えている源氏訳に心は戻って

明日より源氏にかゝり候て十五日頃に原稿おゝくりいたさんとおもひ申候へど

と書いて何時も遅れるのは長い風邪が続き、すぐ発熱して困るとも言い訳している。この頃は七人（佐保子は里子）の子持ちと多くの執筆に追われる日常で、その頃の晶子にとって渡欧は夢の中の夢であった。

しかし寛の方は諦めきれず天眠夫妻宛てに

荊妻が当初の希望を復活し往復四五ケ月にて欧州へ参り小生と一緒に旅行致候て一緒に帰朝したき旨申参り候。自然今頃は御地へ参り大兄はじめ親戚などへ御相談致す事と存じ候。旅費の二千円も出来候はゞ又なき好機会につき何卒晶子の前途のために一度欧州を観せおきたく候。何分の御配慮を奉煩候。短日月の旅行に候故シベリヤ鉄道にて参るやうに致度候。帰路は船に可致候。委しくは本人より可申上候。……　2・10

と精魂こめて天眠に縋っている。さらに「来る廿日は有名なる謝肉祭にて巴里は賑ひ候事と楽み候。天佑社の堅実に発展し参り候やう切望仕り候」と結んでいる。

夢の叶った晶子　天眠宛て寛書簡はさらに「小生も頗る元気よく巴里を遊びまはり居り候」と書き、「勉強」するなど「気が知れず」「底をぬかし遊び居り候」（3・29）と自由にしているわが身を楽しんで、さらにまた

晶子がどうやら日本を立つらしく候。何かと御配慮被下候事と御礼申上候。　艸々

とも書いて天眠の「御配慮」に「御礼」を述べ、金策も整い、留守中を寛の妹静に頼み、いよいよ出発は五月五日の夕暮れ、新橋駅からシベリヤ鉄道に乗るために敦賀へ向かう。天眠宛ての黒ペンで書いた晶子の葉書には、

御はがき拝し致候　名古屋まで御越し給はるよしを私のいかによろこび侯かを御想像被下度侯　まだしたくにはかゝらずその日三時間あらばなどおもひて　なほこそ私の仕事ののこりをいたし居り侯。

奥様によろしくねがひ侯

仰せの通り六時半の汽車に候　御話うかゞふに都合よきやう寝台車ならぬのにいたしおくべく侯。　5・2

とあって、この書簡の「天眠註」に「シベリヤ線にて渡仏の際、東京─敦賀の間にて、名古屋─米原を同車し、見送りたる時の、打合せに対する返事」と書かれている。晶子も天眠も忙しいので車中で別れを惜しんだようである。晶子は嬉しくてたまらない様子である。これは二日の葉書なのに三日先の渡欧の準備もせず、当日に「三時間もあらば」と言っているのは、それ程に「仕事ののこり」に追われていたのである。この頃の大きな仕事として内田魯庵依頼の『新訳源氏物語』の上巻は四五年二月一五日に出版されており、中巻は渡欧中の六月に出版、下巻二冊は帰国後の大正二年の八月と一一月に出版される。他にこの四五年の一月には第一〇歌集『青海波』、五月に短編小説集『雲のいろいろ』、渡欧中とその前後にかけて六冊の著作を出版している。晶子の五ヶ月間の滞欧中には寛と共に「東京朝日新聞」に紀行文をそれぞれ掲載していた。それが帰国後『巴里より』（五月）の共著として出版される。その前後に欧州を素材にして寛も晶子も多くの作品を残している。天眠宛ての寛の絵葉書に

晶子の出発に当り侯て御多忙中御見送被下且つ不相変の御厚情を賜り万々御礼申上候　一昨十九日無事に到着致候間御放神被下度候。　5・21

とある。葉書の絵の面に「よさの、ひろし」と署名されている。この葉書通りに晶子は五月一九日に巴里に着いた。

その前の天眠宛て晶子書簡は五月一四日の絵葉書一通のみで簡単である。

やうやくわれも汽車になれまゐり候
もう五日すればパリへつくのに候へと心は来年の春の神戸のみが待ち遠しく候　5・14

とパリに着いた晶子は寛と共にモンマルトルに下宿し、巴里の名所巡りをし、六月一八日の午前には詩人レニエを、午後は彫刻家のロダンを訪ねた。滞欧中を素材にした晶子の詩歌集は『夏より秋へ』（大3・1）と『さくら草』（大4・3）である。『夏より秋へ』で歌う。

三千里《さんぜんり》わが恋人《こひびと》のかたはらに柳《やなぎ》の絮《わた》の散《ち》る日《ひ》に来《きた》る　549
君《きみ》とわれロアルの橋《はし》を渡《わた》る時《とき》白楊《はくやう》の香《か》の川風《かはかぜ》ぞ吹《ふ》く　581

子を恋うる母心は帰国へ　遠路を遙々やってきて夫に逢えた喜びとロアル川散策を楽しんだ晶子は日が経つにつれ子供たちのことが気になり、『夏より秋へ』に

子《こ》を思《おも》ふ不浄《ふじやう》の涙《なみだ》身《み》を流《なが》れわれ一人《ひとり》のみ天国《てんごく》を墜《お》つ　751
今《いま》さらに我《わ》れくやしくも七人《なゝたり》の子《こ》の母《はゝ》として品《しな》のさだまる　759

と詠むようになり、遂に大正元年九月二一日、マルセイユから海路、日本へ向けて出発し、この年の一〇月二七日に帰国した。帰国の理由は残してきた子供たちへの深い母心は十分に感じられるが、それ以上に晶子にとって妊娠三ヶ月という事実があった。当時は海外での出産は困難であり、経済面でもぎりぎりの滞在だったので晶子は先に帰国した。晶子の体調を寛は非常に気遣うが、晶子の方は表面上平然を装って帰国したようである。

前記した平出修あて寛書簡（大1・9・28）に、晶子の帰国は「秘密に願上候」と書いていたが、寛の予想した

憂慮通り多くの新聞記者がつめかけた。「大阪朝日」「大阪毎日」「東京日日」は二回ずつ、「読売」「東京朝日」などにも取材され、写真入りの記事もあった。早速「大阪朝日」（大1・10・29）では「晶子女史の帰朝」と題して小見出しに「神戸埠頭に巴里の印象を語る」とあって「二十七日午前十時平野丸にて着神、午後六時三十分東上」と伝えているが、同日の「大阪毎日」の「与謝野晶子女史帰る」では「廿八日朝神戸入港」とあり、同日の「東京日日」の「晶子女史の帰朝」も「二十八日朝神戸入港」とあり、また翌日の「東京朝日」の「晶子女史帰る」も「二十八日午前十時平野丸にて着神午後六持三十分の汽車で東上した」とあり、同日の「読売」も「二十八日神戸入港の平野丸にて帰朝」とあり、同日の「東京日日」の「愛児に迎へられた女史」では、「昨朝九時新橋着列車にて帰京せり」とあり、三一日の「東京朝日」の「晶子女史の帰京」も「二十九日午前九時新橋駅に着いた」とあることから、二八日午前一〇時着神、二九日朝九時着新だと分かり、「大阪朝日」（10・29）にある晶子の着神を「二十七日」とするのは他の新聞がみな「二十八日」にしていることを以て誤りとする。

無造作な姿と自省の思い　前記の一〇月二九日の「大阪朝日」では早速晶子の髪型について女史はボンネットを今脱いだ許りとも見ゆる髪を額のあたり左右に無造作に別けてくる〳〵と後頭に束ねと描写している。また翌日の「東京朝日」でも同じように髪型のようすを記している。洋行帰りのハイカラな晶子の姿を記者らは期待していたようだが現実とは裏腹で、その姿は「普段着」のようで三〇日の「東京日日」では男児一人と女児二人の手をひいて如何にも大儀そうな写真であり、同日の「読売」では両手に女児二人を伴い、笑顔を見せているが、その服装について、二九日の「東京日日」では、

扮装殊の外ヂミにて柄はソウ荒からぬ銘仙の着物、小豆が、つた紫縮緬の羽織に雪駄穿き、頭は油気なく中

央より平たく左右に分て無造作に束ねたり

と全く晶子らしからぬ姿に記者たちは唖然としたであろうことが想像される。『夏より秋へ』に

四十日《よそか》ほど寝《ね》くたれ髪《かみ》の我《わ》がありしうす水色《みづいろ》の船室《せんしつ》を出《い》づ　743

と歌うほどであった。

平野丸の揺れもひどく、何度か恐ろしい目にも会い、長旅で心身共に疲れ切ったためであろうか、自身の髪型や身形を構う気力も失せていた。「大阪朝日」（大1・10・31）は「晶子女史の帰京」と題し

心臓が悪い上神経衰弱に罹つて俄に帰国を急いだとのみ語るけれど、家に七人の可愛児《いいこ》を残しては絵の巴里、詩の伯林《ベルリン》、歌の倫敦《ロンドン》も現《うつつ》に過して心の煩ひ癒えやらぬ想郷病幾夜の夢に泣いた事やら、あはれ芸苑の人にも母の心の深きを見る。

と書く。「心臓」も「神経衰弱」も「母の心」も晶子にとって当然の事実であろうが、それ以上に帰国の最大理由は前記したが懐妊四ヶ月の身重にあった。翌大正二年四月二一日に四男アウギユストが誕生していることで凡てが解明される。晶子にとって渡欧できたのは至福の極みではあったろうが、「東京日日」（10・29）で晶子は、

夫が努力してゐる処へ漫然と私が遊びに行つて邪魔したのは如何に夫婦とは言ひながら済まぬ詰で内心詫びをしてゐます

と自分の渡欧は夫に迷惑をかけたように反省しているが、寛の熱望による渡欧であったことは熟知しながら、不可避的な懐妊という事態となって共に帰国できなかった無念さをこのように詫びて悔やんでいるのであろう。

愛児らに迎えられた涙ながらの晶子　「東京日日」（大1・10・30）の七面には「愛児に迎へられた晶子女史」と

見出しがあり、写真の横には「新橋駅に着いた晶子女史」とあって小文字で「三人のお子さんが可愛らしい声で『お母さん』と左右から縋りつく、成程これでは女史の家庭病も尤もの事」とあって記者は感動して書いている。
滞欧中の心中を晶子は

多くの子等を残して、旅立つた大胆を悔もし泣きも致しました。留守中の事は斯く〳〵と万事取極めましたが、子供の上のみ考へて子に別れた母の心、別れた後の母の心、子達を恋ふる心の淋しく遣る瀬無さを思ふ暇は御座ゐませんでした、病気と申せば病気、想郷病と申せば想郷病、然し妾が急いで帰りました心の底には何か謂様の無い力に引かれた様な心地も致します。斯うして子等と一所に居ますれば一日平凡に過しましても、淋しくも苦しくも無いのですけれど……

と強い母性愛をあらわにしている。また子供たちに会えた喜びを晶子は、また『夏より秋へ』に

あはれにも心《こゝろ》もとなき遠方《をちかた》にいのちをおける汝《な》が母《はゝ》かへる　747
味気《あじき》なく心《こゝろ》みだれぬわが手《て》のみ七人《しちにん》の子を撫《な》づる日《ひ》に逢《あ》ひ　748

と歌う。右の紙上の書き始めのあたりを見ると、

歓喜の中にも両眼に涙を湛へつゝ「母ちゃん」と飛び付く男の子、「母ちゃん」と袂に縋る女の子を抱きしめながらプラットホームを出た。

とか、旅中ずっと「夢にのみ見て居たと云ふ」麹町中六番町十の自宅の庭前に立って晶子は「ハラ〳〵と落涙した」ともあって、その有様を克明に捉えて叙している。また

子供の身にとつて短からぬ半年を温順しく留守して居た十一を頭に七人の子等は鬼の首でも取つた様に勇み立ち喜び合ひ「母さん〳〵」と袂にまつはる声を聞いた時には、門の前で子守唄誦して居た近所の女中

さへ泣いたと云ふ

とあって、子供たちにみやげを広げる、賑わっている与謝野家を往訪する人々はこの母子の対面を涙ながらに見たとも聊か誇張して伝えている。

「亡国の空気」漂う巴里と美しい「巴里の女」—晶子の感性　まず「大阪朝日」（10・29）の「晶子女史の帰朝」の中にある「巴里は亡国の空気」で、晶子は巴里を「見ぬ前はどんな華びやかな都」かと思っていたのとは「反対」だっだと書いている。それは「薄暗り」の「景色の中に漂ふ空気」を「新興の景色では」なく「云はゞ亡国の空気」だと晶子は書く。そうした景色の中にいると、永井荷風の「巴里には江戸の空気が」と書いている言葉が思い出されるという。巴里では「詩人や芸術家が集まつて来る珈琲店」では「ほの暗い灯火」の「滅入って行くやうな空気」の中で芸術家たちは「色々の夢のやうな談話に花を咲か」せるという、こうした芸術的な雰囲気に晶子は魅了されているようである。三〇日の「東京朝日」でも「詩人や芸術家の集つて来る珈琲店」に於いて同じようなことを書いている。

同紙の中にある「巴里婦人の美」では「夏の夕純白の外套の小褄を取つて散歩する婦人の姿を京人形に比べ」、「倫敦婦人は賢女、男勝り」「巴里の女は皆小造りで気象も優しく」と対比している。その後で「巴里婦人は毛髱」とあって、この「毛髱」を沢山使って「巴里婦人」は「半鬘的の頭髪を作」るので、晶子はそれを真似して「巴里ツ子を嚇かしてやらうとして」髪結いに頼んだが、「髪の先二三寸ばかりを切つて仕舞つたので」怒って「巴里風」を止めて「束髪」も結えずに「こんな情ない風で帰つて来た」とも記者に語っている。前記したことだが、渡欧した時には前廂をふつくらとさせていた晶子が帰国した時の髪型については前記したように「左右に平たく分けて」と書かれている。巴里女の真似をしようとした晶子は逆にひどい目に会ったようである。
また同日の「大阪朝日」（10・29）の「晶子女史の帰朝」の中の「女を芸術品と見る」に於いて「巴里の女」を「京人形のやうだ」と言い、「服装を如何にして芸術化するかについて腐心し」、「畢生の努力」、「若い時に人間の美を発揮さへすれば」「満足しているやう」だと見ている。さらに「男子」は「女を芸術品と見ている」ので、「英国」の「女子参政権運動」とは「巴里の女は没交渉」とみて、
私等は此の亡国の景色の中に漂ふた芸術的空気が実に何とも云へない印象を与へるのです
といって「芸術品」としての「巴里女」を観察している。また同日の「大阪毎日」の「与謝野晶子女史帰る」の中で、「巴里を中心に」晶子は「方々旅をしたが、やっぱり「女は巴里」だと言って絶賛している。
三〇日の「東京朝日」の「晶子女史帰る」でも「又男の方も女子を一種の芸術品」と見て二九日の「大阪朝日」と同じように「巴里女」には「芸術的な空気」云々とあり、晶子は如何に「巴里女」に魅せられていたかがわかる。

絵が描きたい　晶子が滞欧中に絵を描いていたことは、記者に語っていた晶子の述懐により分かる。滞欧中に晶子が描いていた油絵は現存。暗い感じのする絵で傑作とは言い難いが高価である。記事にみると「東京日日」（10・29）では「晶子女史の帰朝」の中で「絵を充分に研究して帰らうと思つた」とあり、同日の「大阪朝日」でも
巴里では私は画を描くことを稽古してゐました。実は学校にでも行って研究したいと思ひました。
とも書かれている。この頃、梅原龍三郎や石井柏亭らの画家が巴里にいて同行していた。晶子は「東京朝日」（10・30）で「巴里」の「芸術的空気」の「何とも言へない印象」から絵心が湧いたように書いているが、画家らの影響もあったかも知れない。しかし絵をやり出すと「向後一年も滞在しなければならない」という現実は金銭面に

於いても不可能なことである。それは「与謝野の足纏ひ」になり「子供の事も気にな」ると思い、妻、母としての無念さを「大阪朝日」(10・29)に訴えている。「東京朝日」(10・30)にも同じように書いている。

疲れ切った帰国姿　さらに同紙の最後に「晶子女史新橋着」では、

汽車にて国府津に至る頃女史は長き旅の疲れの為め、心臓の病…さし重りて一時は人心地さへなき程となつた、同室の人々の介抱にて氷を買ひ求め頭を冷しなどして稍胸落着き…廿九日午前九時新橋に着いた

と記者は伝える。さらに晶子の痛々しい様子を記者は捉えて

女史はゴム草履の足の運びさへ、絶え〴〵なる風情にて婦人に扶けられつゝ四人の愛児に交る〴〵頭をさし覗けて、実に可愛くて可愛くて湛らなげに頭を撫でやりながら長きホームを出で秋雨に濡るゝ都大路を人力車に扶け乗せられて其儘自邸に立帰つた。

と伝えて「東京朝日」の一文は終わる。四ヶ月の身重も重なってかなり辛い長い船旅であったろうと察せられる。以上、晶子の帰国姿が書簡では見られないさまざまな記事に晶子の思わぬ表情や心情が如実に明かされた。こんなに多くのメディアの取材となった晶子は歌壇の傍流にあったとは言え、史上に残る人物であったと言える。

一人残された寛の寂しさ　晶子を見送った後の寛は『巴里より』(大5・3刊)の「妻を送りて」で、その様子をいろいろと書いている。それは晶子の乗る平野丸の一、二等に空室がなく「一人専用の特別一等室」だけがあって「六百円の一等乗車券に更に一割の増金」を払ったこと。出航は積荷のため翌日となり、寛は「平野丸の客室に蚊に食はれながら」泊まったとも書いている。晶子については「思郷病」にかかり「ひどくヒステリック」になって

いる様子を見て、さらに

慣れない途中の航海と晶子の不安な健康状態とを想像して、僕も何だか之が再びと会はれない別れの様な悲哀を覚えるのであつた。……僕は翌朝六時に平野丸を見捨てた。

とあり、その後の自らの行動については『巴里より』に、それまで書いてきたように寛は記している。

晶子は大正元年九月二一日、マルセイユを発ち一〇月二八日に神戸に着いた。その後、平出修宛ての寛書簡に、

晶子に帰られて四五日俄かに淋しさを感じ候ひしが又もとの元気に立ち戻り申候。　9・28

と一人身となった「淋しさ」を超えて元気になったと伝えている。帰国した晶子を見送った後、初めて書いた寛書簡（大1・10・15）には「此手紙の著く頃は既に神戸へ著きたまふ事と想ひて筆とり候」と書き始め「日夜案じ暮し申候」といつも懸念されるのは、普通の体でない身重の晶子の健康状態であった。さらに寛は、

君に別れし後の小生は全く気ぬけせし心地致しなぜ先きに返せしかと後悔に暮れ候ひしが、今は光達の喜び候事を想像して無事にだに東京に帰り玉はば君も如何ばかり安心し玉ふならんと思ひつつ心を慰め候。

と妊婦の晶子を一人で帰したことを反省し、気遣い、不安と後悔に苛まれつつ晶子の体調をも非常に案じている、ここにも妻思いの優しい寛の性格と如何に妻晶子を大切に思っていたかが想像される。妻思いの寛は一一月一日にも「日本へ帰りたくなけれど君と子供の許へは早く帰りたく候」と書き、またその後の便り（11・8）で寛は

君なくてはまことに淋しく候。早く君と子供等の許に帰りたく候。君のおからだを案じてのみ居り候。

と書き、「せめて君に酬いるためと存じ、少しづつ詩を訳して諸方へ送り候」と書いて、晶子を安心させている。

せめて一年でも巴里に残りたい―寛の心情　晶子帰国後の寂しさから一時は感傷的になって取り残された孤独感

はあったが、心気一転させ何としても日本詩壇への復帰の悲願が念頭を離れなかった。そんな思いから晶子帰国直後に、前記の平出修宛ての寛書簡に、

何となく日本に帰るのが厭になり候。　9・28

と本音を吐き、「滞欧費」も少なくなり心細いが、未だ仏蘭西の雰囲気に浸っていたい思いから益々向学心に燃え、

今に到り、猶一年専ら仏文学の研究に従事して、巴里若くは仏蘭西の田舎に留りたしとの念禁じがたく候。

とも書き、やり残している仏文学や訳詩への未練も多々あったのであろう。しかしそのためには「千五百円の留学費」が必要であった。そこで叶わぬことと知りながらも修に、なお続けて

今すぐ日本へ帰りたればとて小生のために香ばしき事も無しと存じ候と同時に、少し仏蘭西語が解り掛け候今日に候へば、欲な事ながら猶一年を欧洲に費したしと切望致候。

と切々と打ち明けているが、既に多くの人々の厚意を十分に受けていた上に、当時としては余りにも大金であったから、これ以上迷惑はかけられぬと知りながらも寛の向学心は燃えていた。晶子帰国後の寛は、何としても渡欧の成果を訳詩に託して日本詩壇に返り咲きたい一念からせめて一年だけでも止まりたかったのである。

巴里で著名な晶子　前記の一〇月一五日の晶子宛ての寛書簡には、未だ晶子恋しさの気持ちを訴えてから続けて

いろいろの新聞雑誌が君を尋ねて参り候又君の写真が乃木将軍と並びてオペラ附近の写真屋にて売られ候。新聞雑誌記者の中にもフワロオが尤も君の早く帰りしを惜み居り候。大新聞「タン」にも又いつぞや一緒に行きし雑誌社の雑誌にも君の記事出で候。写真は甚だ不出来に候ひし。　10・15

と晶子が巴里で、色々と雑誌や新聞に取材されていたことを寛は知り、嬉しさから晶子に早速報告した。

晶子の発言に対する反応について『巴里より』の中の「晶子への書簡」に詳述されている。その冒頭に寛は、雑誌レザンナルの主筆に頼まれて晶子が書いた「仏蘭西に於ける第一印象」に就ていろんな手紙を受取つた。東帰《とうき》を急ぐ晶子は第二第三の印象を書く暇も無く匆々《そうそう》として巴里を見捨てたから、其出立後に受取つた其等の手紙の中の二三を訳して晶子へ送る事とする。晶子の批評が仏蘭西中流の婦人に同情してあつた為に、反響は概ね其等の階級から起つた様である。初めの手紙は仏蘭西女権拡張会の副会頭ブリユンシユ・ヰツク夫人から来た。

と書き、（一）ではまず、

私は種種の新聞雑誌であなたに関した記事を非常な興味を以て読みました。其れから私は仏蘭西の婦人に向つてあなたが甚だ厳格であつた事を苦痛を以て考察しました。……

とあって、まだ（二）（三）と続くが晶子の一文に対する感想を載せている。このように晶子は日本の新思想家として認められて多くの感想が寄せられ、晶子が仏蘭西で如何に注目されたかがわかる。（二）に寄せられた女権者の一人の言を引く。

あなたの一般的批評は其観察の深く且大にして肯綮《こうけい》に当つて居る事を示して居り、併せてあなたの天才を引立たせて居ります。仏蘭西の婦人に就てあなたが彼等の精神及び感情の質を善く叙述された事を私は感嘆致します。

と晶子の見解を認め、尊敬し感動している。（三）では、「あなたは巴里に於て既に著名なお人ですから」と前書きしてから「一小市民の娘」の発言として（一）（二）より長文で中級の「仏蘭西の婦人」は「英国婦人の為す如く」「権利を要求しない様」と晶子が述べたことを「真実」だと言っているが、「男女」が「平等」という立場から

「女子」にも「選挙権」が「早晩到来」を「期待」するが、「夫人よ」と呼びかけ

私には政治上の位地を占有した婦人は比較的深い注意と興味とを以て婦人自身の義務に竭《つく》す事が出来ない様に見えます。と云つて私共婦人を退化した因循卑屈の人種であると思ふのでは無いのです。

といって仏蘭西の若い婦人は「教育」に力を入れ「読書と研究に由つて常に自身を完全にしようと心掛ける」とも言い、晶子の意見に同意し、最後に「夫人よ、私の尊敬と称賛とをお受け下さい」と書いている。これは寛の訳なので真意が伝わっているかどうか分からない。

このように巴里では著名人として知られていた晶子が懐妊せず、寛の希望通りもう一年共に滞欧できたならば晶子の存在は日本の一女詩人としてもっと大きく世界的に羽ばたいたかも知れない。

山本鼎が褒めた晶子の絵、心なぐさみに描く寛　晶子が巴里に来てから絵心が湧いたのは、同行していた洋画家の梅原龍三郎らに影響されてか、油絵を描き残している。このことは有名で、晶子が帰国した折、記者たちに語っていた言葉の中に絵のことが随所に出てきた。一年でも学校で絵の勉強をしたかったと追想している。それは現実に叶えられないことだが、晶子は果たせないことを悔やんでいた。その晶子の絵を画家として著名な山本鼎の言ったことを寛は晶子宛て書簡（11・8）に

山本が頻に君の画に感服し、何事にも非凡の人なりと評判して歩き候。何卒畫を止めずにおかき被遊度候。

と嬉しげに伝えている。寛自身、晶子と別れてから「朝日」の通信の記事を暫く休んでいたようで、その間に、前記の晶子あての一〇月一五日の書簡には「小生も日日、絵をホテルの五階にて書き居り候」と書いて、紛失したと思っていた絵の具箱がモンマルトンの下宿の寝台の下にあったことから、それが「縁となりふと画を描く気になり

て静物ばかりを描き居り候。……之を以て君に別れし後の心なぐさみに致居り候」と書いて、晶子が使っていた懐かしい絵の具で画を描く喜びを晶子に書いている。また一一月一日の書簡で寛は晶子に、「絵を船中にてお書きなされしや」と問うて、晶子を元気づけている。

船中より金銭不足を訴える寛　独り残された寛は帰り際に金銭の不足を天眠に依頼したようで早速送金された、その礼状を天眠に

早速電報為替お遣し被下御厚情忝く奉存候　お蔭にて辛くも巴里を退く事が出来申候。何れ拝眉の上万々御礼申上候へども取あへず御受けまで如此に候。右の金子は何卒明年中に分割してお返し致候事を御許容被下度候。令夫人様へおよろしくお伝へ被下度候。

12・7　艸々

と書いている。この書簡は「よさの、ひろし」の署名である。この寛の礼状の翌日には晶子が天眠に満腔の謝意をこめて送っている。それは、また海外でお金に困っている夫寛のことが心配でならなかったのであろう。それを察してか天眠が早急に「電報為替」で送金したことを天眠からの知らせを受けて感激したのであろう。何時もの天眠の援助ながら、外国での貧困に苦しむ夫を思って晶子は、どんなにか嬉しかったのであろう。その書簡は

拝啓

御しらせ給はりしことのいかばかり私を感動させ候ひけむ。何やらむ今日は身に翅おへるここちに候厚く厚く御恩忘れまじき感謝をあなた様にさゝげ候。良人なる人もまことにいかばかり嬉しく思ひ候ひけむ。じつは心細きさまなることは想像にあまり候ことなればいかにかして船中の小づかひなりともポウトサイドまでにても郵送せむと心がけつとめ居りしに候。……再び君に感謝をさゞげ申候。……

大1・12・8

未だ続くが、晶子が帰国する頃には、もはや金が足りなくて夫はどんな思いでいるかと、晶子はいたたまれなかったようである。その急場を天眠が救ってくれたことで、晶子は深く「感動」して「身に翅おへるここち」で「御恩忘れまじき感謝」を天眠に捧げている。金銭面で一息ついた寛は晶子へ

いよいよ今夕、巴里を立ち申候。十一月二十四日に御認めの手紙、昨夜受取り申候。君の御元気のやや回復したるらしきをうれしくおもひ候。貧乏なるは何よりも日日御気にかかり候事とかなしく候。12・13

と書き、はや五ヶ月目の身重になっている晶子を寛は案じつつも元気なようで寛は嬉しげに「東京の寒さ」故「湯たんぽを君も入れて寝たまふべし」と細やかに心遣い、同書簡ではヱルハアレン翁に逢ったことを話し

レニエよりも感じのよい詩人に候ひし。春泥集の体裁を非常に褒めくれ候。日本へ講演に来ることを望まれ候故、帰国の上取計ふべしと申おき候。

とあり、『春泥集』は明治四四年一月に刊行された晶子の第九歌集である。翌日の手紙では、

今朝マルセイユに著し、漸く埠頭に待ち居りしに、熱田丸到著し、無事に乗込み候。12・14

とあって、船中には乗客少なく「コロンボに著く一日前に元旦を迎へる筈に候」と書いているが、再び金欠らしく、

船中の小遣は之にて十分と存じ候が、神戸へ上陸せし時の車代など心細く候故、金尾に船へ二十円ほど持参するやう御話し被下度候。

とあり、その五日後に

本日やつと四回の通信を認め候へば、之をポオトサイドより「朝日」へ送るべく候。12・19

と「朝日」への義理を果たしてほっとしたせいか、船中では熟睡できるとあるのは

もはや日本へ帰りし気持にて、安心せしならんと存じ候。夢も既に巴里を見ず全く東京の宅をのみ見申候。

など家族のことばかり書いて「如何にして正月を迎へた」かと心配している。「留守宅の様子を」を早く知りたいので「神戸へあてお手紙を下されたく」と書く家族思いの寛が偲ばれる。
帰国間際の船中から晶子宛ての最後となった書簡には

小生所持の銭は只今五十フラン有之候へども、洗濯料、散髪、ベルモット代、小遣及び神戸上陸前の船員への心附に之では不足と存じ候。小林氏へお手紙をお出し被下、三十圓ほど船まで持参してくれらるる様、御頼み被下度候（金尾が持参すれば、それでよろしく候へども）　12・19

と又しても天眠に縋る。しかし金尾文淵堂主人が持参してくれるのならそれでもいいという。帰国の最後まで金銭面で晶子に心配をかけている寛だが、その一方で、

さて君の御からだは如何。少し健康を復し玉ひしやと刻刻に案じ候。何卒、御無事にて小生の帰るをお待ち被下度候

「刻刻に」とは次第に近づく出産への配慮もある妻思いの優しい寛であった。船中の様子を、この書簡で、

ポオトサイドに近づき候まま俄かに暑くなり、少少妙な気持が致候。慣れ候はばよろしかるべし。印度洋も紅海も無事の由なれど台湾沖が少し荒れ候べし。或は二十一日に神戸へおくれて著き候はんか。唯だ早く早く帰りたしと念じ申候。光と秀が金尾氏に伴れられて神戸へ迎へに来りし夢を一昨夜見申候。併し実際には経費のかかる事故、迎へに来ずてよろしく候。新橋へ皆皆お出で被下度、神戸よりも、京都よりも電報を打つべく候。

と書き「猶、三十日以上せねば東京に入りがたしとおもへばうんざりと致候。十二月十九日深夜」とあり、一路日本へ向かった。

第二章　大正期の書簡

第一節　大正二年から四年にかけて

帰国する寛を迎える晶子　寛の帰国が近づくにつれ、晶子は嬉しさと安堵と至福に満喫しながらも、四月出産の四男アウギユスト懐妊の身をもてあましていた。この年（大正二年）になって初めての天眠宛ての書簡に、

良人のために宴会をおはり下され候おぼしめし感謝に堪へずおもひ申候。　大２・１・８

と寛帰朝歓迎会の礼を述べている。この会について「大阪毎日」（大２・１・20）は、

仏国遊学中の与謝野鉄幹氏は愈々二十日熱田丸にて神戸着帰朝せらるにつき上田敏、小林政治、厨川白村、茅野蕭々四氏発起となり廿一日午后四時より京都祇園中村楼にて歓迎会を催す筈　会費三円

と寛帰朝の知らせをいち早く報せ、この頃の晶子は六ヶ月の身重なので寛を出迎えたい思いはあっても行かれず

私ももとよりまゐり度く存じ申し候へどます〳〵まゐりにくゝなる事情ばかり出来申し候へば残念にも悲しくもおもひながら、かのおもひたちはとりけし申すべく候。　１・８

と同書簡に出迎えは勿論、宴会も欠席という無念さを記している。その後の天眠宛て晶子書簡では、行きたい気持ちを余りに我慢したため「一週間程は次第に心経衰弱におちいりゆくを覚え申候」と書きながら又しても

さて寛こと乗船のさい五十フランほどより小づかひもたぬよし申し居り候ひしまゝ、こなたより少々金子持参いたさせむつもりに候へど何とぞ本月分源氏の稿料神戸にてその時御渡し被下度勝手なる御ねがひのあつ

かましさはよく承知いたし居り候。　1・16

と、船賃、乗船後の金銭不足を源氏の稿料で補って欲しいというあつかましさで天眠に縋る晶子であった。

寛の佛蘭西仕込みの姿　「東京日日」（大2・1・23）は前記の「大阪毎日」記載の「二十日、神戸着の帰朝」とは矛盾するが、「東京日日」では小見出しに「新橋の出迎へは寂しいが晶子女史の嬉しさうな顔」とあって、

仏蘭西巴里へ遊学中なりし与謝野寛氏は二十一日朝神戸に入港昨日午後一時五十分新橋着列車にて帰京したるが雨天の為か出迎人も少く、夫人晶子、江南秋子両女史に手を引かれたる令嬢を始め寛氏令弟修氏外十三余名に過ぎず

とあって、晶子の帰国に比べてマスコミの数は少なかった。寛の姿を捉えた記者は、同紙に続けて「中山高帽に短き白茶の外套、紺服といふ扮装にて出発前に在りし鼻下の髭なく艶々しき仏蘭西仕込みの頬に微笑を浮べつ……金縁の眼鏡は殊に目立ち……」と書いている。同紙では再び末尾に「嬉しくて〳〵堪らなさうな晶子夫人」と満足げな晶子の様子を再び捉えて「氏は今後大に新詩壇の人として立つ筈なり」とあり、洋行帰りの寛に期待をかけている。「大阪毎日」（大2・1・22）は「巴里の芸術界」と題し「新帰朝の鉄幹氏談」と小見出しがあり、寛の様子を、

氏は巴里にて遊学して健康を強めたるもの、如く剃刀の跡鮮やかなる顔の血色も克く長躯に花色の背広服を着けたるが能く似合へり

と描写して、其の後で「仏国の劇界」とあって「新しい試み」（新劇）は「旧劇に比べると余り然《さ》う大した人気を惹いて居らぬ」と書いている。寛の巴里滞在中は「最も多く日本画家の遊学して」いて「彫刻家と合せて確か廿六七もあつた」と記し、昨冬帰朝した「児嶋虎太郎」が「秋のサロンに二枚当選して大分巴里人に其名を知られてゐ

る」とか、他に「巴里に於ける純日本画家として可なり持て、居る」のは「江内春潮」だと記している。ここまでは同日の「東京日日」にも同じ内容のことが書かれている。同紙（大毎）の「気持の克い感じ」では伊太利旅行中「日本主義」という語が「反抗的な意味を含んで日本を範として居る様な態度を示して居るのは日本人として真に気持が可い」と日本人が認められている自負心に満喫している。これらが寛の談話として各新聞に報ぜられた。

滞欧体験に見る異なる感性　欧州で二人は共に旅をし、様々な事物や自然、人々に接した中でそれぞれに感受したものは、同一の対象であっても異なる感性を抱くのは当然である。これらについて、二人の帰朝を出迎えて個々に直接聞き取った話から得た感想を書いているのは「大阪毎日」（大２・２・２）の「内証話」で、小見出しに「与謝野寛君を出迎へる記」とあり、署名は「opQ」の一文である。まずこの記者は仏蘭西から帰って来たばかりの晶子の談話を聞いて晶子について「確かに仏蘭西のあるものを、自分の『霊魂《たましひ》』で感じてゐたらしかつた」と書き、寛については「いつまた来れるといふ国でもないから、何でもよく見て往かうとて」目先のことにのみ捕らわれて「詩人といふ『霊魂』を財布のやうな内隠しに蔵ひ込んで、つい普通の旅人のやうになつてしまつた」と観察し、さらに

晶子夫人は偉かつた。偉くはなかつたかも知れないが、生《なま》だつた。どこまでも詩人といふ「霊魂」をもつて感じて来た

と記者は考えていると誰かが晶子のことを言ったのを聞いて寛は

「家内《かない》にも真実《ほんとう》に困つてしまふ。折角欧羅巴までやつて来てゐながら、矢鱈《やたら》に帰りたがるもんだから、何といふと子供の事ばかし案じてね」

と寛は「素気《そっけ》なく」言った。右の記者の言葉から寛の語学力は想像がつかないが、短期間で少しでも多く欧羅巴の文化を吸収しようとする興味がありすぎて焦ったためか、本質的なものを見失ったようにも思われる。その点、晶子は自らの素直な感性で受け止め、「生《なま》」のまま消化して本質に直接触れ得たのではないか。しかし『巴里より』（大3・5）に見る紀行文の確かさと綿密さは寛、晶子の何れにもその遜色は見られない。この記者の見解は特異で興趣深い。晶子には語学力がなかったことが却って純粋な眼でそのまま感受できたのであろう。しかし寛の場合は語学力が時には感性を鈍らせ、不純さをもたらしたかもしれない。それは訳詩に偏り過ぎたため逆にマイナスになったとも言えようか。

晶子の帰国には母親として子供たちへの愛情溢れんばかりの雰囲気や巴里の思い出には女性らしい優しさや温みが漂っていたが、寛には記者との談話があったりしたが、晶子ほどには盛り上がらなかったようだ。

寛の暗鬱—詩壇復帰不能と子供虐待事件　「明星」廃刊後の鬱々とした思いから寛は心機一転を計り、晶子を始め多くの人々の協力もあって渡欧したが、二人の悲願は報われることなく、寛自ら称する「元の木阿弥」は又しても陰鬱な日常に舞い戻ってしまった。その原因は訳詩の失敗にあったと思う。それは当時の仏蘭西詩壇に反逆的で虚無的だった若い詩人ノエール・ヌエの詩と思想に共鳴し、魅了されていた寛は彼を信じて協力を得、頼り過ぎた。何故もっと広く客観的な見地から仏蘭西詩壇を見渡さなかったのか。無名の群小詩人らに期待をかけ過ぎて帰国後多くの訳詩を発表し、訳詩集『リラの花』（大3・11）を刊行した。しかし日本の詩壇は寛を認めなかった。日本詩壇はフランスで著名な詩人達の訳詩のみ認めていたようである。ところが寛自身、訳詩の選択方法をヌエに依存し過ぎたことと、謙虚な気持ちで客観的に冷静に訳詩を熟慮すべきだった。寛は自らの過去の栄光から日本詩壇に再び返り咲きできるものと単純に確信していた甘さに大変な違算があった。こうした情勢を考慮せず自ら反省することがなかった。その結果、否定的になって気概は失せ、孤愁に閉ざされてしまった。そんな窮地にある感慨を、天眠に寛は

小生は帰朝以来全く引込思案に日を送り居り候間毫も突飛なる行動には出で申さず候。小生は天性損な性質にてとかく曲解を蒙り候。夫故あまり日本と云ふ国を好まず候。今後もつとめて表面に立たぬ考に候間御安心願上候　4・12

と打ち明けている。

こんな気持ちに追い打ちをかけたのが「小児を折檻」の新聞沙汰であった。それを同書簡では、

小児を折檻致候は事実に候へどもそは止むを得ざるに出でし事にて田舎に育ちたる小児の性情のよろしからぬを矯正せんと致したるまでにて新聞帋の認め候ごとき虐待などとは世評に過ぎず候。それも妻にせしには無之候へども只今の住所は近所が煩《うる》さく多分近隣の者が投書せしなりと存じ候。針小棒大の四字にて御洞察被下御安心被下度候。

と天眠に訴えている。その新聞について、続けて寛は同書簡に

かの記事は「やまと」と云ふあまり宜しからぬ新聞に出でしのみに候間東京にては殆ど右の如き悪評無之も同然に候。

と書いている。これは大正二年四月八日の「やまと新聞」の「鉄幹夫妻の実子虐待」と題する三面記事（拙著『新版評伝与謝野寛晶子』の「大正篇」68～73頁参照）のことである。ここにある「三男譲」とは寛の弟修の実子で結婚前に出来た子なので一時寛夫妻が預かって育てていた。「三女みさ子」は「佐保子」の誤りで明治四三年二月二八日

に誕生、その直後玉川の池田忠作家の養女となり、数え年三歳の時、実家の与謝野家に戻ってきた時のことが右の紙上を騒がせた。佐保子の養父池田忠作宛の寛書簡三通は『与謝野寛晶子書簡集成』四巻（263～266頁）に掲載している。

アウギュスト誕生（大2・4・21）　二人の帰国後に四男アウギュストが誕生した。この名は滞仏中にロダン・アウギュストに逢って深い感銘を受け、その名を頂いたのであろう、と明言する長男与謝野光氏のロダンが命名したという真偽の程は分りかねる。その誕生の九日前の小林天眠宛ての晶子書簡に

私は本月末より榊病院にまゐるべく候。さ候へど今度は二人ならぬことがほゞ分り候ため少し神経がしづまり申候。いつぞや日比谷の会の日私はあまり子のうごき候ため二人なるやと心細くなり死など皆様のにぎやかにもの、たまふ間に私は危み心やるせなく候ひしよ　4・12

とあるのを見ると胎児の動きが激しかったものか、またしても双子かと案じている。双子と言えば一回目は明治四〇年には八峰、七瀬という女児だったが、二回目は四四年、一人死産で宇智子誕生。これは大変な難産で、その様子は凄絶で「新日本」（明44・7）に生々しい「悲しき跡」三〇首掲載、『青海波』（明45・1）に多く採られた。死ぬ思いをして、若しやと「心細く死など」思いつめている。このような手紙を書きながら、その文末には、

奥様といつか東京の郊外をタキシ自動車にて遊び廻りたく存じ候。夢見る女は身じろぎもくるしき今にしてかゝること申し居り候。さ候へど毎々勉強はいたし居り候。　4・12

と出産九日前の、身動きが辛くありながらも天眠の妻雄子と東京郊外を思い切りタクシーで回ってみたいという夢想は恐ろしい。この頃タクシーを乗り回すことは、貧しい晶子には叶えられないことだった。しかし現実は「毎日

勉強」とあるのは、恐らく天眠依頼の源氏物語口語訳のことで、このころ内田夢庵依頼の『新訳源氏物語　下の二』の執筆中で、他の依頼原稿の合間を縫っての天眠依頼の「源氏口語訳」を書いていると言い訳のように書く晶子だった。

アウギユストは後に昱と改名される。大勢の子供の中で寛と晶子の最愛の子であり、二人はどこへでも同伴していた。アウギユストを詠んだ代表的な詩「アウギユストの一撃」（『さくら草』大４・３刊）は、他の子たちに見られぬほどの衝撃と感動をこめて詠んだ詩である。それ程に親として深い思い入れと愛情が特別にあったようである。

和田大円の暴言と寛の追想歌　晶子は寛には内緒で天眠に時折、打ち明け話をすることがある。大正二年の天眠宛て書簡に

　これもあなた様にだけの話に候へど京の和田様と申す寛の兄の人よりまゐる時千円ひろしはもらひしに候が、はじめは給はるやくそくなりしを中頃より半分だけあとでかへしくれと仰せられまゐる際なればともかくも承知仕り候ひしに帰国後まだ寛もしよくのきまらず候にそのさいそくそれははげしくいたされ、私は朝日のをかきをへるまでおまちをねがふと　ひろしを見かねてことわりを申せしにおまへには貸さぬ　さしで口をするのが新しい女なのかなど申され候　ともかくも　かへせばよろしきなりと存じ　先月より二十円の月ぷにてかへし初め候。私はいろ〳〵にごかいされ居る人と哀れまれ候　７・29

とある。ここにある「まゐる時」とは寛渡欧の折の意、「京の兄」とは寛の長兄和田大円（本名は正麿）のことで、この人につき「与謝野寛年譜」に「山城国西賀茂（今の京都市左京区大宮町字西賀茂）神光院の和田智満和上を師とし真言宗の僧となり、十二年には京都の真言宗泉涌寺の執事、十九年には岡山の真言宗法務所長、市外国富村安住

院の住職」とあり。「岡山と与謝野鉄幹」（「樹木」（昭35・6）谷林博）には「大円は雄弁さわやかで金光教の育ての親といわれた佐藤範雄も逃げまわつた」とある程の人で、「大円は当時岡山にあった金光教に対抗する程の学識ある有力な住職として選ばれた人」ともあり、その人から酷く言われた悔しさを晶子は天眠に訴えている。

寛は二度目の養寺安養寺から脱出し世話になっていた頃を回想し『与謝野寛短歌全集』に「長兄の死」

養家より逃れ出でたる少年の我れを叱らずよしとせし兄

この兄を我れも怖れきかりそめの悪しきを見ても舌に火ありき

今にして思へば兄の憤《いきどお》りみな私《わたくし》のことならぬかな

と詠み、また兄の死については

かくしつつ幼なき我れを抱きつらん今抱き申す兄のおん骨（十一月に兄の分骨を東山の墓に収めて）

がある。寛にとっては大切な人だが、晶子には苦手で、晶子の名声に対して苦々しく思っていたようである。

『新訳源氏物語』完結　『新訳源氏物語』は大正二年一一月三日に全巻完結。上・中は明治期、下巻二冊は大正期に完結した。この著書以前に前記した天眠依頼の「源氏口語訳」を百ヶ月で仕上げる約束を晶子は感激しつつ引き受けていた。ところが内田魯庵依頼のこの『新訳源氏物語』執筆の方を先行させ、四三年から一年八ヶ月の超スピードで完成させた。天眠依頼の「源氏口語訳」の方は少しずつ進めていて、書簡にはその言い訳を何度も繰り返し書いていた。この天眠の、与謝野夫妻への信頼と敬愛からくる寛大さは、その後もずっと続いた。「新訳源氏物語の後に」には起稿より完結までに渡欧と二回の出産があって、自ら言うように「無理な早業」であったが「原著の清新を現代語の楽器に浮き出させようとつとめ」「細心に」「大胆に」「自由訳を敢てした」とあり、出版当時の

メディアは、

紫式部の源氏物語に関する注釈類や梗概の続出ハ本書の現代化の要求を証拠立てる　然るに古典の精神をかみわけて言文一致に訳するハ西欧文学の翻訳よりも困難なる大事業である　訳者ハ此困難を切抜けて見事に成功した。

と広告しているように、古典を言文一致で口語訳することが当時いかに困難であったかが分る。晶子渡欧中の『新訳源氏』の校正は森鷗外が手伝っていた（「読書と文献」昭17・8金尾種次郎）。その後も晶子は出産を重ねながらも歌集の他に詩、古典訳、評論、童話、小説などを刊行して活躍を続けていた。

「スバル」廃刊　「明星」廃刊（明41・11）後、二ヶ月目の明治四二年一月に「スバル」は創刊され、明治後期浪漫主義の雑誌として活躍したが、五年一一ヶ月目の大正二年一二月一日に終刊となる。反自然主義の旗幟を掲げ明治四〇年代には耽美派を以て主義主張に囚われず、個性尊重を掲げ上田敏、森鷗外を中心に修、白秋、啄木、勇、万里などにより華々しい展開を見せたが、明治末年ごろから下降状態となってきた。渡欧中の寛から晶子に宛てて、

「スバル」も今一、二年つづけ申度候。（あの雑誌より純益は無くなるとも）江南氏を励ませて前途の収入の道を漸次に考へ候やう御忠告被下度候……　明45・1・23

と書いている。危機を匂わせつつも何とかしたい気持もあったようで、寛は平出修にも

「スバル」の財政は如何に候や。一般に益々不景気ならんと、遠く日本を悲観致居り候　大1・9・28

と「スバル」の財政面で最も中心であった修に質している。晶子もまた寛の便りを受けて心配し、白秋に宛てて、

まだひみつのことですがすばるはいよ〳〵万造寺さんの方にひきとられることに（平出氏病気のため）なりま

したので（一月から）万造寺さんは今度は皆様に原稿料をはらふざつしにすると云つて居ます。私がさうだん役なんですから助けて下さいましな。

大2・11・10

と、もはや風前の灯火のような「スバル」だが、何とかして継続させたい思いから、秘密と言いながら洩らしている。「スバル」は原稿料を払えない程の窮地にあったと書いているが、「明星」も同様だった。今でも文芸誌は商業誌と違って原稿料を払うのは困難である。「スバル」の名は継続されず万造寺の個人誌「我等」に移行した。

三ヶ島葭子宛て晶子書簡（11・27）にも、「スバルも、まだ発表いたさず候へど十二月にてやめるはずに候」とあり、このように「スバル」廃刊は内々で決定していながら、ひと言も廃刊とは報じていない。現実には大正二年一二月一日が終刊になるのだが、そのことも「終刊号」には書かれていない。廃刊の原因は金銭面で中心だった平出修が明治末期ごろから病気がちで、「スバル」（大2・10）の「消息」では「九月二十三日平出記」として

○スバルの編集は万造寺君に御願した。同君の住所は本郷林町一九〇豊秀館である。
○余はまだ腰が立たない。或は骨瘍症だとも云ふ。病名は業業しいが、それ程苦痛がない。

とあり、かなり悪化していたようで翌三年四月一七日逝去。「スバル」の終刊号に「病床より」と題して修は

平野君。……スバルも満五年になつた。君と初号を編集して、可なり昂奮して、除夜の晩に宅で夕飯を食べたことを君は覚えて居るだらう。その頃の太田、北原、吉井、長田、茅野、石川等の諸君は、みんな立派な作家となつた。短い五年が一面から云へば長い五年とも云ひ得る。時運は大分に変転した。余等はもつと進まねばならない。懐旧なんどいふことは、いやに人をセンチメンタルにする事だ、昔話はよしにしようよ。

と長々と書いており、病床から平野万里に宛てた書簡である。死の四ヶ月前の書信で、まるで平野に送ったというより「スバル」同人に送った平出修の遺書のようである。しかし平出は少しも死を予想せず、同人たちが「立派な

作家」になったことに衷心より満悦し「もつと進まねば」と将来への一層の進展を熱望している。

大正二年に帰朝した寛にとって辛酸が一気に打ち寄せ、渡欧以前の暗鬱が再び舞い戻った年であった。その上「スバル」終刊。しかしこの年に晶子の『新訳源氏物語』が完結したのは今に残る賜物であったと言える。


「源氏口語訳」の遷延　『新訳栄華物語』への寛の協力　大正二年の五月二四日の天眠宛ての晶子書簡に、

さて朝日新聞にて前借いたしおき候ひし金子すなはち小説稿料に候　そのためどうしても六月一日より　けいさいのものかき申さねばならぬことになり今日より執筆いたし候。源氏の稿をこのため何とぞ本月と来月をおやすませ下されたく　かつてなることに候へど御ねがひ申し上げ候　私のこゝろとして吉田様に面目なく（本月原稿さし出し候はぬを）存じ申し候へどやむをえずかゝるおねがひ申し上候。御ゆるし被下候。なほ源氏の稿料は本月分に相当いたし候分すでに頂戴いたし居り候ことも忘れ申すさず候。　５・24

と書かれている「小説」とは、渡欧の折、金策つかず晶子は「東京朝日新聞」に百回連載（6月5日〜9月17日）の長編小説「明るみへ」を帰国後に書く契約を交わし、その稿料を前借していた。それを書くために天眠依頼の「源氏口語訳」を二ヶ月休ませてほしいという内容がこの書簡である。この書簡の時にはこの年の一一月に完結する『新訳源氏』の刊行前であり、この時点から翌年の七月に刊行される『新訳栄華物語』まで八ヶ月しかない。その間に「明るみへ」も書いていたのである。その間の大正二年四月二一日に四男アウギユスト、翌三年一一月に五女エレンヌの出産、この間に『新訳栄華物語』を執筆し完結している。「朝日新聞」連載の「明るみへ」の執筆も始まつていた。

こうした現実を真摯に受けとめてみると、「明るみへ」は晶子渡欧前のことを書いた自伝小説なので晶子が連載したことは分かるが、『新訳栄華物語』の場合は非常に難解な歴史物語を以前から着手していたとは言え、『新訳源氏』完結の大正二年一一月から八ヶ月目の大正三年七月に『新訳栄華物語』の上巻を刊行し中巻は同年八月、下巻は四年三月に完結という短期日の出版は、大正二、三年には連年出産の産婦にとって現実には不可能と思われる。『源氏物語』の場合は晶子が一二歳から繰返し読んでいたから「晶子源氏」と言える程に晶子と密着していたが、それでも前記したことながら天眠に宛てた晶子書簡（明42・9・18）にあるように、夫寛の援助を当然のように書いているのを見ると、古典や漢詩に関して晶子以上に造詣の深い寛の助力があったことが「源氏口語訳」の時でさえ公然と天眠に書いていた。このことから考えても『新訳栄華物語』のような重厚な歴史物をこんな短期間に独力だけで完結できようか。ここにも寛の古典への深い学力が加わっていると想われる。

さきの書簡（5・24）にあった「吉田様」とは天眠の友人の吉田鉄作のことで、『与謝野晶子書簡集』（岩野喜作久代編　昭23・2刊31頁）の〔註〕に「源氏の原稿を怠りさせぬため、一時の方便に友人へ宛て送らるゝ事とせし事あり」とある「友」とは吉田鉄作であった（天眠長女植田安也子直言）。「源氏口語訳」があまり弛緩するので、天眠は困惑し吉田を介して晶子に催促し、吉田へ送稿するように手配した。この後も、ずつと「源氏口語訳」の遅れは続いた。

晶子の絵が泣菫詩集の挿絵に　薄田泣菫と寛、晶子との交友は古く「明星」創刊以来ずっと寄稿していた。初期の晶子は泣菫の『暮笛集』（明32・11）に負う所が多く、その泣菫からの依頼をうけ、その内容について天眠宛ての大正二年の葉書に晶子は、

啓上　唐突に候へども薄田泣菫氏より私の書きし拙画（白樺の木立）を詩集の挿画として拝借の事に願ひ

おき候処同氏より御送り被下候こと遷延致し居り困り申候　就ては甚だ恐入り候へども大阪毎日新聞社へ貴下の御名刺を御小僧さんに御持たせよと私の代人として右の画をお受取り被下度御願ひ申上候。猶右の画は午御手数古き菓子折に御入れ被下小包に御出しを願上候。猶薄田氏へは貴下よりお受取に参る旨本日手帋差げおき候。御願ひまで　　10・14

と書いている。晶子は自分が描いた絵を泣菫の詩集に入れるということで内心は嬉しかったであろうが、手紙には一切感情を抜きにして書いている。右の葉書の筆跡は寛で、「私」と書いて晶子に成り代わっているが、「貴下」とあるのは寛がよく使う言葉で、一般的には男性の通用語である。「晶子」の署名でよく寛が代筆していることがあって、その時は大抵は晶子の言葉として女性的な文章にしている。色紙や短冊にも晶子の名で寛が書いていることさえあり、それは非常に晶子の字に似せて描いているが、よくよく見れば分る。大正期の晶子の作品の題字や署名の殆どは寛筆である。右の文中にある「拙画（白樺の木立）」は『夏より秋へ』（大３・１）の四七二頁から四七三頁の間にある白樺の木立の洋画で「晶子」の署名がある。これは巴里で描いた絵で、『夏より秋へ』の出版以前に書いているので出版前に泣菫から借用申し出があって貸したのだと思う。この手続きは恐らく寛の配慮であろう。

「台湾愛国婦人」とは　これまでの寛と晶子の書誌の中で得難い雑誌であった「台湾愛国婦人」について最近出版された『中心から周縁へ』（作品、作家への視覚）上田正行著に詳述された。それによると、「台湾愛国婦人」は明治四十二年一月に創刊され、大正五年三月に八十八冊を以て終刊を迎えた婦人雑誌である。発行所は台湾総督府内にある「愛国婦人会台湾支部」であるが、大正二年（五十五巻）には総督府からでたものか、台北文武街三丁目四十一番地の住所になつている。

とある。この雑誌の目次紹介に寛と晶子の作品があるが、晶子の方が多い。八月日不明の白秋宛て晶子書簡に

台湾愛国婦人と申すざつしは稿料がよほど多くくれ申候へば（かゝることわらはれたさに申し候は労に多くむくはれ候いみに候なれどはづかしく候かな）お小づかひになるべくぞんじ候。何か一ぺん二へん女のよみものらしきやさしきもの十五日位までにおゝくり下さらばとおもひ申し候。婦人評論と申し候もの吉井氏もよく出さるゝものに候がこれも五首のたんかにて二円の礼をくれ申し候へば御労少きものゆゑお思召によりてこれもその時分におつかはし下されたく候。……　大2・8・日不明

とあり、北原白秋に宛て、互いに貧しさ故に少しでも稿料の高い、この雑誌を紹介している。人間として当然のことを、笑われることを承知しながら「労に多くむくはれ候いみ」と説明して「はづかしく候かな」と自らを省みている。ここに晶子の正直で可愛い人間性の一端を垣間見る。

晶子の百首屏風　寛の渡欧費を集めるために奔走していた晶子に金尾文淵堂主人金尾思西の発案で屏風に晶子自作の歌百首を「縦横に雑書したるもの」（明44・8・6　天眠宛て寛書簡）を販売することになった。このことについて前記した晶子の唯一の長編小説『明るみへ』にその作成事情が書かれている。「百首屏風」は二枚折金屏風が百円、金砂子屏風が五〇円、半折幅物は一五円である。小林天眠には勿論だが、他の援助者にも寛や晶子は百首屏風の買取りを懇願している。未だ逢ったことのない牧師の沖野岩三郎に宛てた大正二年の寛書簡は、

さて妙な事を御相談申上候が御寛恕被下度候。小生手元ニ或る機会に認めし二枚折金砂子の屏風一双有之、小生及荊妻の歌を百首づつ半双に各々自書せしものに候。右を何卒西村伊作兄にお買ひ被下候やう貴下より御願ひ下され候事相叶はず候や。実は之にて当座の生活を至急に補ひたきに候。何れも箱入に相成り居り候。

代価ハ半双　五十円併せて百円に候。運賃ハ当方にて負担致すべく候。甚だ汗顔の儀に候へども御諒察被下一応西村兄へ御頼み下さらば幸甚に候。いまだお目に懸からず候へども荊妻よりも併せて御願申出候。

6・21

と沖野を通して、後に文化学院の創立者になる西村伊作に百首屛風購求を依頼している。沖野と西村は和歌山の新宮出身で親交があったものか、沖野とは寛らはその後親しくなり、大正四年の寛の衆議院出馬の折、沖野には随分世話になる。しかしこの頃、文通はあったかも知れないが、「汗顔の儀」と自ら認めながらも、未見の人に金銭面の願い事をする程に生活が逼迫していた。このように「百首屛風」販売中でも晶子の著作出版は旺盛であった。

この年の白仁秋津宛ての寛書簡にも、

さて唐突に候へども至急銭に困り候事相生じ候まゝ左の儀を御相談申上候。
金砂子の二枚折屛風に一つは荊妻の歌百首今一つは小生の歌百首を認め候物を五十金宛づつにて誰か御買取り被下候やう御周旋被下候はゞ幸に候。右屛風は何れも丈夫なる箱に入れあり候。鉄道便にて差出し候運賃ハ当方にて負担可致候。若し御友人中にて御所望被下候同人有之候はゞ十二月十五日までに御世話願上候。かゝる事を申上候事甚だ失礼に候へども御諒察願上候。……

大2・11・21

と白仁に買って欲しいと要望しているのではなく「誰か」とか「友人」の不特定の人に世話してもらいたい、というのである。始めは晶子の百首屛風だったが、寛も加わり二枚折の別々の屛風を買って欲しいというのである。その六日後の白仁宛ての寛書簡にも同様なことを書いているが、少し違って

御希望の人の御考にては荊妻の分のみとか小生の分のみとかを離してお買取を願ひてもよろしく候。11・27

ともあって個々の屛風でもよいとも書いて、生活苦のために屛風の販売に全力を尽くしていることが分かる。

また渡辺湖畔宛ての寛書簡にも同様に説明して

さて屏風の事が一寸急に六つかしく候はゞ別呑大阪の柳屋と申す書肆にて荊妻の歌を同好者に頒ち居り候。例に習ひ小生夫妻の短冊各五十枚宛即ち百枚を御地にて（御舎弟様の御店などにて）特に御頒布下さるる事叶ひ申すまじくや。百枚に対する御報酬ハ七十五圓頂き度候。……右御許諾被下候はゞ御電報にて「セウチシタ」と御返事被下度　当方は年内に御手元へ届くやうにして御郵送致すべく候　大2・12・17

と年末にかけての必死な懇願は、まさに生活苦が「百首屏風」や短冊にかかっていたことが分かる。

「明星」再興勧誘を断念　どんなに逼迫した生活状況にあっても寛の「明星」復刊の夢は未だ消えず、天眠に宛てての大正二年の書簡に

此頃小生に雑誌を経営せよと勧むる人有之いかゞ致さんかと惑ひ候。五千円以上の資本なくては積極的に売れる雑誌（政治、学術、文学等を含める）は出来がたしと存じ候。併し小生も何とか自分の舞台が欲しく候故小生が望む丈の資本主があれば再挙を試みたしと存じ居り候。猶篤と塾考致すべく候。……　11・4

と書き、それを知っていたものか、晶子もまた三ヶ島葭子に宛てて

明星の再興と申すこと二三の人の口にのほり申し候へどいかになり申すべきかハまだたしかなることは分り申さず候

（誰ニも未だおもらし下さるまじく来年三月頃にあるひは私から申すべきか）……　11・27

と内緒ごととして打ち明けたが、未だ無理なことだと二人は自覚してか、その後の白仁宛て寛書簡に「意外なる私事のため御配慮を煩し恐縮に存じ候」と礼を述べ、その後の白仁秋津宛て寛書簡には、

雑誌を小生が発刊致すことは或る事情のため見合申候。　12・14

と書いて無念ながら寛は「明星」再興を諦めた。以後も「明星復刊」の話は時折でるが、実現されるのは大正一〇年一一月であるが、それも五年で終刊になる。この大正二年は生活のため百首屏風販売お願いの書簡が多い。

平出修の死　新詩社同人平出修は晶子と同年の明治一一年四月三日、新潟県中蒲原郡石山村大字猿ヶ馬場一〇番地出身。本職は弁護士、「明星」「スバル」に非常に尽力した人で、特に「スバル」は修の死により経済面で廃刊となる。歌人、小説家、評論家。幸徳秋水事件の弁護をしたことで有名。与謝野家とは親交篤く、修の死（大3年3月17日）は寛と晶子にとって打撃が大きかった。修の他界した大正三年の一月には修宛晶子一通、寛二通、二月には日不明の寛一通、修の妻ライ宛寛・晶子一通ずつの書簡が残っている。まず大正三年の天眠宛ての晶子書簡には、

本日はひろしがかまくらへ平出氏をお見まひにまゐり候。

私もまゐりたく候ひしかど、やはりことにかまけてようまゐらず候ひき。　大3・1・11

とあり、修の病を軽んじていたようである。さらに修宛ての「よさのあき子」署名の長文の書簡に、

よく御病気のけいくわが今ではさうざうできます。力づよいきがいたします。私もあなたもうまれ年がいいなどとそんなはかないなぐさめは申し上げるひつようもございません。

私はあの日曜にまゐりたくてなりせんでした。良人はどう申し上げたかしりませんが……　1・17

とあって、修の死の二ヶ月前なのに、深刻さが全く見られない。長い手紙だがアウギユストのかはゆいことや源氏の中で「浮舟」が「一番好きな女」など長々と書いて修の病気について書かれていない。他の寛の修宛て書簡二通とも修の「逆徒」の翻訳に関する内容で、病気について書いていない。ところが白秋宛ての晶子書簡に

平出様がのうけつかくのうたがひ九分もかゝり候てその急変におどろきし家の人は麻布谷町の額田病院へいれ申候。ひろしは日日その方へまゐり居り候。私もまゐり候。私を見、かの人の面くもり候とき悲しく候ひき。

まだいしきはたしかに候。二週間よりは保証しがたしと医師の申さるゝよしに候。君はまた見給ふまじく候。づつうがひどい〳〵ものらしく候。

2・日不明

と書かれてあり、修の妻ライ宛ての寛の三月二日の葉書には、

電話のなきためお見舞も申上げず御赦し被下度候。明朝は必ず拝趨致し得る事と存じ候。

3・2

とあって「のうけつかく」と「二週間より保証しがたし」という事実を知って驚いたであろうが、その後、修の死まで二人の書簡はなく、死後のライ宛ての晶子書簡の始めには修の死に触れず、末尾に、

かの終りの御式のかなしかりしこと忘れがたく候。

しづかなる終りの式にこと〳〵と足ぶみするは君が次郎ぞ
われおもふ終りの生の半月のいたましさよりすくはれ給ふ

3・22

とあり、これらの歌はどこにも発表されていない。そのあと修を哀悼して天眠宛ての三月二十日の晶子書簡に

私はこんなせいのおち候ことなく候。まことにいかにせましとはかゝる時弱き女のおもふことに候かな。私と平出氏とは同いどしに候ひき。病のややおもくなられ候とき慰めやうのなく、君もわれもいとつよき五黄のほしなればよからずや　なほり給ふべしなど　無智の人のごときことも申候ひき。先月の末に脳けつかくのうたがひのありと云ふ文のまゐり候とき、すでに絶望のかなしみを覚え泣き申候ひしが、かの終りの日の三四日前になりて俄にまたあるひはといいしの申すまでになられ、私などいかばかりよろこび候ひけむ、私と

らい子夫人とのことをこの前より天佑ぐみと云ふ名をつけられ居り候ひしが当今にしておもへば哀れなる名に候。寛はほとんどまい日病院につめ居り候ひき。（不明）しんせきは皆いやなりなど云ひ給ひしと夫人の云はれ候。まことに寛のためにはまたなき友に候ひしものを（しか信ずる人他にたれの候べき）かく思ひ候に自己のための涙もながれ候。　3・20

とあり、続けて修が晶子を見て「あなたは立派な人だ、じつに立派な人だ。」と「死の数日前に」言ったのは「私をして未来を清くさるゝことばとおもひ候。よしなきこと胸にうかぶ時、私はそのことばをおもふべく候」と修の言葉を晶子は心の金言として天眠に伝えている。また二週間の命も保証できないと聞いて絶望していたが「俄かにまたあるひは」という医師の言葉に感動し、修の生前の頃を回想して懐かしみ、悲しんでいる。修の死は物心共に与謝野家にとって、大きな柱を失ったように打撃は大きく、痛恨の極みも深刻であった。

「源氏口語訳」と天眠依頼の屏風　内田魯庵依頼の『新訳源氏物語』出版は超スピードで完結したが、それ以前から着手していた天眠依頼の「源氏口語訳」の原稿は遅れるのを言い訳ばかりしていたが、大正三年の天眠宛て晶子書簡は繰り返すように

私長らくわがまゝをいたし居り候ひし　申わけなき源氏の解釈今月はかならずさし出し申すべく候。　1・11

と書いているのを見ると、毎月二〇円の稿料で百ヶ月完結と言う約束を晶子は守らず、遅れ〳〵しているが「今月」は必ずと念を押すよう書いている。その翌二月九日の書簡でも

漸く源氏の稿をさし出し申候。もう初めかけ候うへは来月より遅滞はいたし申すまじく候。

とある「漸く」という語には、やっと送ったという意があって、「来月」からは決して「遅滞」しないと書いてい

るのを天眠は信じてか、その後の天眠宛て晶子書簡に、

源氏の分もかたじけなく候。三十円の報酬にたいし候ては私に一言のことばも出でず候。あまりに〱すまぬこと丶おもふゆゑに候。二百金をそれとしてはあまりに〱大金に候。私はまださる報酬にあひしことなく候　私ももじならぬ御情の文字よく読とり申候へばあなた様も千万無量の感しやの心を、無言にて御よみ下されたく候。今夕絹地もとゞき申候。「・・より」と詩集の名にかくべきや否や、またあまり多くつめてか丶ぬ方をよしとしたまふや、一枚に三十首位がよろしきや　あるひは多く少きとり〱なるがよろしきや

おついでにおきかせ下されたく候。3・20

とあり、これまでの稿料二〇円が三〇円になって感謝したが、それ以上に送られた「二百金」を「あまりに〱大金」と仰天していると「絹地」が送られて揮毫を頼まれた。早速どのような形式にしたらいいのかと問い合わせている。与謝野家の貧困を察して晶子に送金し「源氏口語訳」を少しでも早くと天眠は願っていた。この三月二〇日の書簡の前半は前述した平出修の死を哀悼している内容で、後半は大金送付の件を書き、その終わり近くに

私のたのみ候小林様、どうぞ長命を遊ばされたく候。私はいつもあなたのおかほいろを第一に心にか丶ることにいたし申候。

とあり、物心ともに頼り切っている天眠に必死に縋り、修の死により、特に天眠の健康を案じていることがわかる。

翌四月の天眠に宛てて晶子は

今日源氏の稿を天王寺へさし出すのにて候。一寸肩のおり候てそれより絵をならひ二時間ほど出かけ申候。4・16

とあり「天王寺」とは前記（大2・5・24）の天眠宛書簡に書いた原稿催促の仲介役の吉田鉄作の住所である。そ

こへ送ってほっとしている。この後の晶子書簡には

　源氏は一日二日月の外へいで申すべきかと存じ候へど何とぞ宜しくねがひ上げ候　5・27

と源氏稿の遅れを弁じ、「二百金」の屏風についての方針を天眠に晶子は

　やはり夏より秋にはかかまほしとおもふもの多く、絹地のせまきを歎じ申候。四十ほどもかきしがあり候へど毒草ははづかに五首に候ひき。みだれ髪はかの絹地にあるだけを死後の全集に採ろくされましとおもふことかたく候。　6・11

との要望を述べている。これを天眠は六曲二双の大きく立派な屏風に仕立て現在は京都府立資料館に収蔵されている。「源氏口語訳」が余り遅れるので仲介人を立てるなどの迷惑があっても天眠は続けてきたが、又しても

　露骨なる御ねがひに候へど源氏の稿料何とぞよろしくねがひ上げ候。月月のものにてくらしのことはさは云へどどうにかなり申候へどそれは何、これは何と申す月賦の方へのことにてかゝる御ねがひも汗ながしながら申し上ぐるにて候。それに対する稿は明後日あたり清書をはり申すべく候。　10・4

と晶子は恥と知りながら、生活費の他の月賦の金に困っているようで、汗顔の恥を曝しながら援助を乞うている。

　このように天眠は寛と晶子の生涯で金銭面で何度も繰り返されたが、厭わずに常に扶助し続けてきた。

晶子の童話『八つの夜』　『八つの夜』は晶子の童話単行本として『少年少女《おとぎばなし》』（明43・9）に次ぐ第二冊目の書き下ろしの長編童話である。大正三年六月、京橋区南紺屋町十二の実業之日本社より刊行。この童話の主人公の「綾子」について天眠宛て書簡に二回にわたって晶子は書いている。その第一の書簡の末尾に

　愛子叢書と云ふ本、もと〳〵私の女の子は八つにて候へば話相手にならず、綾子さんを対象にしてかき申候。

出来上り候ハヾ二三冊さし上げ申すべく候。主人公の名も綾さまに候。御ゆるし下されたく候。

大3・6・8

と書き、「愛子叢書」の中の「愛子叢書第四篇」に『八つの夜』は再掲された。右の書簡には『八つの夜』について書かれていないが、天眠長女の安也子がこの童話のモデルになっていることで、安也子宛ての晶子書簡に、

いつもお丈夫でおいで遊ばすのを喜び居り候。御無沙汰はおゆるし下されたく候。そのうち本が出き申すべく候。

6・14

とあり、「本」とは『八つの夜』のことで、これは六月三〇日に刊行されるので間近く出版されるのを送るとある。長女安也子は小林家の子女の中で晶子と最も親交が篤く可愛がられた人であった。『八つの夜』の始めに、

五月十五日が綾子の十二回目のお誕生日なのでした。この日から綾子は八日の間母様の手から神様の手へ預けらけることになりました。

とあり、昼間は今まで通りの生活で、

暮の六時半から翌朝の六時まで、神様は綾子にいろいろの経験をさせるために、いろいろの人に仕立て方々をお引き廻しになると云ふことでした

とあって、八夜連続で実施されるという童話で綾子の体験を通して晶子は様々な人間模様や生き方を訴えたかったようである。この時の安也子は一三歳だった。

エレンヌ誕生（大3・11）　五女エレンヌの誕生は戸籍上大正四年三月三一日だが、小林天眠宛ての大正三年の晶子書簡に、

先月よりまた病院の御厄介になり居り候。おひ〳〵本復いたし申すべく御休心下されたく候。産前には身のくるしさに御無沙汰もいたし候。こはあやさまにも申し上ぐるあいさつにて候ひき。とにかく厄年はこれにてすみ候ことかと少し胸ひらき申し候。

12・1

とある「先月より」とか「産前」の苦しみなどから一一月に出産のあったことが分る。その上エレンヌ出産を詠んだ詩「産室の夜明」は晶子の詩歌集『さくら草』（大4・3）に掲載された。この詩の〔初出〕は大正三年一二月一三日の「読売新聞」に「産室の曙」と題した四連の詩で、その二、三連目に具体的なことが詠まれている。

ここに在るは、八たび死より逃れて還れる女　青ざめし女われと、生れて五日目なる　我が藪椿の堅き蕾なす娘エレンヌと　一瓶の薔薇と、さて初恋の如く含羞《はにか》める　うす桃色の日の蝶と　静かに清々しき曙かな。尊く、なつかしき日よ、われは今、戦ひに傷つきたる者の如く　疲れて低く横たはりぬ　されど、わが新しき感激は　拝日《はいにち》教徒の信の如し、わがさしのぶる諸手を受けよ日よ、曙の女王よ。

にみるエレンヌ誕生のすばらしい詩。他の子供たちの出産時を詠んだ詩や歌、随想も色々とあるが、これ程に実感を込めて美しく、具象的に力強く、ロマン的に詠み上げた詩はなかった。「エレンヌ」の名は渡欧中にモンマルトンで下宿していた家の可愛い娘の名であった（『巴里より』）。その名は、大正二年生まれのアウギユストに続けて翌年付けられた。一人は二歳、一人は生後「五日目」の赤子、共に巴里の思い出の記念として命名したのであろう。

寛の家出事件　大正三年の暮から翌年一月にかけて送った小林天眠夫妻あての綿々とした晶子の心情を六つ書簡に見る。それは寛の家出を小林家へ逃げ込んだと晶子は思い込み、取り残された悲しさを訴えている、天眠宛ての晶子書簡に、小林様。悲しきことになり候。こひしきは巴里のおもひでにあらず　一昨日になるまでの唯ごともこひしく〳〵候。良人にヒステリーが私をにくませ候。私自らもとよりわろしとしり居り候へど、さりとも私の恋は、子にめんじてなどと云はず子が親をおもへるより幾倍かの大きさにおもへる人には何もめんじてゆるしくれてよろしからずや。

私は死ぬべきか苦しきに堪ふべきか、一人なるはこの二つの外にみちなきに候かな。小林様、私をおすくひ下されたく候。良人を私にお与へ下されたく候。

せうとつのあとのちんもくに堪へかねて、そをやぶらんことばとして
「分かれて」

死なんと云ふとひとしく申せしに候。本心かととはれて私はこたへず候ひしを。良人のこひしく今のあぢきなきこと死にまさり候。小林様、私は私のふびんを見て泣きくるゝ良人をしり居り候。さらば。

晶子

小林様

12・27

と晶子は胸襟を開いて天眠に告げた。家出した夫に「ヒステリー」が起って自分を憎んだので夫に申し訳なく思うと書き、夫の許しを天眠に頼んでいる。恰も寛を天眠がかくまっているかのように書いて夫を返してほしいと縋る。家出の原因は「せうとつ」とあるので夫婦喧嘩であろう。同日の別封の小林雄子に宛てて
かなしき女をあはれませ給ひ、この文を良人にあなた様の力にてよませ給はれ、そばにてよむのをごらん下され度候。封じては良人はよむまじとおもひ候て同封いたし候。おくさまおなつかしき雄子様　私を、私をおすくひ下さるお二方とたゞそれを力にいたし候

晶子

雄子様

とあるのは、同封した良人への手紙を雄子の面前で読ませて欲しいというのである。別封にすると夫は読むまいと思うので同封して手渡して欲しいと雄子に頼んでいる。その書簡は、

君にかく長き時間を疎まれありしことなし。この三日一時は一時よりふかく、死を千も集めたる悲しさ苦しさをあぢはひ候。巴里へまゐりし私をお忘れ下さるまじく候。

つみはつみとして

最も重きなれど

死なんといく度もおもひ申し候ひき。先ほどふとわれ自殺せじとおもひ給へるは誠は私の恋の大なるを信じ居給へばなりと思ふにいたり死なずて君をまたざるべからずとこののちのそれまでを心細く〳〵おもひ申候。君よ私におかへり下されたく候。子に許してなど申さず、私こそ子を千倍せるおもひを君にもち居り候を。君よ、私を愛し給はぬや　私を、うとみたまふや　別居などいふ　おそろしき許くわくは　一秒も御胸を早くされ。先程小林氏へかきし手紙の頃　私は死なんとおもひ申しき。今は苦しくも〳〵生きてまた逢ふ時をまつ苦しみをいたし申さむとおもひ候。私はこたつに向ひあひたるちんもくの苦しさに　無茶なることばを発し申しに候。

御ゆるし下されたく候。

晶子

君のもとに

一くちの水も形のものもいかに努力申しても食べられず候。

12・27

とあり「私の恋」は「子を千倍せるおもひ」なので「死なずに君を」待つと言ういじらしい晶子の女心が伝わる。

明けて大正四年一月二日の書簡では「全くこれより私はうつつの生涯に入るにあらずや」と自問しているが、三

年の暮に「子供四人だけつれて、泣きまゐらむ、良人を迎へかた〴〵」とあって、未だ夫寛は小林家にいるものと思い込んでいた。金尾が「夜の二時三時」に見舞ってくれたこと、赤松（寛の次兄）の三男は晶子が自殺するかと「横にねず寒き夜を明す」などの大騒ぎを小林夫妻に伝え、大阪行きを考えていたが、馬場孤蝶が「私に代りてわびをいたしくれ」とあるが、寛はこの年の大晦日に帰宅したと報告している。その寛の内面を晶子は翌四年の書簡に

三十一日の午后かへり申し候ひしに候。その心に妻も子も哀れなりしとおもふさまに候ひき　大4・1・2

と晶子は夫に憐れみをかけられているように感ずる。前からの約束で夫はその後「二夜の旅に」出たと伝え、小林家に迷惑をかけたと思ってか、「ことづてものなどいたし」とあって、さらに続けて

まことにきまりわるき風なればいかにいたし候べき　もし伺はずとも内心を御憐み下され候て　お気におかけ下さるまじく候。　1・2

と夫に代わって羞恥の思いを曝している。果たして寛の家出先は何処だったか、書簡では分らない。「まことにきまりわるき」とは晶子の方で、寛は晶子の文面にあるように大騒ぎになっていることなど知らなかったのであろう。

もしあるひは今頃お目にかゝりてのあとかともおもひ申し候。淋しく候へど今のは世のつねのに候。かの日かの頃の苦しさ、中央停車場へ（茅野様よりのしらせのため）まゐり候て半日あちこち良人をさがし候ひし時より私は一生中央停車場にては乗車せじ　うきところなりと深くおもひ申し候ひき（「中央停車場」は現在の東京駅）。

と夫を探し歩いたことなど思い出し、恨めしげに書いている。七日間一食もせず牛乳だけ飲んでいる状態で駅を「半日あちこち」探すことが現実にできようか。聊かの誇大ではないか。中学生の長男光は心配して「青きかほし

て」伏し「いく夜かねず」とか、晶子自身も「綿のやうに」疲れたとあるが、

良人は全く心とけたるさまに候へばご安心下されたく候　１・２

と安堵しながらも「この間遺書」や「自筆にて墓碑も」書いたなどとあり、「死」を仄めかしていたようである。

とにかく私の厄年とき丶候ひしは　まことに候ひき

とある「厄年」とは晶子の出生は明治一一年の戊寅の年で、家出の大正三年は甲寅の年で、晶子の生年は寅年で十二月七日生れなので寅の後厄なのであろうか。二人とも個性が強いことから喧嘩となったようだが、晶子だけの一方的な弱さを全面的に天眠夫妻に告白した書簡の数々であった。

懺悔の思い　大正三年三月一七日に死した平出修への懺悔の思いをこの年の前記した天眠宛て書簡に晶子は

私は昔大ぎやくざいを犯せし女が、私の詩集をよみたしと云ひしに（すでに死ざいもほゞきめられてありし人に）私は臆病さにそれのさし入れをえせず候ひき。

その時のざんげを平出氏に今度あはゞとまだそれほどの病のあらぬ時私はよくおもひ候ひしがそのま丶になり候。……　３・20

と書き送っている。これは幸徳秋水一派の大逆事件による一二人の処刑中の唯一女性だった菅野須賀子が晶子の歌集を所望したが、当時の官憲を恐れて晶子は差し入れをしなかった。それは恐らく修からの依頼だったのであろうが、それを拒否したまま修の死に遇い、良心の呵責に耐えかねて死後三日目にそのことを天眠に訴えたのである。

ところが平出修宛て菅野須賀子の明治四四年一月九日の書簡（『平出修集』―獄中書簡・手記）に、

……御経営のスバル並に佐保姫御差入れ被下　何より有難く御礼申上候　晶子女史は、鳳を名乗られ候頃よ

り私の大すきな人にて候、紫式部より一葉よりも日本の女性中一番すきな人に候、学なく才なき私は、読んで自ら学ぶ程の力は御座なく候へども、只この女天才等一派の人の短詩の前に常に涙多き已れの境遇を忘れ得るの楽しさを先は不取敢乱筆もて御礼のみ　かしこ

一月九日　菅野須賀子

平出先生

とある。『佐保姫』は晶子の第八歌集（明42・5）である。晶子は恐らく修が差し入れたことは知らずに、無念さを引き摺ったままだったのであろう。

菅野須賀子は明治一四年六月七日大阪出生。幽月と号した。父の事業の失敗から流浪生活が続いた。明治三二年、結婚するが離婚し、経済的自立のために小説家を目指し大阪の宇田川文海に入門する。三九年、和歌山の牟婁新聞の記者となるが、上京して荒畑寒村と同棲、「毎日電報」の記者となる。明治四一年六月に起った赤旗事件では無罪となったが、天皇制権力の弾圧の極悪なのに激怒し、幸徳秋水の一派となって同棲し、四二年九月、明治天皇暗殺計画の密約をしたとして大逆事件の暗黒裁判で明治四四年一月二三日に死刑となる。晶子は『一隅より』の「老先輩の自覚」で「大逆事件」に少し触れ、「東京日日」（明44・3・8）でも詠んでいる。

産屋《うぶや》なるわが枕辺に白く立つ大逆囚《たいぎゃくしゅう》の十二の柩　『青海波』193

前年の悩みを引き摺って　寛の家出による晶子の極度な悲傷は大正四年にもひきつぎ、小林夫妻に宛てて晶子は

まことにきまりわるき風なればいかにいたし候べき。　大4・1・2

と書き、汗顔の極みを披瀝しているが、寛家出の傷口は未だ残っているようで一月三〇日の天眠宛て晶子書簡に

昨冬のこと、申しても申してもお詫びやらお礼の云ひたらぬこゝちいたし候。あのやうのことになり候とき誠に頼まれるは信ある友といふ感ふかく覚え候。

1・30

と色々と迷惑をかけた小林家にいくら「お詫」と「お礼」を言っても尽きないと言い、親友としての天眠を改めて見直している。他にも「何ごとにもわがゆくまで忍べよ」と言ってくれた茅野、「大三十日まで日のいく時間を」晶子のために「奔走」してくれた金尾に対しても「悲しきまでうれしく」と感謝した。もう話すまいと思いながらも「つひかのころのこと申し候　御ゆるし下されたく候。くど〳〵しく候かな。」とも書いている。また続けて、

くれのことにより神経衰弱を恐ろしきまでおこし候ひし私はやう〳〵二十日頃よりすこししごとが出きるやうになり申し候ひしかば何よりとてそれにかゝり候ひし稿、仰せのみことばに先立ち吉田様へ出し申せしに候。

1・30

とあり、前年のショックからやっと立ち直って「源氏口語訳」を前記の仲介者の「吉田様へ出し」と書いて天眠を安心させた。その後も「勇気はおこさむと思へど、少しのことにてしん〳〵と頭痛のおこり候時など肉躰のこはれかゝれる恐しさやらうとましさやらを感じまうし候」と書いて前年の悩みを未だ引き摺っていることを伝えている。

寛の出馬　前年の寛の家出事件の詫びを天眠に書く前に全く別のことで晶子は

この間はまた議員にならむの心をおこし候ことにつきいく度かお煩はせいたし、また懇ろなる御文たまひ忝くぞんじ候。仰せのごとく思ひとまる風に候へば御安心下されたく候。私もとよりそれが願はしかりしに候。弟よりもいさめの文まゐり候

1・30

と記して、右の書簡にまた天眠も晶子も晶子の弟も、寛の議員になることには心が動かなかったようで寛が「思ひ

とまる風なれば」とあって「御安心下されたく」と天眠に伝えてほっとしていた。だが事態は急変し「読売新聞」（大4・2・13、15）の二面に寛の顔写真に「野心勃々の与謝野鉄幹と辰猪の片われ馬場孤蝶」とあり、

文士の候補者として与謝野君と馬場君とが出馬する事愈々確実らしい。与謝野君も馬場君も文士としては比較的政治趣味に富んだ人だ。……

と記されて、さらに「与謝野君は、本名寛、美男の本場和歌山の人だ　渠は元からの文士でない、文人生活はずっと年をとつてからのことで」とあり、「和歌山の人」とあるのも誤解で、「その青年時代は、才気縦横、元気横溢」（2・13）はいいが、「代議士を夢み、官吏を想ひ、大臣を望んで」も事実と違う。朝鮮時代のことは詳しいが、大分誇大している。「大阪毎日」（大4・2・23）九面に「鉄幹晶子夫妻の候補運動」（自動車で京都府下を）とあって

詩人与謝野鉄幹氏が其郷里なる京都府郡部より大隈党候補者として打つて出づる由は曩に報道したる処なるが氏は愈々右の決心を固め数日中に晶子夫人を伴ひて西下し来り京都駅より自動車に同乗して先づ花々しい顔見世運動を試み引き続き夫妻同伴府下十八郡を自動車と膝栗毛で行脚しながら立候補の趣旨を有権者に宣命する筈なり

と記されている。その後に寛は私見を縷々と述べ、最後に「祖先『与謝の浦嶋が子』以来の京都府民として地盤を同地方に採りしものなりといふ」で結んでいる詳細な記事である。それに比べて「大阪朝日」（大4・2・27）は欄外記事で読みにくい。そこには「与謝野鉄幹氏入洛」という見出しがあって、

京都府愛宕郡を根拠とし立候補を声明せる鉄幹与謝野寛氏は同郡の旧知及び後援者歴訪の為二十六日単身入洛。

とあり、寛の談として「渡欧以来は従来の書斎的芸術の思想を一変し政治の如きも芸術として取り扱ふべきものな

りと考ふる」とか「英国流の理想選挙を試みる」とも述べている。「日出新聞」（3・27）の「落し文」では、

流星のやうな光輝を放つて出来《しゆつらい》した与謝野寛氏は余ッ程悧好者ぢや　文壇に忘られかけてゐた氏の名も揚らうし晶子夫人の女ッ振りも一段と挙るといふものだ　千円の運動費は廉い広告料！（権太郎）

と戯れた記事である。同紙（3・27）の「京わらんべ」も「馬場孤蝶先生が二〇票、与謝野鉄幹先生九九票」とあって落選者と票数を挙げた後で、「鉄幹先生は細君一人でも是には和歌といふ無形の女が一人居たからだ晶子女史の落選歌がまだ聴へぬのは少々淋しい」と、ここでもからかっているようである。同日の同紙二面では「府下郡部に於ける衆議院議員選挙」の「開票の結果」として「九十九票（次点）与謝野　寛（無所属）」と最終の場所に記載されている。

このように大阪の新聞や「読売」「日出」に書かているが、これら以前の天眠宛ての寛書簡では、

啓上　朝日、毎日の両新聞へは小生の立候補を通知して声援を依頼致し候。他の新聞に知人無之候間大兄よりよろしく……純大隈党として立ち可申候。右御願ひまで、　　艸艸。二十一日　　2・21

と寛は天眠に縋るように書いていて、何となく心細い感じである。その後も天眠宛ての三月四日の寛書簡には「前封にて差出候刷物を何卒京都府下の御友人へ御配布被下特にお頼み願上候」（3・4）と書き送っている。晶子も天眠も始めから乗り気ではなく、晶子は心配でならなかったようで天眠に宛てて

寛は昨夕の汽車にて京へまゐり候ひしまゝ、明日にもお目にかゝり申候こと、存じ候。何とぞ〳〵冷静に居よと御さとしのほど　そのほどにもねがひ上げ参候…　　2・26

と書いて不安な気持ちを伝えていた。当時の心情を天眠は『与謝野晶子書簡集』（昭23・2刊）の〔註〕72頁に、

この出馬には我等も反対なりしが、旧臘家出事件のありし直後の気分を転ぜしむるため、晶子さんから頼ま

れ不得止大阪より毎日京都へ通ひ運動の手伝ひをせしも得票僅か九十九票にて落選せり
と説明している。前年の件で寛より晶子の方が打撃は大きかったのだが、欧州からの帰朝以来の陰鬱な日常にあった寛の家出事件から晶子は夫に謝罪したい思いで一杯だった。そんな思いから出馬の成果は得られないと知りながらも夫を奮起させたい一心と深い愛情から天眠に再び協力を懇願することになる。

同じ頃、天眠と同じ関西人で、財界の著名人であった小林一三宛て晶子書簡は

さて此度慎重な考慮と冷静な判断との上に良人は郷里の京都府郡部から代議士候補者として立つことに決しました。勿論必勝を期してのことで御座います。しかるに出来るだけ理想的選挙に近い方法を取りますにしましても四千円の実費を要します。それには良人の方で二千円の出資の道はあるのでございます。あとの二千円を私は少数の篤志の方にお願ひして作りたいと思ふので御座います。あなた様に私が折入つてお願ひ致します。帝国議会へ一人の新思想家を送ることに御賛成下さいまして何卒百円を私にお恵み下さいまし。御厚意に対しましては私は終生出来るだけの御報恩を致します。突然で恐れ入りますが必要が迫つて居ります。折返しお恵み下さらば忝う存じます。私も来月早々京都へ参つて良人と一所に戸別訪問を致します。

何分とも御同情を願ひ上げます　かしこ　2・20

これまで一三には百首屏風を購入してもらったりしていた仲なので気安く頼んでいるが、右の書簡はかなり切迫した晶子の心情が綴られていて必死に縋っている。このあと礼状の書簡がないので援助金があったか否か分らない。

もう一人の協力者に紀州の新宮の牧師沖野岩三郎がいて選挙に関する二通がある。選挙前の晶子書簡は三月六日で、寛が京都から帰ってきて「選挙地の様子がいつはり」だと言ったこと、それは「千二百位」の予約が取れても

実際は「八百位にな」る、寛が「三千票だけぜひとらねば」と申し「それも見込みがたつさう」だと言っていること、「今さら手をひくことも出来」ないと言って、寛が不眠で「二日ほど」奔走したことが「皆むだにな」ったのが心配で晶子は沖野の所へ行くと書いている。それは「あなた様をたよりまして」とか「良人のことを思ひますとまたあくまで御助力をおねがひいたし」と書きながら「只なつかしい紀の山をしらしのはまをふみに」ゆくとか「紀州を私は見にゆ」くと故意に書いてあって、選挙の頼みごとで行くのでないとも書いている。

落選後、二人は沖野岩三郎宛ての書簡に

予定どほりの理想選挙を以て終始し一人の運動員も用ひずに全く言論戦を以て直接選挙民に自己の信任を問ひつるその結果潔く敗戦して帰つて来ました。　3・31

と報告して「郷里の人々へも多少の覚醒を与へた積り」だが「自分に取つて非常な教育にな」ったこと、「無智な日本人がますく可愛く」「彼等を啓発したく」とか、「大多数の日本人はまだ全く教へられざる粗朴の野人」なので「気の毒」だと毒舌を吐くこの長文は未だ続き、前記の晶子書簡にあったアウギユスト同伴の礼を述べ、

大兄が人知れぬ御配慮の深さと広さとに由つて沢山の金を集めて下さつたことを感謝致します　3・31

と述べ、「大兄の御友誼の純と熱とに涙がこぼれ」「御礼の詞も」ない、とあり、それに加えて「何卒西村君はじめ他の御地の諸兄へ小生の感謝」の意をこめている。沖野宛ての書簡は続き、この他に最も尽力してくれたのは「京都の諸友の外に小林政治君（天眠）が尤もこのたびの事に尽してくれました。自動車を一週間寄附してくれた青年」もあり、「風雪の中に乗つた一日十八時間の車代を寄附した車夫」などとも書き、

文字通りの理想選挙を実行して実費千二百五拾円を遣ひました。その実費の三分の二までは御地の諸君はじめ京阪、東京、名古屋等の諸友から助けて貰ひました。　3・31

などなど書かれている。寛自身落選はしたが、「理想選挙を決行して前後四十回の演説して廻つたことに一の勝利を感じ」ていると、負け惜しみではないが、当時の人たちには理解されなかった寛の強い信念の程が痛感される。

また「演説ハ何処でも小生の成功」と確信を以ていうが、「得票」「九十九票」だったのは他の候補者が「黄金で運動員を買収した」からだと寛は言う。それは事実であろう。

演説では小生に感服しておきながら投票帋にハ他人の名を書くと云ふ矛盾を恥ぢないやうな国民が憫然でなりません。

とあって「以前の」自分だったら「この愚劣なる国民に愛想をつかしてしまふ」が、今の自分は「却てその国民を少しでも啓発して見たい」と言って、

日本ハ「創造」の時代でなくてまだ〳〵「啓蒙」の時代ですね

と寛は懸命に自らの理想的な選挙を多面的に演説したが、報いられなかった。この沖野宛て書簡の最後に「生活の改造」を「文学」「思想」「政治」の面から精進させてゆきたいと寛は書いている。当時の寛には発表の場が少なかったが、女性評論家晶子の背後にいて執筆面で多く援助していたろうことが考えられる。

金尾文淵堂と『歌の作りやう』・「源氏口語訳」　晶子の『歌の作りやう』は大正四年一二月一五日、東京市麹町区平河町五丁目五番地の金尾文淵堂から刊行された。これまでの歌評論として寛は明治期には二五、六年頃「婦女雑誌」に和歌革新の評論を多く載せていた。また二七年には「二六新報」に「亡国の音」八回を載せて旧派和歌打倒の烽火を放ち和歌革新を図った。その後「読売新聞」、「大倭心」、「新国学」、「新声」、「よしあし草」などに和歌革新論を、また「明星」には「鉄幹歌話」などを度々載せていた。晶子の方はずっと遅れて明治三六年一〇月の

「女学世界」に「新派和歌作法問答」、四一年一月の「女子文壇」に「歌の作り始め」、八月の「文章世界」に「私の歌を作る態度」を掲載しており、その後もいくつかあった。本書はこれらを参考にして書いたか否かは分らないが、本書は単行本として初めての晶子の歌評論の著作であった。寛の歌評論は一冊になっていない。この『歌の作りやう』の出版事情について四月一〇日の天眠宛て晶子書簡に、

歌はどうして作るのかといふいやなだいの本を、これからかきます。金尾氏のために売られるものをこしらへて上る心からでございます。俗物だとおさげすみ下さいますな。　4・10

とあり、さらにまた五月三〇日の天眠宛て晶子書簡の末尾近くに

金尾氏見え月末の苦しげなるさまの見うけられ候気の毒さに、先年金尾氏が洋行の記念にとりおけと云ひくれし着るいをもちゆき給へと申し候ひしに奥様にそんなことをさせてはとてかへられ候。きのどくなるままならぬ世の中に候かな。　5・30

とあって、金尾文淵堂の財政困難を晶子はわが事のように心配している。さらにまた天眠宛ての晶子書簡に

わたくし金尾氏が千騎一騎の際なればたすけくれと申し候。つまらぬ著書（うたのつくりやう）にて源氏の方の次第におくれまだか、らず明後日あたりより初めてか、るごとき申しわけなさをいたし居り候をまことに〳〵すまぬこと、存じ申し候。　9・9

と金尾を救うために書かねばならず、そのために「源氏口語訳」の遅れるのを詫びているが、それは度々のことであった。金尾を救う積もりで書いた本書が意外に売れ行きがよく、大正七年二月には七版が重版される程だった。『歌のつくりやう』出版までの晶子の著作は二五冊で、その中で金尾文淵堂から出版したものは『歌の作りやう』を含めて一〇冊（寛共著を含む）である。それは『小扇』（明37・1）、『夢之華』（明39・9）『春泥集』（明44・1）、『一

隅より』（明44・7）、『新訳源氏物語』四巻（大2・11）、『夏より秋へ』（大3・1）、『巴里より』（寛共著、大3・5）、『新訳栄華物語』（大4・3）、『雑記帳』（大4・5）、『歌の作りやう』（大4・11）である。

その後の大正期の金尾文淵堂からは『明るみへ』・『朱葉集』（大5・1）、『短歌三百講』（大5・2）、『新訳紫式部日記・新訳和泉式部日記』（大5・7）、『火の鳥』（大8・8）の五冊、昭和期になって『新新訳源氏物語』五巻を昭和一四年九月に出版する。明治、大正、明治で一六冊である。

一枚抜けていた「源氏訳」原稿　「源氏口語訳」の原稿遅延を何度も天眠に言い訳しているが左の手紙は、原稿送稿に際しての失態を晶子は

源氏の原稿のうち一枚ぬけ居り候ひしことのちにはつけんいたし候まゝ申しかね候へど十八とあり候まゝそのところへ御とぢおき下され候やうねがひ上げ候　アウギユストなどかたはらにまゐり候ひて　この如きしつたいのおほく候。かへす〴〵御からだをお大切にあそばすべく候。　大4・5・11

と書いている。寛と晶子にとって最愛のアウギユストが傍らにいて、こんな悪戯《いたずら》をして一枚抜けてしまったという、他愛もない母親晶子の子煩悩の一面を垣間見るようである。その原稿は中途からで、

れづれしていかにと云々」。唯さへ淋しき山荘に居て、愛する子に別れたる人の此頃の悲みはいかばかりならんと、さる心持になり居給ふ時は苦みをも源氏は胸に覚え居給へど、毎日予てよりの理想の如くに姫を教育なし行き給ふことは、相愛の人と共にある上に更に幸福の集り来りし感のなさるることなるべしと云ふなり。○いかにぞや云々。」かうなし居れどこれが善きことか悪しきことか解らず、世間より批の打たるる恐れなく、この妻の子として何故生れ来らざりしやと残念に源氏は思ひ給ふとなり。○暫時は人人もとめて

云々』。姫は初めの間こそ母或は祖母を見られぬより泣きなどもし給ひしかど、大躰に於て性質のよき子なれば。夫人によく

である。右の原稿は「薄雲」の巻の前半に当る。この原稿について『与謝野晶子書簡集』（大東出版社、昭23刊）の同日の書簡の「天眠註」（75頁）に、

東京大震災の際灰燼に帰したる源氏の原稿数千枚中のこの一枚が唯一の記念として残存せり。此一枚は大分抹消や書き直し多きため、一枚書き直し送られしを後ちにそれを入れ忘れたるやう錯覚されたるなり。

とあり、晶子の「錯覚」で大阪の天眠宅に残されていた「源氏訳」の一枚の原稿は大正四年五月一一日の書簡に入っていた一枚であった。それを天眠は東京大震災時に焼失した原稿の中の一枚が残った原稿だと書いているが、これは誤解である。

大正四年に発見した原稿だから震災とは全く関わりなく、天佑社設立（大７）以前の原稿であり、大正一二年九月に起った関東大震災より八年前の書簡中に紛れ込んでいた一枚だったのである。

第二節　大正五年から七年にかけて

五男健の無痛安産（大５・３・８）　何事も天眠に打ち明け、頼り切っていた晶子は男性である天眠に今後の出産の情況を大正五年の書簡に

私　昨日人にまた二人ならずやと云はれ俄に悲観をはじめ夜ひとよよく眠らず候ひき。
決してとけいいけん上存じハいたし候へどさばかりに見ゆるまで大きやかなる子を生むを恐怖する心が　をのゝきもふるへもいたすにて候。

まだそれに仕事がいそがしく一医師、一産婆のしんさつもうけ居らぬことに候へば時々大胆か無謀かとあきれおもふにて候。それにいかなる故かこの度は病院へまゐりたからず　人並に家にて産をなしたしとのみねがはるゝにて候。……　　2・3

と臆面もなく五男健のお産の情況を報らせている。この出産につき晶子の評論集『我等何を求むるか』（大6・1）中の「無痛安産を経験して」に「私は今年の三月八日に五男の健を生んだ」とあり、臨月に入って「素人目にはまた双胎かと思はれる程の外観」とか「異常産」とか「難産」などと聞き、「不安」になり「死」を想像したりしていた。三月二日に順天堂に入院し、翌日「双胎で無くて羊水が非常に多い」と聞いて晶子はひと安心、「産を促すために運動するやうに」といわれて病院内を歩き廻った。三日目になっても生れそうにないので退院した五日の午後、激しい陣痛があったが、次第に静かになって夜中には止んだ。ところが「中二日おいて八日になつ」て早朝から「微弱な陣痛」がはじまったので「私は心の中で今日は屹度生むと云ふ確信を覚えて」お産の準備をしていると「午後五時頃には」我慢できない激痛が襲った。そこで「約束の通り」産科医の近江湖雄三（晶子没後「冬柏」後継者となった近江満子の夫）による「ミユンヘンで研究した新分娩法」で「産の苦痛を軽減」した。「近江さんは之が自分に取って日本婦人に其法を施す最初だ」と側近の人に語ったのを晶子は書いている。「猛烈な陣痛が大分はげしく加速度に起るのを待って」近江は八時半ごろに「左の腕にパントポンスコポラミンの注射をし」「十分後に」

次第に快い半麻酔状態に入り陣痛は激増して居るが其苦痛はこれまでの産の五分の一ぐらゐにしか当らない。もう特に苦痛と云ふ程のものでもない。

と書いている。その後一〇時前に「分娩の促進を計る注射剤」を「右の上腿部に」打たれ、「麻酔と多少の自然な疲労との中で深い眠に落ちてしまつたので私は何事も知らない」とあり、無痛安産は無事に終り、近江に感謝して私は珍しく一声の悲鳴も挙げず、一しづくの汗すら流さずに産をした。さながら熟した栗の実が風に吹かれて殻から落ちるやうに自然らしく、殆ど苦痛らしい苦痛を感ぜずに産をした

と書いて、これまでの出産の辛さに比べ「苦痛」も「疲労」もなかったので「十日目から」執筆できたと喜んでいる。「巧妙な人工呼吸法に由つて覚されて、雄雄しい初声を挙げた」とか、「私の理想を今度の産に実現し得たのが嬉しい」と九回目の出産について書いて結んでいる。

和田大円の洋行費再催促　天眠宛て晶子書簡に「お目にかゝり候て御相談申し上げんと」とあって「私の書（半折もの、昨年度の歌に候）二十枚をおしりあひの方などに」買って貰いたいという頼みごとで「金は七十円ほどならば」とあり、その後に

いつぞやも申し上げ候ひし京の和田大円と申候寛の兄にまた洋行費の残りのさいそくをきびしくされ、五月末日と云ひしを忘るな、不徳を重ぬるな（何といふ情けないことばでせう）と申され、私もそのつもりにてものかきいそしみ居り候へど産後のひろうに頭のわろく思ふ半分のこともならず、しかも金尾氏をたのみとしてかける原稿に候へば月末にいたりまにあふやいかにと案ぜられ、また和田氏よりいかなることばかきかむ身のけだち候へばかゝることおもひたちしに候。　5・24

とあり、冒頭の「いつぞやも」とあるのは大正二年七月二九日の天眠宛ての晶子書簡に和田大円から渡欧費の厳しい取り立てに困惑して訴えていたことを指す。それから三年以上経ているのに、再度の洋行費の残金を「五月末日」とまで返金せよ、と強硬である。一週間の返済期日が迫っている現實を赤裸々に訴えて、大円への返金が「七十円」だったのであろうか。ことごとに天眠に縋る晶子だったので、そんな自分をさらに

昨年のせんきよの時といひ　またのことに候へばおしりあひの方とてもおのぞみは下さるまじくけつきよくあなた様へ御めいわくをかけ候ことにもならば本意にもたがひ候ことになり候と夜もよく眠れず案じわづらひ申候　5・24

と間接的には無心しているが、「またのこと」とは「半折もの」の世話をして欲しいと言って「今日別封にて」送ること「おしつけがましきこと丶ふかくはぢ申し」と充分承知しながらも厚顔無恥を意識していることを指す。

いつもながらあまりにあまへすぎ候私たちを御にくみ下さるまじく候　5・24

と恥を忍んでは繰り返し金銭面で天眠に縋っている晶子であった。

「明星」復刊の勧誘と色紙と短冊の買い取り願い　大正二年一二月の「スバル」廃刊の一月前の一一月四日の天眠宛ての寛書簡に「此頃小生に雑誌を経営せよと勧むる人有之いかゞ致さんかと惑ひ候」とあり「スバル」廃刊の機運に乗じて、寛自身も「明星」復刊の誘いに心が動かされたが、果たされなかった。その後の小川雄次郎宛て寛書簡に「明星」復活の話があって

佐渡の旧友渡辺湖畔氏来京し今一度短歌の雑誌を少数の仲間にて発行してハ如何と勧められ小生も大に心動き申候。……近頃の歌風の甚しく悪傾向に流れ候を見て旧友と共に我々の作物を世間に問ひたき欲求を増し申候。或は明春一月あたりより一雑誌を計画致候やも知れず候間その節ハ是非同人の一人の御加り被下御助力願上候。……若し発行致候以上は少なくも六七年ハ持続致し度候。　大5・5・28

と執拗なまでに熱望していたようだが、この年には復刊の意向はこの書簡のみであった。その後に

次に願上候ハ、小児の学資、被服費等に不足を生じ候必要より小生及び荊妻の短冊を五拾枚認め申すべく候

間大兄に於て一時ニお引受け被下金五十円にてお買ひ取り被下候こと叶ひ申すまじくや。度々御迷惑と御厄介とを相掛け候事ゆゑ申上げにくき事に候へども今春来収入と支出と相償はず自然不足を生じ困惑致しをり候　併し御遠慮なくお断り被下てよろしく候。若し万一御引受被下候やうならば認むべき歌を御指定願上候。　猶恐縮ながら六月五日頃までに御送金を賜り度候。かゝることハ他の事とことなり候間御斟酌なく御断被下度候

とあって、二つの懇願だったが、それは希望と貧困の極端な内面を表白している書簡である。

上田敏の死

①文人としての上田敏　上田敏は明治七年一〇月三〇日、東京築地出生。別号柳村。評論家、外国文学文学者。明治二七年に「文学界」同人となり、二七年九月東京帝国大学の英文科入学、その年の一一月「帝国文学」発刊人となり、翌二八年一月「帝国文学」創刊以降毎月同誌に掲載した。敏の指導教授だったラフカディ・ハーンは

君は英語を以て表現することができる一万人中唯一人の日本人学生である。

と賛辞を送ったと言う。三〇年七月大学卒業、三六年四月東大英文科講師となり四〇年、米、仏へ遊学、四一年帰朝後、京大教授となり多くの業績を残した。主な著作に評論『最近海外文学』（明34・12）・続編（明35・3）は文友館刊行、これは「帝国文学」創刊から毎号掲載していた「海外騒壇」を集録したもの。『みをつくし』（明34・12）は文友館刊行、随筆と訳文集。『文芸論集』（明34・12）は春陽堂刊行、「希臘思潮を論ず」以下三八編あり。『詩聖ダンテ』（明34・12）は金港堂刊行。訳詩集『海潮音』（明38・1）は本郷書院刊行、詩壇を騒然とさせた程の影響力があった。『文芸講話』（明40・3）は金尾文淵堂刊行。評論集『うづまき』（明43・6）は大倉書店刊行、唯一の小

説『独語と対話』（大4・7）は弘学館刊行で著者晩年の人生観、文学観を記した貴重な資料。訳詩集『牧羊神』（上田敏遺稿　大9・10）は五編の創作詩と三四編の近代フランス詩の翻訳、訳者上田敏生前中の出版予定だったが急逝したので数年後に果たされた。翻訳『ダンテ神曲』（上田敏未定稿　大7・7）は金尾文淵堂刊行、敏の死後発見された原稿は星野敬一刊行。以上は『日本近代文学大事典』矢野峰人筆を参照した。

②「明星」、寛と晶子と敏との関わり

「明星」七号（明33・10）掲載の「屠牛の声」の訳。八号（明33・11）は「白馬会画評」敏、寛他。一〇号（明34・1）は「黒瞳」の訳。一一号（明34・3）は「英米の近世文学」。一六号（明34・10）は「仏国文豪ピエロル、ロティ氏」、同号に「なにがし」の署名で「みだれ髪を読む」掲載。「第三明星」二号（明35・8）は上田柳村の「散文詩」、「卯歳明星」一号（明36・1）は冒頭に「仏蘭西近代の詩歌」。「卯歳明星」四号（明36・4）は「沙翁劇詩目録」に三七の劇詩の項目を載せる。同年一〇月には「故樋口一葉」の談話。三七年一月にはヱ《い》ルハアレンの有名な象徴詩「鷺の歌」の訳詩、同年四月には「ダンテの塑像解説」、九月には「美術雑感」、一〇月の「明星」の表紙裏にフランス新画「光栄の翌日」を敏が載せ、既に敏は「明星」に象徴詩を載せて好評を齎せていたが、三八年になって本格的に象徴詩を「明星」に翻訳して紹介するようになる。この頃の「明星」は下降状態にあったが、敏の象徴詩の翻訳が「明星」を賑わせ、生彩を放ったことは言うまでもない。『海潮音』刊行まで敏の象徴詩は二号活字の大文字で掲載されていた。このような大文字で載せることはこれまでの「明星」にはなかった、それ程寛にとっては有難いことであった。しかし『海潮音』刊行後は毎月「明星」には載せず、敏に代わって白秋、勇、杢太郎らの俊才の詩が登場されるようになる。しかし三九年になって一月には敏の「YAKUSHI」（165頁）が一頁だけ載り五号には「マアテルリンク」と題する敏の講演、四〇年一月には「詩話」、四

月には「漫言」、四一年の終刊号には「詩人」と題しエミール・ヱルハアレンの一文を訳した。

寛、晶子の共著『毒草』（明37・5）の冒頭に敏の「毒草序」、三七年後半に起った恋衣事件の時も日本女子大側を批判した書簡を寛に送っている。「明星」廃刊後、寛晶子の「自宅文学講演会」の課外講演にも協力している。寛の唯一の歌集『相聞』の扉には「上田敏氏に献ぐ」とあり、『新訳源氏物語』（明45・2）のはじめに森鷗外と共に賛辞の一文を載せている。このように敏は公私ともども寛と晶子との関わりが深く、つねに擁護し協力していた。

③敏の逝去前後　多くの業績を果たしていた敏は大正五年三月頃から健康を害し、大学も休講がちであった。七月六日、京都滞在の母と共に上京し、一家団欒を楽しんだが八日午前九時突然尿毒症、九日午後三時他界。天眠宛て寛書簡に、

小生ハ平出修君を失ひしことを常に大打撃として悲み居しに候が今また上田君に別れ候て更に偉大なる親友を失ひ候ことに想ひ到りて心中殆ど昏倒せんばかりに感じ申候。

之は日本の一大損失として痛惜致候感情に由ること勿論に候へども、また小生ども夫妻の十五六年知己（露骨に云へば味方）を失ひ候事の絶望が根抵と相成り居り候。猶日経るまゝに此感を深く致候事と存じ候。上田君の師長たる森先生も非常に御悲嘆被成居り候　大5・7・12

とあり未だ続くが、晶子も寛書簡と同じ紙面に

百万の味方を失ひたるにひとしなどといふ利己的なるなげきは超越して高く清く、しかも身も世もなく上田博士の死のいたまれ候。かなしまれ候。……

まさめには仰ぎえざりし君なれどあなづらはしきなきがらとなる

これは昨日の実感に候。おもひかけ候べしや。嘆の挽歌をよまむとは。

これも続くが、慟哭せんばかりの晶子の悲愴な思いである。

晶子の挽歌が七月一九日の「東京日日新聞」、同月二四日の「大阪毎日新聞」に掲載され、それらは『晶子新集』に採られた。右の「まさめには」を筆頭に203から219までの一七首が『晶子新集』（大６・２）に採られた。

鐘鳴りぬ神か仏か夕雲かかぜか其等に君変り行く　204

わが住める天地のはし崩れ初めいかがすべきと悲しめるなり　208

亡き博士灰かにものを言ひ給ふけはひを覚ゆ居ても立ちても　213

「百万の味方」とまで書く程に二人にとって敏の存在は如何に大きかったかがわかる。二年前に平出修を失い、今また敏を失い、二人の身辺には最も大切な人々との死別が続いた。

一五歳の安也子と遊ぶ晶子　植田安也子は小林天眠の長女として明治三六年に生れて、母雄子の実家植田家の養女となったが、いつも父天眠の許にいて天眠歿後も天眠文庫を守り、特に与謝野夫妻の書簡を秘蔵していた。安也子は晶子に強い敬愛の念を抱き、晶子もまた安也子には特別な愛情を注いでいた。晶子は安也子に語りかけるように、大正六年の書簡に、

私はねあやさん、なつかしいあやさん、私は一時間ほどあなたと遊びましたの、ほんとうですよ、それはこのおもちやの色紙をはさみで切つて作つたことです。私はあなたを前へ置いて拵へて居るつもりでしたよ　大６・５・13

と書いて、子供たちが博覧会へ出掛け、夫も不在で、その留守に、安也子が一緒にいることにして二人で遊んだこ

とを書いている。子供たちは「丁度私とあなたの遊びの済んだ時分にもう帰つて来たのでした」とあって、その「遊び」について『天眠文庫蔵与謝野寛晶子書簡集』の同書簡の安也子〔註〕に、

この手紙には晶子の歌の書かれた小さな色紙十枚が封入されて届いた。色とりどりの短冊を切ってつくられた小色紙で、母小林雄子が保管していた。昭和十八年三月京都の丸物百貨店で、与謝野晶子遺品作展覧会開催のときこの手紙と共に出品されたが、その後十枚の小色紙は紛失してしまった。当時数えて十五の私にもよくわかる歌ばかりで、「金色のちひさき鳥のかたちして」の歌もあったように思うが、確かに覚えているのは左記の三首のみ

天てらす神の御馬にわが子らが豆をはまする朝霧の中　『青海波』267
海恋し潮の遠鳴り数へては少女となりし父母の家　『恋衣』4
かたつばた白き花には王います少女の国はむらさきにして　『常夏』101

右の歌は既出。前便に続けて晶子は

私はほんとにさつきあなたと遊んだ時のやうなきぶんで手紙もかきたかつたのですがせか〱としていけません。けれどさつきは面白かつたのですよ。

とあって、子供心に帰って目前にはいない安也子と一緒に遊んだ気分になって、子供向きの短冊に歌を書き、安也子に送ったという事実が註によって知られる。この頃の晶子はこの年の九月二十日に生れて二日後に死んだ寸《そん》の懐妊中で、七ヶ月目の身重であった。だがこの年には評論集『我等何を求むるか』（1月）・『愛、理性及び勇気』（10月）、歌集『火の鳥』（2月）の他にも雑誌、新聞に多くの作品を超人的に執筆していた。そんな多忙の中で、少女の安也子と遊ぶ心の余裕があったところに、歌人晶子のメルヘン的な豊かな情趣が垣間見られる。

安也子に宛てた書簡はみな晶子からで、大正二年一〇月三日から大正一〇年三月二四日までで電報を含めて三八通もある。それまでの小林家の人達に宛てた書簡は二六七通であり、二割り近くの書簡が安也子宛てであったことから晶子にとって安也子の存在は大きく、安也子は子供ながら晶子の心を癒す優しい心の持ち主であったことが思われる。

安也子と克麿　もう一つ寛の甥赤松克麿（寛の兄赤松照幢の子）が安也子の許婚であったことが、小林夫妻宛ての晶子書簡に

克さんを幸多き人と思ふこと多く候。さばかりあたゝかく皆様より思はれまゐらせ候こと世のつねとしてはありうべからぬことに候へば　大6・8・31

とあり「皆様」とある小林家の人達に大切にされている克麿を喜び、また雄子宛ての晶子書簡に

克さんが来年からもう植田姓を名のらせて頂くことを母に願つて来たなどと申して居りました。　9・12

とも書いている。右の書簡の〔註〕には「あや子はすでに雄子の実家植田家の養女に入籍しており、あや子の許婚者に克麿が決っていたので克麿は雄子のことを『母』といっていた」とあり、一五歳の安也子と克麿とは許婚だったが、後に克麿は吉野作造の娘と結婚する。（本稿223〜227頁参照）

揮毫と旅　この頃の晶子は、一〇人（光・秀・八峰・七瀬・麟・佐保子・宇智子・アウギュスト・エレンヌ・健）の子持ちであり、三ヶ月後に出産を控えていて、その上多作に追われている日々のなか、天眠宛て晶子書簡に

甚だ勝手なる折わきまへぬ話に候へども、東京の御知合の方の中にて私の短冊を五十枚か三十枚をお買ひ下

され候やうの方二人ほど御世話ねがへまじく候や。若しそれのかなひ候はゞ嬉しかるべく候。…

大6・4・6

と揮毫の買取りを懇願して貧困の苦衷を訴えている。その後四〇余日経た天眠宛て寛書簡には「本月廿四日頃に出発して大坂ニ一週間ほど滞在（荊妻とアウギユストと三人）久々御地の空気ニ触れたいと思ひます」と書き、

二人が短冊、式紙、半折、全帋等の揮毫を滞在中にして参四百円の収入を得て帰るやうな都合ニ御計画が願はれないでせうか。此事を品好く出来るやうにお世話を下さいませんか。高安やす子夫人ニも御相談下さいまし。

5・16

とある。「薄田君などニ御話し下さつて各種の新聞に私共の来坂して数日滞在する旨」を頼んで欲しいとか、「揮毫の申込所も御迷惑ながら適当な所へお決め下さい」と記し、自分たちは「便利な郊外にでも」と天眠に全面的に依存している。天眠の方で「今ハ時季が悪るい」と「お考へ」なら「見合せます」とも書いている。また「荊妻が又々妊娠」したので「五、六両月で無ければ外出」できないとか、「来月の五日頃までハ滞在したい」とあり、揮毫料として「短冊一円五十銭、式帋参円、半切六円乃至八円、全帋十円」と書き「この揮毫料もよろしきやうに」とか「用紙短冊ハ依頼者の自弁」とか「発起人ハ薄田《スヽキダ》君、高安夫人、貴兄に」お願いしたいと書いている。

この頃、白仁秋津宛て寛晶子書簡にも

唐突ながらふと思ひ立ち候まゝ荊妻と共ニ（小児一人を伴ひ）本月下旬より六月七八日までの間ニ御地方まで一遊致度と存じ候

5・17

とあり、その折に揮毫をして「多少の旅費を作りたく」「御勧誘の労をお取り下さるまじくや」とあって、「短冊一葉壱円卅銭、扇面同上、半折六円、全帋八円、式帋弐円、懐帋四円、二枚折屏風参拾円、用帋ハ希望者の自弁」と

書いている。その後の秋津宛て寛・晶子書簡には

本日東京より御電報と別手帋とを転送しまゐり拝読致候。御芳情御礼申上候。
御地へ向けて大坂を発し候ハ本月十二日夜と相成るべく候。途中一二ヶ所へ一泊致候ゆゑ門司海峡を渡り候ハ十四日と存じ申候。
……大兄とハ門司又ハ大牟田駅にてお目に懸り御打合せ可致候。　艸艸　6・6
六日　寛、晶子

と書いている。一日違いで一六日は天眠に大阪へ、一七日は秋津に九州へと知らせ、大阪行きを天眠に寛は

私どもは廿八日午前八時半発の汽車（最大急行）にて東京を立ち御地へは同夜着の事ニ定め申候　5・25

とあり、この旅についての消息はないので余り成果がなかったものか。雄子宛ての六月一三日の絵葉書に晶子は、

昨夜くらき灯かげに前夜のことなどおもひおなつかしさかぎりなく候ひき。
只今より岡山へむかひ候。　6・13

と書き、六月一五日の天眠宛ての晶子書簡の封筒の裏には「六月十五日　夕　若松市にて」とあり、その書簡には

東京が恋しいのでございますか　大阪に心が残るのでございませうか。九州のさかながおほあぢなのでございませうか、私は海をわたりましてから一つのごはんを頂くことが苦痛なほどになりました。　6・15

と海路の旅で身持ちの体調を崩したのか。その後の旅程を寛が天眠夫妻や安也子に書き送り、小林夫妻に、

若松市に二泊し、それより当地二参り申候。雨天ながら見物を致し居り候。十九日にこゝを立ちて引返し伊田炭坑を観て中津町に向ひ耶馬渓に向ふ予定に御坐候。皆様へおよろしく。
よさのひろし　6・18

とあり、小林夫妻宛ての二人の絵葉書には

伊田の炭坑を見て再び博多へ向ふ途次、このお宮へ参り申候。雨天つゞきにて困りをり候。耶馬渓にまゐるのは廿三日頃と存じ候。　6・21

とあって、安也子宛ての二人の絵葉書には

日田と申す山城の宇治を大きくしたるやうな所にまゐり、鵜飼を見などいたし候。東京の子の夢を見てさめし朝に候。

雨にておこまりに候べし。　6・24

とあり、〔絵の方〕には「之より耶馬渓の方へ下り申すべく候。」とある。小林夫妻宛て二人の絵葉書には

新耶馬渓を先づ観て、昨夜ハ旧耶馬渓の柿坂に一泊致し申候。曇天にて好都合に候。

明廿六日は徳山に立寄り可申候。

廿七日に苦楽園まで帰り着き候かと存じ候。何れ電報にて可申上候

廿五日

旅の女はしなへし　道のべの雑草のさまに哀れなりと目に見てあり候。お暑く候て昨夜はよくも眠られず候ひき。　お目にかゝり候までご機嫌よろしく。　6・25

とあり、その後の天眠一家への書簡には九州の旅について書いていず、帰京につき加野宗三郎宛ての寛晶子書簡に、

やうやく去る九日に帰京致し申候。日田の清遊猶目にありて涼味を感じ申候。……　7・16

とあり、同日の白仁秋津宛ての二人の書簡にも

やうやく去る九日に帰京仕り候。旅中かず〳〵の御芳情を御礼申上候。日田の鵜飼の楽しかりしことを人々に語り居り候。六甲山にて例の柿を取り出して賞味致し諸友にも頒ち申候。猶東京まで持帰りて珍重致しを

り候　　寛　7・16

あなた様の御ことなどおもひ候に山路の馬車もなつかしく心に描かれ申候。またいつの日かなどものあはれにもおもはれ候。　晶子　7・16

と礼状を兼ねて旅の思い出を楽しげに書いている。また岡山の和気郡の正宗敦夫夫妻宛ての晶子書簡にも、

九州の十四日はおほむね苦しきおもひでに候。豊後の日田と申すところの一夜、ひろき山あひの川にうがひなどもてあそび候こと中に絵のやうにのこり居り候。　7・20

と旅の様子を知らせ、この書簡のはじめのあたりには、

東京へかへり候てのちからだにむくみの生じ候ておきふしのくるしくかつさま〲なる不安におもひをとられなすべきこともなさで虫のやうに日をくらし申し候。

と書いて妊婦としての体の不調を訴え、同じ頃の小林雄子宛てにも身の辛さを晶子は伝えている。

わたしはあれからからだにすこしうきが出まして、それでいろ〲と心配をして居ましたり、またくるしくもあつたりしまして今日まで手紙もようかきませんでした。　7・19

大阪滞在は五月二九日から六月一二日までの一五日間、九州は六月一三日から七月八日までの二五日間で合計四〇日の旅であり、七、八ヶ月目の妊婦にとって余りの長期間で、苛酷な大旅行だったので大儀なのは当然であろう。

六男寸《そん》の誕生（9月20日）と死亡（22日）　小林天眠宛ての大正六年の寛書簡に

……あや子様切角のお贈物を頂きながら、その子供の亡きを今更残念に存じ申候。荊妻ハ猶産褥に有之候へども日ならず起き上り可申候。　大6・9・28

とあり、また天眠宛て晶子書簡でも

やうやく机のところに今日ははひいで申候。

いろ〳〵御親切に仰せ下され候をいかばかりうれしと承り候ひけむ。

落合の焼場に子をばおける夜の

わがこゝちなど何にたとへむ　10・7

と書き、同日の天眠の妻小林雄子宛ての絵葉書に晶子は、

生きかへりまゐり候ひしをおよろこび下されたく候。まづ御なつかしく候意をのみ現し申し候。

白き花もとの蕾にかへりたる

不思議と見ゆれ子の寸の死よ、

子の名は寸《そん》に候ひき。　10・7

と送っている。右の歌は『火の鳥』280に採られた。その後の二通目の一〇月一〇日の白仁秋津宛て晶子書簡に

先月二十日に産褥につき申し男の子を得申候ひしかど二十二日にはその子を死なせ初めての苦しき経験をいたし申し候ひき。

生みの子はこの白蝋の子なりしと二日ののちに指くみおもふ　10・10

とあり、右の歌も『火の鳥』281に採られている。この寸の誕生と死については晶子の評論集『愛、理性及び勇気』（大6・10）の巻首に「産褥にて書ける自序」と題して詳述し、

私は非常に怖れて居た十回目の産を九月廿一日の午前二時半に意外に安く済せて、ほんとうに蘇生した人間のやうにほつと気息をつきました。

前年五男健の出産時の「無痛安産法」が極めて安産だったので、六男出産にもそれを使って安産だと思い込み、「私は苦痛を全く知らずに後産を済ませて、其の儘快く深い眠りに入つてしまつた」が、その翌朝、目覚めると

私の床の傍に四男のアウギユストと同じ顔付をした美くしい小さな男の児が紅いメリンスの着物を着て寝て居ました。此に幸福な者が二人居ると云ふ嬉しさを私はしみじみと体験するのでした。

と書いて母親としての至福感に満たされていた。ところが「一昼夜」経て赤子は「口から血を吐」き、「再び喀血」し「便通に夥しい血が混つて」「七八回の喀血が続」き「次第に衰弱して行き」「喀血の度に悲しく低い声に変」り、「初生児メレナ」と診断された。「治療法も発明されて居ない病気」だと説明された寛と晶子は「運命の前に於る人間の無力を思」い、「死を待つより外」なかった。赤子は「其の日の夜の十二時前に小さな痙攣を最後の表情として気息を引取つ」たのである。沖野岩三郎が「短命を表示し」て「寸《そん》」と命名したとあり、

私は児供が自分の身代りとなつて死の世界へ消えて行つたやうな悲しさと不憫さとを感じるのでした。

と母としての痛恨と悲哀の極みの絶叫を告げている。

しかし晶子は「産褥に居ながら既に七日目」から執筆し、「無痛安産法」により「産後の苦痛と疲労」が少ないと感謝し、「此不幸を」「将来の幸福」へ「転換」させるべく「悲しい思出を」「他日の美くしい思出の起点」にする、と言って不運を好転させていく生き方へ向おうとしていた。こんな強気な晶子だが同書中の「産前の恐怖」の始めに「幾たび経験しても其度毎に新しい不安と恐怖を覚える」と書き、その「感情」は「死刑囚の其れの如く一日でも時の延びることを望」み、「産の回避に就て卑怯未練の醜態を極めて居る」と自ら認め、出産は「決死的事実」だとも言い、「分娩は単身で流血九死の危地に突進することであり」と戦慄と危機を出産毎に体験しつつ猶も出産に挑むのは夫婦の自然の営みとして当然だと素直に思っていたのであろうか。「無痛分娩」で晶子は無痛の快

感を得ていたが、此の年の五月から七月にかけての四〇日間の関西、九州の長旅が七月目に入っていた妊婦晶子にとって、どんなにか辛い負担と疲労であったか、また未熟な胎児の養生を妨げていたかも想像される。これらが寸の死を招いたと言えよう。

一〇回目の出産をする程の強靭な体力があったにせよ、常識的に考えても甚だしい冒険の旅であった。晶子自身も書簡に海路の疲れで「一つのごはんを頂くことが苦痛」（天眠宛て5月15日）とか、帰京後には「からだにすこしうきがでまして」とあり、その後「心配」したり「くるしくもあつたり」（雄子宛て7月19日）と書き、また「むくみの生じ候ておきふしのくるしくかつさま〴〵な不安におもひをとられ」（正宗敦夫宛て7月20日）などとあるように、かなり肉体的に弱っていたろうことが想像される。それが癒されぬままの出産が愛児の死に起因していたのであろう。このことについて晶子は少しも触れていないが、周囲の人々や寛の、妊婦に対する配慮の欠如と度重なる出産という安易さに油断していたのではなかろうか。また母体の衰弱が虚弱な赤子の体を蝕んでいたとも言えようか。

匂やかに黒瞳《め》見せたる子なれども抱かれしこと足らず三度《みたび》に　282
白絹に頭おほはれいやはての夜をかたはらへ吾子ぞ寝にこし　285

などの歌は「白蝋」と題し「婦人画報」（大6・11）に掲載、その「火の鳥」（278～285）にも採られた。

実子萃《あつむ》への寛の伝言　寛の鉄幹時代には、晶子以前に内縁の妻が二人あり、浅田サタと林瀧野、瀧野は鉄幹と離婚後詩人正富汪洋と結婚。鉄幹との子である萃は瀧野の実家で育ち一九歳で他界。その死の二年前の、岩城達常あて大正六年の寛書簡に

さて数日前突然萃より一書を寄せ来り同人の近状を承知致候　甚だ同情に堪へず候。

就てハ貴下より密かに同人を御呼び寄せ被下次の事を御伝へ被下度候。　1・26

と書いて四つを箇条書きにしている。㈠は「萃の孤独なる実状」に同情するが「人生」はただ「前進」のみで「自ら卑下し自暴自棄」にならず「自己を尊重」し「堅実なる生活」を築く。㈠は「中学程度の教育ハ是非すませる」こと。㈠は「何の職にも就かぬ事が尤も恥」で、「農夫」でも「丁稚」でも「独立自活」。㈠は「涙もろき人間とならず」「勇気を振ひ起して」「独立した人間」になることを伝言して欲しいと書いている。萃への意見はまさに寛の性格の弱点を曝しているように思われる。「自ら卑下し自暴自棄」とか「涙もろき人間」を否定するのは、寛の『鴉と雨』（大4・8）に詠まれている素材そのものであった。

すてばちに荒く物言ふ癖つきぬ何に抗ふ我にさからふ　62

おもひでを語らんとして咽びけり猶そのかみの涙おつれば　235

何れも「自らを嗤ふ歌」に詠まれ、自嘲を意味する自暴自棄の感情告白であり、寛自身は自らの体験を通して実子の萃には自らの轍を踏ませたくなかったのであろう。更に加えて「徒らに悲観する小人物とならぬやうに御諭し願上候」と書き、「中学卒業後になり一見識を備へ候て後に小生に面会せよ」とも伝えて欲しいと岩城に懇願している。この頃は一七歳の未成年の萃の生活は不幸らしく、その辛さを実父の寛に訴えたかったのであろう。中学を卒業し一人前になってから逢うという寛の内面には様々な思惑と期待が去来していたのであろう。

寛の再出馬への誘い　大正四年に寛は京都府郡部より衆議院議員として立候補し、晶子も協力したが九九票の見事落選で終った。その二年後の大正六年に、父礼厳の実家の細見儀右衛門宛ての寛書簡には、

さて御懇情ニ満ちたる御書状を相遣し被下忝く奉存候。先年あれほど諸君ニ御労力を掛けながら親しく御礼

にまゐり候こともならぬ境遇にあることハ小生ハ常に愧じをり候。　大6・2・9

と再出馬の誘いに対して前の出馬時に世話になりながら無音だったことを懇切に詫び「御後援を賜るべき由を以てわざ〳〵御手紙を頂き候ことたゞ〳〵感激の涙に咽び申候」と寛は感極まって、その思いを洩らしている。さらに

政界及び撰《ママ》挙界の形勢を観察いたし候に先年の如き全くの無銭にてハ立候補致候ても諸君の御厚意を無にする結果となるのみにて到底小生の理想を貫徹いたすことむつかしからんと存じ候。せめて十八郡を演説して巡回し得るだけの費用（千四五百円）にても小生の手元にて調達出来候はゞ理想選挙を再び呼号したしと存じ候へども　2・9

寛には出馬の気持ちがあるが「わざ〳〵借金をして其れだけの金子を作るほどの勇気無之候ゆゑ」と以前のような積極的な気力もない。「東京の友人中より右の金子を寄附でもしてくれ」ない限り「今回は断念」と言いながらも

三月中頃ぐらゐまでニ右様の特志者が友人中より現れ候はゞ突如として帰郷し立候補を宣言致すやも計りがたく候間その節ハよろしく御幹旋奉願上候。

と全くの断念ではなく、未だ未練と期待があったようで「万一小生が立つとして与謝郡に三百の投票を集め候こと不可能ならんと存じ候。与謝郡百五十、愛宕郡二百、紀伊郡百五十と云ふ位にてハ当選どころか次点者にもなれずと存じ候」と諦めてはいるものの「若し出馬するならば十八郡に亘つて投票を求めざるを得ず」と未だ聊かの可能性を見込んでいたのであろうか。「細見」家は寛の父礼厳の実家である。また寛は

京都府下の青年諸氏が果してそれほど清廉なる選挙を歓迎するや否やハ疑問なりと存じ候。

と次々と「若しや立つとすれば」と僅かな希望を抱きつつ検討してみたが、不可能と思ってか「当選」よりも

京都府民の教育のために正義を大声疾呼して廻る外ハ無之候

と言って将来自分と同じ志の候補者の為にと言い、また「更に次回の選挙を期すべく候。御地の諸君へよろしく」と書いて、最後まで出馬を仄めかしているのは寛らしい。

「明星」復刊の機運と諦念　これまで「明星」復刊の勧誘は大正二年、五年と二回にわたって寛に一時的な希望を抱かせたが、何れも果たされなかった。この大正七年に雑誌再刊の話が再々出し、天眠宛て寛書簡に同封した名古屋の伊藤伊三郎宛ての絵葉書に

先日御申込之雑誌発刊之件ニ付而ハ小生年来の宿望にて更ニ異議無之存得候　大7・1・29

とあり、「資金之運用方法」は「不明」だが、「十二分の基金を募集して然る後着手致したきもの」とか「要は川上君より御返事あり次第」など力強い協力者の便りにあった。この伊藤の手紙を見てか、天眠宛ての寛書簡に

（伊藤君も天佑社と小生どもの雑誌事業とを他日ハ姉妹事業にしたしと云ふ意見に候故このお含ミにてお話し被下度候）　3・5

とあり、伊藤は積極的で「姉妹事業」にしたかったようだが、この年の春ごろの天眠宛ての晶子書簡には

雑誌の資金のこと、あなたはツレ格にてお加り下さいますとしても見たいと思ふ能はやはりかたちづくられるとになりますから私も満足でございます。二百圓もお出し願つたらどうでございませう。

とあり、三月一五日の天眠宛て晶子書簡にも

雑誌の方のこと出版の方を金尾がひきうけいたすことにして　3・15

とあって、金尾文淵堂が出版物の「利子」で雑誌を出す計画を「明星」復刊に寄せようとしたが、晶子はそんなやり方では「悶死」すると批判して色々と案を巡らせていた。現実に天佑社は明治四三年からの株主らの積立金一〇

萬圓があったので設立は必然であるが、「明星」資金はゼロからの出発なので不可能である。繰り返された「明星」復刊の夢はやがて大正一〇年一一月に実現されるのである。

晶子懐紙千首会—「明星」基金として　「明星」復刊の夢は大正二年から断続的に浮上していて、一時的な希望と夢を抱かせたが終に果たされなかった。しかし晶子の執念は何としても自力で夢を叶えさせようとして、天眠と妻雄子へ宛て晶子は

　私の千首会と申しますのは要するに天佑社の払込みをほんたうにさせて頂くことと、雑誌のもととい ふ心からで、巌谷さんの何やら会にこのほど千の募集が千五百まゐりたちまち七千五百円集つたと申して、ぜひと人にすゝめましたからいたします。またべつに大阪毎日と日日の主催で広告を沢山つかつて私のための会をつくつて下さるさうです（これはあちらからの話）（一昨年の代理部ので《ママ》（なので）小さかつたさうで、こんどは大きいのださうです）

大7・3・16

ともあって人の勧めや二つの新聞社の依頼を受けられるのは晶子にまだメディアの関心があったのであろう。「天佑社払込み」とあるのは、それまで寛と晶子の天佑社の株の積立金は天眠が払っていた（安也子直言）ので「千首会」で得た金で今後晶子が天佑社に払うということと「明星」資金集めを兼ねるというのである。この書簡に同封された「晶子懐紙千首会趣旨」は

　此度私の自作の歌千首を懐紙に一首づつ認めて、次の規定に由つて、同好諸氏の間に頒つことを思ひ立ちました。

　之より得る所の物を以て、近く私共の起さうとする小さな機関雑誌の基金に当てたいと云ふのが此会の動

機です。

この刷物を御覧になる皆様にお願ひします。御賛成の上、一口にても、また幾口にても、特にお引受け下さいまし。

猶私のために、此会の計画を御友人の間に御吹聴下さいますことも併せて願ひ上げます。

大正七年四月　　与謝野晶子

規定

一、会を晶子懐紙千首会と名づけます。
一、懐紙一葉の申込みを一口とし、一口毎に金五円をお添へ下さい。
一、懐紙及び遞送小包料は当方にて支辦致します。
一、申込は「東京市麹町区富士見町五ノ九与謝野晶子」宛
一、若し私方の振替貯金口座にて御送金の節は、宛名は「東京新詩社」番号は「東京七二四一」として、通信欄に晶子懐紙千首会へ御送金の旨をお記るし《ママ》下さい
一、作品は申込受信の後七日以内に書留小包にて必ず発送致します。

である。その後の三月二七日の天眠宛て寛書簡の末尾に
雑誌の基本金不足につき荊妻の懐帋《クワイシ》を同好に頒つ計画を俄かに工夫し印刷物を作り居り候。何れ御目に懸け候上にて御賢慮を可奉煩候。実ハあらかじめ御相談可申上筈に候へども天佑社の創業及び御商業上御多用と

存じ独断にて決し申候。猶、雑誌ハ川上君と御相談し小生の宅にて発行致す計画に致し候。

何卒右御無含みおき被下御内助奉願上候。　３・27

とあり、天眠には相談せず寛と晶子の合意で決めたようである。その後の四月四日の天眠宛ての寛書簡には正宗敦夫を始め一四名、堀口大学、中條百合子、有島武郎・生馬、三宅克己など一九名の住所と氏名を書き、「刷物」を天眠から「直接御発送被下度候」と嘆願している。この「刷物」は前記の「晶子懐紙千首会」の物だと思われるが、寛渡欧の折の百首屏風と同趣旨のものである。

「コハン」と「小林」の聞き違い―迪子を巡って

四月二九日に晶子は三通の書簡を小林家に送っている。安也子に一通、小林夫妻に二通である。安也子に

悲しい手紙をかゝねばならぬ日が私達にきましたね、あや子さんかなしいでせう。御父母の君はもとより皆さんのお心もちはどうであらう。……私はしかしこんなに悲しがつて居てもまたいつか迪子さんを生きておいでになるやうにおもふでせう。私のベットのよこに私はあり〳〵とまぼろしを見ます。　４・29

とあり、夫妻には

迪子さんが大自然におかへりになつたのであるから、この風に迪子さんがまじつておいでおいでになる、迪子さんを吸はうと思つて大きい息を一つすいました。そしてとめどなく涙を流しました。　４・29

と書き、まだ迪子の死を信じていたのだが、夫妻への二通目の同日書簡で誤解は晴れた。

留守宅のもの「コハン」とありしを小林さんとなし「ミチコ云々」をみち子さんのことゝ解して先づ電話をかけ来りしために大きなるまちがひとなり申候。渡辺氏の女はまだ五六歳に候　惜しき親心はもとよりに候

　べけれど　十三のみち子さんをあなた方の悲み我々のかなしむとはさまかはりたるべく候。……

とあって、このことについて『天眠文庫蔵与謝野寛晶子書簡集』（223頁）の「天眠註」に説明あり。

天佑社と「晶子源氏」　天佑社について明治三六年七月の「明星」の「小観」に「天佑社設立趣旨」として

　明治三十六年四月十七年大坂商事新報社内に於て中村春雨（吉蔵）、寺田靖文（堀部周三郎）、小林天眠の三人相会し、将来文学上の或る理想的事業を遂行せんが為め、本社を組織し、左の趣意書を作成す

があり、「大阪商事新報」に「よしあし草」の欄を設け、三六年四月から「拾ケ年間、毎月金拾銭以上壱円以下範囲に於て適宜に事業費を積立て」と記載された。これは明治三〇年前半ごろ大阪から出た雑誌「よしあし草」同人達により天眠中心に企画された。この年（明36）の九月上旬の天眠宛ての鉄幹書簡に「天佑社の着々として真面目なる御活動」とあって、やがて「個人の熱烈なる信念が如何なる偉大の結果ある乎は十年後に明著なるべくと刮目致され候」とも書かれてある。この三六年頃は「明星」の絶頂期であり、天眠は有力な協力者として鉄幹も天佑社に期待をかけていた。天佑社の積立ても進み四三年に発起人の一人中村吉蔵の帰朝後、本格的な計画を「トキハギ」（明42・11）に

　八年後、諸友と共に謂ゆる理想的出版会社を起さんとする本志も、営利のみを目的とせず、併せて新文学の普及と文芸作家の擁護に微力を致さんとするものに候

と鉄幹は書き、天眠につき「小生夫妻が拾年の親友」と記している。天佑社はこの大正七年に創設されたのである。
天佑社と晶子との関わりは、この理想出版の第一号に天眠は晶子の『源氏物語』の口語訳を選んだことにあった。
天眠は晶子の『源氏物語』への愛執の並々ならぬことを熟知しており、与謝野家の経済的援助も兼ねてこの「源氏

口語訳」を天佑社第一の目玉出版物とした。前記したことだが、天眠から依頼を受けて感動した晶子は天眠に宛て

この度の御文何も〳〵私どものために御たて下されし御もくろみと涙こぼれ候。明42・9・18

と書きはじめ、源氏物語は仮名文字が多いので適当な漢字にしたり「先づ見やすくすること句点などおほくたがへるをたゞしくすること（これらは何れも寛のいたし候こと）それに私ら二人にて註釈を」と書いている。これを見ると、繰り返し書くが、この源氏訳は晶子だけで成すのではなく、当然寛の協力も必要だということが分かり、晶子の作品の背後には、このように時折か、常か、寛の実力が加わっていたろうことが想像される。

「源氏口語訳」の遅延　このように「源氏」口語訳は明治四三年から大正七年までの八年間、百ヶ月で仕上げる契約で、一回分は二〇円という契約であった。この契約直後、内田魯庵の依頼の『新訳源氏物語』は四四年一月から着手し、大正二年一一月に完結という一年一〇ヶ月の超スピードの執筆であった。その間も天眠依頼の「源氏口語訳」は聊かながら晶子は書いていた。しかし八年間という猶予から遅れがちな進行状態が続く。渡欧の夫不在の寂しさや執筆の山積から「気がめいりものうく候てはかなき日をおくり居り」「源氏の原稿も二十五日位までかと存じ居り候」（明44・11・17）とか、「源氏の原稿なまけぐせがつきては悪しと意志強き一方の心が私を責め候へば必ず三十日までにはさし出し申すべく候」（明44・12・20）とか、「明日より源氏にかゝり候て十五日頃に原稿おゝくりいたさんとおもひ申候へど」（明45・2・8）とか、「仰せの源氏　今日は必ずさし出すべく候」（大元・12・8）とかあって言い訳ばかりの書きぶりである。

大正二年には、小説「明るみへ」の「東京朝日新聞」百回連載のため「何とぞ源氏の稿をこのため本月と来月を休ませて欲しい」と懇願し「かつてなることに候へど御ねがひ申し上げ候」（5・24）と詫びている。翌三年になっ

て「申しわけなき源氏の解釈今月はかならずさし出し申すべく候」（1・11）と約束しながら送らなかったようで、その後「漸く源氏の稿をさし出し申し候。（略）来月より遅滞はいたすまじく候」（2・9）と書き、今後必ず書くと言った晶子の言葉を信じてか、天眠は、これまでの「二十円」を「三十円」に増額したことで、晶子は万謝の思いだったところ、その上また「二百金」が送られ「千万無量の感しやの心」と感動していた。ところが、その日の夕方「絹地」が送られて揮毫を頼まれ、『みだれ髪』から『夏より秋へ』の歌を書いた。三ヵ月後に晶子は

やうやく今日絹地十二枚にはそれ〴〵うたをかゝせて頂き給り候。私も今度の機会に反省させらるゝこと多く候ひき　大3・6・11

と書き、その後に具体的な説明をしているが、その後に

みだれ髪はかの絹地にあるだけを死後の全集に採ろくされましとおもふことかたく候。

と書いて、自分の死後、それを清書して遺族に示して欲しいと記している。この「絹地十二枚」の揮毫は六曲二双の屏風に表装され小林家に秘蔵されていたが、現在は京都の府立資料館に保管されている。一般の百首屏風と違って唯一の立派な屏風である。「二百金をそれとしてはあまりの大金に候」と仰天して感動したが、その四ヶ月後に

露骨なる御ねがひに候へど源氏の稿料何とぞよろしくねがひ上げ候　大3・10・4

と書いて具体的に生活苦を訴え「かゝる御ねがひも汗をながしながら申し上ぐるにて候。それに対する稿は明後日あたり清書ををはり申すべく候」と稿料の先取りを懇願した。この頃の与謝野家は八人の子持ちで貧困であった。

翌大正四年は寛の立候補のこともあり多忙だったが、晶子は「源氏の清書もまだ出来申さず明後日まで御まち下されたく候」（大4・2・26）と書き、その二ヶ月後の四月二四日の天眠宛て晶子書簡に

源氏三日ほどののち清書すみ申すべく候。今日ふりかへにて十八回の分御おくり下されありがたく存じ参候。

と一八回分の稿料受取りの礼状を書いている。着手から大正四年までの五年間に一八回とは平均して年に三、四回送稿していたことになる。『新訳源氏物語』は一年九ヶ月で完結したが、他の依頼原稿も忙しくて、天眠依頼の「源氏口語訳」はこのように非常に遅れ勝ちであった。その後も「源氏がまた〳〵三四日もおくれ申すことになり候。心苦しく候こと云ひやうもなく候へど御わびまで」（大4・7・2）とか、「源氏の原稿正月のかきもの丶日ぎりのため少ししては間へやむをえず別のものをはさみ〳〵いたし候て漸く昨夜かき上げ候。御ゆし下されたく候」（12・3）など沢山の依頼原稿を抱えながらも源氏訳に挑む晶子の日常であった。

大正五年は五男健懐妊中だったが、稿料受領の礼状一通あり。六年になって「源氏の清書も二三日にお丶くり申すべく候へど例のまことに心ぐるしく存じ候」（5・3）と詫びている。その後、二人は関西から九州への四〇日ほどの大旅行のため源氏原稿は送れなかった。四ヶ月して小林雄子宛て晶子書簡は

　これから源氏のしごとをいたしてそののち産じよくにつきたいと思つて居ります。あまり大きく子供がなりましても苦しいことですからいやだとおもつて居ります。　大6・9・12

とある「産じよく」とは六男寸《そん》出産のことで、寸は九月二一日に出産したので、その九日前に源氏原稿を書いて居た。超人的な仕業と言えようか。前記したことだが、懐妊六、七月目の長旅は妊婦晶子にとって過重の疲労と負担となり、虚弱な未熟児は生れて二日後の九月二三日に他界した。

大正七年、天佑社も設立して、その喜びを伝えた後で寛は天眠に

　荊妻の原稿ハ清書が残り居り候ため、明日あたり差出し可申候。　3・5

と晶子に代わって言い訳して居る。その一〇日後、三月一五日天眠に宛て、晶子は「私の源氏の方のしごと　初めは何のけいかくもなく只大ざつぱつ《ママ》（に）年を限り時間をさだめ」たが、その後「一生のしごとなりといふむづか

しさ」を感じ「毎月四十枚以上か、ではとのみ」と励んでいるが「なか〳〵はかどらず」とあって、さらに

おもふやうにならぬ心ぐるしさも小林様のしごとなれば御おもひやりもおはすこともとよりなりとのみ

とあって「近く出版」と新聞に出てしまったが、「いまのところまだ丁度半分くらゐ」しか出来ておらず

私は初めよりの分を一度かきなほし度く（もとより全部にてはなく候　訂正いたさんとするにて候、）3・15

と書き、誤植もあろうから、「最初のほど一二年ばかりの原稿を見たく存じ候へば一年分づ、くらゐ」を「御出京のたびに」持参して欲しいなどと書いているが、身勝手な言い分である。これは完全な契約破棄でありながら、これまでの分の書き直しを平然と言えるのは晶子のあつかましさと言えよう。天眠のこれまでに尽してきた誠実は水泡に帰した感じだが、晶子の言うままになった。

その翌日の寛書簡（3・16）には「荊妻の『源氏』に就て御配慮忝く」と謝意を表した後で、「『註釈』の方針を一変して逐次的講義」の方針に変えてから「如何に努力しても猶五年は要」するので「御猶予を得たし」とあり、年月を経ているので「再度黙然し修正」の必要から出版不可能の意を示し、「註釈」のみに書き改めて出せば、という二人の意見を打ち明け、始めからやり直したい意向を露わにし、続けて

いよ〳〵着手して見れば中途の支障もあり、原文が長く且つ難解にもありて、ために猶この後四五年を要し候ことが解り候次第、何卒御寛恕被下度候。

とある。これは天眠との長年の契約に背反することになる。常識的には不和になるのだが天眠は終生見守っていた。

第三節　大正八年から一〇年にかけて

「源氏原稿」を急かす天眠と晶子の哀しい魂胆

前年の植田安也子宛て絵葉書（大7・10・10）に「来月は必ず」

と固く約束しながら源氏原稿に関わる七年の消息はこれで終わるが、翌八年には源氏原稿に関わる便りを二人は天眠に送っていない。稿料が来れば必ず礼状を書く律儀さは二人にはあるが、この年には全く出してない。これまでは天眠との間でのみ源氏原稿の話は進められてきたが、それは一方的に寛と晶子の書簡でしか見られず、天眠の気持ちや行動は一切わからなかった。しかし大正八年二月日不明の同人加野宗三郎宛て晶子書簡によって天眠側の見解がいくらかみえてきたように思われる。これはかなり長文な書簡だが、天眠に関することを抄出して見てゆく。

私先日来考へて居ることがございますのを一寸御相談申し上げます
私明治三十三年頃から源氏物語の註釈を大阪の小林政治氏（天眠のこと）にたのまれて書いて居りました。殆ど私の力の半分をつくして居る仕事でございます。新訳源氏などはほんのこうがいでございましてあんなものではございません。
時々それをはたさないで死ぬかと悲しくなるしごとなのでございます。

2・日不明

と書いている。「明治三十三年頃」とは晶子の思い違いで四十二年が正しい。「新訳源氏物語の後に」によれば「明治四十四年一月に稿を起した」とあり、これは内田愚庵依頼の『新訳源氏物語』の執筆着手のことである。右の書簡では、この『新訳源氏物語』を「ほんの」梗概だと蔑視して、天眠依頼の源氏訳の方は「私の力の半分をつくして」と如何に尽力してきたかを告げている。この晶子の言い方は、これまでの「源氏原稿」の遅延勝ちのくり返しとは裏腹で、晶子は「全力の半分の力」を出していたと書いているが、百ヶ月で半分しか書けていないのを、始めから書き直すという寛との合意で晶子は決め、天佑社創立時には始めから書き直していたという身勝手さである。それを反省せず、これまでに如何に苦労して書いてきたかを加野に愚痴のように訴えている。そのあと続けて

小林氏は天佑社の重役と申すより創立者でして、その方は私に最も厚い同情をつゞけてくれて居る人でござ

います。小林さんは去年天佑社へ私の原稿を二千幾百円とかでひきついださう（これまでの分を）です。

と書いている。つまり百ヶ月天眠から晶子への送られていた「源氏口語訳」の原稿料は天眠が立て替えていたので、大正七年の天佑社創立と同時にその稿料を天眠は天佑社から取り返し、天佑社が買い取ったのであろう。

その後で天眠から「私へ月々何百円でも出すから早く昨年中に書き上げてくれと申されました」と書いているが実行できなかった。天眠は一刻も早く出版したいので、その後も天佑社を通して迫っている様子が察せられる。しかし現実には「いまだ二年くらゐは、これまでの倍のしごとをしても出来ない」と天眠に告げている。「その時はそれで解つてくれた」とあって、これまで通りの天眠の寛容さだと晶子は安心していた。

ところがこの年（大8）になって天眠は「資本を遊ばせておくやうに思」ってか、「しきりにはやく〱と申します」と晶子は九州の加野に訴えて、これまでは「二十円づゝ、もらつて」きたが「昨年三月頃からは五十円づゝ貰」うことになるとある。しかし他の仕事もあり「その原稿を毎月九十枚ほどづゝ書いて必ず渡すことにし」たと書いている。だが現実はどうであろうか。前記のように全部書き直すと願っているが、「それは全部かいてからでないとはかどらない」とも書いている。加野はこの間の事情を知ってか、知らずか、また天眠との交流がどの程度であったかも知らない。そんな加野にまた晶子は

夏ごろになつたならどう責められるやらと思ひますと外のしごとをして居ります時にも気がねになつてしまふのです。

とこれまでの天眠の態度が変わってきたようで従前通りには行かないと思ってか、天眠の急《せ》かす気持ちを理解しながらも、現実には「源氏原稿」のみに懸かりきれず、他原稿との折衝もあり、抜き差しならぬ状況に陥っていた晶子は加野に金銭面で天佑社との解決を計ろうとしたものか、

三千円ほどの金を天佑社へかへしとにかく義理もありますから出版はあすこでさすことにして出来上るまでもうあすこの補助をうけないことにしたいのです。それも只今三千円の金をかへすだけなどあちこちの同情者から私はえられないことはないとおもひますが、あなたのお心易い安川さんの御一族のやうな方かどなたか一人でその仕事をたすけて下さらないでせうか。

とあって、その後で「私は半分の少くとも三分の一はおかへしが出来るかとおもひます。どうぞお力をおかし下さい」とあるのはどういう意味か。返金は三千円の半分の三分の一というのは五百円ということなのか、ここには何等かの事情が含まれているのだろうか。色々かいている内容が交錯して本当のことがわからないが、「天佑社の重役には二人ほど良人の弟子」がいてその「一人の名古屋の伊藤氏といふ人は天佑社が金であなたを圧迫する時、それを私は助けたいとおもひます。金とたゝかふものは金だけですとまで」とあるが、末尾近くに

詩人の空想とおもひ下さらずに力になつて下さい。

とあるのを見ると、かなり真剣に頼んでいることが分る。その後の展開は分らないが、天眠は天佑社から肩代わりしていた資金を受けたので、責任上「源氏原稿」を急がせたのであろう。晶子の方は天佑社からの稿料だけでは間に合わず、いくら急かされても平行して他の仕事もやらねばならない。夫に助けられながら「源氏口語訳」を断続的に書いていたのであろう。このような訴えを書いていたのは加野だけであった。天佑社に返金したという話題はその後の書簡にはみられない。これは晶子個人の天眠への哀しい抵抗であったか、現実不可能と思われることをふと空想したものか。天佑社に返済すれば、身軽になって自分の思うように源氏原稿が書けると思ったのであろうか。

藤子誕生（大８・３・31）　これまで一〇人の五男五女だったが、昭和八年の女児誕生で寛と晶子は五男六女の子

持ちとなった。一三人誕生したが二人他界した。それぞれの出産について晶子は歌や詩、評論に多く書いてきていたが、末女については余り書かれていないが、その出産について初めて前記の加野宗三郎宛て書簡（2月日不明）の最後に「私は四月に産をいたします」と報せ、この年、白仁秋津に宛てて晶子は

私ハ月の中ごろ産をいたし候。心細きことも多くおもはれ候。……お贈り頂きし金子心ぐるしく存じ申候。良人もしか申候。……　3・10

と書き送っている。四月一〇日に寛は毛呂清春宛てに

小生宅にては三月三十一日に第六女を挙げ母子とも無事に御座候。

このほどは又又御送金被成下忝く奉存候。早速御礼状可差出の処右出産のことありて延引仕り候。…　4・10

とあり、六女藤子は大正八年三月三一日出生したことが右の書簡により分かり、産後小林雄子宛てに晶子は

まことに御案じ下され候御こゝちよく去年より心にひゞき居り申し候へば産前の病的に心細き時などには例のなからんのちのいろ〳〵のこと申し上げたしとおもひながら、その上に御心配おかけいたしてはとしひてしのび申候ひき。すぎさり候へば皆ゆめとのみ見え候へどくるしくもこゝろやるせなくも候ひし。…4・26

と雄子の優しい心遣いを認めた手紙に感謝の意をこめて書いているが、お産の様子については何も書いていない。

藤子出産時は晶子四一歳、これが最終のお産となる。この年には評論集『心頭雑草』（1月）・『激動の中を行く』（8月）、童話『行つて参ります』（5月）、歌集『火の鳥』（8月）、歌評論『晶子歌話』（10月）を出版しているが、寛は出版してない。藤子を詠んだ歌をみる。

藤子《ふじこ》描く遠山《とほやま》と丘《をか》穂のすすきまたも添へたり尾の無き鴉　『心の遠景』161

藤子病み去年《こぞ》の弥生にわが居たる病院に行き寝《ぬ》る五日《いつか》　『心の遠景』441

絵本ども病める枕をかこむとも母を見ぬ日は寂しからまし　『心の遠景』445

藤子は末女だったので晶子の晩年の世話や源氏訳など一番多く手伝ったせいか、『書簡集成』四巻（八木書店）の「人名索引」を見ると、与謝野の子供たちの中で藤子の名が一番多い。晶子没後の「婦人公論」一～四（昭18・1、2、4、5）掲載の「母与謝野晶子」には藤子が母晶子を如何に助けていたかが分り、これにより晶子の日常生活が汲み取れる。そこには「ひどい悪阻の最中でありながら母はその原稿の筆をとつてゐた。はたが見かねるばかりにつらさを面に出しながら、果ては幾度かもどしさへしながら筆をつづける」、「連日の睡眠不足」で「同じ行の上に三度も四度も書きかさね」るなどと藤子は聞き伝えている。寛と晶子の「毎月の行事の一つ」として当時小学生の藤子は「学校を休んでまで」「両親と同伴でした」と記している。「良人の発病より臨終まで」（「冬柏」昭10・4）の一文に「良人が最愛の末女の藤子」と書いており、また夫没後に晶子は

帰らぬかおんおくつきの椿より末の娘はおさなきものを

と幼子を残して他界した夫の死を悼んだ。右の歌は初出不明である。

『源氏物語』は紫式部ともう一人の作者あり　前記の加野宗三郎宛ての書簡には、もう一つ『源氏物語』についての晶子の発見が述べられている。それは作者が紫式部の他にもう一人いるという晶子独自の新たな見解を伝えている。

私はこのことは誰にも申さぬことですが若菜以後は紫式部と全く別人の手になつたことを確実に去年の夏ごろにいろいろの證をえて考へつきました。　大8・2・日不明

と書いて、これを「よく研究して発表したい」と記している。更に「日本唯一の大文学の源氏のために、私の貢献できることはたとへ結果の上からはづかであつても人のしないことをいたすつもり」だと言って具体的には

文章のくみ立てかた、時代の相違などのいちじるしいことを本居さんのやうなえらい人までが何故今日まで発見せずにすましたかと私はふしぎにおもひます。

とある文中の「本居さん」とは本居宣長のことで、前記したが小林天眠依頼の「源氏口語訳」を受けた返信に

式部と私との間にはあらゆる注釈書の著者もなく候。只本居宣長のみ私はみとめ居り候　明42・9・18

と書いていたほどに宣長を信頼していたが、その宣長ですら何故気付かなかったかと不審に思うと確信を以て書いている。また「両作者の優劣を」比較して「戯曲的の才はたしかに後の作者が」優秀だが、「ものをかく才はまるでくらべものにな」らず「いかに冗漫であるかを」「源氏の本文」で確かめて欲しいという。さらに

博士論文にはしないでも只そのことに同意を乞うためにはかなりいろ〳〵なことを見せてやらねばなりません。

と書いて、そのためには「助手をつかふ必要なども生じるだらう」とあって

只今図書寮の森さんにつかはれて居る人にてき当な人があるさうです。それても一所にしようとしますと一万円となほ四五年の年月がかゝると私はおもひます。

とある「図書寮の森さん」とは天眠宛ての二人の書簡（大7・3・16）に「森先生図書寮頭となられ」とあることから森鷗外と分かる。右様の大金は晶子には夢のような話で現実には資料蒐集のための費用など不可能である。

このように『源氏物語』に二人の作者がいたということを大正八年の時点で晶子は「源氏」研究者でない新詩社同人の加野に書き送ってから二〇年目の昭和一四年九月に完結した『新新訳源氏物語』の「あとがき」に再び

私は源氏物語を前後二人の作者の手になつたものと認めているが

と言って、さらに

古来から宇治十帖は紫式部の女《むすめ》の大弐《だいに》の三位の手になつたといはれてゐた。徳川期の国学者は多くそれを否定した。私も昔はさうかと思はせられた。明治に久米邦武《くめくにたけ》博士が或る謡曲雑誌に、源氏は数人の手になつたものらしいと書かれた時に、久米氏は第一流の史学者であるが文学者ではないからと思ひ、私はそれを信じようとしなかつた。

とも書き、それまでの『源氏物語』の作者の複数説について晶子は説明しているが、その後で

新新訳にかかる数年前《ぜん》から私は源氏の作者が二人であることを知るようになつた。

と記している。しかし『新新訳』執筆の途上で「日本女性列伝　紫式部」と題して「婦人公論」（昭10・9）に晶子は「紫式部が書いたのは『桐壺』から『藤末葉』に至る三拾三巻」で「『若菜』から新たに書き始めた」と書いているのを思い合わせると、前記の大正八年の加野宛ての書簡以来、晶子は『源氏物語』の作者が紫式部の他にもう一人いるという志向に終始していたことが分る。『新新訳源氏』の「あとがき」はさらに続けて

前の作者の筆は藤のうら葉で終り、総てがめでたくなり、源氏が太上《だじょう》天皇に上《あが》つた後《のち》のことは金色《こんじき》で塗りつぶしたのであつたが、大胆な後の作者は衰運に向つた源氏を書き出した。最愛の夫人紫《むらさき》の上《うへ》の死もそれである。女《にょ》三の宮の、物の紛《まぎ》れもそれである。後の主人公薫大将《かをるたいしやう》の出生のために朱雀院の御在位中の後宮《こうきゅう》のことが突然語り出され、帝の女三の宮内親王への御溺愛《ごできあい》に由つて、薫の富を用意した小説の構成の巧みさは前者に越えてゐる。

と内容を具体的に説明して後篇の「巧みさ」を出し、さらにつづけて

よく原文を読めば文章の組立が若菜から違つてゐるのに心づく筈である。必ず「上達部《かんだちめ》、殿上人《でんじやうびと》」であつたものが、「諸大夫《しよだいふ》、殿上人、上達部」になつてゐる。昔の写本、木版本でない現今《げんこん》の活字本で見る人は一目《もく》瞭然と解る筈である。文章も悪い、歌も少くなつた。然かも佳作は極めて少数である。紫式部が書いた前篇は天才的な佳作に富んでゐた。後の作者のにも良い作はないのでもない。

と前篇と後篇の違いと両者の巧拙を論じているが、後篇の歌を出して些か加担しているようである。

目に近くうつれば変はる世の中を行末《ゆくすゑ》遠く頼みけるかな

おぼつかな誰《た》れに問はましいかにして初めもはても知らぬ我身ぞ

これ等《ら》の佳作は後拾遺集の秋の歌の巻頭の大弐の三位作の

はるかなるもろこしまでも行くものは秋の寝ざめの心なりけり

この歌の詠み振《ぶ》りによく似てゐるではないか。

と書いている。その後も「歌は前篇の作者に比べて劣るが凡手《ぼんしゆ》でない。その時代に歌人として頭角《とうかく》を現してゐた人の筆《ふで》になつた傑作小説として」と晶子は認めて「私は大弐の三位の家の集を随分捜し求めたが現存してゐない」と書いている。

これについてその後に角川文庫の『全訳源氏物語五』（平20・5）の「編集部註」によれば「『大弐三位集』は宮内庁書陵部に蔵本がある」と記されてある。晶子はさらに「あとがき」に「伊勢の皇學館の図書目録」にある「大弐集」で調べたことについて大弐三位は

三位の娘で、後冷泉帝の皇后に仕へて大弐と呼ばれた人のもので、祖母にはもとより、母の三位の歌にも数《すう》等《とう》劣つた作ばかりのものであつた

と晶子が書いているのを右の「編集部註」は「大弐は、正しくは大弐三位の娘の子で、紫式部の曾孫、鳥羽天皇准母の皇后令子内親王に出仕した」と記して、最後に晶子は

若菜《わかな》に於て文章も叙述も拙《つたな》かつた作者は柏木《かしはぎ》になり、夕霧《ゆふぎり》になり立派なものになつて来た。内容に天才的な豊かなものが盛られているからである。東屋《あづまや》以後は技巧も内容に伴《ともな》つて素晴らしいものになつた。前篇の紫式部は小説作家として歌人としていみじき作者であつて、後篇を書いた大弐の三位《み》は偉大なる文学者だと私は思つてゐる。これを委《くは》しく述べる時間がないのは残念である。

と書いているが、始めはあれ程に後篇を「文章も悪い、歌も少なくなつた」と言いながらも右では賛美している。これについて「くわしく述べる時間がないのが残念」だと末尾に記した晶子が、これを述べていたのは『新新訳源氏物語』の完結の昭和一四年だから、二人の作者という新しい発見を実証する資料収集の期間も当時としては莫大な一万円の費用捻出も晶子にとっては夢に終わった。

この晶子の二人説について『平安朝文学事典』（岡一男編）の二一〇頁に「与謝野晶子は」とあって

「桐壺」――「藤裏葉」までを紫式部が書き、「若菜」以下を大弐三位が書いたと推定した（「紫式部」『婦人公論』、昭和十年九月）。この説では「藤裏葉」で物語が完結しているということが大きな論拠になっている。しかし『源氏物語』は主人公の栄華の達成を描くのが目的ではない。源氏が栄華を極めた因は藤壺との密通であり、それへの広報が書かれなければならないし、彼の罪障感に対する贖罪の人生が描かれねばならない。この物語の作意《モチーフ》やプロットから見て、「藤裏葉」は大団円でない。また大弐三位を作者とすることは、この物語の成立時期と彼女の年令から考えても成り立たない。

とあり、全く別の見地から考察されている。他に成立時と大弐三位の年齢的食い違いから晶子説を否定している。

「宇治十帖」が大弐三位の作だという通説と大弐三位は紫式部の女と言われているが、晶子はそのように書いていない。この晶子説より右の『平安文学事典』のような源氏研究者の説の方が有力。歌人晶子の見解はどこまで可能か。源氏研究者の中で多くは晶子の独断として認めていないが、晶子の『源氏物語』に対する真摯さは認めたい。

安也子と克麿　安也子は小林天眠の長女だが、天眠の妻雄子の実家に入籍していながら実父母の許で生活をしていた。克麿は寛の次兄赤松照幢の三男で東京帝国大学生の頃、実家の徳山と東京の間にある大阪の小林家によく行ったらしく、天眠宛ての寛や晶子の書簡には克麿のことがよく出てくる。小林家は一男六女、赤松家は一女五男であった。小林家では女の子が多いので克麿は在学中帰省の途中、小林家に立寄ると皆に歓迎され、特に母親の雄子が可愛がり、克麿は雄子を「母」と呼んでいた。『与謝野晶子書簡集』（160頁　大東出版社・昭23）の註には赤松克麿について

> 雄子の実家（植田）へ入籍までせし克麿（赤松）君が社会主義研究のため吉野作造博士の指導下にある新人会に加はりたる時

とあり。植田家に入籍して安也子と婚約が交わされていた。ところが右の天眠の註により克麿が当時最も国家的に危険思想と言われていた社会主義者となったことで、晶子は大正八年の書簡で小林雄子に宛てて

> あや子様すぐれ遊ばされぬよし克さんの帰阪前にきゝ候てひそかにあはれやと小き御心のうちをおもひやり候ひしが小林様より承り候へばお案じ遊ばさるゝ御様子あなた様の御思召さもこそおはさしまさんとおもはれ候。そのお話を承りし時　胸のきゝとなるこゝちいたし候。さ候へどいつぞやも申し上げ候ひしとほり与謝野の一族も政治様の御一族も生の力つよきにて候へば、必ずやまひにはかたせ給はんとおもひ候。克さん

のことにつき候ては唯といきのみつかれ候　4・26

と書き「良人激越いたし候て」とあって寛は克麿と話合ったようだが「何ともたよりなく候」とあるのは克麿が社会主義へ心が移っていることをさすのであろう。さらに続けて晶子は

あや様をあいしあなた様を思ひまつる心多きならばどのやうにも説は変へらる、筈なり　それをせぬものはたのもしからぬなり、何年かののちに小林家の方々に今以上の御心配かくることあらんかと心ぐるしと良人は申候。……私は私としてかくて悲しみ悶え居り候ことをあた様にまで申候。あや様にはまだ仰せにならぬがよろしく候べき。

と晶子は申し訳ない思いで一杯だった。改心したいと言って来ないかと期待しているので「御報告はせずと良人の申候」と気遣い、小林家に迷惑をかけることのみを恐れた。また五月二三日の雄子宛ての書簡で「克麿の反省を求めようと」として中村吉蔵に「とりなし」を頼もうとしたり、寛に手紙で説得を頼んだりしている。自分だけが克麿の「思想を了解」しているなどといわれるのは「迷惑」だといって「唯きいて居るだけ」だったが「前にはそれほど破壊的なもので」なかつたこと、「犠牲者となることを避けよ」といったこと、克麿が「私を非人道的なやうに」言ったことなど細々と記している。晶子自身社会主義者でないことを伝えたかったのであろう。克麿が「せめてお志に由つて大学を卒業し」、司法「試験が無事にすむ」ことを晶子はひたすら望んでいた。しかし

とにかく絶望いたしました。夢だと思つて下さい。　5・23

と必死に訴え、寛は「烈しきことを云ひ歩くことが危険」とか、「いかなるわざはひ明日にも起るやも知れず」と手紙に書いたなどとあって、与謝野夫妻にとって小林家に関わることだけに、その悩みの種は大きかった。

「源氏物語礼讃歌」の成立　明治から大正にかけて晶子は『新訳源氏物語』を超スピードで出版したが、天眠依頼の「源氏口語訳」は色々の事情から未完のままだったが、前年（大7）の暮れ、「ある人」から「源氏物語」の「五十四帖」を歌にするようにと奨められて作ったのが今日残っている揮筆の「源氏物語礼賛」歌である。それから三年へて大正一一年一月の「明星」に「流星の道」と題して、『源氏物語』五四帖の題ごとに晶子の歌を一首ずつ付けた五四首が発表された。しかしそれ以前に揮毫した五四首の歌を晶子が書いていたことが二人に宛てた大正九年の書簡によって分った。その一つは小林一三に宛てた書簡に

さて先年うかゞひ候せつ拝見いたし候ひし秋なりの源氏の屏風、うらやましく存じ、いつかは自分も試みてましとおもひ念じ候ひしが、去年のくれにある人ぜひ五十四帖をうたにせよと申され、やうやく三十日の朝すでによみ上げ候ひしもの、その、ちいく度もうたをかへなるべく完全にと心がけ候ひしが、お目にかくるもはづかしからぬまでに自信もでき候ひしかば、私の源氏のうたもまた御手許へとゞめさせ給へとてさし上げ候。

これは人のふるきごと好みと申すべく候へば活字にはいたさず候。遺稿をあつめ候せつ御しめし下されたく候。たんざく晩翠軒へまゐりいろ〳〵見申候ひしかどよろしきと思ふはかずのそろはずなどいたしてつひに平凡なるものになり候。か、るうたは誰にも味はひいたゞけるものならねばあなた様に御よみ頂き候ことを想像いたし候て唯ひとりほゝゑみ居り候。……　大9・1・25

とある。ここにある「秋なりの源氏の屏風」とは近世の浮世草子や読本の作者として有名な上田秋成が『源氏物語』一巻ごとに一首ずつの歌を詠み短冊に書いたものを屏風仕立てにしたものである。それを小林一三が所蔵していたのを晶子が見て羨ましく思い、自分も書いて見たいと思っていたところ「ある人」から「去年のくれに」「五

十四帖をうたにせよ」と言われてすぐ作り「三十日の朝」に仕上げたとあり、これもまた晶子の超スピードの仕業である。

ここにある「去年のくれにある人ぜひ五十四帖をうたにせよと申され」とは晶子の次男与謝野秀の著書『縁なき時計―續ヨーロッパ雑記帳』（采花書房　昭23刊）出版後の『外交官の想い出のヨーロッパ』（筑摩書房　昭56・10）の「花菱草」の「四　源氏五十四帖」（220～223頁）によれば「ある人」とは

或る年の暮、中央公論の滝田樗蔭氏が家を訪れられた。……その時の滝田さんの用向きは、明後日の晩に取りに来るから、それまでにこの屛風に源氏五十四帖の歌を書いておいてくれ、という母への頼みであった。

母はいつものように気軽に引き受けていた。

とあり、「翌々日は忘れもしないが、大晦日の晩、……」とあって、

狭い家の二階に御通ししてから、母は「さあ、これから書きますから暫く御待ち下さい」と断って私に墨をすらせるのであった。「未だ書いていないのですか」とやや不満そうにつぶやく滝田さんに、母は「やっといままでかかって作り終ったところなので」と済まなそうに詫び、推敲の跡も新たなノートブックを開いた。

とあり、滝田は「もう源氏の歌はあるものだと思い込んで」いて「全部新しく詠んだ」とは知らなかったと言って

母の精力というか速さに感歎の声を発し、歌が出来た以上書くことなどはほんの些事だとばかりに、気軽に筆を揮う母を満足そうに眺めておられたのであった。

とあることから、樗蔭の依頼がなければ創作されなかった「源氏礼讃」歌だった。「樗蔭」と言えば、「明星」末期に新詩社の若手の北原白秋、吉井勇ら俊才を蒲原有明と共に中央公論にひき入れた人であった。彼は「中央公論」の文芸欄を充実させ権威ある総合雑誌に育てあげた名編集者だと言われている。樗陰は明治期には「明星」を毒し

た張本人だったが、大正期には晶子を快方に向わせた恩人であったと言える。樗陰の誘いがなかったならば晶子の「源氏物語礼讃」歌は生れなかったかもしれない。

小林一三宛て書簡から二ヶ月ほど経ての小林天眠、雄子宛ての晶子書簡に

　九條武子様にも　その前に源氏五十四帖のうたをおく様へと同じものしたゝめて上げたく存じ居り候。おく様へのは帖にせんかと存じいろ〳〵中沢氏の絵などさがさせんといたし候が、版画はやはり品格わろく候へば、たんざくにいたしいつぞやの小林一三様の屏風のやうにして頂かんと存じ候。かの方にだけは先づたんざくにかきて上げ候に恐縮いたすほどおよろこび下され候。

　あとより気に入らぬうたをかへ、今はやゝ完全になりしやうにおもひ居候へど書きて見候ハゞまたいかに思はれ候べき　3・11

と書いている。右の二つの書簡から「明星」に掲載する前に「源氏物語礼讃」の歌を短冊に書いて送っていたことが分る。今日残っている私の知る限りの「源氏物語礼讃」歌は晶子が希望していた「秋なりの屏風」のように「五十四首」は屏風には仕立てられなかった。大阪の池田町にある小林一三の「逸翁美術館」で拝見した上田秋成の「源氏物語礼讃」歌は短冊に書かれたものが屏風仕立てになっていた。また「与謝野晶子・鉄幹と浪漫派の人々」（京都府立総合資料館　平5・2）に出品された「晶子和歌短冊『源氏物語語十四帖』」の説明に

　最後の「夢の浮橋」の裏に「大正九年春源氏の巻々をよめるうた五十四帖を小林雄子の君のためにしたたむ」

と記載されている。もう一つ天眠文庫所蔵だった「晶子歌帖『源氏物語礼讃』」歌があり、これは同じ時に雄子に贈られたものだが、日付がない。ここには

『源氏物語五十四帖』と同じ歌を色紙に書いたもので、のちに天眠の手で歌帖に仕立てられた。各帖の歌の中には部分的な改作やそつくり作り替へられたものがある。

と書かれてある。『源氏物語礼讃』歌は「明星」に掲載された五四首と短冊や色紙に揮筆された歌はその度ごとに少し変えていて一定していない。大正一二年八月の「明星」の「一隅の卓」の末に

私の手元に、私が「源氏物語」の各巻を詠んで色紙に書き、装幀して大きな歌帖に作らせた「源氏礼讃」一巻があります。之を希望の方に引取つて頂いて「明星」の費用に供したいと思ひます。

と書いているのを見ると「源氏物語礼賛」歌を書いて「希望」者に買い取りを希望している。渡欧時の百首屛風と違って「明星」出版費用や家計のために晶子は懸命に書いていた。この五四首は昭和に刊行された『新新訳源氏物語』の巻ごとの前頁に一首ずつ添えている。

書簡にみる旅の歌　大正九年二月三日の白仁秋津宛て寛・晶子の絵葉書（伊豆熱海温泉　水口園）、同行の吉良の歌あり

鳥の王孔雀のとやを奥にして山に美しく紅梅と竹　寛
わが上に雹の音などするごとく寄りて恐るゝしら梅のもと　晶子
（裏）春早く王をまつごと櫻さく熱海に入りて浴ミす二日　晶子

三月一日の小林みや子宛て晶子の絵葉書（上州伊香保温泉弁天瀧）

杉木立千とせのいはほ唯あるは榛名の神のみやしろの道　晶子

四月四日の沖野岩三郎宛て寛・晶子書簡、同行の伊作の歌あり

何れにもひたさまほしきおのれかな温泉の中冷泉の中　晶子

わが伊作はじめて歌をよみにけりゐざりの立ちし山の湯にきて　寛

同月同日の白仁秋津宛ての寛・晶子書簡（箱根宮ノ下）、同行の湖畔、藻風の歌あり

入口のアマリリスより其処に立つ美くしキ日にとまどひしかな　寛

紫のかさして山を見にいでぬ旅より恋にこころゆく人　晶子

何れにもひたさまほしきおのれかな温泉の中冷泉の中　晶子

五月一七日の植田あや子宛て寛・晶子の絵葉書（上州榛名天神峠）あり

初夏の榛《ハン》の木立の明りをば朝より受けし山の浴室　寛

遠うたの七重の峯と向ひ咲くはるなの山の山ぶきの花　晶子

同月同日の小林政治・雄子宛ての晶子のペン書き絵葉書には「上州榛名御神橋」とあり

山ぶきを遊ぶほたるとおもふまで小ぐらき渓の木下道かな　晶子

五月二四日の有島生馬・信子宛て晶子書簡（相州、鎌倉、さめがやつ有島氏別荘）あり

心から身も世もあらずちりがたのさびしく見ゆる夏の花かな

七月一七日の島田賢平宛て晶子書簡には「青年抄」一五首あり

七月一七日の渡辺湖畔宛て寛書簡に

みづからを塵にひとしと思ふなり身の病みぬれバ心さへ病む

八月七日の渡辺湖畔宛て寛・晶子のペン書き絵葉書（志賀高原、消印軽井沢）、同行の周二、苔渓、吉良の歌あり

行く車一茶の墓に砂を揚ぐ松ハ立てども路ばたの丘　寛

たちがはな千曲の川を船橋のなき世に越えてなほ哀れなり　晶子

八月一九日の小林雄子宛て晶子の絵葉書（浅間山）あり

水の音はげしくなりて日のくるゝ山のならはし秋のならはし　晶子

八月二〇日の渡辺湖畔宛て寛・晶子の絵葉書（軽井沢本通）あり

自らを草にひとしとおもふ人浅間の嶽の風にふかるゝ　寛

日の沈む方も見えずてくれゆけば心さびしき山荘の客　晶子

旅にして沈香亭の欄干にあらざるものへよばれさむかり　晶子

八月二一日の白仁秋津宛て寛・晶子の絵葉書（湯川橋ヨリ見タル）

（裏）自らを艸にひとしとおもふ人浅間の嶽の風にふかるゝ　与謝野　寛・晶子

一一月一日の渡辺湖畔宛ての晶子の絵葉書（帝国展第二回出品砂丘に立つ子供）

風のごと流れ去るべき人の身にふさはぬことを数しらずする

一一月一八日の渡辺湖畔宛て寛書簡に

わが涙はかなく土に消え去るや否、否、人と云ふ海に入る

一一月一九日の渡辺湖畔宛て寛書簡に六首あり

一二月一〇日の渡辺湖畔宛て寛・晶子の絵葉書（鵠沼より見たる江之島）、同行の伊作、白秋、真藤の歌あり

人間の踏みたるよりも快し砂に残れる馬の足あと　寛

同月同日の同人の寛・晶子の毛筆絵葉書（相州鵠沼東家館の庭園）、同行の凡骨の歌あり

砂の山天城の頭あしがらによそへんほどのしら雪をおく　晶子

（裏）まさぐれバ手をすべりつゝ砂の云ふな泣きそ泣きそ忘れたまへと

この年の夏は軽井沢で多くの同人らと寛と晶子は楽しい思いで過ごした。湖畔に宛てた書簡が多く特に「軽井沢へ散歩して、有島氏兄弟にお目に懸り候ことも楽みの一つに候」（8・12）とあるのは印象的である。八月一二、三日から十日ほどの二人の軽井沢滞在はまさに楽園そのものであったようである。

晶子の怪我　大正九年の江口渙宛ての晶子書簡に

わたくし五月の初めに大阪にて車よりおち候て後頭を完全にうち候てのち身のすたりゆくやうに心ぼそくのみおもひ居り候。一昨日より注射をいたし居りこれは神経衰弱をなほさんために候。　6・4

とあり、これは大阪の天眠の家へ行った時のことであった。しかし天眠の妻雄子宛て晶子書簡では

一昨夜何のこともなく立ちかへり申候。　5・6

と書いて、礼状の遅れたことを詫びた後で「全く〳〵よろしくなり居り」とあり、「煙草も平常通り飲んでも「何ともなく候」と、心配をかけまいとしているが、その書簡の末尾に

大丈夫には候へども一度医師の診断をうけおかんと存じ先ほど頼みにいだし候。何も〳〵御安心下されたく候。

と回復したように思いつつも、まだ不安は去らず、小林夫妻には

私やはり頭をうち候のちの自分はすこしことなるやうにおもはれてならず候。一時的にても候べけれど仕事などすゝまず候。　6・1

と書いている。それから一月余りして植田あや子への返信で

まだ熱い日には後頭部が痛みます。おもつても〳〵おそろしいことでしたのね。半休養の状態に居ります。と書いて怯えているようで少し休養を取る様にすると記している。　　7・7

しかしその頃の歌集には旅行詠が多く、その歌の前に旅行先の地名を説明しており怪我を思わせるような言葉すらない。大正期後半には毎月のように歌作りの旅を楽しんでいた様子が書簡にも見られた。この怪我について、その後の書簡にも歌にもないのは多産に耐えてきた強靭な意志と体力をもつ晶子には些細な事だったのであろう。

続けて安也子と克麿のことども　安也子と克麿について天眠あて書簡では三年続いたが、ドラマ的な展開を見せており、晶子にとって安也子は最愛の子であった。天眠宛て書簡に克麿が初登場するのは大正四年五月三〇日の晶子書簡の「註」１に

赤松克麿君を雄子の実家を継げる長女あや子（植田）の養子に貰はんとの相談

とあり、続けて晶子は「私は良人の甥の中でも克麿とは二度」しか逢っていないので「よく人となりを知」らないので「私は公平」に見られないと言って安也子について「明日明後日とのびゆく感情があの青年と一生を共にしようとかる〴〵お思ひになれる」かと案じつつも、「良人は甥のためには幸福な限り」だと思い「小林氏の面目をきづつけぬことなれば、貰ひて頂く気はなきかと智城にたづねくれ」と晶子に頼んだと書かれている。「智城」とは克麿の長兄、晶子は早速智城に手紙を書き、それが伝わったようで四年の七月二〇日の天眠宛ての寛書簡では智城は目下上京中で帰国の途次小林家を訪ね、弟克麿の「身上につき」また克麿の同窓学士達が計画している「雑誌出版」について相談に乗って欲しいと頼んだことなどが書かれてある。

天眠宛ての寛書簡では克麿と天眠とを逢わせようと寛は手配して克麿が「一昨日」「上京」しているので

本人の意思及び父兄等の考等を逐一聞き及び候に就てハ小生に於て貴下と本人との意見の合一を認め候ゆゑこゝに具体的の御相談を御交換致すべき時期に入れりと信じ申候。　大4・9・9

と寛は書いている。

後に克麿について書いた植田安也子の「追慕の記」（歌誌「ことたま」昭46・4）を参照しながら書簡を見てゆく。

私があの人と初めて会ったのは小学校を終える前で、彼もまた三高を出て東大に進むときであった。

とある。この時期と右の書簡の日付とがほゞ同じ頃で安也子出生の明治三六年と符合する。前書簡（9・9）と同日の寛晶子書簡には話が前向きに進み、

小林様とのお話を具体的にお進め被下度右ハ本人初め家族一同より伯父上に一任致す次第に候

と書いている。さらに「本人の意思及び父兄等の考等を逐一聞き及び候に就て」寛、天眠、本人との「意見の合一を認め」たので「具体的の御相談を御交換致すべき時期」が到来したと確信を得たように書いている。更に天眠上京の折、自分ら夫妻と本人とで「赤裸々に意見を交換し何れとも其上にて解決致し候やうに致してはいかゞに候や。右御意見を伺上候」と寛は書き、晶子もまた「赤松の方のこともねがひ候やうになり候がひそかにうれしく候」と書き、「兄なる義麿のもたぬ特色もあり候てたのもしく」と喜び伝えている。

大正四年九月一六日の寛書簡では天眠が「都合好く甥の話を御まとめ被下忝く奉存候」と謝意を表し、「明春四月」自分ら夫婦と大兄（天眠）と徳山へ行き「その節実父に御面会被下候事」、また「学資その他の事」「着物の義」「之等の物を一切本月より御引受被下御芳情も本日実父へ申遣し候」と、養子克麿の学費や生活一切を小林家に一任することを伝えている。

九月二三日の雄子あての晶子書簡には克麿の母赤松安子について「賢女」だが「子は生みたるまゝの乳母まか

せ」で「理性が全身をなし居るかと、おもはれし如き人」なので「かの兄弟等はあた、かき親の愛を感受したること」がない故「あなた様方を親としおいつくしみをうけ候日の幸の豊かなるべきをおもひ」と書き、「甥のためによろこび候ひけむ」と晶子にとってこれも嬉しいことであった。このころ母安子は没していた（大２・２死去）。

大正五年になって安也子宛ての晶子の絵葉書に

今日はあなたの兄さんが光や秀をつれて野球の見物においでになりました。　大５・４・５

と克麿を安也子の「兄さん」と書いている。前記の「追慕の記」にも

真実の兄が急にどこからか帰ってきたのだという思いで学生服姿のあの人を眺めた。以来兄と呼び、妹ともいわれて慣れ親しんできた。

と安也子は書き、さらに「大阪船場の商家の娘として、女学校四年の課程を終える頃の私は、まぎれもない許嫁《いいなずけ》であった」とも書き、その後も克麿は与謝野家に出入りしていたようで雄子あての晶子書簡に「只今かたはらに克磨さんがまゐり居り候」（５・28）とか、天眠宛て晶子書簡の末尾近くに「克磨は月末に御宅へ帰り候事と存じ候」（７・12）などと克磨のことが書簡によく出てくる。晶子はまた安也子へ向けて「私は克さんとこの間からあなたのお噂ばかりをして居ました」（９・23）とも書く。大正六年になってまた雄子に向けて晶子は「克さんはいい人ですからお心の御病にて淋しい時などに何んでもお話しなさるのがよろしうございませう」（７・19）と厚意的に書いている。安也子は

大阪船場の毛布問屋の小娘の私は、彼によってトルストイ、ツルゲーネフを読み聞かされ、学校の教科書にはないべエベルの「婦人論」やミルの「婦人解放論」などわからぬままにひもとくのであった。

と当時を回想している。天眠夫妻は植田家の後継者となる克磨を最愛の養子として大切にし、晶子は感謝をこめて

克さんを幸多き人と思ふこと多く候。さばかりあた丶く皆様より思はれまゐらせ候こと世のつねとしてありうべからぬことに候へば　大6・8・31

と書いている。その一〇日余りのちの雄子宛ての晶子書簡に

克さんが来年からもう植田姓を名のらせて頂くことを母に願つて来たなどと申して居りました。　9・12

と書いている。このように克磨と安也子の縁組みは円満に進められていたのだが、いつの間にか克磨は水面下で激越な啓蒙革新運動に巻き込まれていた。これに就いて安也子は詳述している。

大正七年は第一次世界大戦終結の年で、このころ克磨は東大の弁論部吉野作造に師事していて、吉野の指命で五人の同志らと七年一二月に「新人会」を誕生させ、八年には社会問題研究のグループと合流して「新人会」を強化させた。「新人会」に併行し東大の吉野作造、一ツ橋の福田徳三らの進歩的教授や有識者をメンバーとする「黎明会」の学者達による評論雑誌「解放」が大鐙閣から創刊され、克磨は最初の編輯主幹になった。此の頃であろうか

克さんのことにつき候ては唯といきのみつかれ候。　大8・4・26

と雄子に宛てて晶子は書き、「小林家の方々に今以上の御心配かくることあらんかと心ぐるしと良人は申候。」とも書き、其の後も雄子に宛て「克さんあれより二度かまゐり候。何やら口つまり候て最初の時はものもよう云はずわかれ候ひし」（6・11）と書いている。当時の小林家の様子を安也子は克明に回想して書いている。

社会無主義、共産主義ともなれば、それはもう無政府主義などとも混同されて、その信奉者は人心をまどわせ、国を滅ぼす元凶の逆賊という烙印が押される。彼の出入りする私の家には、船場に珍しい私服の姿が見られたし、夜ふけてから私と彼と歩いているとまるで私がかどわかされてでもするかのやうに、尾行の刑事に誰何された。知る、知らざる人達から脅迫めいた手紙までが、父の店のほうへとどけられていたという。

こうした渦中にある克磨について天眠夫妻への寛晶子書簡には憂慮の思いが多く綴られた。安也子は純粋な愛慕の情を抱き続けていたが、余りの過激さから天眠は植田家から克磨を離籍、大正九年一一月一四日の安也子に宛て

赤松克磨のことをおき丶でしたか、信さんの話に吉野博士のお嬢さんと約束をするといふことでしたがとあり、克磨は吉野に従い、戦後の日本は自由になったが、克磨は昭和三〇年一二月に他界した。

西村伊作という人　文化学院の創立者西村伊作は明治一六年六月一〇日、和歌山県新宮出身、父大石与平は「明治時代の文明開化派進歩派のクリスチャン」だったことから伊作の名をアブラハムの子イサクより命名した。しかし与平夫妻は伊作の七歳の時、濃尾大地震（明24）で煉瓦の下敷きとなって他界した。伊作の母方の「西村家は奈良県の大森林の持ち主で長者番付に載る程の大富豪」（西村伊作著『愛と反逆』昭46刊４頁）だったので長じてから伊作は「我が財産と其の処分」（「太陽」大10・３）に於いて「私は、教育、建築、生活改善に興味を持つて居るから、それ等のことに私の資産を投げ入れようと思ひます」とか「資産の一部を割き、真に自己の生活の幸福と興味と人類に対する愛とのために用ひたならば」と書いている。それが具体化したのが大正一〇年四月に創立した文化学院である。伊作は父の遺志を継いだ自由主義者だったので、日露戦争時に非戦論を抱き社会主義のビラ配りをした。そんなこともあってか大逆事件勃発の明治四三年の六月には叔父大石誠之助は大逆事件に関連ありとして検挙され、西村伊作の家も家宅捜索を受け、一二月に留置された。翌四四年一月三日に伊作は出獄したが同月大逆事件で幸徳秋水、大石誠之助ら一二名は処刑された。

文化学院創立　御茶ノ水にあった文化学院（現在は移転）の創立は大正一〇年四月、その創立と教職に与謝野夫

妻が関わっており、創立者西村伊作の『愛と反逆―「文化学院五十年」』（昭46・5）の「文化学院略年表」の大正九年に

軽井沢星野温泉に、与謝野寛・晶子夫妻・西村伊作・河崎なつ等滞在、新教育の学校を創る話が出る。一〇月、この頃より、学校設立の話、具体化する。

とある。この「学校」の話とは文化学院創設のことである。渡辺湖畔宛て寛書簡には

来る十五日午前の汽車にて、上野を発し沓掛駅にて下車、馬車にて十四町を過ぎ、星野温泉内大久保氏別荘へ赴くことに決し候。同行ハ西村伊作、高木藤太郎、真下喜太郎、伊上凡骨、河崎女史、金尾文淵堂主人、鴻之巣主人等に候。山本鼎君もあとより参り可申候。　大9・8・12

とあって、大勢が集まる予定だったことが書かれている。この書簡の前には

さて西村伊作君上京致し目下滞京中に候が、大兄の例の設計のことを目下考案中の由につキ洋館を一室増設のことをよく申置き候。　8・12

ともあり、文化学院創設実現のための伊作の上京だと分かる。その前日に晶子は雄子に宛て

紀伊の西村氏上の二人のお子様をつれて昨日上京いたされ候。十五日ごろに私らと信州へ同行さるゝ筈に候。　8・11

と書いている。右の書簡にある「沓掛駅」は今の中軽井沢で星野温泉内の別荘へ避暑のため皆が集まったであろうが、それとは別に、翌一〇年開校予定の文化学院についての相談が星野温泉でなされたのである。一方、それ以後のことだが、伊作は前記の『愛と反逆』の「坊ちゃん風な空想から」には

大正九年の秋には我々は与謝野氏邸を根拠のやうにして学校設立のために会合したり、相談したりした。先

　生の選定や官庁への交渉など、細かいことまで、皆与謝野寛先生がした。

とあるように文化学院創立に当たり寛の尽力が如何に多大だったかが分かる。晶子も安也子宛て書簡に

　西村氏学校の計画をしきりにして居ます。あなたも先生ともつかず生徒ともつかずそれが出来たら遊びともだちに来て居たらいいでせう。私の被書《ママ》役（秘書役）はどうですか　大９・12・3

と書いているのは、安也子の克磨による痛手を慰めたいという晶子の思い遣りから文化学院に関わらせたい気持ちがあってか、後に暫く安也子は学院で手伝っていたことを安也子氏御本人から筆者は直接伺っている。

　この文化学院の教育方針が当時の教育界に於いて特異であったことを晶子は『人間礼拝』（大10・3）の「文化学院の設立について」の末尾に

　学校教育に無経験な私達の事業は、みづから法外な冒険を敢てするものであることを思ひ、前途の多難を覚悟して居ます。今は教育界に於ても、社会に於ても、従来の教育に不満を感じて居る烔眼達識の人々が沢山にある時です。たまたま私達のやうな人間が飛び出して、重苦しい教育界の空気を破るために、かう云ふ芸術的な自由教育を試みるに到つたことも、其等の人々から寛容と同情とを以て許して頂けることであらうと思ひます。

と臆面もなく公言している。それは西村伊作の意向を受けて、従来の教育界に対して革新的で「芸術的な自由教育」という、先陣を切るような大胆な発想には、当時当然弾圧の覚悟も踏まえながら、その一方では謙虚に「寛容と同情」を、と読者に伊作は懇願している。

　伊作の方は「文化学院の設立」と題して『我に益あり・西村伊作自伝』（昭35・10印刷）に、当時の学校教育が「日本の国家主義的思想」であったことに対抗して「芸術至上主義」教育を目指し「与謝野氏は文芸家」「石井氏も

美術家」と書き、両者の助力を得て「芸術を本位とする学校」を「自分の子供のために」作ろうと思い、とあり、

私は東京でいつも親しくしていた与謝野寛とその夫人晶子、ふたりとも有名な文学者であり、与謝野夫人晶子は日本で第一の女流詩人と言われていたから、そういう人といっしょに学校をしたらその人の名によって学校へ来る人も多いだろうと思った。

と書き、その意向を与謝野寛に相談すると、寛は学校経営の損失を覚悟せねばと主張して「その金を出すことができますか」と詰問した。伊作は「私の財産からそれをだすことができる」と伝えたことで、寛は納得した。晶子の方は自分らは「詩人であるから」「意見が合」わず「けんかすることもあるかも」知れない」から「常識があり円満な」「美術家の石井柏亭」を「入れて学校を始めたらいい」と助言したことで三人が協力者となったとも書かれている。また誰が「校長になるかという相談の時、寛が早速「西村君、君が校長になるとしたらいいね」と言う一言で伊作は「あゝ、そうですか」と言って受諾した、と書いているが、其の一方で伊作は自ら反省して

ほんとうは与謝野氏が校長となって、私が金を出す出資者となっているということが普通の常識であったろうが、私は自分の思う通りの教育をする学校にしたいから「校長になれ」といわれたときにすかさず、「そうしましょう」と返事した。

と回顧して納得している。三人の合意で西村が校長、晶子が学監としていよ〳〵文化学院が開校し、目新しい気分となっているはずなのだが、晶子の書簡には教師となった体験など書かれていない。一通だけだが天眠宛てに

学校へ時々まゐり候ことにより私のからだはよろしくなりしやうに候へども頭は身のつかれによりて愚かしくなりゆくやうに候へばよろしきほどをそのうち考へ申すべくお案じ下さるまじく候。　大10・6・8

と晶子は書き、体調が優れぬこともあったようで、学院を盛り立てようとする気力ある書簡は見られない。しかし

寛の方は協力的で、創立前から生徒集めの書簡を佐渡の有力者渡辺湖畔へ宛てて

西村君が創め候文化学院へ佐渡より入学致すベキ優秀なる女生徒（本年及び昨年の小学卒業生）有之候はゞ御勧誘被下度候。別封にて規則書を差出候。
大10・３・６

と書いて文化学院入学の子女募集に助力している。また山川柳子宛ての晶子の署名だが寛筆で、

昨夜本校の教授達が第一回の会議を開キまして考査しました結果御嬢様の御入学が確定いたしました。右お知らせ申し上げます。教科書などのことハ四月に入つて申上げることに成ります。
この後ハ御家庭の御延長として本校を御考へ下されお親しく願上げます。また尤も摯実に、また尤も快活にこの新しい教育上の試みを御協力して実行致したいと存じます。
開校までハ電話も開通しますから、何事でも学校へお問い合わせ下さいまし。但し当分ハ与謝野方へ御問合を願ひます。お嬢様へおよろしく
艸々　３・20

とあり、差出人は「文化学院　石井柏亭、西村伊作、与謝野晶子」となっている。前便と共に寛の、文化学院にかける情熱、誠実の程が知られる。その後、晶子はずっと学監を続けていたが、寛は慶應大学教授の任もあり何時の間にか文化学院から手をひくようになる。この文化学院の校舎は創立二年後の関東大震災で全焼する。

「文化学院」の命名について伊作は前記の『我に益あり』に「文化」という語について

私は何でも名をつけるときには、その名が簡単でなければならぬと思っていた。「文化」というのは発音も簡単である。みんなもいいだろうと言った。こうして「文化学院」の名がついたのである。…政府から何の補助も受けてない、その代り政府の法律によって教育をしなかった。政府の教育方針に従うと自分の教育の理想を行なうことができないからである。政府の教育令に従わないから政府は何の補助もせず、便宜を与え

るようなことはなかった。経済の損失は全部私が持って、自分の財産の山林を切って売って、その金を毎年、学校のために使った。この文化学院については、あとでいろいろな事件がある。

と書いている。政府の補助金は一切受けていないから教育方針にも関与されぬはずだが、戦時下にあって自由主義という思想面で伊作は何度か投獄され、太平洋戦争中に文化学院は閉鎖の憂き目に遭った。

大正一〇年に晶子は評論集『人間礼拝』（3月）と歌集『太陽と薔薇』（1月）を出版したが、何れも文化学院創立以前で、文化学院創立に寛も晶子も懸命に尽力したが、文化学院は西村所有で二人は補助的立場にあった。

「明星」復刊　「明星」復刊に関しての夢を何度も抱いていたが、大正九年になって再三の復刊を長谷川健吉宛ての寛書簡に

明星ハ私どもの経済的事情のために、まだ復興致しかね候へども、明年ハ何とかして復活致すべく候。何卒しばらく御寛恕被下度候。御清安を奉祈上候。　大9・11・23

と「明年ハ」と期待している。その後、渡辺湖畔とは話がついているのか、その後の湖畔宛て寛書簡には

「明星」の再興につキ、活版所の小キものを自営することを計画致しをり候。之がため西村、大兄、伊藤、高木、大坂の小林等の諸氏に御相談有之候へども、何れ来春のことに可致候。明年ハ大に活動致し、多年の疎懶を取返し中候　12・14

とあり、かなり具体的に積極的に前進している感じである。

年明けて大正一〇年になって一月一八日の湖畔宛ての寛書簡には同じことを記して、長文の終り近くに「大兄にハ少しく重き責任を持つて頂キたく」と綴る。この書面の後に後述する『日本古典全集』に関わる長島豊太郎につ

いて触れている。その後、封筒は晶子署名だが、寛筆の内山英保宛て書簡に

さて久しく休刊致し候「明星」を諸友と相談致し、近く復活のことに決し申候。之がため、今回ハ（もはや私共に資力無之候ため）友人中より最初の費用や予備金として四千円ほど拠出して頂くことに相成り、一々私共より御依頼致すことになりました。それにつき、甚だ申上げかねますが、あなた様よりも別帋の割当額だけ御恵送下さいませんでせうか。

大10・2・25

実ハ以前の「明星」にハ

とあって寄付者名と金額を具体的に記し、その後にも色々に具象的に説明し、書簡の最後には与謝野寛、晶子の署名があり、末尾に「『明星』再興資金拠出」とあって一五人の名と割当金額を個々に載せ、最後に「合計金四千円也」とあって、その後に「外に渡辺湖畔君より毎年五百円拠出の申出あり。与謝野両人も毎年五百円を負担すべし。(但し小生等ハ分納にて)」とある。寛の一方的な「明星」復刊前の状況である。その後も白仁秋津宛て寛書簡では

「明星」の復興談も益々長引キ諸兄に失望させをり候が、いよ〳〵機会が到来し本年の五月若しくハ九月より実行致すべく候。先づその基礎を物質的方面より堅め候ため

3・8

とあって、四名の名を出して分担を決め、「『明星』の小キ印刷所を作る計画」を「来る十五日頃東京に右の諸君が一会を催す筈に候」とあって「今一度、お互に若返りて、新声を試み申度候」と寛は気負っている。

また渡辺湖畔宛ての寛書簡には又しても印刷所のことを

「明星」のことハ、その内容について熟考致しをり候。紀州より大工が再来次第印刷所の方も内部の修繕を致す予定に候。万事慎重に致すべく候間御安心願上候。

5・31

とあって印刷所の修繕着手とまで書いているが、再び湖畔へ宛てて

「明星」のこと、之より愈々実現の相談を致すべく候。但し印刷所ハ見合せ、雑誌のみを確実なる印刷所に托して印刷させ候方針にて相談致度候。猶この儀につキ高木、伊藤、川上、西村諸兄の話をまとめ更に大兄の御決定を求め申すべく候。　7・8

と記し、その後また湖畔に「雑誌のことハ、大抵雑誌のみに致し、印刷所の方ハ止めに致度と存じ候。此事ハ伊藤君と協議の上、可申上候」（7・14）とあり、印刷所のことは寛から言い出したことだったが、雑誌だけでも大変なのに印刷所まで経営するのは赤字を増す、と考えてか中止して、白仁秋津宛ての二人の書簡には

「明星」をいよ〳〵十一月一日に復興します。これまでのお作を皆お遣し下さい。其中から選んで沢山に載せます。

高級な且つ美くしい雑誌にします。

編輯にハ主として平野万里、石井柏亭二氏と小生とが当たります。森先生はじめ、多くの同人の相談がまとまり、皆々大変な意気込みです。……　9・11

と書き、一方で天眠宛ての寛書簡には

さて多年の懸案で御配慮を下さいました「明星」をいよ〳〵来る十一月一日号から復興致します。何卒お喜び下さい。さうして何かと御力添を願上げます。一昨夜第一回の編輯会議を開き、森先生初め高村光太郎、平野万里、石井柏亭、永井荷風、有島武郎、有島生馬、吉井勇、北原白秋、茅野蕭々、木下杢太郎、高浜虚子、佐藤春夫、水上滝太郎、戸川秋骨、野口米次郎、小生夫妻等の諸人が同人となり、之に幾人かの寄稿家を加へて、高級な且つ美くしい雑誌を作ることに一決しました。世間からハ古臭い連中ばかりの出現として笑ふでせうが、超然たる態度で勝手なものを書く積りです。之に是非薄田君をも引き出したいと思ひますか

ら、大兄からも電話で御勧誘を願ひます。　9・12

と書いて、最後には「〆切ハ本月二十五日」とあり、さらに「直接購読者を多く集めたいと思」うので「御宣伝を願ひます」とも書き、又しても天眠に金銭面で全面的に依頼している。

　この「明星」再刊につき海外の邦字新聞「新世界」（大10・11・2）は「風変りな人達の集まつて雑誌『明星』の復活」という見出しで掲載している。右に記したように「明星」復刊に協力した人々は古今に名を残している超著名な人々である。それを「風変り」とは余りにも認識不足、また書き出しもいい加減で、さらにまた

森林太郎博士と永井荷風と与謝野夫妻とが先般偶然落合つて……「何うです、お互に齢をとつた吾々が勝手な述作を持寄つて気楽な草紙を作らうではないですか」と云ふ廻草が森林太郎博士から廻ると、旧同人も生活疲れをしたやうな顔の皺を伸して賛成した。……編輯に忙殺されつゝある与謝野夫妻は語る、「何も文壇的何うも恁ふ抱負ハ全くないので、まあ茶人臭い道楽に過ぎない」。

と結んでいる。全く言語道断ともいうべき記事、海外にいる日本人には「明星」復刊の真意が理解できないのであろう。これらは悪意的というよりも無知文盲に加えて、未熟な知識を振りまいている感じで、理解に苦しむ。「明星」復刊の宿願が叶うまでの与謝野夫妻の努力も熱意も知らずに、「気楽」とか「道楽」などとは暗愚にも等しい。

二人の旅　大正一〇年二月二八日の寛・晶子宛て絵葉書二信（伊豆仁科堂ヶ島・今井の浜温泉）あり、同行真純、安喜子の歌あり

・後藤是山宛て　　べに椿うすごろもせぬ姿なれどゆたかに清し磯に並ぶハ　　寛

河津郷今井の浜の夜となりて雨おとろへぬ天城おろしに
網形にひろがる浪の白きかななかに美し沙のすべるも　寛
雨の中月の使があるやうに水平線のきは白きかな　晶子

・白仁秋津宛て

四月一三日の白仁秋津宛ての寛・晶子の絵葉書（銚子名所犬吠崎）、同行の「喜」（喜太郎）の歌あり

よき岩も形ゆがみぬ泣くならん夜明の波を打かづく時　寛
しら波は何企てゝ寄るならん恋の如くにくづるゝものを　晶子

紫陽花のすゞしき花を目にしつゝ此文を書く佐渡人《ビト》のため

八月八日の有島武郎宛ての晶子書簡（転載）に

な恋そと君がとるなるしろがねの楯とし見ゆれ野尻の湖は　晶子

八月九日の白仁秋津宛ての寛・晶子の絵葉書（赤倉温泉場ノ遠景）、同行の万里、湖畔の歌あり

何を摘むなわすれ艸ハ此処に無し愁に似たる雑艸を摘む　寛
白樺の木を研ぎ遠き信濃路の野尻の湖を秋かぜの研ぐ　晶子

八月一九日の小林天眠宛て寛・晶子の絵葉書（赤倉温泉）、同行の万里の歌あり

一瞬に妙高おろし霧を吹き一瞬にわれ山と抱き合ふ　寛
越の国かゝるいくへの山なみのいづくを割りてわれ来りけん　晶子

八月二〇日の渡辺修子宛て寛・晶子絵葉書（信州渋温泉）、同行の万里の歌あり

山の月うすものを着て中空に娘の如くパラソルをさす　寛
人々と雲を隔てて立つことも淋しき山の夕まぐれかな　晶子

八月二八日の木下杢太郎宛て晶子書簡（転載）に

ほと、ぎすわが赤くらに来し日より乱れ心となりにけらしな
またも来ぬ二三日まへの月明りに仙女を見たる廃湯のまど

一一月二一日の有島武郎宛て晶子書簡に

君がこと浅間が嶽のふもとなるから松の木がしるよしもなし
おもふこと高井郡の渋のおく上林にて皆忘れけり

とあり、以降は一一月に「明星」が復刊されるので、旅の消息や歌は書簡に見られない。

第四節　大正一一年から一四年にかけて

当時の歌壇に対する寛と晶子の姿勢　渡辺湖畔は佐渡出身の当時佐渡銀行の頭取であり佐渡の有力者。明治、大正、昭和にかけての与謝野夫妻の後援者の一人であった。与謝野夫妻に宛てた書簡は明治四一年三月三日から昭和一〇年四月五日までの一四九通が『与謝野寛晶子書簡集成』に収録されている。書簡数からいえば最高ではないが、大正一一年の湖畔宛て書簡は五一通で、全体の約三分の一を占め、ここには当時の歌壇に対する鬱憤や批判が少しながらあり、その渡辺湖畔宛ての寛書簡にみると

日本の流行歌壇などを全く眼中に置かず、世界の芸術、世界の思想を参考として、高くお進みのほど祈上候。魂の飛躍なキ人々のものを歌だなどとハ仮にもお考にならぬやうに願上候。かく云ふハ自らエラがるためにあらず、自ら完成せんために候　2・3

と吐き出すように書いている。当時の「流行歌壇」とは言うまでもなく斎藤茂吉らのアララギ系の歌を指している。

さらに渡辺湖畔に向け「明星」評価に対抗して寛は

世間でハます〳〵「明星」の歌を馬鹿にするでせう。大分、目のカタキにしてゐると云ふ評判です。我等ハ、そんな低級な名誉心ハ持ちません。自らの不足を恥ぢつゝ修養刻苦したいと思ひます。　3・10

と訴えてかなり強力に鬱憤をぶっつけている。しかし一方で加野宗三郎へ宛てて寛は

「明星」も予想外に発達して参ります。出来る範囲に於て高級なものにする積りです。
御友人へお勧めを願ひます。……　3・28

と平穏に希望ありげに書いて、自らの誇りは捨てまいとしている。その後の白仁秋津宛て晶子書簡に

「明星」もおかげで、どうやら発達して行きます。…何分、世の中の目が「明星」の歌に集つてゐる気がしましますから、お互に出来るだけ新しい価値を持つた作を出さねバなりません。皆々煩悶してゐるのです。　5・31

と穏当に書いているが、自分たちは「自ら完成せんため」とか「高級なものにする」と寛は言い、晶子は「新しい価値を持つた作品を」期待して「皆々煩悶して」いるとあって「明星」のために苦慮していることが分かる。大正期は歌壇の傍流にある二人にとって、隆盛を極めている主流に対抗すべき見解は時折随想や評論で強調しても、時代の流れは二人にとって冷酷であり、無慈悲なこともあった。そんな状況の中で、寛には不満も多く、時代に反発し対抗することに生き甲斐を見出し、時には同人たちには忌憚なく、そうした自論を吐くことで自らを慰めていた。

一一年の書簡数は多い方だが、右に記したような対抗的なものはこれらに限る。

天佑社倒産　天佑社についてはこれまで述べてきたが、「倒産」するまでの過程を少しだが述べる。天佑社の企

画は既に明治三六年、大阪の小林天眠が青年時代に関西青年文学会を結成し発行していた「よしあし草」同人たちによびかけたものであった。それは明治四三年から大正七年までに資産を貯蓄して理想的出版を目指して天佑社は創設された。その第一出版に繰り返すが晶子の「源氏口語訳」の出版を社長の天眠と晶子は交わしたが、創立時の大正七年には半分しか書けていず、その上これまでのものを書き直しをしていた。大正一一年になって天眠に宛てた晶子書簡は三通だけで、そのうちの一通に天佑社の窮状を天眠に訴えた晶子書簡に

> 天佑社の現状もまことにおきのどくなることとかねて存じ居り候ひき。私の源氏の原稿もわろきことになりと思はぬ時なく候。　5・14

とあり、目下執筆中の「源氏口語訳」の出版を憂慮して天眠に書いている。これまで晶子の「源氏口語訳」出版を目指して稿料も着実に、また予定以上に支払って与謝野家の生活を援助してきた天眠だったが、余りの多作多産の晶子であったため天眠との契約も果たされぬまま経営破綻となった。これまでに「源氏訳」の遅延の言い訳の繰り返しの書簡を多くみてきたが、この一一年には天眠宛ての晶子書簡は僅かに三通しかない。その中に右の一通だけが右の天佑社不況状態を書いている。この間の事情について天眠の長女植田安也子氏の直言によれば、大正一一年の書簡はごっそり紛失していたとのことで、当時のことは不明。従って天佑社倒産の月日も不明。資料としては天眠筆の『親友中村吉蔵と私』の「天佑社時代」（「書物展望」昭17）に「財界大恐慌」のため「およそ二百万近い損失を」出したとある。このように晶子の「源氏口語訳」は天眠の熱望には報いられず、天佑社倒産という憂き目を迎えたのだが、それ以上に不可抗力な魔の手が晶子の「源氏口語訳」に襲いかかってくる。それは翌一二年九月一日の関東大震災で、文化学院に置いてあった「源氏口語訳」の原稿は文化学院と共に全焼してしまうのである。

森鷗外の死　大正一一年、寛と晶子にとっての最大の痛恨となったのは七月九日の森鷗外の死であった。その直後の徳富蘇峰宛ての寛晶子書簡（寛筆）が二通ある。その一通は鷗外の死の翌日の寛書簡で

故森林太郎先生についての御感想を幾枚にても、来る十六日中に次号の「明星」へ御執筆下さいませんでせうか。

次号の「明星」ハ成るべく同人としての森先生について書く積りですが、外に諸先輩の御原稿をも頂戴致したいと存じます。……　7・10

とあったが、早速原稿が蘇峰から来たようで、その三日後の寛書簡には

御懇書を拝受し感激致します。早速、殊に夜中に御執筆下され忝く存じます。森先生に対する簡にして微に入り、適確にして温情に満ちたる御批評を下され、私共ハ此上に一辞を加ふる要のないのを喜びます。取りあへず御礼を申上げます。　艸艸拝具　7・13

と返書して蘇峰の追悼文の素晴らしさに感謝している。他に同月一七日の渡辺湖畔宛ての寛書簡の末尾に

森先生が六十一年間になされた多大な貢献を想ひ、俄かに寸陰を惜ミて充実したる日が送りたくなりました。

と絶大な文業を残した鷗外の偉大さに倣い、自らは充実した日々を送りたい思いを率直に書いている。

同人佐藤春夫への長文の寛書簡の末尾近くに同じような追慕の思いが書かれてある。

小生ハ上田君に別れて非常な淋しさを嘗て感じましたが、今又森先生に突然お別れして底の無い悲痛のなかにゐます。私ハこの後ますく怠けない人間になり、もう幾ばくもない生涯を自分に適して小さな仕事に没頭したいと考へます。私の天質ハ之を森先生に比べるやうな僭越をしなくても、文壇の誰に比べても迂劣です。併して決してあきらめてしまはずに猶努力します。何卒御鞭撻を下さい。　8・13

と鷗外の死によって自らの足りなさを知り、今後奮励努力するようと自粛自戒している。右の「上田君」とは大正五年七月九日に他界した上田敏のことで、鷗外と同月同日に没していることから「九日会」が成立した。『与謝野寛晶子書簡集成』にこの語が五回出ている。二年後の大正一四年の白仁秋津宛て寛書簡末尾に

昨夜ハ九日会（森林太郎、上田敏二家を記念する会）に廿五人ほど集り、清会に候ひき　7・10

とあることからでも分かり、その後も「九日会」は続いて催された。

鷗外と寛、晶子との関わり　明治二五年に上京した鉄幹は恩師落合直文の紹介で鷗外を知り、鉄幹の処女詩歌集『東西南北』の序に「東西南北に題す」を「鐘礼舍主人　鷗外」の名で載せている。鷗外の影響で「心窃に外国文学が研究したくてならなかった」（沙上の言葉六「明星」大14・1）と書くほどに、寛の渡欧熱は鷗外の影響とも言える。「明星」終刊、「スバル」創刊、観潮楼歌会など、また大正期には「明星」復刊に於いての協力など、常に寛の背後にあって協力を惜しまなかった人である。鷗外没後の寛は鷗外の弟森潤三郎と共に『鷗外全集』出版に尽力した。このことについて大正一一年にある潤三郎あて寛書簡に多く載せられている。

鷗外と晶子との関わりは、鷗外が軍医としての勤務上、小倉にいて帰京後、明治三五年六月から文芸雑誌「芸文」を二冊発刊した後、「万年草」を同年一〇月から三七年三月まで発行していた。その間晶子は「秋燈」（明36・10）二〇首、三七年二月に五首、三月に二首掲載していた。鷗外は東京に戻ってからは時折、新詩社小集に出席しており、「明星」に初めて作品を発表したのは「ゆめみるひと」の署名で明治三八年五月のことであった。その四か月後の九月の「明星」には「曼陀羅歌」一五首を、ここでも「ゆめみるひと」の署名で

ただ中は蓮華にかふる牡丹の座仏しれりや晶子曼陀羅

と歌い、「晶子曼陀羅」と呼びかけている鷗外の奇想天外な表現は興趣深い。歌の流派を考慮せずに各派の歌人らの集まった鷗外主催の観潮楼歌会には寛は多く出席していたが、晶子はたったの一回だけの出席で、それは明治四一年一二月五日であった。そのことは鷗外の一二月五日の日記に「晶子の来るは是日を始めとす」と書かれている。それ以前に四〇年三月三日に長女八峰、次女七瀬の双児が誕生した時、鷗外は三月の「明星」に源高湛《たかやす》の名で

　婿きませひとりは山の八峰こえひとりは川の七瀬わたりて

と贈った。晶子は同号の「新詩社詠草」（その弐）で返して

　とばり帳並めてあらせむ早春のしら玉と云ふ椿の少女　『常夏』174

と詠んだ。「明星」は三月一日に発行されているのに、出産前に歌が送られ、返歌もしている。当時は出産届が大分遅れて出されたようで、長男光は三五年一一月一日の出産だが、出産届出は翌年の一月七日になっている。従って双児出産はもっと早かったのであろう。この他にも鷗外は晶子渡欧中に『新訳源氏物語』の校正の手伝いなど、晶子にも色々と配慮し協力していた人であった。

鷗外の死は二人にとって非常な打撃であった。この年の八月の「明星」は鷗外の追悼号となり、冒頭に「森林太郎先生書（其二）」があり、その後に晶子の「うたかた」二八首、続いて数名の追悼文、寛の「涕涙行」四四首あり。晶子の歌は『流星の道』に二二首採られた。

　絵に描ける寝釈迦と云へる形より痩せて清らにおはす御仏《みほとけ》　112

　形なき空といへども夕ぐれは亡きみけはひに通ひたるかな　123

など晶子は泣き崩れんばかりの悲愴な詠み振りであった。寛の歌は臨場感が悲しみを包み込むように詠まれている。

　先生の病を守れば千駄木の夜霧も泣けり家を繞りて

先生の病急なり千駄木へ少年の日の如く馳せきぬ

二人にとって様々な思いが鷗外の死を通して端的に追慕の情を美しく、また悲しさも増してゆく。寛にとっては明治二五年の上京直後から親交が深く、何ごとも打ち明けられる慈父にも勝る存在であっただけに孤独の寂寥は耐え難いものがあったであろう。二人にとって師とも仰ぐべきかけ甲斐のない、尊崇極まりない存在の人であった。

『鷗外全集』資料と出版　鷗外の死は寛と晶子にとって打撃は大きく、鷗外の死（7・10）の翌八月から一二月までの「明星」に毎号鷗外のものを載せた。八月には「森林太郎先生書牘」（其一）、九月は「森林太郎先生遺文」（其一）・「森林太郎先生書牘」（其二）、一〇月は「森林太郎先生遺文」（其二）・「森林太郎先生書牘」（其三）、一一月は「森林太郎先生遺文」（其三）・「森林太郎先生書牘」（其四）、一二月は「森林太郎先生遺文」（其四）を掲載。また八月号は「鷗外先生記念号」、九月号は「鷗外先生第二記念号」、九・一〇月号は「鷗外先生哀慕篇」が載せられた。他に追慕や讃嘆の一文あり。寛の最も恩恵を蒙った恩師落合直文の死（明35・12）に際してさえこれ程ではなかった。このような鷗外への哀慕の思いを渡辺湖畔宛ての寛書簡に

小生共ハ急に森先生とお別れ致し、涙ぐましき日を送つてゐます。「明星」も中心を失ひたるやうにて、淋しくなりましたが、大に吾々で奮発しませう。　　7・17

と書き、さらに末尾に「森先生が六十一年間になされた多大な貢献を想ひ、俄かに寸陰を惜ミて充実したる日が送りたくなりました」と鷗外の死の悲しみを「奮発」とか「充実」の語により一転して活路を見出そうとしている寛の内面が覗われる。右に書かれている「急に…お別れ致し」と書かれていることについて八月の「明星」の「一隅の卓」に、寛らは命日の三日前の「七月七日の午前」に鷗外が「重体」だと聴き駆けつけ、「六日の夜半に急に意

識が不明になるまでは、鷗外の親友である賀古博士以外の誰にも知らすな」と夫人に洩らしていたとのことであった。同文の末尾に寛は再び心情を披瀝して

私達は今更の如く、今後の学問芸術の生活に怠慢でゐられないと云ふ痛切な自省を得ました。

とも書いている。その後に鷗外の偉大さについて「八月の『三田文学』『心の花』『新小説』等、先生に関係の深かつた諸雑誌が立派な追悼号を出す」とのことをも伝えている。

このように鷗外の遺文や書簡など様々な資料により寛は鷗外の弟の森潤三郎に宛てて

故先生の医学、衛生学に関する御遺文ハ、出来るかぎり蒐集して全集に収めたキ考に候。　10・3

と記し、「只今が出版の尤も好時期と考へ候まゝ」とあって万里と荷風に協議を頼み「小島政次郎君にも謀り、全集出版の準備」をしていると伝えている。鷗外の妻とも相談して伯林滞在の鷗外の子息森於菟《おと》の返事次第、ということであった。しかしこの時点で、最早具体的に(一)「鷗外全集刊行会」を作る、(二)森家と刊行会で出版の、印税の確約、(三)全集の編者は万里、荷風、小島、寛の四人であること、全一八巻など詳細な打ち合わせを潤三郎に書き送っている。その後も一〇月には五日、八日、一二日、一九日、二五日、二七日と、全集についての打ち合わせを潤三郎に頻繁に書いている。寛は万里や荷風らと編集していたが、人員について鷗外の妻の口出しがあり、潤三郎に宛てて

賀古先生と大兄との名を除けよとの奥様のお話にハ服し難く候。それゆゑ、本日奥様にお目に懸り、小生と平野とハ、編纂委員を辞し候旨申上おき候。但し実際の編纂及び校正にハ、勿論両人が之に当り可申と申しおき候。奥様ハ今夕方一夜考へおくとの事に候ひき。　11・6

とあり、具体的なことは分からないが編集仲間で齟齬があったようで、その同書簡で寛は続けて

小生の志ハ先生の御全集が円満に早く世に普及致候ことを祈る外に他意無之候間、道理のある処に由り、時にハ千駄木の奥様の思召に少しハ背キて専行致す場合も可有之、これハ他日於菟様御帰国の日ニ、御諒察被下候事と存じ候。

小生ハ全集の事にたづさはり候のみなるに、奥様が御内部の紛争を以て、全集にも及ぼさんとせられ候嫌あるにハ困りぬきをり候。併しそれも予約募集の広告を出すまでの問題にて、その後ハ奥様の御干渉の余地なキことゆゑ、万事円滑に進捗致すべく候。

とあって、長い手紙だが、別封筒に「『鷗外全集』刊行に就いて」と書かれた印刷物が入っていた。

その後も潤三郎への手紙は続き、一一月一一日には「編集同人の打合会を致し、粗餐を共に」とあり、同月一四日には全集出版の「決定」とあり、「完全によい全集さへ出来れバ、編纂の目的ハ達しるのですから、萬事御諒恕を願上げます」と熱意の程を寛は示している。その後「全集」の仕事は二二日、二九日と続く。

一二月になり五日には「目録作成の注意」、「鷗外全集編纂上、内容植字の注意」を八項目にわたり細心の配慮を施している。その後一四日には「唾玉集」「鸚鵡石」のことが書かれており、この年の最後の潤三郎宛て書簡に

全集ハ大分好結果のやうです。数日中に明白になりませう。　12・21

などとあって大正一一年の後半には「鷗外全集」出版のための森潤三郎宛ての寛書簡が多かった。一二年にも「全集」継続の様子を書いてゆくが、寛は精魂こめてこの『鷗外全集』への尽力は、嘗ての平出修、上田敏の死後も遺文資料への心遣など真剣に立向っていた。ここにも寛の、一点張りの情熱の強さと実直な性格の一面を痛感する。

二人の旅の歌　大正一一年一月五日の天眠宛て寛、晶子の絵葉書（伊豆温泉相模屋）、同行の万里、蕭々の歌あり

湯に入るとみどりの羽を脱ぎ放ち孔雀なりしがしら鳥となる　寛
都にて見たりしゆめのつゞきをば見しあはれなる朝ぼらけかな　晶子

二月一一日の渡辺湖畔宛ての寛・晶子の絵葉書（伊豆名所）、同行の万里、柏、只躰の歌あり

湯の上の糸より細き小波も円くもつれて楽めるかな　寛
湯口より遠くひかれて温泉は女の熱を失へるかな　晶子

二月一二日の湖畔宛ての寛・晶子の絵葉書（沼津名勝）、同行の柏亭、万里、只躰の歌あり

ゆをあびて伊豆にむすびし夢路よりつづきし道は洞門の断つ　晶子
江の浦の春の夕ぐれ心にハ瑞西の街に吾が馬車の着く　寛

八月六日の湖畔宛ての寛、晶子の絵葉書（上州四万温泉）、同行の喜太郎の歌あり

山早く秋を感じて八月に水晶の気を人間に吹く　寛
おのが道見いでしやうに月かげをたのみて水の走る川かな　晶子

八月九日の寛晶子の絵葉書（上州四万温泉新湯）三通あり。同行なし

・白仁秋津宛て

山かげの重なる上に月ありて四万の川原のましろき夕　寛
片側に月しのび入り新湯川きよく痩せたる水となりぬる　晶子

・菅沼宗四郎宛て

山早く秋を感じて八月に水晶の気を人間に吹く　寛
水の音急なる川はかげとなり隣の川の真白き月夜　晶子

・渡辺湖畔宛て

山を攀じ槌もて切れど悲しかり形をなさぬ水晶の片《へん》　寛
劫初より地にくだりたる流星のすべてを集め川のうづまく　晶子

摩耶の峯抱く心となる時も背ける時も山おろし吹く　晶子

九月日不明の湖畔宛ての二人の絵葉書（武相国境大タルミ見晴ヨリ見タル層雲閣）、同行の磐雄、松五郎の歌あり

萩泉が蔦の花もて作りたる花輪を掛けて山にある月　寛

霧となり尾花のたにの月明に遊ばんことを思ひつつぬる　晶子

続けて『鷗外全集』　前年に引き継いで寛は『鷗外全集』に忙殺されていた。大正一二年には五五通の書簡があり、そのうち『鷗外全集』に関わりの深い森潤三郎宛て書簡二五通によって『鷗外全集』の出版状況を見て行く。

まず一月二五日の寛書簡には、前年に続けて「第四巻ハ月の内に内務省の納本だけすませ、一般への配本ハ二月五六日に遅れ申すへく候」と報告し、さらに「二月ハ第一巻を出すことに相成り、目下校正中に候」とあり、それにつき「初版の水沫集」にある鷗外の写真を「一巻にコロタイプとして挿み申度」とあって水沫集を「御所持無之候や」と問うて「お貸し願上候」とある。いよいよ出版実現に向けて、この年から『鷗外全集』は出版されてゆく。

次の計画は、四月に史伝一冊出したくて二月にその原稿を渡すが「大体御編集下され」、二月に「浜野、吉田二君」と共に会合したいと伝えた。「多少の見落し」があっても「訂正の配布致したく」と附言している。「史伝」に関して「毎巻大兄の『編集者の辞』をお願いする」という形をとっているのは、寛の、鷗外の弟潤三郎に対する謙虚さの表れと言えよう。二月になって四巻出版後は「関係者一同を書肆よりお招きし、晩餐を呈すること」も報せ、「猶編纂についての御助言を求めたし」と寛は全集に関わる人達にも細心の配慮を示している。最後の文面には「岡山県の正宗敦夫上京し、目下拙宅に滞在中」とあり「正宗君も暇を以て第一巻の校正を補助しくれられ候」と結んでいる。正宗敦夫は大正一四年一〇月から刊行される『日本古典全集』を寛と晶子との共編をする人である。

二月五日の寛書簡には、送られた原稿が「全集にして二百頁しか」ないが「抽斎の原稿があと五百頁分ある」かと問い、「若し無いとすると甚だ困」ると言って、「抽斎」を組み終えた後で頁不足のため「中程へ何か追加する」のでは困ると言って「頁数を附け替へるのハ印刷所では大迷惑」なので「一応抽斎の頁数を」調べて欲しいと念を押している。右のことが解決されたものか、二月一八日のペン葉書には「杵屋勝久」は「抽斎の中に」「重複して」いることが印刷所から「注意されて」抜いたこと、「挿む筆蹟ハ抽斎が見つからねば帝謚考を用ひます」で終わっている。これらは簡潔な文面である。寛の森潤三郎宛てのペン葉書は

「閑」のみを「閒」とする。他ハすべて「間」にして置くこと。「煙」のみ門を用ひて、「烟」ハ取らず。

「象」の字無くば「象」ニシテ宜し。成るべくハ『象」ニシタシ

右申上候　三月十一日　大12・3・11

で終わっている。これも用件のみの文面である。

三月一四日も森潤三郎宛て寛のペン葉書は旅行のため「延引ながら御返事申上げ候」と書き、

抽斎の再校ハ全部大兄へ廻し御覧を願ひ候やうに可致候。やうやく能久親王が本日より手元へ出で初め候

と書いている。翌三月一五日の葉書には「やはり下げた方が、段落の多き文章にハ間ちがひが無くてよろしからうと存じます。体裁ハ少し変になりますけれども」とあって、これも用件だけでどの部分なのか具体的には明らかではないが、と細かい所を指摘している。

三月二五日の封筒なしの毛筆半紙の寛書簡には「渋江抽斎の御校正、早くお出し奉煩候」と催促して〈浜野氏へ見せになりしや否や〉と問い、「老人ハとかく緩漫の恐れあり、吉田氏の帝謚考ハまだ一頁も帰り来ず候」とあって、浜野君には見せない方がいい、見せるならば「小生方へ早く御返し下さるやう」伝言して欲しいと書いて、最

後には「浜野氏へ廻りをるや否や一寸御聞かせ願上候」と何事にも性急な寛の性格の一端が見えるようである。

三月三〇日の封筒なしの毛筆半紙の寛書簡には「浜野氏より昨日相届き安心仕候」とあって、前の二五日の急かせていた書簡の後、四日目に届いてほっとしたようである。続けて「こゝに同封致候ハ第七巻御編纂の薄謝に候」とあって、編集委員への書肆からの手当てについて書いている。

四月三日の封筒なしの毛筆絵入り巻紙の寛書簡には「フワウスト」の巻につける「二つの原稿」である「心の花」と「東亜之光」の分が届いたかを尋ねている。「『フワウスト』の校正が既に初まってま（い）《ママ》るので至急ニ頂けるやう御配慮を奉煩ます。甚だ御煩労と存じますが、願上ます」と又しても急かしている。次に「蘭軒伝」の巻につき「六百頁を少し越すか、越さぬ程度のもの」なので、それ以外に足すとすれば「小島宝素」以外にない。「之は平野君の意見」「お考を伺ひます」と万里の意見を尊重している。

五月二日の封筒なしの毛筆半紙の寛書簡には、常に平野万里の助力があったようで、万里の九州出張のため返事の遅れたことを詫びている。その後で全集相談のため「五日の夕刻」に「おいでを煩はしたく」とあって、お出での時には「先日お見せ下さ」った「調亭洋和一曲」に関する「お書きぬきを御持参」して欲しいと書き、同時に『小島宝素』の原稿も届けてほしいとも付け加えている。最後に全集には必要な平野万里帰京を伝えている。

五月二五日の封筒なしのペン洋箋の書簡には「思はしからぬ事」とあって「蘭軒、万事こま〴〵と御配慮、忝く存じます」と侘びてから、「蘭軒」出版について来月に間に合わねば他のものに替えるわけにもゆかず、続けて

欠点ハあつても、故先生の何れかの原稿に依つておけばよいとして、今回ハ大急ぎにお済ませを願ひます。

と書き、「二三年後の再版に、大訂正を加へて頂くこと」にし、すでに「来月の出版ハ、渋滞なきように念を押されれ」、自分は「大丈夫」と言った位なので「何卒此度ハ、多少の矛盾ハ目をふさぎ」と書いて「右何卒御諒察下さ

いまし」と懇願している。ここにも寛の気短な性格をみる。この全集について五月二八日の後藤是山宛て寛書簡に

何しろ非常な盛況で、六千部刷つてもよろしかつたのに、五千六百しか刷らなかったのです。

とあることから、売れ行き上昇の状況であったことが知られる。こうした売れ行き状況にあったから当然印税やそのほかの編集費は支払われるはずであった。そうしたことが後藤是山宛ての封筒なしの毛筆半紙の五月三一日の寛書簡に細々と書かれている。後藤是山は「九州日日新聞」の記者だったことから晶子の歌も時折「九州日日」に掲載されることがあった。従ってこの全集の出版社と後藤が関わっていたものか、また「全集に入れる原稿」について探してほしいと具体的に説明している。これを「第十八巻に入れるのですが、この巻を早く出す都合で急いでゐるので」とあって、ここでも急かしている。「蘭軒」を校正して貰った礼としての薄謝のこと、六月二日の誤植訂正のこと、また校正遅れのことなどが書かれている。六月二三日の森潤三郎宛てのペン葉書には「拝復　お答　再考ハお手元へ願上ます」とあり、全集に関する語句について説明している。

六月日不明の潤三郎宛て書簡では「今度の印刷所は果して綺麗に出来るか不安」なので「来春」には「凸版印刷の回復するを待つて、霞亭伝を出したい」と心配していた。それが現実となって七月二七日の森宛ての書簡では「霞亭の校正ハ…印刷所の緩漫に由つて非常に遅れ」とあり「校正が」出たら「大急ぎ」と言って、急かす寛の思いがここにも伝わる。

八月一〇日の森宛て毛筆巻紙では晶子や友人と精進湖へ三四日同行したが「全集のこと、其他気になり候こと多く、すぐに引き返し」、「校正」の遅れは「本月中に校了ハ非常なる無理をせねバならぬかと」と校正に急かされている。八月三〇日の封筒なしの森宛て毛筆巻紙の書簡では校正は「大抵五校」で「校了」にするが「なかにハ六校も有之候」とも書かれている。如何に慎重に校正をしていたかが察せられる。一〇月六日の封筒なしの森潤三郎宛

て寛書簡では「霞亭伝」は来春になること、ここでも新しい印刷屋が「綺麗に」印刷できるかと心配し「凸版印刷の回復するを待つて、霞亭伝を出したい」とか、「只今十二巻を組んで」いるが、「文字が古くなつてゐて困ります」とあって印刷屋への不満を洩らす。一〇月一九日の潤三郎宛て寛のペン絵葉書では

第十二巻を富士印刷で植字し、目下校正中です。本年中に右の一冊を出すに止まりませう。尤も校正ハ十六巻を年内にしたいと考へてゐます。

と書き、前便で送った小切手が期限切れだったら「書き換へて差し出す」とも書いて潤三郎に気遣っている。

一一月一日の封筒なしの原稿用紙に書いた森潤三郎宛ての寛書簡では

「芸文」（森先生と上田敏氏とにて出されたもの）と「万年艸」との二誌が全部お手元にありますまいか。之レハ平野君の方で急に編纂のため入用なのです。お知らせを願ひます。

とあって、鷗外生前中に出していた二誌が全集に必要になったことを知らせてその有無を問うている。これらの二誌について前記したが、晶子は歌を載せていた。追伸として万里とともに十二巻の校正をしていること、またどんな印刷ができるか「不安でなりません」と又しても印刷について憂慮している。一二月二六日の毛筆葉書で寛は

御蔭で全集の予約応募数ハ四千を越しました。精確な数ハ、本月中に分る相です。右およろこび下さいまし。

とあって、前記したことだが、『鷗外全集』は予想外の売れ行きであったようである。

最後の一二月二六日の森潤三郎宛ての寛書簡には『鷗外全集』についての直接の話題はないが、潤三郎に「明二十七日の夜、御来訪下さるまじくや」と書いているのは全集に関しての森潤三郎との相談であろうか。以上は『鷗外全集』出版に関するものであった。

関東大震災による被害

①地震の惨状と「源氏口語訳」の焼失　この年（大12）の重大事件として九月一日に起こった関東大震災の、その三日後の天眠宛ての寛書簡に

神田、日本橋、京橋、麹町の八分、浅艸、下谷、本所、深川等は全焼致し候。御心配のみ相掛候荊妻の「源氏」の原稿も一切文化学院と共に焼け申候。　大12・9・4

と書き、その後に「大地震と共に起りたる大火災のため、東京ハ全市の七分を焦土と致し、死者五六万と申す惨状に候。小生一家ハ幸にも半町程の処にて風向き一転し、火災を免れ、一人の負傷をも出さず、二夕晩ハ牛込の土手にて被難《ママ》（避難）仕り候」と書いた後で

銀行ハ悉く焼失し、払出しを致さず候。それゆゑ、東京にて金融の道無之候。右につき恐れ入り候へども三百金ほど現金を御送り被下この窮状を御救ひ被下候やう奉希上候

と生々しい悲惨な生活現状を訴えている。いつもながら今度も忌憚無く具体的な金額まで指摘し懇願している。同日の渡辺湖畔宛ての寛書簡には同様に震災の惨状を書き、家族の無事を報告した後で

食物等一時不自由に候へども、政府の処置行届き候につき三四日後ハ各地より軍艦、汽船、汽車等にて供給致され候こと確実に候間之も御安心被下度候。　9・4

と弱味を見せていない。さらにまた湖畔に宛てて寛は九月一五日の長文の書簡で震災の状況を細々と書き

幸ひ小生ハ西村君が所持の現金を融通しくれ候につキ、一時の急を救ふことが出来候。御安心願上候。　9・15

とあり、その末尾に

晶子よりもよろしく申伝候。同人も十数年間の「源氏講義」の原稿を文化学院にて全焼致し候。

と淡々とした書きぶり。このように全焼した原稿について寛は二回書いているが、晶子書簡には「源氏」焼失に関する書簡は一切無い。このことで最大の損失を蒙ったのは天眠なのに、震災以後晶子はこの事について天眠に書簡を送っていない。自らの悲しみ以上に天眠から個人的に受けた長年の稿料一切が水泡に帰したことへの負担の大きさに対する謝罪の書簡はあるべきだと思うが、これに関する書簡も全くない。以後草稿焼失の件にふれても天眠へ迷惑をかけたことへの謝罪の言葉はない。余りのショックで言葉にすることの辛さから逃れたかったのであろうか。

十余年わが書きためし草稿の跡あるべしや学院の灰　『瑠璃光』263

失ひし一万枚の草稿の女となりて来りなげく夜　「婦人の友」大13・1

超多作の晶子だが「源氏口語訳」原稿焼失に関する歌はこの二首のみである。この他に大正一四年一月刊行の晶子の『瑠璃光』の歌を見る

地震《なゐ》の夜の草枕をば吹くものは大地が洩らす絶望の息　225

傷負ひし人と柩が絶間なく前わたりする悪夢の二日《ふつか》　241

など晶子の第二〇番目の歌集『瑠璃光』（大14・1）の二一七から二六三までに大震災の歌が四七首採られている。また大正一四年の七月に第一二番目の評論集『砂に書く』にも、大震災後の生き方、廃墟美と伝統の重さなどが記されている。

②天佑社整理の状況と文化学院の復興　天佑社について、この年の天眠宛ての九月一七日の寛書簡に、

天佑社より只今使あり、御託送のお手帋、金子、いろいろの御品、すへべて拝受、……天佑社は未練なく之

を好き機会として滅却然るべしと存じ候　大12・9・17

とあり、震災の前年に倒産していたので焼けても未練なしと寛は書いているが、天眠は何としても晶子の「源氏口語訳」を天佑社の筆頭出版として刊行したかったであろうが果たされなかった。当時を回顧し「書物展望」129号に斯く中村君をはじめ、知友先輩に期待された天佑社も遂に閉鎖せねばならぬ不幸なる運命に見舞はれた。それは大正九年の財界大恐慌に累せられて十一年迄に私は凡そ二百万近い損失をして財政の内整理をした。己が脚下の頽勢と闘ふに急なるがため、無残にも天佑社を見殺しにせざるを得なかつた事は、私の畢生の恨事とする処である。

と天眠は倒産の無念を書いている。天眠は莫大な損害を背負い、晶子への出費は凡て無効となった。併し新築二年後に全焼した文化学院はすぐ復興した。その創立者西村伊作に対し、前記の天眠宛て寛書簡は続けて「文化学院をやめざる勇気に感服致し候」（9・17）と書き、さらに

同氏ハ表面に見ゆる所よりエラキ所多く、血も、涙も、理性もあり、かゝる災禍の時代に特に同氏の人格の立派なるを見て、一層も二層も敬意と信頼とを増し候。同氏より見れバ小生夫妻などハ既に「旧き人間」なれども、同氏が猶残れる幾許かの小生共の力を役立てしめようとして小生共を捨てられざるハ、窃かに嬉しく存じをる処に候。　9・17

と記して伊作の偉大な人柄に感動し、文化学院の教育に協力できることを謙虚に受け止め、それを喜びとしている。

③「明星」休刊の気配と文化学院　震災後の「明星」について佐渡の渡辺湖畔宛ての九月一五日の寛書簡に

「明星」の存続如何ハ大兄の御上京を待ちて徐ろに決し申度候　9・15

とあり、前記の天眠宛ての寛書簡にも

「明星」は之を機として断然休刊に腹を決め申し候。若し雑誌を出すならば、他日大に出直し申度候。何れ御意見を拝聴致す日あるべく候。　9・17

と「明星」の一時休刊の意志を報告し、その後で加野宗三郎宛ての寛、晶子書簡に

「明星」九月号ハ一日の午前九時に大書肆へ出し、又郵送も致し候。すべて焼失致し残念に候。世情の定まるを待ち復興の計を致すべく、当分ハ已むを得ず休刊に決し候。……小生共の階級ハ当分生活に窮し候事と覚悟致居り候。命を拾ひ候ことが何よりの幸ひに候ゆゑ、少しも遺憾無之候。　9・28

と命拾いしたことへの感謝で、寛は「明星」休刊への恨事は吐かず、晶子も同様だが、この年の晶子単独の天眠宛ての書簡は一通もない。然し倉田厚子宛ての晶子書簡は

私共ハ今しばらく「明星」の出版の出来ないのを残念に思つてをりますが、併しなまけずに製作をしようと申合せてをります。　11・4

と書いて、休刊の不運を苦にせず、さらに精進を目指している。また徳富蘇峰宛ての晶子書簡に

「明星」ハ震災で休刊してをりますが、明春四月から今一度出す相談をしてをります。春になりましたら必ず御伺ひ致します。……　12・17

と来春の復刊を期して希望を抱き暗い思いを見せていないが「明星」は個人雑誌故に資金面の労苦は免れ得ない。

「明星」休刊—持続計画への執心　明治三三年創刊の「明星」は四一年に終刊、一三年目の大正一〇年に復刊したが、二年後の大震災により一時中断となり、晶子の「源氏口語訳」の書き直し原稿も文化学院と共に全焼した。

幸い二人の家は難を逃れたが、寛と晶子は「明星」継続の要望は強く、その意向を洩らした書簡がこの大正一三年には多い。

まず天眠への寛の返信書簡（大13・2・9）は、天眠から受けた「熱誠な御友情」と「多年の御親交に感激」するという長文で、そこには実業界で活躍中の天眠の「御心労の甚大」さに同情し「其中で人幾倍の熱情と友情とを愈々醇化したまひ私共の上にまで多大の御心尽しを下さること」の「難有」さに平身低頭せんばかりの思いを示している。その反面「私共夫婦も最早さう久しくハ生きて居ない」と弱音を吐き「子供らのために出来るだけ生きてやりたい」とか、生活苦は「私共の境遇で已むを得ない運命」だと諦観気味であるが一方では「微力ながらも読書と創作と他人のために晩年を費したいと云ふことが子供らへ遺して置く形見」とか、「私共ハ心を遺産として残す外ハ」ないと消極的な感傷を洩らしている。これらは前書きで、本音は「明星」盛り上がりへの執念を書いている。

「明星」ハ震災の余波を受けて休刊したきりで廃めてしまつた方がよいかも知れませんけれど、友人のためにも、私共の作物のためにも、今一度出したくてなりません。友人達も皆希望する人ばかりで止めよと云ふ人ハ西村伊作君ぐらゐの者です。それで四月あたりから再興しようと思ひ、近日在京の諸友と相談会を開き、

大13・2・9

とあって、金の出せそうな人から資金を得ようとしている。続けて

今度は極めて消極的なヤリ方で、直接購読者のみに頒つ雑誌（残本のなき雑誌）とし、若し経費に不足を生じても一年に五六百金の不足で済ませる計画です。

と書いている。さらに広告費に「四五千円を用意した」く「その相談を数日中に開きます」と記し、「一二三年も出して、どうしても困れバ、もう雑誌ハ断念します」とも書いている。さらにまた

但し雑誌は勿論余業です。私共ハ創作と著述とをします。猶博士論文になるやうな研究も両人にて致します。

と書いているのを見ると、寛の「明星」続行の思いとは矛盾を感ずる。「今一度出したくてなりません」と言う、何を措いても復刊したいという熱望がありながら、自分たちは「創作と著述」が本業で「雑誌ハ勿論余業」だという。雑誌第一とする気持がなければ続行も困難である。「一二三年」やって駄目なら「断念」という薄弱な意志であろうか。これを聞いて天眠はどう思ったか。その一方で晶子の方も「明星」復刊について前年の一二月一七日の徳富蘇峰あてに「明春四月から今一度出す相談をしてをります」と復刊の意志を告げていた。またこの大正一三年の一月六日の白仁秋津宛ての二人の絵葉書にも同様に「『明星』ハ四月一日より出したき計画に候」とあり、日付まで具体的に述べている。その後の天眠宛て書簡には「明星」に関して書いていないが後藤是山宛ての寛書簡に

「明星」のこと、いろいろと御高慮下され忝く存じ候。一向創作に関係せぬ俗事なれども、雑誌をつゞけたしと思ふ以上ハ致方無之候。一般の店に晒さぬといふことがうまく行くかどうかを知らず、たゞ之を大胆に試み候ばかりに候。

大13・6・20

とあって、ここでも雑誌刊行を「俗事」と書きながら「明星」続行の強い信念があったことが分かる。書簡では「明星」持続計画は「四月」と書かれているが、以前寛自身が「一二三年」やって駄目なら「断念」と言った言葉通りになり、この大正一三年には何としても休刊から立ち上がりたいと発奮していたが、三年足らずの昭和二年四月に「明星」は再び廃刊となる。明治期の「明星」に匹敵するほどの、贅沢な装丁の大正期「明星」は資金が続かず廃刊を早めたと言える。その上、大正一四年から刊行し始める正宗敦夫と与謝野夫妻による『日本古典全集』の仕事も加わり、両立させる困難から破綻となる。大正期の「明星」は歌壇の傍流にあって頽勢であったが、斬新な晶子の評論は評価されたものの「明星」続行は時代の趨勢から見ても余程努力せねば不可能であったのであろう。

前年に続けて『鷗外全集』「明星」存続の労苦　この年は天眠以外の人たちに送った書簡は三〇通、その中で森潤三郎宛て書簡は九通あった。一通目（3月26日）は絵葉書の返信で簡単な文面である。二通目（6月12日）には寛の忌憚なき意見が見られる。まず校正が遅れるために『鷗外全集』発行が遅延すると告げ口する人がいて、それを聞いた鷗外の妻は平野万里宅を訪ねて、その旨を伝えた。平野は印刷所が遅れるためだと説明したようだが、

　奥様ハ一図に小生が怠けて放擲してゐるやうにお考へになつてゐると云ふことです。小生に御話が無くて、平野君へわざ〳〵その事のためにおいで下さつた事を思ふと、小生をひどく非難してゐる者があると見えます。　6・12

とあり、さらに寛は続けて自分を敵対視する者がいると見込んでいると書き、震災のため印刷所に文字が不足し印刷物が山積みになっているので遅れる、その上この全集は「他の作家のものとちがひ、文字のことがむつかしい」ので校了まで時間がかかると説明し「小生と平野君とばかりでなく、大兄にまで甚大の御労煩を御掛けして、夜の二時頃までも校正してゐるときがあるに関らず、右様の非難があつて、印刷所の不活溌が校正者の咎になるのハ困ります」と寛は誤解されていることの憤懣を洩らしている。その後で九巻は「本月中にハ書物に致したい」こと、「来月の先生の御命日にハ又御墓へ参り」その後で「お話を致したい」と書き、末尾には「小金井様より例の先生の御歌の艸稿を預りたいと存じます。代って御受け取り下さいますなら幸です」とある。

三通目の六月一五日には「今一通俸給と手当」の書き物を送付してほしい、「霞亭の原版を既に印刷所に渡し」たこと、「あとを御急ぎ願ひ」「字を拾ふことハ二日で第一回分を拾ふ相です」とあり。

第四通目（6・16）の書簡では「霞亭の原稿」送付のこと、「蘭軒伝ハ既に数日前に校了」などとあり。五通目（6・22）では「北条霞亭のあとへつける観潮楼間《ママ》（閑）話を小生宛にそれから『ギヨウテ伝』を平野君へ至急お遣

しを願ひます」とあるのは、何れも校正を送ってほしいという意なのであろう。
六通目（7・6）の書簡では「第九巻ハ大分難産」だったと労苦の程を報せ、校正料の薄儀なども書き、その後に又しても寛への非難の声のあることを記している。

頻に「鷗外全集」の遅刊及び内容に就て小生を非難する雑誌があります。千駄木の奥様から聞きかじつた所が多いやうです。小生は当初からかゝる非難を予期してゐましたので、「又か」と苦笑致すだけですが、中塚君ハ大分気にしてゐます。どうも春陽堂と二書肆との折合の悪い点があるのに困ります。右の非難なども春陽堂の番頭、渋谷のH君などの口から出てゐると中塚君ハ申します。或ハ然らんと感じます。早く印刷を終へて、忙しさといやな思とから脱れたいと思ひます。　7・6

と再び鷗外の妻から出たらしい不快な悪口に寛は辟易とした。更に全集について「只今十七巻の校正に着手」とあり、「七巻の誤植についてお気付の点」などと、いくら非難されても、寛自身は忠実に全集のために尽力していた。しかしこんな状況から「明星」復刊への気力は薄れていたと思う。七通目の書簡では潤三郎は勤めの合い間にやる校正故の「御労力を感謝」と寛は書き、「さて、本日まで小生の手へ校正が一頁も廻りません」とあり、

この根本の理由ハ、印刷所が悪るいのですから、大分責任が軽いやうなもの、、之ハ責任のもとを問ふやうな呑気なものでなく、予約者を減らすことにもなり、又この後の印刷及び発行を順送りに遅らせることになりますから、全集のためにも、発行者のためにも、吾々編纂者のためにも困るのです。　8・17

と遅延の後のことを寛は憂慮している。その中には濱野の手元で大分停滞しているので「三校以下ハ小生へお廻し下され、迅速に運ばせたい」と書き、「校正の第一義ハ」として続けて

原著者の文章に成るべく増訂を加えぬにあります。甚しき誤脱がない限り、原文とくらべまちがつてゐねバ

最善を尽くしたものと認めます。尤も時日がある出版ならバ悠々と校正を致し、精密な訂正をも極めたいと思ひますが、それハ今の場合不可能です。　8・17

と書いているが、末尾には先に書いた「浜野君にハ」事情を説明して「感情を害せられぬやう」にと気遣っている。

八通目の書簡でも校正について執拗に書いている。それは潤三郎からの速達の返信に寛が印刷所のやり方を批判する文面である。それは

印刷所の校正の出し方の悪るいことが、第九巻の校正の遅れた原因であることハ申すまでもありません。只今も印刷所と談判して、廿三四日中に全部を組み了ることに決めました。

それで、遅れた時間を、出来るだけ校正で取返したいと存じます。之がために大兄に御無理を願ふ次第にて、御気に障りましたら、御洪量を以てお宥しを願ひます。急がぬ出版物なら、悠々と二三ケ月を要して校正致したきハ山々ですが、出版が伸びると出版者《ママ》（社）が大変に困ります。と云ふのハ予約者が減からだ相です。私ハまた一回遅れると、次第に遅れぐせのつくことを恐れます。全集のために、多大の御労力をお謁し下さる大兄に、御催促がましきことを申すのハ心外ですが、印刷所の過失を我々で取返したいと考へるからです。此点何卒御諒恕を願ひます。　8・18

と繰り返し書いてはいるが、潤三郎に対しては丁重に謙虚に、その真情を忌憚なく書いている。さらに続けて

さて浜野君に見て頂くと、老人のことゆゑ、遅れハ致しませんか。私ハ初めから、あまり多く同君に訂正して頂く必要がないと思ふ者です。

とあり、文末近くにも「浜野君より校正がお手元へうまく帰りましたでせうか。一体に老人ハ口のわりに手と目が利かず、その上、特に入念にする老人の校正ハ、どうしても遅れます」と老人故の遅延を寛は案じている。「三校

も四校も自分が見る」とあり、この他にも「校正も続々出すやうに申しつけ」とか「印刷所を今一軒別に」したら、などと細心の配慮と積極的な手配を示している。

九通目（8・25）では「霞亭伝のあとの原稿をお遣し願ひます」とあって、「停滞してゐる校正ハ無くなりました」と書き、その後で語句について具体的に説明している。この頃、正宗敦夫の協力もあって『日本古典全集』の編纂もあって寛にとって最も重要であるべき「明星」が手薄であったことも終刊の要因になったと思う。

書簡にみる二人の旅の歌　大正一三年一月六日の白仁秋津宛ての寛、晶子の絵葉書（日本アルプス　松本市城山公園）に

うたたねの夢のなかにも春寒し乗鞍の雪肱に近くて　寛
連山の襞のひとつにふれも見で浅間の丘にゐるあぢきなさ　晶子

七月二二日の渡辺湖畔宛て晶子書簡に

昔より樫の梢にすみなれしさますまことは遠き灯にして　『瑠璃光』285　晶子

八月九日の二人の絵葉書（演習地より赤倉及妙高山望）二通あり、同行の湖畔、関戸信次の歌あり

・正宗敦夫宛て

四方の峰みな黒くなり夕焼の明りを残す高原の艸　寛
赤倉の山よりいづる雲ゆゑにおぼろげなりや北海の門　『心の遠景』3　晶子
（裏）妙高の山のむらさき草を染めたそがれ方となりにけるかな　『心の遠景』2　晶子

・渡辺湖畔宛て

佐渡にある一人友と語りなんやうやく我も淋しきものを　寛
年ごろの心の友の減りゆけバ更になつかし佐渡のみやびを　寛

九月九日の白仁秋津宛ての二人の絵葉書（刈田山頂右室）、同行の万里、信次の歌あり

「忘れず」と云ふ山の名も哀れりいつの昔の誰が上のこと　寛

八月の旅の枕に近くゐし妙高の山ここに見えぬか　晶子

『心の遠景』218

「明星」の経営困窮　大正一四年

の「明星」一月号の「一週の卓」には「この正月号は」沢山の草稿が集まったので「充実した大冊を作ることが出来」と報告する一方で「『明星』の前金の切れ」た「人達には」「雑誌の発送を止め」たことを「御諒恕下さい」と伝え、「明星」費用を補うために半折と短歌の会の計画を報告して寄附の状況の金銭面を具体的に説明して合計四七五円の寄付金受領を公表している。しかし現実は厳しく、白仁秋津宛ての二月六日の寛書簡に

さて「明星」の費用が足らず困入候。小生夫妻の手にて作り候金の源が本月ハ絶え申候。これまでよりも諸友が補助してくれられ、この上、申出でがたき事情も有之候。右につき大兄に御相談致候が、弐百円だけ御恵寄され候やう御配慮奉煩候。この十四日の支払に其内の百円が欲しく候。あと百円ハ本月中に頂き度候。よく〳〵融通に困り候ため、右の御相談を申上候　大14・2・6

とあり。更に「中島孫四郎君に二百円だけ寄付してお貰ひ下さるまじくや。その御礼にハ、小生夫妻が何でも認めてよろしく候」と書き加えて、白仁を介して中島にも寄付を懇願している。

また二月一四日の白仁宛て寛書簡に「御芳書と共に、早速『明星』へ御恵送」とあって深謝し、旧友なればこそと「快く御聞入下され候事と両人にて語り合ひ申候」とあり、他に頼んだ人の送金もあり、金銭面も解決し「一掃致候」と幾重にも礼を述べ、「歌巻」の「揮毫」は「数日中」に「拝呈したしと妻が申候」と記している。更にま

た三月一〇日の白仁宛ての寛書簡には前に頼んだ中島にまた「何卒大兄より急に御依頼下され度候」と再度懇願していることで、如何に「明星」の赤字のために困窮しているかが分かる。このように此の年には「明星」一〇冊刊行するのが非常に苦しかった。五月日不明の印刷の小林一三あて晶子書簡には「御前金（十二冊分拾円、六冊分五圓廿銭、三冊分弐円七拾銭）を折返し御払込下さいまし」とあって「『明星』の安定を計るため、今回は成るべく直接の愛読者達のみにお頒ちする」とか、「多数の直接購読者を御紹介下さるやう」とか「読者達の熱烈な御擁護のなかに発展させて頂きたい」などの文面を連ね、「明星」同人代表の寛と晶子の他に石井柏亭、平野万里の四人の名も入れて多くの人々に送っている。このように二人は懸命に「明星」存続のために努力していた。

『日本古典全集』着手当初は順調　大正一四年は寛と晶子にとつて不運と幸運が背中合わせになった劇的な年であった。前半は前記のように「『明星』の経営困窮」という悲運、後半は『日本古典全集』の好調である。後半の幸運の要因は奇しくも偶然のことながら二人が共に一二歳から古典に親しんでいたことにあった。それは大正八年五月の「文藝倶楽部」に「余の文章の初めて活字になりたる時」という応募者七〇名中に寛と晶子の短文が見られた。その中で寛は

　十二歳の時（明治十七年）漢詩人日柳三舟氏が発行せる月刊漢詩集「桂林輯《ママ》芳」に漢詩を載せたるを初めとす（筆者註「桂林餘芳」が正しい）

と書いている。晶子の一文は判然としないが、後の評論集『光る雲』（昭3・7）の「読書、虫干、蔵書」の回想に

　紫式部は私の十一二歳の時からの恩師である。私は廿歳までの間に「源氏物語」を幾回通読したか知れぬ。

と書いており、また短歌に於いても

わが十二もの、哀れをしりがほに読みたる源氏枕の草紙
源氏をば十二三にて読みしのち思はれじとぞ見つれ男を

「二六新報」明44・6・20
『朱葉集』92

このように二人とも一二歳から寛は漢詩、晶子は『源氏物語』の古典の世界を素養としていた。またこの一四年一〇月二六日の「読売新聞」に「古典復興の為め」と題して寛は年来の「古典復興」が叶うまでの経緯を具体的に

自分は十三年前巴里から古典復興の発行の『仏蘭西文学傑作全集』の廉価版を買つて帰つた。それは毎冊二五〇頁近くあつて一冊が一フラン（当時卅九銭）にも当たらぬ廉価である。……自分は日本でも文学に限らず総べての古典がさう云ふ廉価で普及版が発行されたら好からうと感じ

とあり、古典の廉価本出版が寛の「年来の宿望」であった。それを実現したくて帰朝以後、多くの書肆に掛け合ったが応じてくれぬまま一〇余年過ぎた。

そうした状況下にあって古典復興の夢を「読売」に書いて実現しようとして、協力してくれる人達について第一に撰んだのが当時「新しき村出版部」にいた長島豊太郎であった。彼は明治四一年の「明星」に当時斬新だった「五行詩」を寛と共に掲載しており、大正・昭和期の「明星」にも歌や詩を載せ、寛、晶子らの吟行にも参加していた。「新しき村」とは一九一八年（大7）、白樺派の武者小路実篤が人類愛・人道主義を提唱した生活協同体の村のことで、宮崎県にあり、義務労働を分担して衣食住が無料で得られる社会を目指していた。その「新しき村」の出版部にいた、その彼（長島豊太郎）が「一年近く考慮した上で、敢然としてこの事業に当る旨を申出られた」とあり、「極めて親しき間柄」ともあって

人道主義表現に一生を捧ぐる事に於て珍しき実行力を持つてゐる。営利目的を離れて一般国民のために廉価本を作る事は実に出版の革命として善例を開くもの、自分達はわが長島氏が能く此困難な事業を遂行する人

として稀有な適材である事を信じ且つ喜ぶのである。

と奇特な人材だと紹介し、さらに祖先伝来の土地全部を売り払った「数万を提供し、自らは丸裸となつて完成を期してゐる」とも書き、殊勝な参画を悦び、「かうして自分達の空想してゐた事が実現されることへの喜びを報告した、その後で『日本古典全集』の「分科」を具体的に示し「代表的古典の選択、編纂、校訂に当つて信頼出来る「学界の先輩友人」の決定として、もう一人重要な人物に

友人正宗敦夫氏（小説家正宗白鳥の令弟）は篤学博覧の人、多年珍書保存会を起して自家に印刷室を備へ自ら植字印刷して希覯の書簡の書を復刻、一部の学界を益せられてゐる。その正宗氏が自分達と協力して此事業に当つてくれらる事は非常な幸ひである。

と、それぞれの有能な協力者を得て『日本古典全集』出版となり、多くの見識者や蔵書家からの激励を受けた寛は

我我は微力の可能を傾け、慎重な用意の中に編纂校訂することは勿論ながら其等先匠友人の加護に由つて幸ひに大過なきを期したい。

と感謝の意をこめ、晶子と共に『日本古典全集』のために全面的に強い熱望と期待を抱くようになる。

『日本古典全集』について晶子が初めて書いたのは「一週の卓」（「明星」大14・9）の末尾に

私共が十年前から望んで居た「日本古典全集」の廉価版を十月から実行します。この破天荒な刊行者は「明星」同人の長島豊太郎さんです。

と出版責任者としての長島を「破天荒な刊行者」と表現したのは前代未聞の大事業をやる人として仰天しながらも讃歎し尊敬して謝意を示しているからである。「十年前から望んで居た」という、その年は大正四年で、この年は一月には寛晶子共著の『和泉式部歌集』、三月には晶子の『新訳栄華物語』、その二年前に『新訳源氏物語』、その

後の大正五年七月に『新訳紫式部日記・新訳和泉式部日記』、一一月に『新訳徒然草』、昭和にも『平安朝女流日記蜻蛉日記』『新新訳源氏物語』古典訳を出している。晶子は生涯に七冊の古典訳を刊行し、その間一三回の出産（一人死す）と多作の晶子の著作の背後に寛の甚大な協力があったことは充分に認めるべきである。

「国民新聞」（10・11）一面掲載の「日本古典全集」の広告文に「与謝野寛正宗敦夫与謝野晶子」と署名があって

古典研究は現下の世界的趨勢である。然るに我国には未だ祖国の古典一切を網羅した手軽に購へる権威ある書物が無い。此民族的欠陥を除かん為本刊行を企つ。これは与謝野両先生十年の準備と願望が正宗氏の協賛と専門諸大家後援の下に具体化せるもの、三氏は之を畢生の業とし、謙抑苦学、吉原本を秘閣に探り希観に求め、学者的良心の誠を致して古典通有の晦渋を和げ何人も味読し易き底本を作らんと誓ふ。……勿論杜撰なる「赤本」の類に非ず。実に国民教養の原本たるを期す。本書出でて天下の書は初て天下の所有となるであらう。不可能と出版者の多数が躊躇した所を我等は今可能とした。

とあり、「第一回（五十冊）刊行書目」として書名と冊数を挙げている。其の後で内容につき細目に亘っている。以上が大正一四年に於ける『日本古典全集』の状況だが、極めて順調だったことが森潤三郎宛て同年の寛書簡に

「古典全集」ハ幸ひ好景気に候ゆゑ、少くも十年ハつゞけ得ると信じ候。大兄に御助成を願ひ候ことハ、是又恐入り候ことながら、何卒御気永に御煩労被下候やう奉願上候。折々勝手な事も申出候事可有之候へども、御心安だての致すところと御宥恕願上候。小生夫妻もこの事業にて晩学を致すことを得候やうと楽み申候。半生の無学をこゝにて少々補充致度候。幸ひ正宗君の篤学精勤家が協力せらるゝあり、其上大兄が御助成被下候ゆゑ大過無きを得べしと大喜びに御座候。　12・27

と寛の口癖の「大喜び」と書いて感謝の意を表した。鷗外歿後共に『鷗外全集』をやってきた碩学の森潤三郎が加

わったことは与謝野夫妻にとって至福の極みであった。この頃まだ『鷗外全集』は続行中で寛も未だ関わっていた。一四年の一二月の「明星」の「一隅の卓」では「各方面の同情に由り」「貴重な蔵書」「筆写」「写真」などが集まり、「発行部数が多く」なり「印刷にまごつく」という嬉しい悲鳴を上げていた。続けて

急に活字と動力と機械とを「新しき村出版部」に殖して発行所自身か組版と印刷とを担当することになり、それが為め年内だけでは予定だけの書物の数ができません。

という程で、「十月中に『校本日本霊異記』（棭斎全集）と『万葉集略解』『栄華物語』『大隈言道全集』『芭蕉全集』各一巻づつと、合せて五冊だけを年内に出す計画で急いで居ます」と晶子は書いている。その後で「来春一月と二月」に出す予定の書名がある。このように『日本古典全集』の出版当初は順調で、大いに期待されたのである。

『鷗外全集』と『日本古典全集』

鷗外没直後から刊行した『鷗外全集』は大正一二、三年と続けて出版してきたが、一四年になって、全集に関しての寛書簡は森潤三郎宛ては最終の一通（大14・12・27）のみとなる。それ以前に秋山光夫宛ての寛書簡（大14・12・15）のみであった。ここには「関白記」の「浄書及校正者の名」を教えてほしいとあり、その後で

右ハ果して近衛家の原本より直接写され候ものか、或ハ他本をも取入れて写され候ものか、御考お聞かせ被下度候。

傍注が「頼通注」なりや否やにも不審相生じ候。何となれバ近衛家にハ忠実の写したる副本有之候由なれバに候。この御意見も数日後に御聞かせ奉願上候。

又公任の「朗詠集」のこと、御内意お聞き奉願上候。…

とあり、全集の内容につき色々と問い合わせている。その後の前記の潤三郎宛て寛書簡一通（大14・12・27）のみでここに

「全集」も本日「言道」が出で申候。年末にせまりて「栄花」が出で可申候

「鷗外全集」ハ「蘭軒」が正月艸々製本出来可申候。

とあり、『日本古典全集』と『鷗外全集』の出版物を紹介している。この頃すでに「明星」（大14・9）には『日本古典全集』刊行趣旨」とあって「『日本古典全集』編纂並に校異校正者　与謝野寛、正宗敦夫、与謝野晶子」と三人の名を連ねて詳細に報告している。その後の「明星」（大14・12）の「一隅の卓」に晶子が右の潤三郎宛て寛書簡にある「『栄花』が出で可申候」と書いてあり、それについて「既に十月中に製本を終つた」「五冊」の中に「栄華」が入っていることから、この「全集」は潤三郎宛ての寛書簡では『日本古典全集』のことだと分かる。

これらをみるとこの頃の寛はまだ「鷗外全集」にも関わっていたことが分かる。前記の潤三郎宛てに寛は

「古典全集」ハ幸ひ好景気に候ゆゑ、少くも十年ハつゞけ得ると信じ候。大兄に御助成を願ひ候ことハ、是又恐入り候ことながら、何卒御気永に御煩労被下候やう奉願上候。　大14・12・27

と書き、潤三郎も協力していた。寛は著作に於いて晶子に比べると僅かだったが、この大きな二つの全集は難解な仕事でこれらに全力投球していた。続けて寛は『日本古典全集』が夫婦協力の大仕事であることを潤三郎に

小生夫妻もこの事業にて晩学を致すことを得候やうと楽み申候。半生の無学をこゝにて少々補充致度候　幸ひ正宗君の篤学精勤家が協力せらるゝあり、其上大兄が御助成被下候ゆゑ大過無きを得べしと大喜びに御座候。

と書いて、潤三郎の「御助成」ある故にと、その協力を『日本古典全集』に期待していることが如何に大きいかが

分かり、ここに潤三郎との良好な関係が分かる。これは鷗外を尊崇する一念から『鷗外全集』にも専心していた寛の過去があったからこそ『日本古典全集』にも順応できたのであろう。その書簡の末尾に

一月にハ「芭蕉」、「西鶴」、「掖斎」、「万葉」四冊を出し度しと存じをり候。

と寛は報告している。

この年の九月の「明星」掲載の『日本古典全集』「刊行趣意」は一一の項目に分けて詳述している。一、まず「日本古典全集刊行会」を起こし、「『古典全集』は幸ひ予定数の三倍以上に達することになり、私達の過分な事業が、かう云ふ風に読者界多数の人人に由つて期待される事を嬉しくも忝くも思つて、大に感謝して居ます」と晶子は書いて「編纂に要する費用を或程度まで遣ふ便宜を得ました」とも書いて経済面の余裕を見せている。また「貴重な蔵書を或は筆写し、或は照合し、或は写真に取ること」の「快諾」などに「感激」し、「発行部数が多くなったため年内に予定の書籍が出ず、しかし「五冊だけは年内に出す計画」だとも書き、「来春一月と二月に出す」と書いて「古典全集」の八冊の書名を記している。貧乏続きの与謝野家にもこんな時期があったかと思われるほど『日本古典全集』の好景気は暫く続く。「明星」は細ってゆくが『日本古典全集』に支えられ、その一方で資料の多くは正宗文庫の膨大な古典資料の恩恵に浴するものであった。

晶子と寛の短歌指導　倉田厚子宛ての晶子書簡には時候の挨拶を述べてから、晶子は丁寧に

今しばらく御努力下さいまし。屹度御ひとりでよい時がまゐり、私などが拝見しなくてもおよろしき事と信じます。　8・14

と書いてから、晶子は本音を吐く。「今の世の中ハ男も女もほんとうに確かに歌へる人ハ少ないのです。他の雑誌

にある歌などハ、名のある人々の作とても、おなじやうに感心致されないものが多いのです」。右にある「他の雑誌にある歌」というのは「明星」以外の雑誌を指し、ここでも晶子はわが歌は「明星」以外の何物でもない、と強調したかったのであろう。その上名ばかり有名であっても「感心されないものが多い」との発言は現代にも通ずる歌壇の傾向である。さらに晶子は「わざとらしき古臭い言葉、平凡なる感情、人まね、虚名のための歌、皆私どもハ一致しがたいものばかりです。私どもハ自ら高しとし、自ら善しとして、かゝることを申すのでハ御坐いません。切角歌ふなら、自分の心から出た、新しいものを作つてこそ意義があると存じます」と書いているのは、まさにアララギ歌風への批判である。これこそが「明星」の信念であったと言える。それを具体的に

人麿初め古のすぐれた人達の行き方です。萬葉、古今、新古今の各集にしても、そのすぐれたる精神ハ其処にあります。日本語ハ不完全な所もありますけれど、今の歌人達が考へてゐるほど粗雑な浅はかなものでハ御座ゐません。

と書いている「其処に」とは前記の「自分の心から出た、新しいもの」である。それを「万葉、古今、新古今」の歌人たちは歌っているのだと晶子は確信を以て言う。また「心の姿を」表現する「よい言葉づかひ」を「工夫」する必要性を晶子は主張する。次に女子の歌について

殊に女子の歌がやさしく美くないのは恥かしいことであると考えます。あなた様の御作風ハまことにやさしいところのある、なつかしい御歌ひぶりですから、それをますく御深め下さいまし

と倉田厚子の歌風を優しく導きながらも、それに加えて

古典（源氏。枕双帋、萬葉などを初め、江戸のよい文学まで）を御覧になつて、その心もちをその言葉づかひと共に御参考になることが必要と存じます。また欧州の文学のよい翻訳をもおよみ下さいまし。其等の修養をた

よりとして、御自分の御感情を肥やし、御思想を御作り下さいますなら、それが歌にも屹度あらはれて参ります。

と日本の古典や欧州の文学に触れて自らの感情と思想を肥やすように奨め最後に「御参考として」で結んでいる。

次の寛の渡辺湖畔に宛てた書簡（12・8）には

御作之より少し筆を加へ候て正月号に出し可申候。内容ハさておき、用語が型に入らぬやう御注意被下度候。切角の内容を、用語が古臭きものに致候てハ残念に候。…溌剌たる言葉が直ぐに泛ぶやうニ御苦心被下度候。

とあって、歌の内容がよくても古臭い言葉では駄目で「溌剌たる言葉が直ぐに泛ぶやうニ」と努力するように書いているが、その方法については具体的には示さず、用法の過ちなどと用例をあげて具体的に説明している。最後に

文学が言葉の芸術なる限り、言葉ニ由つて新味を打出す御工夫必要に候。畫を見て、色が悪し、色が同感出来ずと云ふごとく、歌にも言葉の選択、鍛錬が太切と存じ候。此点、近世にてハ、歌よりも芭蕉や蕪村が敏感なりしと敬服致し候。今の俳人ハ却て無理なる言葉遣が多く候。

沙翁が出で候て英国の言語が豊饒になり立派になりしと云ふやうの事が文学の常道に候。詩人ハよい新語を出だすべく、古き言葉のみを襲踏《ママ》（踏襲）しをりてハ、この常道に逆行するものに候。ヹルレエヌ、ヹルハアレン、皆特有の新語（新意をもてる新語）を沢山創出致候。御賢慮下され度候。……　12・8

とあって、晶子の論と通ずるところもあったが、寛は綿密に古典の語法上の誤植を指摘している。

『日本古典全集』は大正の最終期を飾り昭和に向けての一時的な華やぎを見せたといえよう。

二人の旅の歌　一月七日の白仁秋津宛ての二人の絵葉書（長野県諏訪郡中州村鎮）、同行の万里、信次の歌あり

雪をもてたてしなのやま天に書くわが書くことハ小きたゞごと　寛
守屋嶽湖上の座をば誇るなり人の心に山の似ぬかな　晶子

五月二六日の白秋宛て晶子のペン絵葉書（華厳瀧）に
目に見れば華厳の瀧もかれはてぬ底の方にて水の鳴れども　『心の遠景』743

八月十一日の白仁秋津宛ての二人の絵葉書（信州野沢温泉二見瀧）、同行の万里、信次の歌あり
杉のもと石垣のはしをち方に青き夜明けの妙高の山　寛
白き雲かよひなれたるみちならんしづかにあゆむ犬養山を　晶子　『心の遠景』1050

八月三一日の白仁秋津宛ての二人のペン書の絵葉書（氷川名所　氷川橋）、同行の万里、信次の歌あり
いみしかる二つの川と大空の月の光のおち合ふところ　晶子　『心の遠景』1289
峰の月かなたに去れバ淋しとす五人あれども階上の客　寛

九月十九日の後藤是山宛ての寛、晶子のペン書き絵葉書（十和田湖、日ノ出の松）に
日を受けてなかに三四の笑める顔みな沖を見るみづうみの舟　寛
中山の崎を生出《おひで》のあひだなる湖上にありぬ雨雲と舟　晶子　『心の遠景』927

九月二一日の寛、晶子の白仁秋津宛てのペン絵葉書（十和田湖児島）に
遊びつつ広きを乗ればしら鳥の心となりぬみづうみの船　寛
一もとの柱がほどの嶋ありぬ二ひろ三ひろを波をへだてて　晶子

九月二四日の徳富蘇峰宛て晶子のペン絵葉書（浅蟲名所乳母ケ岩）に
田楽の笛ひやうと鳴り深山に獅子の入るなる夕月夜かな　晶子

二月一一日の北原白秋宛ての晶子のペン絵葉書（相州三崎）に

人の云ふみさきの海の油壺それさへ曇る風のさむしと　『心の遠景』530　晶子

一〇月一五日の白仁秋津宛ての寛のペン絵葉書（信越線沓掛駅―星の温泉庭園の一部）、同行の湖畔、真藤の歌あり

秋更けて山の泉に身をおけば吾も淋しき花かとぞ思ふ　寛

第三章　昭和期の書簡

第一節　大正一五年、昭和元年から三年にかけて

荻窪の新築始まる　『日本古典全集』について大正一五年一月一日の小林天眠宛ての印刷物だが、寛と晶子の署名で経済面の援助を正式にお願いするという文面を天眠をはじめ多くの人達にも送った。その後で寛はその頃の思いを渡辺湖畔宛て書簡に

生活が動かねば歌は出来ず、旅行を致すことが吾々の詩源に候。この春ハ遠く九州あたりまで御旅行をなされ候てハいかゞ。晶子よりも御上京を待上候と申伝候。新しき友にハ打とけて何事も話すべき人すくなく、いつも何かにつけて旧友諸君を二人にておもひ候。……　大15・2・4

と書き「詩源」となるべき「旅行」のできなかった頃を思い出して湖畔に「旅行」を奨め、更に上京を奨めて友情の篤さを晶子と共にしみじみと顧みている。また白仁秋津宛て書簡にも「この夏も定めて何れへか御旅行をなされしならんと奉存候」と好きな旅ができなかったので親しい同人達に奨めている。旅行のできない理由を

小生も妻も「日本古典全集」ニ忙殺され候て、珍しく夏を東京ニこもりて送り、秋もまた終りに相成候。従つて歌ふ機会に乏しく此事が苦痛に候。　10・11

と自分たちの内情を報せて、秋津には「明星」掲載の歌が「久しく」送られていないことを書いて催促し、その後で「是山君も歌はず、皆々忙しきゆゑと存じ候」と書き、その後に

野に住めば窓に入りくる霧もあり寝台の下《シタ》に虫の音のして
折ふしハ二階と下《シタ》に別れゐて寂しとせぬも老の恋かな
荒らかに刈ること勿れ草とても人にて云へバ己がともから
蔓ひけバ赤き芋こそつきてあれわがかりそめニ植ゑし片隅
野のうへの森ことごとく黒くなりうす桃色の雲あるゆふべ

と詠み、これらは旅の歌でなく、郊外での生活だと記し、続けて

郊外に一戸を建て、折々ニ参りて、右のやうなることを書きつけ候へども、皆推敲の時無く、平凡に御坐候。

ともあって、「郊外に一戸」とあるのは、小林天眠宛て晶子書簡に

私どもは将来荻窪に半分くらゐゐるつもりに候。荻くぼは右に甲州の山、左に足柄連山をおきて森などおほくて、おちつきたるけしきのところに候。小川もあり候。　大15・2・25

とあり、そこには晶子が描いた家の略図が二つ、上の方に「西村式にあらず　私の設計に候」とあり、その下の方は家の全形の略図があって「ココハ日本ザシキ」とあり、その後「小林様」とあって、同書簡に

なほ私への用事あり候ハヾ豊多摩郡下荻窪村（三七一）あて、表はやり《ママ》（やはり）光あてに中へ私あての御手紙下されたく候。三月より荻窪へ古典全集の長嶋氏の好意にて七十坪ほどの家新築にかゝる筈に候。

と書いて、この年の三月からの新築予定を報らせている。

前記の渡辺湖畔宛て（2・4）と白仁秋津宛て書簡（10・11）によると、多忙のために旅行が出来ないと書いていたが、「明星」の記事によると大正一四年の大晦日から翌一五年一月五日まで箱根仙石原へ二人は同人四人と旅しており、一五年になって三月七、八日に二人は同人六人と武蔵金沢へ、五月下旬には文化学院の修学旅行で熱海へ

行っている。頻繁とは言えないが大正一五年五月頃までに三回も旅していた。一四年にもかなり旅をしていた。

寛と蓮月との関わり　『日本古典全集』の作品　まず寛の生い立ちと非常に関わっている蓮月尼の全集刊行のことで森繁夫宛ての寛書簡（大15・3・8）には「私共の『日本古典全集』編輯につき、多大の御援助を被り」とか、「微力不才なる私共の事業を御助成被下候やう奉願上候」と極めて丁重に全集の協力者としての礼を尽くしている。なお続けて寛は身近かに感じている蓮月について

さて蓮月尼の全集を諸君子の御尽力にてお出し被下候御計画の由、親戚同様に致し候蓮月尼のため、まことに嬉しき事に御坐候。定めて長兄の寺に蔵しをり候遺墨等も御収録なさるべき事と奉存候。小生手元に、唯だ一通残りをり候書状を写してこゝに同封仕候。お役に立たばお用ひ被下候やう編纂の御主任の方へ御伝送奉願上候。　大15・3・8

とある「親戚同様」とあるのは左の三首によっても分かる。

ふた親とこころやすきに兄の名も我名もつけし太田垣蓮月　「中央公論」明33・4

わが母はかなしきことある度に物を問ひけり蓮月のもと　父の碑―『与謝野寛短歌全集』昭8・2

しら蓮の月てふ君に別るればわが心さへなきここちする　『礼厳法師歌集』明43・8

寛二首、礼厳一首である。右で分かるように蓮月は寛と兄の名付けの親で、父母との親密さも分かる。父礼厳の遺物の殆どは亡き次兄赤松照幢の所にあったが、没後に散逸したので「蓮月の遺墨類も恐らく残りをらず」と書いているが、子息の赤松智城に問い合わせてほしいと書いて、住所を知らせている。さらに蓮月の書状は寛の記憶によれば「十三四通ありしかと考へ候。遺墨中に自画賛の横物なども有りしに候」ともあって

遺墨ハ諸家の御珍蔵に、神光院のものを加へ候はば十分と存じ申候。　3・8

とある「神光院」とは寛の長兄和田大円の師和田智満の寺で、蓮月との関わりもあり、更に寛との関わりを続けて

蓮月尼の伝記中、小生が亡父より聞きをり候逸話有之、明治廿六年の博文館発行「婦女雑誌」に載せおき候。父より聞きて、すぐに書きしに候が、今はその細目を記憶せず候。なんでも税所篤《ママ》（敦）子刀自とのこと、西国某藩の武士を叱りつけしこと、その他有之候やうに存じ候

逸話ハ長兄が親侍せしことゆゑよく存じをり候。長兄と次兄とハ子のやうにして愛して頂きし者に候。次兄ハ先年物故致し候へども、長兄在存致候につき、お聞き被下候やう編纂者の御人にお伝へ願上候。

大15・3・8

とあるように、寛は明治二五年九月一日、一〇月一日・二五日、一一月五日の「婦女雑誌」に「小田垣蓮月尼」と題して「くしみたまの舎主人」の署名で寛は四回連載している。『蓮月全集』（蓮月尼全集頒布会刊行）は昭和二年に上中下三冊が刊行されている。

次は『本草和名』について三通あり。『本草和名』とは日本最古の本草書、二巻。本草約一〇二五種を掲げて注記している。深江（一説に深根）輔仁の撰。九一八年（延喜18）に成る。何れも「索引」について書いている。

次は森潤三郎宛て寛書簡で

「本草和名」の索引丁数ハ、モトノママに願上候。全部コロタイプにする事に致候故、原本ノママ、ウラ、表ヲ御明記おき被下度候　3・15

とあり、もう一通は「本草和名の索引お急ぎ奉願上候」とあり、正宗敦夫宛ての寛書簡では

「本艸和名」ハ長島氏の意見に従ひ二冊にして全部コロタイプに致すべく、之に山田氏の索引を活字にて附

し候。意外に書入多く、且つ活字にしてハ不鮮明にて、コロタイプにせざれバよき本とならず、右のごとく
に決め申候。御含み願上候　３・19

と書いて「索引」についての打ち合せをしている。次の『経国集』は平安時代の勅撰漢詩文集で、二〇巻あり。良《よし》岑《みね》安世らが八二七年（天長４）撰進。文武天皇から淳和天皇まで、七〇七年（慶雲４）～八二七年の作を収め、日本で最初の詩文総集で六巻だけ現存していた。渡辺重資宛ての寛書簡には

経国集の「淡福良」は御示しのごとく日本後紀の「淡路真人福良痲呂」の略称にて、「真人」は王氏（天皇の御子孫の姓の一）なれば、淡路廃帝（淳仁帝）の孫ぐらゐに当る人ならん。或は皇子かとも存ぜられ候。父帝に従ひて淡路に赴かれしか、或は淡路の福良にて生れし人なるに由り淡路真人の姓を賜りしものかと存じ候。「山作司」は即ち父帝の陵を作る長官に任ぜられしものなるべし。多分「淡路にて生れたる人」と考へ候。淡路にて生れ、淡路にて育ち、後、桓武朝に仕へたる人なれば、淡路の人と申しても宜しきと存じ候。併し右は未だ史上の確証ありて申すにあらず、唯だ其姓より推して、かく定め候のみ。播州の高砂に宿る詩なども有る所以と存じ候。かかる人の伝記は、ふとしたる事より古書中に発見する場合ある外、容易に見当が附かず候。「古の類荘」の姓氏の部など一度御参照被下度し。小生どもの「古典全集」を御覧下され候事を奉拝謝候。妻よりもよろしく申伝候。草々　７・17

と詳細に説明している。寛の博識には驚嘆する。

次に猪熊信男宛ての寛書簡に『土佐日記』の「妙寿院本」の「来歴」について

右ハ足利義政か義植かの蔵したる貫之自筆本を三条西実隆が写したるもの、その転写を惺窩が伝へて真名を加へしなるべしと推定致候。併し「妙寿院」が先づ相国寺中にありて、其寺に右の「土左《ママ》日記写本を伝へし

か悭窩が妙寿院に住して、真名を加へたる本ゆゑに「妙寿院」と申すにや。この前後の関係が知り度候。御高見如何にや。お教へ被下度候。右ハ「日本古典全集」の土左日記の解題に入用に御坐候。　8・18

とあり、続けて

次に御送り被下候目録の内、別冊朱点を打ちしもの、若し写真或ハコロタイプ版に御複製の節ハ、実費にて御分ち願上候。中にも○点附し候大兄の御愛蔵の書状等ハ特に写真を御写させ被下候こと叶ひ申さずや。費用ハ然るべき差出し可申候。之ハ古典全集の中へ挿み申度候。右御願ひ申上候。「妙寿院」のこと御分りに候はゞ之ハ急ぎて御返事を賜りたく候。

と綿密に書き送っている。その後、一六二〇年（元和6）刊行のハビアン著のキリシタン教理を批判した『破提宇《はだいう》子《す》』や「切支丹物」、「度量権攷」、伊勢の「神宮文庫」などについての書簡もある。また森潤三郎あて寛書簡（12・10）二通には「帝謚考」とか「渋江の部だけ」とか「水沫集再版」とか「史伝の方」（抽斎を含む）など、また『鷗外全集』の編集に関わった浜野、長原、船越が「日本古典全集」にも関わりのあることが察せられる。

七瀬の結婚　明治四〇年三月三日誕生の双子八峰と七瀬のうち、二女七瀬の結婚（大15・10・30）に際し天眠に

なゝせのかたづき候につき　したくは大抵高嶋屋にたのみ候へどもそれにてなきもの、現金を要するものも多く候て長嶋様すべてなし下さる筈に候ひしかど、今第二期の募集にゆづう《ママ》（ゆうづう＝融通）資本も多く入るときにて、それに神田のかの人の土地復興局へうりしもの二十日に金の下らんと思ひ〳〵て毎日まち居られ（四万円ほど）候がそれも入らずなりてつもるべしと今はかの社の人申し居らるゝやうなることに候。　9・21

と晶子は金銭面での困窮を訴え『日本古典全集』の資金で補おうとしたが、思うようにならない。そこで具体的に「古典全集」の出版の協力者の長嶋が出す手形が「十一月二十日ごろ」だが、式は一〇月三〇日と決定しているのでその約束手形のうち「千円だけを十月の三四日ごろにどこかにてとりかへて頂く方なく候や。あなた様はいろ〳〵御心配の多きことよく存じ候へどもこのやうなること多くの人には申されずやくそく手形の勝手もしらず御相談申し上げ候」と何時もながらのことだが、縋りつくように天眠に頼んでいる。すぐ返信があったようで、その六日目の晶子書簡に

　さつそくお返事下され昔ながらのあたゝかき御心をまたさらにおぼえ候て涙おとし候　9・27

と深く感動して、文末には「ここに手形封入いたし候まゝ何とぞよろしく御ねがひ申し上げ候」とあり、難なく借金できた。その後の天眠宛ての晶子書簡には「金千円たしかに」受領とあって、続けて

　三十日の午前に候。九時四十分に式を終らねば御堂のミサの都合あしきよしに候へば何とぞ前日くらゐより御いで下されたく候。　10・5

と天眠に知らせている。天眠の送金でやっと式は終えた。その後一〇月一四日の葉書には「松茸を沢山頂キ見ごとなるニ驚きつゝ、更に打ち寄りて賞味仕り候」と天眠一家の温情に謝しながらも、またしても天眠宛書簡に晶子は

　歳末にあたり候て申いで候こと心ぐるしきことに候へどもなゝせのしたくのあとのしまつにつき今月の末にまた千円ふそくいたし候。　12・22

と書き、「古典全集」の方が遅れており、「長嶋氏もきのどくに候」と同情的に書きながら又しても

　年末はもとより誰もくるしき時に候へば申上げですませたくと十五日ごろよりいろ〳〵おもひつゞけ候へども他によき考のなくて御相談いたし候。

一月十日ごろにてもよろしく候。唯だ出来候や否やの御返事下されたく御ねがひ申上げ候。……何とぞお考へ下されたく御返事まち入り候。すまぬ〳〵とおもひ居り候心もよく御存じ下され候こと、存じ候。申さぬ御わびをおうけ下されたく候。　12・22

とあるが、再度ながら天眠は晶子に同情したらしく、その昭和元年一二月二六日の天眠宛て晶子書簡には常識では考えられぬことながら、素直に受け入れた天眠がまた送金したらしく、続けて

いろ〳〵御心づかひ下されまことにうれしく存じ候。この時節にかのやうなることをおねがひいたし居り候てまことにすまぬこと、折々一人にて赤面いたすことの候ひし。お送り頂きし百五十円たしかに頂き候。御一家の方のさる親しき方のものをかゝせて頂き候ことはことにうれしきことに候。正月早々さし出すべく候。

とあり、その後に「屏風」という語が出てきて「百五十円」は「屏風」の代金と思われるのは、その後に「その代金は一月半にとゞかばよろしかるべく候」とあって、生活費とは別口のように思うからである。末尾には

この間は七瀬へ結構なる品お祝ひくだされ山本夫人もまことに喜び居られ候ひし。厚く御礼申上げ候。

とある。「山本夫人」とは山本愛子、この人は有島武郎の妹で七瀬の姑に当る。さらにまた天眠に宛てて晶子は

今日すでにとゞき候ものと全く予期いたさゞりし御送金まさに頂き申候。御厚志のほど何とも御礼の申しやうもなく候。主人よりもくれ〳〵もよろしくと申いで候、また私へおゝくりもの下されまことにうれしく存じ候。なゝせのため皆けんやくと申て私も新調などゆめにも思はざりしことにて候ひし。……昭1・12・30

と意外な送金の他に晶子の着物贈呈もあったのであろうか。しかし天眠依頼の「源氏口語訳」は書き直し中に関東大震災で全焼した。このように天眠へ重ね重ねの迷惑をかけながらの送金願いの連続であった。

「明星」にみる『日本古典全集』の消息　大正一五年の「明星」末尾の「一隅の卓」から「古典全集」の刊行状況を見る。まず「明星」第八巻第一号（大15・1・1）には、前年の一四年には予定通り『日本古典全集』は四冊刊行されたが、『栄華物語』上巻だけは「年末年始の混雑」から「一月五日以後に配本」し、六千部刊行、「一回の配本に一週間を費」やすとのこと、第一回配本は日本最古の漢文体の『日本霊異記』で非常に難解のために「国民新聞」に徳富蘇峰が紹介した。次は『万葉集略解』で「万葉集の手引として最上のもの」、それに「『参考』を追記したのは全く正宗敦夫さんの多大な労力の賜」だと記されている。正宗は関西にいて「西鶴物初め其他の原本や古本を探し、それを写したり、それに由つて校訂したり」して日夜奮闘を重ね、

　また私達夫婦も編纂校訂の上に毎月一千頁の物を少くとも四回は校正して居ます。十二月などは之が為めにしばしば午前三時まで筆を執りました。尤も此他に学校の用事も「明星」の用事もまた其他の書き物もあるのです。

と「全集」のための献身ぶりを晶子は「明星」に書いている。次は慶長版易林の「節用集」、これは「宮内省に一本ある外、今は容易に見附からない希覯本で」「宮内大臣の許可を得て、すべて写真版にし」たこと、「此二月頃の配本」とあり、「諸先輩の御厚意で予定通りに都合好く編纂」とある。

　第八巻第二号（大15・3・1）の「一隅の卓」ではこれまでの「全集」に「誤植」がでたとある。それは「悪い年表其他で孫引きをした」からで「自分一人の粗漏」だと寛は反省している。「五十冊完成の上で一括して訂正表を作り予約者諸君に呈する」とある。そこで「『万葉集略解』解題」、「『大隈言道全集』上解題」、「『栄華物語』上巻解題」、『狩谷棭斎全集』第二解題」の誤植を示している。その後で『芭蕉全集』、本居宣長の『玉かつま』上巻、西鶴の『一代男』・『永代蔵』（両書とも絵入り）、『栄華物語』中巻、易林本の『節用集』等が予定とあり、「『万葉集

略解』は大抵毎月の出版に一冊づつ加はるであらう」とある。

第八巻第三号（4・7）の「明星」では『日本古典全集』は十二冊既刊のこと。今後は確実に毎月四冊以上出したいと書いている。多くの予約者から感謝と激励のお手紙が来ているともあり、また「図書寮の武田氏から御親切な注意を寄せられた」と感謝し、その一文を左記している。

第八巻第四号（大15・6・1）では、三人は「原本の蒐集、畏本の対校、挿絵の撮影、仮名書きに漢字を充当」「宮内省の図書寮を初め、各図書館、各蔵書家等の多大なる厚意と、先輩や友人達の親切な助成とのお蔭で、五月末日までには廿冊刊行」予定とあり。『西鶴全集』は内務省の検閲があって遅れたため、『好色一代男』と『日本永代蔵』の合本を五月に刊行した。これらには「本文に誤植の無いことと信じてゐる」と寛は確信を以て書いている。「本草和名」は「全部を其儘写真石版に複製する事」ともある。寛のやり方について
与謝野のする事は兎角贅沢になると云はれるが、出来るだけ美本を出さうとすれば已むを得ないと評され今は予定より「千五百頁も超過し、口絵なども全く予定に無いものを添へ」ている。それは発行者の長島の厚意から「着着実質ある『廉価本』の実現に熱心な事に感謝する」とあり『芭蕉全集』の解題にも触れている。

大正一五年最後の「明星」第九巻第三号（10・1）の「一隅の卓」には、最後に『日本古典全集』の第一期が終わりに近く、「別項広告の如く第二期の予約を募集する」こと「第一期の再募集も」企画し「広く一般の書庫に備へられる事を祈願する」で終えている。この号には山田孝雄の「『日本古典全集』の為に」と高村光太郎の「『日本古典全集』に感謝す」が掲載されている。この二人の言葉を要約すると山田は、まず「全集」の第一期が終え、二期に移る「その功過」について「学者必須の書」である『易林本節用集』『日本霊異記攷証』『本草和名』などは「学者に恩恵を与へた」こと、また『御堂関白記』、棭斎の『京遊筆記』は「学界を益」し、「他の古典書籍を世に

普及せしめ」「この第一期の事業のみにても文運に貢献する所多大」だとしている。

続いて高村光太郎は先ず深い感謝の思いを述べ、「商売道から言って非常識に近い其の刊行計画」で「当時、随分世上の物議を醸し」たが、「刊行会当事者の熱誠と叡智と勇気とはあらゆる卑俗な邪魔物を征服してしまつて、却て深い信用を多くの人人に得た」と高村は感嘆する。さらに「斯くまで学者的良心に満ちた編纂者の心労と其の不休の努力」と「斯う云ふ為事《シゴト》の持つ深い意義と荘厳さとをしみじみ知つた」と感銘した。高村はこの「全集」によって「固有の読方《ヨミカタ》」で「自分の誤に気の附いた」こと、また『栄華物語』を知り『御堂関白記』に惹かれたこと、『西鶴全集』の挿絵、『棭斎全集』、『風土記』、『節用集』、『本草和名』などの「珍本を朝夕座右にしてゐると」「学者的雰囲気の好ましさに引かれ」ともある。「読み易い」のは「印刷が鮮明と云ふ事」で、「印刷」について当時の手法を印刷者の長嶋から聞いたことを述べている。

第二期の書目は第一期に「劣らざるもの」とあり、「御物の貴重なる複製三種」、「『ぎや・ど・ぺかどる』の如き、本邦唯一の写本を公にするもの、切支丹文学研究者の随喜如何ばかり」とも。また鹿持雅澄の『万葉集品物図絵』の「彩色」の複製は「万葉研究の為」の「福音」と、信西の『古楽図』、棭斎の『銭幣考遺』、司馬江漢の『西遊日記』は「斯道の専門家はた好事家」の「喜ぶべきもの」。また古代の『数学書』、『古今集』の「教長注」、『後撰集』の「片仮名本」は「好学の徒をして鶴首せしむ」とあり。他に「歴史」「文学」の書につき「吾人の喋喋するを要せず」と第二期に期待している。最後に「不満」の「一点」として「貴重なる古典籍の外形の荘重の感に乏しきこと」だが、その「価」が「至廉なるが為に世に布くことの多大なるを顧みれば、この不満は吾人の勝手」だと「観念」している。

第二期には「延喜式」「古事記」などの古典から「数訓抄」の古代音楽書、「塵劫記」などの古代数学書、「妙貞問答」、その他の切支丹物、『古今目録抄』、『謡曲百番』、『徒然草』、『西遊記』などの写真石版又は写真銅版、他に歌集は『三代集』、『和泉式部歌集』、西行、俊成、馬淵などがあげられている。「こうした機会を利用して各家庭で第一、二期のものを求めればいいと思ふ」と期待してこの一文は終わる。

『日本古典全集』の好調から破綻へ　発展途上にあった『日本古典全集』の売れ行きは昭和二年も上昇していたことは、その年の徳富蘇峰宛て書簡（1・30）や森潤三郎宛て絵葉書（2・7）や小林天眠宛て書簡などにより分かる。その進展を更に拡張しようと小林一三に宛てて寛は

このたび私共夫婦の実行致しをり候「日本古典全集」の刊行を、幸ひ事業として順調に運びをり候につき、個人の微力なる経営のもとに置かず、師友同人の間に移して小さなる株式会社とし、その経済的基礎を堅くして、層一層この学的事業を円満に発展させ度と存じ……　昭2・2・12

と書き、さらに「御助成を蒙り候こと」と懇願している。その年の三月二三日の天眠宛て寛書簡にも

御清安と奉仕存候。……おかげにて、よく進行致候間、委細ハ関戸君より御聞キ下被度候。小林一三君も即座に一千円出すことを承諾せられ候。伊藤君五千円、山本と有島とにて五千円出来候。川上君五百円、其他千円、二千円、五百と云ふ口が出来候。　3・23

就てハ大兄にも千円御出資願上候。尤も是ハ今年末頃に小生の印税にて半分をお返し致し…小生夫婦が印税にて半分を引受け候べし。一時の処、我々の事業を御助け被下度候。

とあり、その後にも天眠に宛てて寛は

会社のこと、創立総会を了り、成立を見申候。諸兄の熱心に由る事を感謝仕り候。併し昨夜も妻と話し候事

ながら、主となる人に大兄ほどの万事に通ぜらるゝ人の欠けをることが遺憾に候。出版につキ重役達が皆素人ゆゑに候。……

4・1

と「日本古典全集刊行会」設立を報告している。この「刊行会」設立が「古典全集」を厳しい不調に陥らしめるとは予想だにしなかったであろうが、その四ヶ月後の森潤三郎宛ての書簡（「鷗外」74号）に寛は

「古典全集」の刊行会が近頃の不景気にて早く送金し参らず、いつも御迷惑相かけ恐入候。小生自身ハ数ヶ月完全ニハ印税を受領せず、正宗君も同様に候。之ハ工場を小体、其他長島君の経済が放漫なりし故にて、其整理を新会社が目下致しをり候。お金の事にうるさき事発生し困り申し候。御辛抱奉願上候

昭2・8・5

と書いてまた「刊行会」の内部に金銭と人事に何か不穏なことが起こったものか、寛があれ程に信頼していた長島を批判する程のトラブルがあったものか。正宗敦夫宛て寛書簡には

さて刊行会ハいろいろ紊乱し、到底吾々の理想の半分だに実現し得る見込み無之候につき、読者ニハ相済まず候へども、お互三人が署名を以てする刊行物を出さしめぬ事に致し、編者と会社との今後の契約を断ち申候考につき、右御承認被下度候。

昭2・9・8

とあって、小規模だったものが会社組織になったことで経費もかかり、人事も円滑にゆかぬ事など、具体的なことは分からないが、結果的には「見込み無之」となった。そこで寛は「三人の署名のある書物の印税」は取り立てること、それを「今後も発行」する時は「版権所有者としての権利は請求する」こと「かく致す方が、お互ニいつまでも清くなり」と「坦懐ニ考へ」と書いている。これは「平野君の同意を得て」とも書き、その後に、

大兄ニ幾多の御心労を掛け、切角おもしろき計画の端を開きながら、かゝる事に立ち至り候こと、否運と存

じ申候。何卒御寛恕被下度候。

と正宗には丁寧に詫び今後の「始末につきてハ」は完全に撤退することを表明し、続けて

人柄のよからぬ人々とハ到底事を共に致しがたくも、すべてを自己の不明ニ帰して、大兄にお侘び申上候。

ともあり、再度の侘びを入れているが、結局人事関係の悪化を露わにしている。前記の森潤三郎にも寛は

唐突ながら「日本古典全集」刊行者が経済的に困り居り、従つて発行も遅延し、小生の希望通りを実行致しかね候処有之候。されバ編者三人ハ手を引き、刊行者の自由刊行に任せ候事と致候。是ハ十二分ニ遺憾なる事に候へども刊行者の経営の下手な事にて、金銭に於て無力なる吾々ハ如何とも致しかね候。読者、先輩何れへも面目無之候。但し目下着手しをり候数冊ハ三人の署名にて刊行し、他ハ刊行者が責任を以て續刊致すべく　（「鷗外」74号　昭3・8・5）

と記し、正宗宛て書簡と重なる部分もあるが「茲に一ト先ヅ御仕事は打ち切り」とか「小生等三人は昨年来の印税の大半を貰」っていないなどと書いている。しかし寛らの荻窪の新築の家の費用は長島の厚意から『日本古典全集』の恩恵を十分に蒙っているという事実があった。その後の小林天眠宛て書簡には

古典全集刊行会のこと、混乱を極め申候。名古屋の伊藤様と共に何卒総会の前日にお上り被下、川上、関戸、平野三君と御相談の上、小生を御救ひ下さい。　10・3

と寛はかなり弱気になっている。その後で一〇月二九日の正宗宛の書簡（「赤羽」253頁）は「全集のこと」を「よろしく」と書き、自分等は身を引くが、正宗に後を一任し、後継して欲しい意向を伝え、

会社にしたるは小生の大失錯なりしとは愧じ入り申候。何れに向きても相済まぬ事のみに御座候。

と自らの責任だと、ここに於いて初めて寛は反省の意を表明した。

この年の最後の一二月二五日の正宗宛て書簡（「赤羽」254頁）に寛は「橋本進吉先生」が「全集」のことで「頬りに小生を非難する批評、殊に種々の悪評有之」とか「世間へ暫く顔向のならぬ小生の現状」と書く程に意気消沈し、

全集の後始末につき多大の御迷惑に相成り、幾重にも御礼申上候。よろしく願上候。…

と書いているように、「全集」は正宗に続行を懇願し、その後も正宗は誠実に『古典全集』出版に尽力してゆく。

正宗白鳥と敦夫の提言　『日本古典全集』の不調が書簡に見え始めたのは昭和二年八月五日の森潤三郎宛ての寛書簡（「鷗外」74号）からで、一年一〇ケ月後には不振状態に陥っていた。当初の儘の出版であったなら、こんなに早く不調にならなかったかも知れぬが、事業の恐ろしさを知らぬ寛の未知と不遜による失態であったといえようか。

否運を乗り切って最後まで与謝野夫妻に尽力していた正宗敦夫は、当時のことを寛追悼の一文「与謝野先生の思ひ出」（「冬柏」昭10・5）に、初対面は明治四三年に出た『与謝野礼厳歌集』の寄贈を受けた時で、それ以来の付き合いだったと書き始め、関東大震災二年後から出版し始めた『日本古典全集』について

時宜に適したとでも云ふのか、三千も売れたら少しは編輯費が出るで有らう位の積で有つたのが萬と云ふ数に及んだ。是にヒントを得て興文社に日本名著全集、改造社に日本文学全集と云ふやうに、大衆に呼びかけて普及出版を後日出すやうになつた。

とあるように「是等が予想外」に売れたと書き、

一時に普及版の洪水となつたが、とも角も其大流行の先駆をなしたのは日本古典全集であつて、其の創意者は先生で有つたのである。日本の出版事業史上特筆せらるべき事かと愚考する。

と述べ、寛の成した文芸上の貢献度の高さを強調している。「安本」なので節約すべきだったが「先生は大分派手

ずきで」「書籍の形の上にも古典」に「新味を出す事には余程苦心せられた」と書いている。しかし自分は「じみな方がすきで」「凡てが保守的」であったことなど、寛が「理想的」なため「原稿の、組版校正」に「非常なる手間を要する」。理想通りにやると「刊行期日」が遅れるという、金銭面に於いても理想と現実とのギャップの積み重ねが、手を退かざるを得ない結果となり、夫妻は引退せざるをえなかった、と書いている。

次は敦夫の兄正宗白鳥の言い分である。肉親なので弟への厳しい同情から与謝野夫妻に対してかなり批判的である。「人間」（昭10・5）に、敦夫の過去を「損な生活をした男の一例」として書き

有名な歌人夫妻と一しよに日本古典全集の廉価版をやることになつた。

と書き「田舎者の彼」は「彼等の下働き」の「仲間に入れられ」とあり、これが予想外の大当たりとなり寛らを

成功を実生活の上で急速に具体化すべく考慮して、印税の前借と云つたやうな形式で出版用の資本を割いて、東京の郊外に住宅を新築した。……出版の方も丸ビルの内に事務所を設けたり、社員を殖やしたりして、派手にやらうとしたらしい

とか、リアルに率直に書いていることが事実で、それが「古典全集」不調の現状を招いたのであろう。敦夫は最後まで与謝野夫妻についてゆき、森潤三郎も『鷗外全集』との関わりで関わったであったろうが、寛は長嶋から恩義を受けながら前記のように経営批判をしており、その後の消息は一切不明である。

「明星」終刊以前から「冬柏」創刊まで　明治期と大正・昭和期の「明星」は寛と晶子の文芸への愛執の賜物とも言うべき畢生の雑誌であった。共に「財政不如意のための廃刊」となったことは事実である。しかし明治期の「明星」はまさに和歌革新当初の時流に乗り、一時は歌壇の主流を成すほど有力な雑誌であったが、八年七ヶ月で

廃刊となった。その頃の心境を天眠宛て書簡に寛は「身を切るにひとしき苦難に候へども」（明41・9・3）と書くほど寛にとって無念さに終始していた。その後の寛の暗澹とした思いを脱却させようとして晶子は寛の渡欧を計画し、明治四四年の一一月に旅立たせた。自らは金銭面で不可能と諦めていたが、渡欧中の寛からの執拗なまでの勧誘と善意ある多くの人達の支援により晶子は、その半年後に単身渡欧できた。その合間にも多作、多産だった晶子は五ヶ月間、寛と共に欧州旅行を楽しんだ。帰朝後、大正三年三月には晶子の詩歌集『夏より秋へ』、五月に共著の『巴里より』、一一月に、寛の訳詩集『リラの花』、四年の三月に晶子の詩歌集『さくら草』、八月に寛の詩歌集『鴉と雨』（渡欧以前の作）を出版、寛の著作はこれを限りに、その後、晶子との共著は大正期には『巴里より』（3・5）、『和泉式部歌集』（4・1）、昭和期には『霧島の歌』（4・12）、『満蒙遊記』（5・5）で、その後自選の『与謝野寛短歌全集』（昭8）、これらは生前の著作で、歿後には『与謝野寛遺稿歌集』（昭10・5）・『采花集』（昭16）が出版された。それに比して晶子生前中の作品数は歌集（詩歌集も含む）、評論集、童話、古典訳、作文新講など厖大であった。その間を顧みると、大正一〇年には二人の念願であった「明星」は復刊されたが二年目の関東大震災のため一時休刊のあと断続的ながら刊行されていた。その後、年来願望の古典復活の思いが叶い、大正一四年一〇月から『日本古典全集』が刊行され、その年の一二月には「幸ひ好景気」で寛は大正一四年一二月二七日に「少くも十年ハつゞけ得ると信じ候」と森潤三郎へ書き、一一月の「明星」の「一隅の卓」にも「「古典全集」は幸ひ予定数の三倍以上に達することに…」とあるように好調であったが、その一方で「明星」の赤字は続き資金面での困窮のため、四月に「明星」は終刊は告げられぬまま休刊の形のまま終わった。いつかは復刊出来ると確信していたからであろう。白仁秋津（昭2・9・23）と後藤是山（昭2・10・11）宛ての同一の印刷書簡には

追つて休刊して居りました「明星」は近く発行の予定です。層一層御助成を願つて置きます。

と「明星」復刊の費用の援助を願い、又しても是山には

「明星」は来春より必ずと申し居り候へどもいかゞになり候べきかわかりかね候。（略）二月になり候べし。

昭2・12・24

と「明星」復帰を不安に思いながらも「二月」と示唆している。

翌昭和三年一月八日の落合直幸、同月一〇日の白仁秋津宛ての寛と晶子の年賀印刷の書き込みにも「今年は雑誌『明星』を復活致すべく候」と書き、四月三日の白仁宛ての寛書簡にも

「明星」早く出したく候へども財政の点にて埒明き申さず候。支那より六月の初に帰り候て、計画をし直し可申候。……　歌の発表を致す雑誌ハ今一度必ず作り可申候。……

昭3・4・3

と「明星」復刊の熱意はあっても金銭面に追い詰められている現状にありながら、五月から六月にかけて満蒙の旅をしていた。この頃は既に『日本古典全集』から離れていることを前の白仁秋津宛ての寛書簡に

両人とも「古典全集」より昨年九月に辞任致候

昭3・1・10

と伝えていることで昭和二年の九月には辞任していたことが判明する。「明星」と「古典全集」を失った二人には「明星」復刊のみが一縷の希望となった。

年が明け昭和四年となって後藤是山宛て寛書簡に

小生ども貧乏にて、歌の雑誌も久しく休刊致しをり候。何とかして本年ハ回復致度と存じ候。雑誌がなきため、諸友に創作の意気込揚がらず候。……

昭4・1・18

と書き、今年中にどうしても出したいと焦り、晶子もまた書簡に

雑誌のことは、私ども夫婦と以前よりの同人達とにて再興致す相談中に候ゆゑ、御寄贈の御品は、その基金

として、預りおき申し候。……今度は従来よりも薄きものとし、毎月百円くらゐの補助にて出来上り候やうに致したしと存じ、その計画を友人達と共に致しをり候。　昭4・3・5

と杉山孝子（石上露子、ゆふちどり）宛てに書いている。また五月一日の白仁秋津宛ての寛、晶子書簡末尾に

追つて一昨年四月より休刊致しをり候私共の雑誌「明星」は、本年九月より復活致し申すべく候。其節ハ旧の如く御同情を賜り候やう、この序でを以て願上げ候。　昭4・5・1

と書き、他に二人の同人にも同様の印刷書簡が送られた。右の一文は「先輩諸友」への書信であった。昭和四年には、九州の旅、晶子の五十回誕辰などで慌ただしかったが、「明星」復刊は諦めきれなかった。ところが年が明け昭和五年の印刷書簡では事情が一転して

雑誌「明星」を復興するまでの間、友人平野万里君が公務の餘暇、来る三月より雑誌「玉冬柏《タマツバキ》」を発行し、専ら「明星」同人の作物を掲載する事に相成候。……　昭5・1・1

と二同人に送り、遂に「明星」復刊は諦念して「復興するまで」という条件を出しているが、「冬柏」は寛、晶子の死後も続き、「明星」復刊は遂に果たされなかった。しかし平野中心の同人達の誠実さは与謝野夫妻を常に盛り立て、新詩社同人としての矜持を保ちつつ師弟としてまた同友としての絆は緊密に守られていた。遂に「明星」復帰は叶えられず、平野万里のような忠実で師思いの人物により「冬柏」経営は守られ、当時の歌壇とは無関係の同人誌で、同人達の熱意と献身は「冬柏」の編輯を与謝野夫妻に任せて万全を期し、死後昭和二六年まで続いた。

荻窪の家　晶子が寛の許へ初めてやってきたのは明治三四年六月一四日のことで、その家の当時の番地は東京府豊多摩郡渋谷村字中渋谷三七二番地、その三ヶ月後に三八二番地へ移る、その後も引っ越は続き、最後の家は荻窪

の九回目で昭和二年九月に移転。それは東京府豊多摩郡井荻村荻窪（後の杉並区荻窪一丁目一一九番地）であった。荻窪以前はみな借家であったが、この家で初めて自家を得たが、土地は借地であった。この家について小林天眠に

三月より荻窪へ古典全集の長嶋氏の好意にて七十坪ほどの家新築にかゝる筈に候。……　大15・2・25

と書簡の末尾に晶子は書いており、真下喜太郎・令夫人宛ての寛書簡にも

下荻窪へ長島豊太郎君の「古典全集刊行会」の厚意にて家を建て殆ど出来上り申候。　大15・9・7

とあり、同年一〇月一一日の白仁秋津宛て寛書簡にも

小生も妻も「日本古典全集」に忙殺され候て、珍しく夏を東京ニこもりて送り、秋もまた終りに相成候

とあり、大正一五年は「古典全集」の上昇期なので二人は繁忙の日々であった。この頃の寛を追想して後に晶子は

良人は『古典全集』の編纂と校訂に追はれて居て一度も来て見る遑が無く…
「我家の庭」――「冬柏」昭7・6

と書き「すべて普請が終」ってから、荻窪の家を「初めて来て見た良人は、他人の家に泊つてゐるやうだ」と「珍しがつた」と書いているように、この大正一五年の頃の『日本古典全集』は全盛だった。

この頃は「古典全集」は好調だったので平穏な気分で歌が読めたのであろう。従って「古典全集」刊行者の長島も好意的で安易に考え、出版費から捻出して荻窪の家の新築費を印税の前借として融通したのであろう。後に寛は自分等の印税は未払いだと言う文句を書簡に書いているのは腑に落ちない。新築のためにどの程度の出費であったのか不明だが、全面的な援助であったか、ある部分であったか、前借なら返済せねばならない。

この家について寛の昭和二年の「自筆年譜」によれば、

九月、東京市外荻窪村（今の杉並区荻窪町）に移転す。家二棟に分る。一を遙青書屋と云ひ、一を采花荘と云ふ。

在京の同人より庭木の寄贈を受く。

とあり、この荻窪の新築の家に移った昭和二年九月頃には既に「古典全集」の不調の兆しが見え始めていた。これについては前記したが、この年の八月五日の森潤三郎に宛てた寛書簡には既に『古典全集』の刊行会が近頃の不景気にて」とあり、九月八日の正宗敦夫宛て寛書簡には「刊行会ハいろ〳〵紊乱し」とあって次第に金銭のみでなく人事も絡み、寛、晶子は全面的に手を引くようになるが、正宗は残って「古典全集」の仕事を続けてゆく。

何れにせよ、荻窪に自家を持てたことは夫妻にとって無上の幸運であった。ここから昭和期の与謝野夫妻の文芸が生まれ、雑誌「冬柏」が創刊され、発表の場を得て夫妻は細々ながら活躍できた。「明星」は復刊出来ずとも与野夫妻と新詩社同人とのこれまでの得難い交流は、その後も一層固い絆で結ばれ、不運の折にも一層その聯繫は強まって行った。夫妻歿後も多くの同人らやその遺族の誠意は夫妻への尊崇の念として伝承され、多くの書簡が残されている。それにより、筆者は天眠一家、同人その他の与謝野夫妻に関わる人達の多くの書簡を蒐集して出版してきた。

この荻窪の家については前記した「我家の庭」に晶子は詳しく荻窪の家について書いている。要約すると「始め麦畑の中へ建てた私達の家」の庭には頂き物の「いろいろの木」や「買ひ足して植ゑた」木が「五六年の間に成長して」「林の中に住んで居るやうな気がする」と書き、「荻窪は東京駅から」「四里もある」「西郊」に「七百坪」を借り、一年後に戸川秋骨に二百坪譲り、まず土地の一部に「二室の小さい洋風の家を建て、大学生の長男と次男に炊事させ、私達も歌会をする日本間と浴室を建て増して土曜から日曜にかけて市内の宅から」読書するために来る。土曜毎に泊まって、その雑草原に掩はれながら蟲の音や雨を聴き月を眺めまた朝夕の露のしとどに白いのを愛した、と書いている晶子は「市内の宅を引払ひ、他の子供達をつれて此処に住んでから六年の時がたつ」といって「子供達のために設計して造つた部屋が次第に空くのは嬉しくもあり、また寂しくも感ぜられる」と書いている。
大きな理想を掲げて二人は「古典全集」編纂に懸命だったが短期間で引退、同時期に「明星」も終刊、また新築の荻窪への転居という喜憂が昭和二年に一気に訪れたが、二人は翌年から連年大旅行を成し共著二冊を出版する。

書簡にみる二人の旅の歌　昭和二年の四月に「明星」は終刊になるので、二年以後の旅の消息はみられない。一月四日には二人の絵葉書書三通あり、同行の万里、信次の歌あり。

・後藤是山宛て（箱根名勝）

舞姫が箱根の宮にふる鈴も山寒ければみぞれかと聞く　寛
大磯の虎がたてつる供養塔笹より高し功徳あれかし　晶子
湯のもやを失はじとて抱きたる強羅の林うつくしきかな　『心の遠景』1176　晶子

・白仁秋津宛て
（箱根境内末社曽我社乃兄弟杉）

頂も天にハ遠しよしや山しかも大地につらなれること　寛

・菅沼宗四郎宛て
（箱根名勝出山鉄橋）

箱根ぢのかやの冬枯山こえて弓弦のさまに通ふ風吹く　寛
冬枯れの寒き雑木を美くしとするまで山に高くこしかな
去年借りし草のまくらの心ひく宮城野橋にいたりけるかな　『心の遠景』1212　晶子
（箱根三河屋にて）

一〇月二五日の白仁秋津宛ての寛、晶子の絵葉書（信州上高井郡山田温泉全景）、同行の柏亭の歌あり
もみじもて山にとばりを掛けたれバ秋の柱のし樺光る　寛
樋の水の音澄みわたる山の夜の秋の闇こそなまめかしけれ　晶子

光と迪子の結婚（昭３・４・10）　光は寛と晶子の長男、迪子は小林政治（天眠）と雄子の三女、光は明治三五年一一月一日、迪子は三九年三月二一日誕生、結婚時の光は二六歳、迪子は二二歳、二人の結婚話の始めは天眠宛ての晶子書簡に

光のこと、いつぞやおく様よりお返事いたゞきしよしにて安心いたせしやうに候。何ごともよきやうになれと祈り候ことにあなた様とも〳〵骨折りたく候。光は三月十二日に試験すむよしに候が、何やかやと会やら新しく病理の教室に助手となり候ことやらにて……学生時代より忙しき助手時代がはじまり七月の休みとならずは京都へまゐれぬよしに候。

大15・2・25

とあって、晶子は積極的になっているようで、光について更に「正直なる人が正直に申すことに候へば」と言って光の言葉を信用して欲しいとも書く。これ程に熱心になりながら、三月の天眠上京の折、寛には「少しもみち子様の話にふれぬやうに」と頼み、光が大学卒業後に話した方がいいのだと「私のさだめしことに候」と書いて黙っていて欲しいと願っている。その後、話は進み、天眠夫妻宛て寛、晶子書簡は

光がお邪魔申上げ、長々御泊め下され候上に、何かと数々の御歓待を受け候旨、委しく感激して物語り申候。お忙しきなかに、お心遣ひ被下候こと、親どもに於ても無上に嬉しく、忝く奉存候。………お土産のかず〳〵、併せて忝く奉存候。次に御令嬢様を光が御懇望申上げしことにつき、迪子様の御心にも、御両親様にも、御兄弟がたにも、快く御承諾下されし由を、光より承り、何より幸ひに存奉候。何れお目に懸り御礼申上候へども、この儀も私どもの喜びとして、こゝに取りあへず御礼申上候。

大15・8・19

と皆々に祝福されている縁談だと安心し、光について「少年の心を脱せぬ」とか「まじめなる男」だとアピールし、また「結婚後ハ一意専攻の学問に耽り候事と存ぜられ候。何かとよキやうに御心添へ奉希上候」と学者的な生き方

をするだろうと予想して「御心添へ」を願い、さらに続けて

結婚の時期なども、自然にまかせ申度候が、只今の光ハ明後年の春あたりと申しをり候。

とある通り、昭和三年に結婚することとなる。

この縁談の持ち上がった大正一五年には双子の次女の七瀬の結婚があって出費も多かったが、この頃は『日本古典全集』の好調期と杉並の家の新築着手で、寛と晶子は幸運の絶頂にあった。その後の天眠宛て晶子書簡に

迪子さんへやくそくのしるしの品を、光が七日に参りますので、その前にと思ひまして、七月一日を吉日として、京都の高嶋屋の店より持参させます。番頭さんが袴を穿いてまゐるくらゐのことにして、御挨拶は光にいたさせます。光に安心がさせてやりたく、まだ早いのですがあなた様の方とさうお決めしたと云つてやりたいのでございます。なほその近いうちの日どりでしたら二日が三日になりましても御都合のよいやうにおしらせ下さいませ。

昭2・5・30

とあり、光に一刻も早く安心させたいという親心であろうか。この書簡の「天眠註」として

迪子の結納はその頃に光さんの従兄赤松智城博士が高島屋の人を随へて持参されたり

とある。「赤松智城」は寛の次兄赤松照幢（徳応寺住職）の子息。翌昭和三年の天眠宛ての晶子書簡には

式は正三時より永嶋式にて東京會舘にて行ひ候。この時間が正確に行はれずバ、費用は倍額にとらるゝといふ変りしきそくが昨日とゞき候。

昭3・3・26

とある。「長嶋式」とは神前結婚のことで、明治四十一年頃、長嶋藤太郎が考案実行したと言われている。

いよいよ昭和三年の四月一〇日に光と迪子の結婚式が挙行された。「両家より廿人」「客数は八十人」、二人は荻窪の采花荘に住むようになる。其の後の天眠宛て寛書簡は鄭重な礼状の後に

五月に八十二日の夜汽車ぐらゐにて両人東京を出立すべきよし申しをり候。

小生と妻とハ五月早々ニ満州へ参り可申候。……

昭３・４・20

と書き、此の書簡には「春長男光娶小林氏女有作」と題する漢詩が同封されていた。また天眠宛て寛書簡にも

五日の夜東京発八時十五分、一二等急行にて両人渡支の途ニつき申候。すぐ神戸にて汽船香港丸に乗り正午に出帆致候ゆゑ、御地へ御立寄り致さず候。帰りニ御目に懸り可申候。

４・29

とあり、寛と晶子は満蒙に旅立つ。この旅は昭和五年五月に寛と晶子の共著『満蒙遊記』として出版される。

次男秀の巴里赴任　明治三七年六月二二日生誕の秀について寛の自筆年譜の昭和三年の項には

三月、二男秀《しげる》東大法学部卒業し、四月外務省に奉職、七月、日本大使館員として佛国に赴任す。

とあり、加野宗三郎宛て寛書簡に福岡の「築紫郡　雑餉隈」へ「御地―御立寄り致しかね候」の理由に

次男が外交官として巴里へ赴任致す前に、内地の見学として、本省より各地へ出張する日限が六月十八日に出発と決まりをる由申来候につき、それまでに帰らねバ、留守中同人ニ託しおき候諸般の用事を聞き取り候ことが困難なること……

昭３・７・３

とあり、「六月十六日にハ、次男が巴里へ赴任致候ため、荊妻も何かと忙しく暮しをり候」とあることで、秀が昭和三年六月一六日に巴里赴任だとわかるが、天眠宛て晶子書簡には

秀こと昨日夕方にやうやく試験の結果の知れ、三回目にて外交官に合格いたし候。苦しきことはなるべく一度きりにさせてやりてくれと存じ候こと、てうれしく存じ候。

来年は八月にもう秀はふらんすへ出かけ申すべくそのことを思へばもう一年位先にてもよろしかりしに候。

と母親らしい感慨を洩らしている。寛の年譜では「昭和三年」とあるが、晶子の書簡では「来年は八月」とあるので昭和四年と解する。寛の「年譜」は昭和八年に回想して書いたものなので、誤植の個所が他にもあるので思い違いかも知れない。或いは三年の予定が四年に変更したものか、何れか真偽の程は判定し難い。

晶子の血圧亢進　晶子は父親譲りの高血圧の体質を受けてか、健康不調を書簡に時折訴えているが、前記（7・3）の加野宛て寛書簡に

夏休みニ御新居へ参り候こと、是非実行致度候へども、帰京以来、荊妻の健康ニ不安なる所有之候て、（血圧亢進、両親の遺伝ありて、頻ニ脳溢血を気に致候）医者になりをり候長男が平静に致すことを勧め候のミならず、荊妻自身も朝に夕に悲観致しをり候まゝ、只今の処にてハ決定致しかね候。少し容体を見候て、重ねて御返辞可申上候。　昭3・7・3

とあり、秋になったら「小生一人」で「参り可申候」とあり、周辺の人達にも「同様の症状の人有之候」故に

妻自身ニ不安がり申候こと御諒察被下度候。実ハ近年あまりニ事が多く、且つ経済上の事などに人知れず苦労致候ゆゑ、疲労致しをり候処へ、先日の満蒙旅行にて日々汽車に乗り、人に逢ひ、山にも登り候など、一層心身を酷使せしためとも存じ候。とかく頭部の一部がしびれ或ハ痛ミ、また手指のしびれ候ことなど有之候。

とかなり詳しく晶子の病状を書いているが、この年の晶子書簡には一切自分の病気について書いていない。

書簡にみる二人の旅の歌、御即位礼の儀の晶子歌　昭和三年の二人の旅は五月から六月にかけての四〇日ほどの満蒙の旅があり、それ以後の書簡は八月二〇日の白仁秋津宛ての寛、晶子の絵葉書（「碓氷トンネル」）、同行悌六の歌あり。

しら樺と月見艸とを軒にして残れる山の夕あかりかな　寛
をみなへし葦にまじれりたてよこに湯川ながれて白き初秋　晶子

この年の一一月一〇日の「国民新聞」の一面上段にある「けふ即位礼の御儀」の最下段に晶子の「万歳抄」一〇首あり。それは当時の「今上天皇」つまり昭和天皇の御即位である。晶子は歌う。

大空に豊旗雲ぞなびきたる十一月の十日あくれば
瑞気立ちよろづの民の歌声の湧くひんがしの日の本の国

同日の「横浜貿易新報」に「御大礼の感激」の長文の祝辞、同月一四日の「東京日日」の「大嘗祭」に晶子、茂吉、信綱と三首ずつ、同日の「東京日日」の「奉祝歌」晶子・白蓮三首ずつ、茂吉二首。一一月六日の「報知新聞」に「祝歌」晶子九首、茂吉五首。一一月一四日の「東京日日」に「大嘗祭」晶子、茂吉、信綱三首ずつ。また雑誌には一一月の「婦人公論」一五首。「キング」の「奉祝歌」に晶子、茂吉、信綱三首ずつ、他に「現代」「令女界」に、一二月の「改造」の「奉祝歌」に「瑞日抄」六首など多くの紙誌に当時の歌壇を牛耳っていた歌人らと同格に掲載された。これらは書簡には掲載されていない。しかし当時の日本に於て最も重要な「即位礼の御儀」にいろ〳〵の新聞紙上に晶子の歌が載せられたのは、歌壇の傍流にあったとはいえ、晶子の歌人としての存在感が如何に大きかったかを思わせる。

またこの年の一、二月の「太陽」に『紫式部新考』（上・下）、二八頁と一、二、三月の「女性」に「女詩人和泉式部」（上中下）を掲載している。何れも大論文である。これらについて書簡に書かれていない。拙著『新版評伝』の「昭和篇」（70～100頁参照）に既述している。

第二節　昭和四年から七年にかけて

七瀬の夫の死（昭4・5・2）　大正一五年一〇月三〇日に結婚した次女七瀬の夫山本直正はその後二年七ヶ月経た昭和四年五月二日に他界。この痛恨を晶子は評論集『街頭に送る』（昭6・2）に「涙の記」と題して

私は今心の喪にゐて、ふとした事にも涙がこぼれる。この二日に突然娘の聟《むこ》が没したからである。

と書き始めて、三日前に見舞った時には元気だったが、三日目の朝、急に視力を失い、急変し、脈搏が弱まり「極めて平静な中に永久の眠りに」とあり、「殊に親達の顔を私は正目《まさめ》に見るに堪へなかった」と記している、この直正の母親について晶子はこの四年の五月一一日に同人倉田厚子宛て書簡に於て

婿の母は有嶋武郎さんの妹にて類ひもなき善人に候が善人もさるうきめを見る運命はもつものに候よ。

と書いて深い同情を寄せている。その「婿の母」について前記したが、この書簡には婿の病について肺が悪かったことを告げ、三歳の遺児のいることも書き、「世の中がはかなく」と書きながら「運命に従ひてゆくことにいたすべく」と運命論者をも思わせる書き振りである。七日の葬儀が終わっても「なほゆめのやうにのみおもはるゝ時をのみ過くし居り候」と訴えている。「涙の記」では七瀬夫婦が天主教の信者故か、七瀬は

「母さん、泣いてはいけません、天に召されたのは結構な事なのよ」

と母晶子を慰めたが、この時晶子は自分には「宗教は無い」と自覚し、自分は「『死』を以て人が宇宙に還元されるのだ、一つの変化だと思つてゐる」と書きながら「若い人の死は云ひやうも無く悲しい」とも書く。そして愛壻

について も「誰が見ても寡言《くわ》な、温厚優雅な青年」で「余りにも欠点の無い、優しい人」だといって、この世に「神」の存在があるなら「なぜ斯う云ふ人を永く地上に留めて置かないのかと質《たゞ》したい」と疑問を抱きながら「かう云ふ人こそ確かに天に召される人」、「婿のためには、假にもさう云ふ天国があつて欲しい」と晶子は天国にいる愛婿のために念ずる思いを熱心に書いている。和泉式部が愛人敦道《あつみち》親王の火葬が終わった後で、あの霞んでゐる空が急に自分と親しくなったのを思い出してか、晶子は

私も四日の朝、婿の遺骸が煙として立ち昇つて以来、晴れるにつれ、曇るにつけ、あの大空がなつかしいものとして仰がれる。婿は今姿を更《か》へて高く自在に遊んでゐる。

と婿の死は悲しいが、晶子の描く美しい情操の世界にその哀しさを包み込もうとしている。こうした思いを晶子は「涕痕抄」（「週刊朝日」昭４・５・26）一五首に籠めて詠んでいる。

煙とも雲とも君のなりはてし五月四日の早旦の空
うら寂し君が煙の立ちしのち一天白し日も悲しめり

晶子生誕五十年の賀筵　明治一一年一二月七日、和泉国堺州甲斐町の菓子商老舗駿河屋主人鳳宗七とつねの三女として晶子は誕生した。この昭和四年は生誕五〇年に当たる。このことについて白仁秋津宛て寛の絵葉書（昭４・12・３）と書簡（12・６）に

・本月廿二日に妻の五十の賀筵を開く事になり候間、その節何卒御上京被下候やう願上候。……　12・３
東京市外、下荻窪
与謝野　寛

とあり、書簡（昭4・12・6）には

さて、本月二十二日夕刻より妻の五十年祝賀会を、俄かに「明星同人」の主催にて実現せらるゝ事と相成り、案内状を只今平野君などが印刷中に候。発起人ニハ大兄の御名をも印刷致候。ついてハ御上京の期を少し遅らしていたゞき、右二十二日の会まで御滞京被下候やう妻よりも小生よりも祈上候。右とり急ぎ申上候。拝芝を楽ミ申候。

六日　　　　艸々

寛

秋津詞兄

御もと

とある。この会は平野万里の発案だったことを寛は

よろこびを椿によせて歌はんと先づ万里こそ云ひ出でにけれ　「椿に寄する賀歌」

と詠み、万里に謝意を表している。また菅沼宗四郎宛ての寛書簡にも

さて二十二日の会に案内状を差出すべき横浜の諸君の御住所御姓名を折返し御知らせ被下度候。但し出席して頂かれさうなる少数の諸君にてよろしく候。……　12・6

とあるのは菅沼の横濱短歌会の人達への寛の配慮と思われる。この年には未だ「冬柏」がなかったので、この会の伝達を寛がしていたものか。この会の様子は、翌五年創刊の「冬柏」末尾の「消息」に悌六が

○与謝野夫人の誕生五十の賀筵が、昨年十二月二十二日の夜東京會舘で催された。会する者文壇の老先輩から文化学院の若い卒業生にいたる老若男女二百五十名、近来の盛会であつた。　昭5・3

と書き、更に「午後五時、六階の余興室で色々の催物があり」「冬柏」にはそれぞれについて載せている。その後、

八時から会食となる。「石井柏亭氏の挨拶」、「続いて徳富猪一郎先生、菅沼亮三氏、木下杢太郎氏、深尾須磨子、久布白落実、石本静枝、新居格氏、森田草平氏等のテエブルスピイチ」「西村伊作氏が祝電を披露し、晶子夫人の謝辞、最後に賀古鶴所先生が起つて、夫人の為めに乾杯され、此に対し寛先生が参会者一同の為めに乾杯されて筵を徹し、再び余興室に戻って盛んな談笑に時を移した。主客全く散じたのは十一時過ぎである」とあることで、非常な盛会であったことが分かる。この後「消息」の終り近くに万里は

◯晶子夫人の誕生五十年に際し朋友知己から送られた記念の茶室が略出来上りました。窓の前には一本の椿が植ゑられました。本誌が刷り上る頃には茶室開もあることでせう。

とあり、既に昭和二年に新築した夫妻の荻窪の家に、晶子生誕五十歳祝賀記念に弟子達が茶室「冬柏亭」を寄贈した。これは晶子歿後の昭和一九年に弟子の岩野喜久代氏の大磯の別荘へ移築され、更に五一年に京都の鞍馬寺に移された。鞍馬寺の管長信楽香雲（真純）は与謝野門弟で、共に有力な新詩社同人だった。

この五〇歳の賀筵に対する晶子の礼状と「椿に寄する賀歌」百首の印刷物が出席した人々に送られた。それは

啓上

このたび、わたくしの五十回誕辰に、皆様から、年末のお忙しい時に関らず、過分な賀筵を催して頂きました。

また皆様から、み心を籠められたおん歌や、結構なおん品品を頂戴致しました。

わたくしに何程の徳があつて、斯様な御恩情に浴しますことかと、ひたすら恐縮に存じ、また深き深き思召の程を忝く存じます。

この感激は、只今わたくしの言葉に尽しかねます。唯だ今後の生涯を一層文筆の苦行に傾け、創作を以て

皆様の御恩情の万が一にお答へ致したいと存じます。

猶この後も、皆様の御愛護と御叱正を賜りますやう、幾重にも願ひ上げます。

謹みておん礼を申し上げます。

終りに、皆様がますます御清健に入らせられ、めでたき新春をお迎へになります事を心から祈上げます。

敬具

昭和四年十二月廿五日　与謝野晶子

であり、これに添えた「椿に寄する賀歌」の冒頭には小金井喜美子の歌一首、次は中原綾子一首、寛を含めて二七名の歌が区々としていて一番多いのは平野万里・与謝野寛の二二首である。左に抄出する。

おなじ世に生きて歌へる女どち椿をかざし今日を祝はん　小金井喜美子
椿をば夫人のみ手に我れも置く光る誉を花も受けよと　中原綾子
寂しとは唯だひと言ものたまはで初冬に咲く椿なり母　与謝野光
わが母よ先づ受けたまへ匂ひ無き歌に添へたる紅き椿を　与謝野光
金字塔半は成れりその前に今日しも添へよ椿一輪　平野万里
五十《いそ》とせの天《あめ》の雪霜《ゆきしも》おほかたの知らぬ寒さに堪へこし椿　与謝野寛
世の常の五十《いそ》とせならずまして猶千代に照るべき玉椿これ　尾崎行雄
文《ふみ》のさち君に長かれ椿咲く嶋の乙女の黒髪のごと　石井柏亭
国国に花うるはしく咲ききそふここにカメリア・ジヤポニカの花　西村伊作
しら玉の椿の花を愛づるごと我世の紫女《しじょ》の歌を讃《たた》へん　吉井勇

以上のことは、昭和四年十二月二十五日の小林天眠宛て書簡にあり（『書簡集成』444～452頁）、晶子の五十年祝賀会に関する書簡は一二月以降のもので、内容が乏しいが、円城寺貞子宛て晶子の書簡二通あり、そのうちの一通には

・わたしに何程の徳があつて、斯様な御恩情に浴しますことかと、ひたすら恐縮に存じ、また深き深き思召の程を忝く存じます。

この感激は、只今わたしくしの言葉に尽しかねます。唯だ今後の生涯を一層文筆の苦行に傾け、創作を以て皆様の御恩情の萬が一にお答へしたいと存じます。……

とあり、もう一通には

・あなた様の御親切を思ふと、涙がこぼれます。忝く存じます。……　12・25

とあり、晶子の心の優しさが伝わる。他に円城寺貞子や徳富蘇峰、落合直幸あての書簡には「五十回誕辰の印刷物に書き込み」を挿入している。

書簡にみる二人の旅　昭和四年の旅はみな晶子の第一四評論集『街頭に送る』（昭６・２）に掲載されている。この年の旅についてまず天眠宛ての昭和四年四月九日の晶子書簡には

御高慮の数々を奉謝候。さて十三日の夜行にて出発し、朝御地へ著、正午までの間に一寸なりともお目に懸り申候。其より午后大坂へ参り高嶋屋の新支配人を訪ひ、夕方の放送をすませ、帰洛致すべく候。

とあり、四月一五日から二十三日までの日程を書き、「右様の予定にて、よろしく願上候」とあり。更に天眠へ

名古屋にてハ本美鉄三君と、伊藤伊八君、伊藤君の令息等より種々御歓待を被り、犬山ホテルに三泊致し申候。その間ニ瀬戸へ参りて石井柏亭君と共に陶磁器に筆を取り、また木曽川を船にて下るなど致候。残桜と

若葉との好時節にて、到る処、詩魂を楽ませ申候。　昭4・4・26

と晶子は書き、京都の帰り名古屋へ寄り犬山ホテル三泊、陶磁器、木曽川下り、残桜と若葉の「詩魂を楽」しんだ。

七月五日の加野、後藤、白仁秋津宛ての葉書には九州旅行の報せを「廿二日の夜行」で東京を立つとそれぞれ書きながら、同人たちに七月一〇日の葉書には「廿三日の朝の急行」とか「特急」と書いていたが、その七月一〇日の最後の白仁宛ての寛書簡に

小生東京出発の日時度々変更いたし、申訳無之候。

さて只今次のごとく確定仕候。

来る廿一日午前九時の特急にて東京駅を発し、廿二日朝門司、それより直ちに鹿児島に向ひ可申候。

右ハ決して変更致さぬものに候。……

とあり、門司、鹿児島、博多、栄の尾温泉、最後の二五日の有島生馬宛ての晶子書簡に

二十二日の夕かごしまにつき昨二十三日栄の尾温泉に上りまゐり候。山はほゞ軽井沢ほどに候へどもかごしまを思へばあつくなり候。

二七日まで山にありて……さらに日向へまゐるべく、福岡へは五日ごろにいづべく候。

二十四日夕

きりしまの月を見るなり山の気のうごき初たる暁にして　『霧島の歌』29　7・25

とあって、ここで此の年の書簡中の一首のみ見た。一〇月一日の湧島長英宛ての晶子書簡に

この夏ハ九州よりの帰り、京ニ一泊し、初めて大原の寂光院を訪ひなど致候

と九州旅行の帰途京都へ廻ったことが記されている。

「冬柏」創刊　「冬柏」は昭和五年三月二三日、東京府下杉並区阿佐谷二四六の平野万里の家が「冬柏発行所」となって創刊され、編集者は新詩社同人平野久保（本名）、発行者は掛貝芳男、印刷者は鈴木科武と奥付にあり、「与謝野」の名は全くない。

昭和五年一月一日の寛、晶子の印刷書簡には「冬柏」創刊の経緯について書かれている。抄出すると

> 雑誌「明星」を復興致すまでの間、友人平野万里君が公務の余暇、来る三月より雑誌「玉冬柏《タマツバキ》」を発行し、専ら「明星」同人の作物を掲載する事に相成候。

とあり、万里が「冬柏」主宰だと記している。既に述べてきたことだが、寛も晶子も「明星」復刊への愛執は拭い去れず、ここに於いても「『明星』を復興するまでの間」と鮮明に書き、「明星」復帰への未練は未だ断ち切れなかった。しかし明治期「明星」廃刊時の白秋、勇らの七人脱退組とは裏腹で、万里中心の同人たちの与謝野夫妻に対する熱誠は常軌を逸する程に誠実そのもの、そこには何等の邪心もなく、ただ一途なる忠誠のみであった。万里は、前年一二月の晶子の「生誕五十の賀筵」の折の徳富蘇峰の挨拶の言葉を引いて

> 永年結びつけて居た親しむべき絆をこの際何とかして繋ぐやう切に御奨めがあつた。

と「冬柏」創刊号の「刊行の辞」に万里は書いている。それは蘇峰の祝辞に感動した万里は早速、「新詩社の若い人人の間にも発表機関の必要が感ぜられてゐたので、於是相談一決して爾来準備を急ぎここに本誌の刊行」を見るに至ったと。「冬柏といふ名を与へられたのもその縁によるのである」と書き、続けて

> 「明星」再興は望ましいことだが、与謝野家の負担を甚だ重からしめる処があつて俄に出来にくい。冬柏はそこへ行く道程として一時之に代るものである。

とあり、ここでも万里の師思いの優しさが伝わってくる。また「僅少な拠金」で経営してゆくので「体裁」は貧弱

だが「内容は殆ど全部与謝野先生の手で整へられるもの」で「『明星』と変りない」と言う。「小生の趣味が田舎びて」いるので不満も多かろうが「御辛抱願ひたい」、その代り「永続性はあらうか」と確信を以て万里は書き又

一定数の読者が出来、収支相償ふ日が来たら直に与謝野先生の手にお返して明星として更生するのですから暫く御辛抱を願ひます。

と本号末尾の「消息」に書き、数々の与謝野夫妻に対する赤誠を記しているが、これらの言葉通り「冬柏」は与謝野夫妻の文筆活動の場となり、百首、二百前後の歌が掲載されるようになり、同人らの歌作も多かった。

寛、晶子の方も万里を心から信頼し、経営面は一切万里中心の同人らが牛耳っていた。万里のご子息の平野千里氏から「『冬柏』の会計は母がやっていました」という直言を私は得ている。一方、万里に対する思いを「冬柏」創刊号の「消息」に、寛は「繁劇な公務」の間を縫って「雑誌の雑務」を快諾してくれたことを「君に取つて貧乏くじを引かれたもの」とか、「勿体ないほどすべてに立派な編輯代表者を得たもの」と言って「此事は社外の師友も、社中の同人も」皆「ひとしく喜んで下さる事でせう」と満腔の謝意を表している。こうした万里との心の絆によって「冬柏」は寛と晶子の才華を開花させ、死に至る迄の二人の様々な文芸上の業績を残した。

これまで雑誌を失っていたことを寛は「非常に寂しい思ひを忍んで来」、「師友に対して」「申訳の無い失態を重ね」「人知れず心を苦しめる」と「消息」に書いて、その内面を告げ、さらに

茲に「冬柏」が唯一の自由機関雑誌として我我夫婦の間に生れでたのは、誰よりも先づ我我夫婦の喜びであり諸友に対して感謝を申上げる所である。

と書き、「冬柏」は「手堅い出発点から漸次に順当な発達を計りたいため」に「発行費の収支」を「十二分に考慮し」「決して軽率に計画されなかつた」と述べ、『同人はお互に此点を」「我慢」し、「暫く寛恕を賜りたい」と「明

星」の頃には考えられなかった寛の謙虚な発言である。これは二度の「明星」と『日本古典全集』の失態を体験していた寛の苦渋に満ちた思いである。また「冬柏」の内容についても「力めて無用の文字、無誠実の文字、無創意の文字を排除して掲げない事」「自重と発奮とに導くべく」「諸君の新声であることを期待する」とあるのは寛らしい声明である。いつも同人を「諸友」とか「同友」と詠み、師弟という重苦しい差別や束縛はなく、寛、晶子にとってみな「同友」であった。

晶子生誕五十年記念頒布会―貧困に喘ぐ二人　寛と晶子は多くの揮毫を残してきたが、その始めは明治四四年一一月八日に渡欧した寛の渡欧費捻出のために、晶子は「百首屛風」を書いた。それ以来、地方の同人達が二人を招き、歌会、講演、揮毫などで二人の生活苦に同情し、特に二人の揮毫に力を入れるようになる。それを再現させようと万里は四月の「冬柏」の「消息」に

○晶子夫人五十誕辰の記念として巻頭広告のやうな半折頒布会を発行所主催で企てることになりました。詳細は右にて御承知の上奮つて御申込下さるやう同好諸兄姉にお願申上ます。

と書き、その内容は同号冒頭に掲載されている（拙著『新版評伝与謝野寛晶子』の「昭和篇」142～145頁参照）。

このような半折頒布会を同人の協力により懸命に行われる背景には晶子の極貧に喘ぐ切実な生活があった。その声がその翌昭和五年八月二一日の小林天眠に送った晶子書簡に見られる。

私どもの収入も四分の一に減じ、前途闇黒に御坐候。自由労働者の身の上につき困り申候。消極主義の外、致方無之候。倹約ハ十二分に致し候も、その倹約の範囲に於て必要なるだけの収入無之、かゝる事が今二三ケ月もつゞき候はゞ死を択ぶ外、考へ得る活路無之候。ただ親どもハ死ぬべきも、多くの子供ニ困り申候。

やはり夫れを思ひて死ぬる事もならず候。社会の不合理なる生活を何とかして為政者に調節して貰ひたく候。今ハ軍備の半減以外に道なしと考へ候へども、その政党も其の勇断ありとハ思はれず候。8・21

とかなり深刻に訴えている。誇大して言ったものか、現実の真相だとすれば耐え難い貧困生活である。

それ以前に新詩社同人の倉田厚子宛ての五月二二日の寛、晶子の書簡に

さて突然ニ候へども、冬柏の費用が不足致し候ゆゑ、別帋の画讃半折会を催し候。特に一二幅御地ニて御引受被下候やう、御配慮願上候。初子様へもお頼ミ被下候やう御願ひ申上候。5・22

とあり、其の後は暫く旅の様子を伝えているが、前記の天眠宛て書簡と同日の渡辺湖畔宛ての寛、晶子の書簡に

さて、この程催し候画と半折の会に（山下、正宗両君と小生ども夫婦の歌）別帋一組を差出候間、何卒お引受け被下候て、会費五拾円を月末ニ御遣し被下候やう願上候。実ハ不況のためニ本月ハ大に困り申候。止むを得ず右の儀を願上候。御諒察の上、御快諾を乞ふ。猶別に一葉づつ半折を両人にて添へおき申候。御納め被下度候。8・21

とあり、金銭面の困窮を訴え、その五日後の八月二六日の白仁秋津宛ての寛書簡にも

さて、この両月ほど小生宅の窮迫ハ可なり手痛く候。由つて友人の画家達ニ計り、その厚意ニよりて、別帋の半折会を催し、この生活難を切りぬけたしと存じ候。御諒察被下御友人中へ特に御勧誘被下候やう奉願上候。恰も二十年前の困惑が再来致し候。8・26

とあり、「二十年前」とは明治末期で「明星」廃刊後のことで年中貧困であった。此の八月に限って集中的で他には同月二六日の、三島祥道宛ての寛・晶子、同月二九日の菅沼宗四郎宛ての寛書簡はみな同様に貧窮を訴えていた。

二人の旅　昭和五年五月二七日の白仁秋津宛ての二人の絵葉書（出雲大社祓橋）、同行の悌六の歌無し

八雲たつ出雲の祝これのみは祓ひな捨てそ歌のよろこび　寛
みやびかに大国主の都ぞとふるまひてゆくいく筋の川　晶子

五月三一日の白仁秋津宛ての二人の絵葉書（大山名所）、同行の悌六、祥道の歌あり

大山《ダイセン》の奥のみやしろ人立ちて語れば声の廊わたりゆく　寛
わが知らで隣したりし海やまの多きを見出づ大山の寺　晶子

七月一二日の渡辺湖畔宛ての寛書簡に九日の禅林寺への鷗外の墓参の歌七首あり
八月五日の寛、晶子の白仁秋津宛て絵葉書（八丈島風景）、同行の悌六の歌あり

八丈の底土の濱に瓜食ミてしりぬ配所のこころ安さも　晶子
島の山ミな明け方の雲に消え磯に残るハ溶岩と浪

八月八日の渡辺湖畔宛て晶子書簡に

吹くなかに人につながるなつかしき糸もまじるか秋の初風　寛

九月二九日の白仁秋津宛ての二人の絵葉書（深大寺縁起絵巻物）、同行の満子、悌六、芳男の歌あり

森の池かしの実沈む浅き瀬を踏みて遊べる寺のにはとり　寛
世の中のあまりものぞと云ふやうに樫の木の実ハ腹立ちておつ　晶子

里子に出された佐保子　昭和六年の四月の「冬柏」の「消息」に三人の子の入試について書かれている中に里子に出された宇智子のことが書かれていることから、里子に出された三人のことが思い浮かんだ。明治四三年二月二

八日に佐保子、四四年二月二三日に宇智子、大正三年一一月（戸籍上は大4・3・31）にエレンヌが誕生した。与謝野家では五男六女の子沢山で六人娘の半分が里子に出されたが、宇智子とエレンヌは高等小学校卒業後は与謝野へ戻ったが、佐保子は戻らず養家にそのまま残って与謝野へは戻らなかった。このことを不審に思っていた頃、偶然か、政治家の与謝野馨氏（与謝野秀の長男）から電話があり、佐保子の死を告げられた。佐保子の子息の電話を伺い、それがご縁で佐保子の実家へ伺い佐保子の養父の池田忠作宛ての書簡三通をコピーさせて頂いた。大切な資料として披露したい。

第一信は明治四四年一月二五日の池田忠作宛ての寛書簡（『与謝野寛晶子書簡集成』四巻263～266頁）は

啓上
お寒く候。皆様お変りも無上候や。
佐保子のことよろしく願上候。
別啓お受取り被下度候。佐保子を養女ニお貰ひ被下候農家有之候はゞに至急にお心掛け被下度候。　艸々

一月廿五日　　与謝野

池田忠作様

とあり、生後一年足らずで里子に出そうとしていたことが分かる。半月ほどした二通目の明治四四年二月一〇日に

啓上
先日は寄留届につき御手数被下御礼申上候。別啓為替券御領収被下度候。

さて此度都合有之佐保子を近県の農家へ養女に遣したくと存じ目下諸方の知人へ然るべき養家先を周旋致し

くれ候やう依頼致しをり候。若し御近村にて御心当りの農家有之候はゞ御世話被下度候。佐保子を養女に遣はし候に就てハ左の条件を御含み被下度候。
一、生活の確実なる農家なること。
一、当方より本人十五歳（大正十三年三月まで）相成り候まで小学（高等小学まで）の費用として毎月参円宛を支拂ふべきこと。
一、右の外一切当方より仕送り致さず候間萬事養家の負擔とす。
一、養家にてハ必ず高等小学を卒業させて頂きたきこと。卒業後本人の身の處置ハ当方にて一切干渉致さぬこと。
右の條件にて目下諸方へ親切なる養家の周旋を求め居り候。成るべく速かに実行致したく候間若し御心当りも候はゞ至急御世話被下度候。右併せて御願ひまで

艸々。

二月十日

与謝野　寛

池田忠作様

同宅皆様へ被下度候。

と寛は里子に出すに当たっての条件を述べてから、里親探しを再び池田忠作にお願いした二通目である。
三通目は池田家が佐保子を里子として育てた一二年目の大正一二年の書簡である。筆者が池田家でコピーを頂いた時、佐保子について伺ったことがそのまま書簡に記されてあった。この時直接伺ったことは寛から里子の世話を依頼された時の池田忠作は新婚時代で未だ子供がいなかったので佐保子を里子にしたが、その後子沢山になっても、

佐保子を実子同様に育てたので三通目にある佐保子は実家の与謝野に絶対に戻らぬと言い張った。三通目は長文なので抄出しながら見てゆく。

佐保子ヲ池田氏ノ養女トスルニツキ覚書

私共ノ三女佐保子儀、十年ノ間貴殿ノ御家庭ヘ里子トシテ御預ケ致シオキ、本年四月女学校ヘ入学セシムルタメ帰宅致サセ、女子学院一年級ヘ入学セシメ候処、本人ニ於テ貴殿ノ御家庭ヲ慕ヒ、突然逸走シテ貴殿ノ許ニ参リ候コト両回ニ及ビ、本人ヨリ貴殿御家庭ノ養女タランコトヲ強請シテ止マズ、許サレズバ死スベシト申シ張リ候タメ、貴殿ノ母上初メ、貴殿御夫婦、貴殿ノ御親戚吉崎、中山二君ニ於テ、本人ノ心情ヲ愛憐セラレ、養女トシテ引受タシト御懇望有之、私共両親ニ於テハ、私共ノ希望スル教育ヲ施シガタキコトヲ甚ダ遺憾ト致シ候ヘドモ、翻ツテ思フニ、本人ハ既ニ十四歳トナリ、他ノ同年輩ノ女子ニ比ベテ意志、知識共ニ勝レテ発達セル如クナル上ハ、彼レ自ラ都会ノ家庭ヲ嫌ヒ、農村ノ家庭ニ於テ平穏ナル生活ヲナサント切望スルヲ、私共ニ於テ拒止スベキニアラズ、本人ノ死ヲ以テ要請スルホドノ熱心ニ対シ、ソレヲ寛容シ、ソノ意志ニ従ツテ彼レ自身ノ生活ノ道ヲ開カシムル方、却テ本人将来ノ幸福ナラント存ジ、之ヲ彼レガ兄弟姉妹ニ協議致シ候処、孰レモ異議ナシトノコトニツキ、此際快ク本人ノ切望ヲ容レ、貴殿御家庭ノ御厚情ニ従ヒ候コトニ一決致シ候。…

ということで、寛一家も納得して、佐保子は池田家の養女として正式に認められることになった経緯が書かれており、それ以後は「貴殿御一家」に対する「敬意」と「深大ナル御愛情」を「感謝ニ堪ヘズ候」と「信頼」している。また「貴殿の御愛養」により「幸福ナル一生ヲ送ランコトヲ祈」るのみ、とあり、最後に「佐保子持参品目録」として四五の品目を具体的に記している。これらは大正一二年の時点で現実に用意したものなのか、与謝野家は年中貧乏であり、此の頃（大12）は大正期の「明星」を出しており、大震災の前で、大勢の子供もいて養育費も大変な時期であったと思う。

佐保子について本稿の大正二年の「子供虐待事件」で述べたが、この事実から考えても佐保子と与謝野の両親とのことが分かる。このあたりのことは「里子に出された三人の娘たち」（拙著『新版評伝』昭和篇184～188頁参照）に記している。

「旅かせぎ」　昭和三年には満蒙へ、四年には九州への大旅行に何れも招聘され、翌五年に「冬柏」創刊となり二人の生活はやっと安定した。そこで多くの歌作りに専心するために同人たちの実作指導の旅に力を入れるようになる。同人たちは旅に加わるのを名誉とし、旅に同行するには、それ相応の謝礼はしていたろうと想像される書簡が「冬柏」創刊から一年余り経て、何でも相談できる万里に、そのようなことを昭和六年五月一六日の晶子書簡に

　何やらん旅行すれば都合よく経済のゆき候こともをかしく候。歌のよまれ候ことなど、もつともよろしきこととおもひ居候。もとはそのやうなる旅にては、歌の出来ざりしものに候へども、近年は賢くなりしやうに候。

と歌作りの旅は経済面では「都合よく」とあるように生活の支えになっていたろうとも考えられる。「冬柏」経営と与謝野家援助のために万里は当時著名な画家達の絵に二人の歌を賛した書幅を販売する会を催して資金を集めた。

昭和六年の旅の歌は一月一日の白仁秋津宛ての二人の絵葉書（林無半制動滑降）に同行の悌の歌あり。

　州の雪と青き流を見下ろして朝の裸を渓の湯におく　　寛

ひと時の吹雪にあらでやむまなく山の底をば瀬の音走る　晶子

一月五日の井上夫妻宛ての二人の絵葉書（能登和倉温泉）あり

輪《ママ》倉びと入江に黄なる簗を立つ晝も其処のミ月ある如し　寛

有磯丸氷見の海見えさそへども能登の和倉になほ客たらん　晶子

能登島の遠きともし灯またゝきぬ和倉の家の三味線をきゝ

二月は筑波へ二人きりで、二月二六日の二人の絵葉書二通あり

・白仁秋津宛て

（筑波名所　本社男体山）

しら梅が山にすがりて花咲けり筑波の神のやしろに見れば　晶子

富士ありと思ふかなたハくもれども筑波ニ白き星月夜かな　寛

・菅沼宗四郎宛て

（転載　筑波風景本社女体山）

（裏）筑波嶺の頂の岩ことごとく二尺の雪に額半出づ

春雨のごとく筑波の水の鳴り夜ぞ初まれるはやましげやま　晶子

筑波嶺の頂の岩ことごとく二尺の雪に額《ぬか》半ば出づ

西の方富士に入る日の照したる筑波の山のわが宿の杉　寛

四月三日の白仁秋津宛ての二人のペン絵葉書（箱根仙石）同行の満子の歌あり

足柄ニ我等と宿る雲ありて杉の中より雨のしたたる　寛

山の雲三時つゝめる中に居て恋と隔るここちこそせぬ　晶子

四月一三日の菅沼宗四郎宛て二人のペン絵葉書（箱根仙石大涌谷大地獄）同行、苔渓の歌あり

彌生きてけしきばみたる高き木が皆手を挙ぐる前の渓かな　寛

瀧おちてひろがる池の紋にさへ誘はれてゆく春の霞かな　晶子

同月一七日に武州小金井へ二人のペン絵葉書（武州小金井の桜）に同行満子の歌あり。

・井上苔渓宛て　人を見て何か云ひつつ花を背に銀紙の太刀を抱く男かな　『相聞』192　寛

百人の少女も据ゑんその枝をはかなき花に貸すさくらかな　晶子

・白仁秋津宛て　小金井を速く流るる上水の襞となりたる山ざくらかな　晶子

心には夢多く見て帰るなり花に遊ぶハ半日なれど　寛

四月二九日の白仁秋津宛ての二人のペン絵葉書（鎌倉鶴岡八幡宮）に、同行の満子の歌あり

風烈し七里が濱の松山の松うごくなりいくさのやうに　晶子

岩赤くまろき芝より出でたるに凭りて物書く春の山かな　寛

五月二三日の二人宛ての二人のペン絵葉書二通あり

・井上苔渓宛て　函館にわが船つけバ人の待ち五月の末にさくらさへ咲く　寛

（函館郊外湯の川遊覧地香雪園）

旅人となり初夏の霧を浴ぶ青森の朝函館のひる　晶子

・菅沼宗四郎宛て（湯の川の絵葉書）　函館にわが船つけば人の待ち五月の末のさくらさへ咲く　寛

北海の函館の山霧きよしリラの花ほど紫にして　晶子

雨中湯の川温泉にて

六月二日の三人宛ての二人のペン絵葉書（北海道登別温泉）に

・井上苔渓宛て　湯のけぶり雪につながり湧く渓の明るき若葉赤き切崖　寛

湯のきりがましろき川の姿してふか岸となるとがりたる峰　晶子

・白仁秋津宛て　山の雨渓に湧き立つ湯けぶりを通して打ちぬ行くわれの傘　寛

・菅沼宗四郎宛て

あつしきて荒物店を守るかと見たる住居と末世のアイヌ　晶子

渓の土硫黄と鉄の気を交ぜて白し若葉と湯けぶりの中　寛

千とせへて変らぬものを《ママ》悲しけれただにアイヌをいふにあらねど　晶子

六月五日の菅沼宗四郎宛ての二人のペン絵葉書（洞爺湖中島と珍小島）

えぞ富士に夜明けの月のおつる頃銀の光す網に入る魚　寛

夏の雲湖上の嶋にとどまりて白樺の木にならんとすらん　晶子

六月不明の井上苔渓宛て二の人の絵葉書（洞爺湖名勝）

わが乗りて向洞爺に行く船をわづかに照し雲を出づる日　寛

数しらぬ歌となりてもかゝるなり羊蹄山の六月の雪　晶子

其の後七月から八月へかけての高野山行きは石井龍男宛ての寛書簡に

啓上、先日は、高野其他へ御同行被下多大の御親切を蒙り申候无。一見十年の旧知のごときお親しさを感じ候まま、御遠慮せぬ我がままを申し候こと、御寛恕被下度候。……。……　昭6・8・21

八月二八日の白仁秋津宛ての寛書簡に

小生夫婦も本月ハ高野山へ参り、往路の炎暑ニ悩ミ申候。、旅をせねバ歌のよめぬ悪癖いよいよ治し難く候。

八月三〇日の菅沼宗四郎宛ての二人の書簡に

九月第一日曜は上州の法師温泉へ旅行致候。

九月八日に寛、晶子の絵葉書（法師温泉）二通、同行の苔渓、芦子、紀子、満子の歌あり

・白仁秋津宛て

わがさまを山にをかしと云ふ友も霧のしづくす竹煮艸ほど　寛

わが駕籠もこしあきびとも龍膽も霧をまとへりいたゞきの原　晶子
いくもとの銀龍草の白きをば採りて猶行く秋の渓かな　寛
雨ふれば傘して廊下通ふなり山の仙女になほとほしわれ　晶子

・苔渓宗四郎宛て

一〇月四日の円城寺貞子宛ての晶子のペン絵葉書（大分県種畜場）に

（裏）ふりこむる久住の秋の雨白し牧の役所の二かたのまと

とあり、一〇月八日の井上苔渓宛ての二人のペン絵葉書（備後由布院）に同行の是山の歌あり

門《モン》なくて鶏頭の花むらむらと立てバ裏より入るごときかな　寛
山荘の隣是山が日野春へ去りたる夜半の由布のこほろぎ　晶子

「十二日に帰京いたすべく候。はやく御目にかゝりたく存じ候」（晶子筆）

（裏に）「この森の下ニ由布の温泉郷ありて、一泊致し申候」（寛筆）

一〇月一三日の石井龍男宛ての寛書簡に

……さて四国へ参り候こと、本月二十五日の燕列車にて東京を発し、同夜神戸より深夜に乗船、翌二十六日徳島に著し、午后三時より講演、二十七、八と滞在して、見物と歌とに費し、二十九日に鳴門を経て高松に宿泊、屋島を見て、高女にて講演、三十日も滞在、三十一日に白峰の御陵を拝して金刀比羅に向ひ候が、川之江町へ直行して一泊致候が未定、都合にて松山に二泊し（道後は附近のよし）四日には高浜より別府航路の船に乗り、神戸に著し、直ちに帰京致度と存じをり候。……この度は紅葉の季節ゆゑ、歌がよめ候事とたのしみ申候。…　10・13

とあり、この他に同月一七日の白仁秋津宛ての二人の書簡にも四国行きの日程を知らせて「右の予定につき、徳島

へ御来遊如何」と誘い、「高松へ御出で被下候ハヾ共々屋島を見て、白峯を拝し度候」とも書いている。

一〇月三一日の菅沼宗四郎宛の二人のペン絵葉書（高松栗林公園）同行の龍男の歌あり

四国へ参りをり候。妻は五日に、小生は八日に帰京可致候。秋晴の天気がつづき、よき旅をいたしをり候。

園の路松の大樹と岩に入りまた池を見て橋に逢ふかな　寛

源平はさておき波をいでてくる扇の船のあれかし屋しま　晶子

「四国の旅」に対して平野万里宛ての晶子書簡には

四国の旅はあまりにつねに瀬戸の海を見候こととて、終ひには海見候とたちまち憂鬱になり申候ひき。俗なる旅にて歌の結果はあまりよからず候。　昭6・11・7

と万里に、思ったままを書いたのであろう。寛はいくつも鄭重な礼状を書いていたが、晶子は「俗なる旅」ゆえ、いい歌ができなかったと悔やんでいた。

一一月三〇日の菅沼宗四郎宛て寛のペン絵葉書（鬼怒川温泉）に晶子の歌なし、同行の悌六、英子、満子の歌あり

山せまり削ぎたる如き岩たちて我船すべる青き羅の上　寛

一二月三〇日の白仁秋津宛て寛のペン絵葉書（鬼怒川温泉名勝）晶子の歌なし、同行の苔渓、満子、悌六、祥道、英子の歌あり

月見えず河原の湯にや入りつらん鶏頂山の唯だ黒きかな　寛

『女子作文新講』と寛の協力　『女子作文新講』の二冊目は昭和六年の四月一八日に完結した。全六巻は東京市芝区三田小山町三番地の国風閣刊行。これは著書ではなく、編書であり、多くの女学校教員の協力を得ている。巻一

から巻四までは作文を学ぶ者のテキストであり、「自序」に「一年生より四年生まで、各級に一冊を配当して、四冊を編纂しました」とあり、その後にある「参考」はテキストの参考書で、女学校の国語教師のための虎の巻である。定価はなく「奥付」に「非売品」とある。最後の「上級用」は「各女学校の五年生達と補習科生徒達に寄せたもの、本書の巻一、二、三刊行の昭和四年二月一五日と同日の小林天眠宛ての寛、晶子の書簡のはじめに

別紙の御運動を同志社、大坂等の各女学校へおつてを以て被成下候やう妻より願上候。　４・２・15

とあって、巻三までのテキストの販売をいつもながら頼み、封筒裏に「別紙（印刷物）を御郵送します。書物の見本もあとから本屋ニ送らせます」と書き、四月には講演のため二人で上洛するが、「揮毫の機会をお作り下さらば幸に候」と二人は例の如く経済面での援助を頼み、その後の三月六日の天眠宛て寛、晶子書簡にも

先日願上候「女子作文新講」のことよろしく各校へ御高配願上候。　４・３・６

と書いて、別紙印刷物を同封している。それは

さて突然ながら、茲に私の近く脱稿致し候「女子作文新講」四冊を、書肆「国風閣」より発行致し候につき、取敢えず製本の出来候「巻一」とその「参考書」とを貴覧に入れ候。御教務のお忙しきなかに甚だ恐れ入り候へども、御一読下され、幸に思召にかなひ候はば、御校の国語科に於て、作文教科書、若くは副読本として御採用を賜り候やう願ひ上げ候。

編纂の趣旨は「参考書」に申述べ候へども大要を申せば

とあり、一一の「趣旨と方針とを以て編纂」したことを述べ「不満足なる点は、諸先生の御示教を得て、追追に完成したく存じ候」とある。さらにまた晶子の本音として本書に、

私のこの著述は、私が日本女子の能力を男子と対等に発揮せしめたと存じ候多年の微意を、文章に由る創作

方面に向つて開陳し、女子の現代的進出を此方面よりも計らんと祈願するものに候。

と記し、特に男子と対等になるための女子の能力発揮は「創作」方面への活躍だと晶子は「祈願」している。

本書完結前の昭和六年一月三一日の白仁秋津宛て寛書簡には、本書の各女学校での採用を依頼し、その寛の意向を、

本日書肆より妻の「女子作文新講」四冊づつを廿組、其他巻一の参考書（他の参考書は目下印刷中につき三月中にハ出来申すべく候）及び依頼の印刷物等を揃へて、銀水駅宛に鉄道便にて差出候。ついてハ各女学校にて教科書の決定を見ぬ以前に、至急御配慮下され候やう御願ひ申上候。作文教科書若くハ副読本として採用して頂きたきに候。この編纂にハ可なり精力を払ひ、新意を加へ候積りに候。従来の作文書の型を破りながら、しかも決して奇抜なる点無之候。

巻四にハ、大兄のお歌をも載せさせて頂き候。御笑覧くだされ度。

銀水駅より配達が遅れ候はゞ一寸催促下され度候。

県下及び出水等の各地へ御推薦下され候ことゆゑ、定めて多大の御労力を煩はすことに相成るべくと恐入候。

書肆よりもよろしく御頼ミ申上げ候やう申伝候。

どの女学校も目下教科書の採用中にて、既に完了したる地方も有之べく候。

何卒御急ぎ被下候やう願上候。

妻よりも万々御願ひ申上候。

記念として頂キ候御品忝く存じ申候。

とすでに注文を受けていたものか、搬送したことを伝えているが、この中に「この編纂にハ可なりの精力を払ひ、

新意を加へ」とあるのをみると、この編纂には寛も大分協力していたろうことが想像される。それは巻一の「用語と用字の注意」、巻二の「用字の注意」、巻三の「文語体と短歌」などをみると、寛の筆もかなり入っていたように思う。若い頃から寛は歌に関わる言葉の論攷を掲載していた。特に明治二六、七年（寛20歳）では「婦女雑誌」に「女子と国文」四回（3・1～6・1）、「歌格について」（8・15）、「歌詞」（9・15）、「歌疵を論ず」三回（11・15～27年2・15）があり、その後もそれらに類す論攷もあったが、大正・昭和期の「明星」や「冬柏」などに五一回にわたって掲載していた「日本語原考」には本格的な語原についての論攷が多く寄せられていたことなどを考え、右の書簡中の寛の言葉により、この本書にも寛の学識や意見など多大な協力があったろうことが改めて考えさせられる。

大正初期のことだが、大正二年一一月に晶子の『新訳源氏物語』が完結し、その八ヶ月目に『新訳栄華物語』が完結した時も、背後に寛の学力が如何に多大であったことかを既に本稿で述べた。

平野万里に対する寛の熱い思い　平野万里は「冬柏」創刊前後からずっと与謝野夫妻に対する熱愛と尊崇の念を抱き、同人たちと共にその思いは変ることがなかった、その万里が「冬柏」創刊二年経た昭和七年の改造社の「短歌講座」第三巻の「名歌鑑賞」（1月）に「与謝野寛」と題して一四頁にわたり、寛の偉大な業績について書いている。そこにはまず鉄幹の処女作の『東西南北』について「疑ひも無く和歌一千年の伝統を破壊したもの」と位置づけ、「窮屈極る因習の牢獄から和歌を解放した最初の人」としての価値を認めている。また「明治の文壇」に於ける「明星」は「次代の文学中の優秀なものの源流を為した」とも、また渡欧したことの意義や文化学院創設への協力など認め、さらに大正一四年から僅か二年で手を退いた『日本古典全集』については「今日の所謂円本全盛時代を導き出し」とも書き、このように「先生はいつも開拓者であつた。さうして多数な人才がこれに続いた」とあって光太郎、啄木、白秋、勇、……春夫、大学など一一名をあげ、「所謂芸術派の人々を輩出した」が「併しながら開拓者の心は多くの場合淋しい」と言って「先生もまたその人」で、その故か「先生の歌はどことなく淋しい」とも記す。また寛を「自ら称する様に非専門歌人」で「歌以外に」、明治から大正にかけて詩の方に力作が多く、歌はむしろ余技といった形に見えた、といって『東西南北』にみる「鉄幹調」を強調している。

その後で昭和に出た『与謝野寛短歌全集』（昭8）の「附記」（正しくは「自序」）に書かれてある「意識せずに象徴詩及び象徴詩的な歌を作つてゐることも少なくない」を引用し、その後で歌についての鑑賞を微細に述べている。こうした万里の、寛に対する熱誠は、さらに寛の七回忌の昭和一六年五月二六日に、寛の「新選与謝野寛詩集」として『采花集』を日米戦争勃発の八ケ月前の非常時下に金尾文淵堂から豪華版詩集として刊行したのである。

このように師寛の文芸上の偉業を伝えようとする万里の赤誠は生前中も前記の「名歌鑑賞」に於いて寛の業績を世に知らしめようした。この一文に深く感動した寛は、この昭和七年の万里宛て寛書簡に

本日改造社新刊の短歌講座「鑑賞篇」到着し、大兄御執筆の項のみを通読仕り候。小生に対し、かくも御同情深きお言葉を得たるは、明治以来、何人の文中にも無き所にて、今に初めぬ御恩情に感激し、全く涙を流し申し候。御推讃の御言葉は、勿論過分千万ながら地上に小生の摯実の精神と忍苦の努力とをお認め被下候ことは、鷗外柳村両先生の外に、纔かに大兄あるのみと存じ、忝く存じ候と共に、生前に知己あることに満足仕り候。小生の欠点の多きに関らずわざと其れを挙げたまはずして、やや瑕疵少なき部分のみを御強調被下候御深切に到つては、御礼の言葉を知らず候。猶御公務のお忙しきなかに、かくまで長き御感想を小生のためにお書き被下候こと、甚だ勿体なき事に奉存候。併せて茲に感謝の萬一を表し申し候。

まことには我等ふたりを知れる人万里の外に幾ばくかある

1・11　たのしさよ賢き人の堪へ得ざる寂しさにゐて万里と遊ぶ

と書き、寛は万里の一文に感激して深い謝意を表している。右にある「鑑賞篇」は前記のように「名歌鑑賞」が正しい。自分に対する真の理解者は森鷗外と上田敏と万里だと寛は明示し、右の歌に於いても自分ら夫婦の真の理解者は万里の他に「幾ばくかある」と理解者の少なきを詠み、自らを「賢人」と自負しながら耐え難い「寂しさ」があるが「万里」によって慰められる、という万里への一途な思いを詠み込んでいる。このように万里と寛、晶子とは深い絆で結ばれ、師弟関係にありながら寛は万里を「大兄」と書いて敬愛の情を強めていた。二人は「冬柏」の経済面の凡てを万里に一任していたので昭和五年以降、寛と晶子は安心して旅し、多くの歌を詠み、晩年は至福にあるべきだが、書簡の多くに貧困の辛さを訴え続けていた。二人の歿後も夫妻の遺稿歌集を万里はそれぞれ刊行していた。このような万里の誠実により二人の歌が「冬柏」に大量に掲載され、二人の晩年をも立派に看取ったことは昭和期の文学史上への貢献であったと言えよう。

歌壇への対抗―白秋の理解　北原白秋宛て寛書簡に「御高書」拝受の「感謝」を書いて、その内容は不明だが「俗事のためニ大兄を奉煩候こと」を「恐縮」だと書き、その後に

次に願上候ことハ、改造社より「短歌研究」とか申す雑誌を出すよしにて、妻と小生とニ頻に執筆致すべきやう大橋要平氏が希望致され候も、私ども両人ハ、歌壇の諸家ニ交りて厚顔僭越なる行為を致すニ忍びず、絶対にお断り致しおき候。然るに大橋氏ハこの心持ニ同感せられず、両人が「常人の謙遜」ニ似たる辞退を致すものの如くニ解して、猶いろいろと御深切ニ寄稿を求められ候。それニつき私共ハ大橋氏ニ向ひて、「私共の心もちハ北原白秋君がお一人御承知ニつき、同君ニお聞き下されたし」と申し置き候。若し大橋氏

ニお会ひの節、何か此話が出で候はゞ、よろしく御教示おき被下度候。　昭7・9・27

と書いている。明治期「明星」廃刊後から大正、昭和にかけて寛と晶子は新詩社歌風を堅持していたので、自分らは歌壇の傍流だと認識しつつ、大正期にあって寛は詩歌集『鴉と雨』と訳詩集『リラの花』のみの単独著作だったが、晶子は一一冊の歌集（詩歌集を含む）と一二冊の評論集（歌評論も含む）その他の多くの著作があった。しかし二人は短歌に於いては主流のアララギ派とは逆行し、批判的であった。そうした情況にあったが、前記した『短歌講座』全一二巻中の三巻掲載の平野万里の『与謝野寛』が掲載されたので改造社は講座完了後、月刊雑誌「短歌研究」創刊号に寛と晶子に協力を仰いだが、極力拒否したことを白秋に訴え、よろしくと頼んでいる。寛の潔癖さから、故意に主流歌壇に対抗しようとしたものか、「冬柏」ある故に強気に出たものか、ここに妥協を許さぬ寛の純一無垢な性格を痛感する。

四つの詩　この昭和七年には寛と晶子の詩が二詩ずつ掲載された。年代順に見ると「紅顔の死」（晶子、3月5日）、「爆弾三勇士の歌」（寛、3月15）、「空閑少佐」（寛、4月10日）、「国民覚醒の歌」（晶子、6月1日）がある。「紅顔の死」の前書きに、この詩作の動機について晶子は

読売新聞記者安藤覚氏の「上海通信」を読み、感動して作る。

と書いている。「上海通信」とは三月四日の「読売新聞」夕刊に安藤覚が書いた大々的な記事のことで「噫　惨また惨　々たる死屍に泣く　江湾鎮西方激戦の跡を弔ふ」の見出しから始まる。ここに描かれた少年、少女の戦死への深い哀悼の数々に感動し、詩作して「紅顔の死」となったのである。それを抄出する。

中に一きは哀しきは　学生隊の二百人。十七八の若さなり。二十歳《はたち》を出たる顔も無し。……江湾鎮の西の

方　かの塹壕《ざんごう》に何を見る。泥と血を浴び斃《たふ》れたる　紅顔の子二百人。

この八連の詩はこの年の一月二八日に起こった上海事変の戦場を目前にした安藤覚の三月四日の七面記事の惨状を読んで即座に詩にした晶子は「読売」へ送り、翌三月五日の朝刊に掲載された。

三月一五日の寛の「爆弾三勇士の歌」は「大阪毎日」朝刊六面の上段から大文字の横書きで「壮烈無比！まさに鬼神を泣かしむる　爆弾三勇士の歌番号発表」「八万有余篇中から選ばれた不滅の傑作」とあって、その下に三勇士の写真入りの、縦書きの見出しに

三勇士・絶讃の叫ひは　凝つて護国の歌となる、詩壇老大家もふるつて一篇をものし　功をたゝへる心血の字

とあり、寛自筆で「爆弾三勇士の歌　与謝野寛」とあり、一〇連の詩は二段組で掲載。この詩に関し川勝堅一宛て寛書簡に

さて爆弾三勇士の歌のお陰ニて今頃小生も有名ニ相成り申候。御一笑被下候。　昭７・４・３

とあり、低迷がちだった寛にとって苦笑ともいうべき発言である。また同月一三日の真下喜太郎宛て寛書簡にも

小生「三勇士の歌」と云ふものを作りて、頓に有名な人間と相成り申候。三勇士のおかげジヤアナリズムのおかげに御座候。如何にも長生き致せば、いろいろの意外の事に出合ひ申候。微笑苦笑こもごもに御座候。

と重ねて「有名」と言って、「微笑苦笑」の心境を仄めかしている。選者が寛の親友とも言うべき薄田泣菫であったことが幸運であったか。「老大家」と言われた寛の最後を祝うべきか。これまで色々と批判する人が多く、苦難も多かった寛の人生を祝う最後の華とも言うべきであったか。この詩の発表の三ヶ月後の七月に、この三勇士は捏造された物語であったことが小野一麻呂陸軍工兵中佐の『爆弾三勇士の真相と其の観察』に書かれた。戦後になっ

て雑誌「真相」特集第一〇集（昭24・8・15）と藤村研の『肉弾三勇士』（「東京朝日」平19・6・13）によりその事実が解明された。

次の「空閑少佐」も「大阪毎日」（4・10）に掲載、その二ヶ月後の「冬柏」に再掲された。新聞掲載の二日前の天眠宛て寛書簡に

十日か十一日の「大毎」に小生の「空閑少佐」の詩が出る筈ですから、二葉お送りを願ひます。此方ほんとうの詩です。……

昭7・4・8

とあり、真相が究明される前の書簡だったが、寛自身『爆弾三勇士の歌』の捏造の事実を知っていたのであろうか。

次は晶子の「国民覚醒の歌」で「日本国民」（6・1）の「朝の歌」に掲載された。晶子の二詩はこの年に出た評論集『優勝者となれ』に再掲された。「紅顔の死」はまさに「爆弾三勇士」の精神と行動を謡いあげ、軍国礼讃、軍国覚醒の詩である。寛の二詩に詠まれた軍人魂に啓発され、奨励されて煽動的な国家意識から尽忠報国による「国民覚醒」へと展開して、この詩が詠まれたように思われる。

二人の旅の歌　昭和七年四月一〇日に二人の絵葉書（熱海ホテル）二通あり。同行の満子、英子の歌あり

・白仁秋津宛て（熱海ホテル全景）

花ちらし我をめぐりて輪をかきぬ何よろこぶや山の春かぜ　寛

大嶋の火を併せたる海の靄それより暗し山かげの陸　晶子

・菅沼宗四郎宛て（熱海ホテル）

夕には都に向きていふことのあるここちする半島の客　晶子

椅子多きホテルのサロン海ごしに大室山も此中に入る　寛

百斤の桜の花の溜りたる伊豆のホテルの車寄せかな　晶子

五月一三日は二人の絵葉書（上越線湯沢温泉）三通あり同行の英子、和哥子の歌あり
・井上苔渓宛て
紫に染まりはてけり山山の五月の雪は霧と競はず　晶子
染色の農夫の妻の十人の隅に我れあり越の山の湯　寛
・白仁秋津宛て
たき火ほど雪に朝日のさして消ゆ茂倉嶽と覚ゆるあたり　寛
李咲く上田平の半をば三国峠の前山が切る　晶子
・菅沼宗四郎宛て
大源太、万太郎などその名さへ友としつべき越のむら山　寛
あしたより寒き霧ふき高原へ入りぞきたれる新潟の汽車　晶子
六月一二日の渡辺湖畔宛て二人の絵葉書（足尾峠ヨリ中禅寺湖）同行苔渓、英子の歌あり
身をしばし湖上の舟に任せたり行く方ニ山ゆく方ニ波　寛
珊瑚をバ蕾ニすれどやつももハ山のならひにしら花となる　晶子
七月四日の井上苔渓宛ての寛、晶子の絵葉書（軽井沢）に同行の満子、英子の歌あり
渓一つ隔てて山の色変り妙義孔雀の冠して立つ　寛
風やがて浅間ケ嶽の火の砂を関八州に撒くべくぞ吹く　晶子
八月八日の井上苔渓宛ての六二人の絵葉書（由布院温泉名勝）あり、同行の周二、祥道の歌あり
由布の医師天神地祇の外なれどわが片足を短しと引く　晶子
霧ふりて霧のなかにも風吹けりほのかに牧の竹が鳴るかな　寛
（裏）人おくり明日送らるる身とならん由布院山荘の銀柳の路　晶子
八月九日の菅沼宗四郎宛ての寛、晶子の絵葉書（九州の桃源郷由布院温泉）同行の周二、祥道の歌あり

佛山寺鐘をつくなり湖の波さめいでてうごくなるべし　晶子
由布川に垂れたる糸を魚引けり少年知らず草に眠りて　寛

一〇月六日の菅沼宗四郎宛ての寛、晶子の絵葉書（同行四人歌あり）、同人の英子、精一、真純、龍雄の歌あり

冷たかる富士の泉の水盛りぬ別離の前のわが杯に　晶子
秋の雲富士を離れず裾原の十里のもみぢ沙ともに濡る　寛

一〇月一〇日の白仁秋津宛ての寛、晶子の絵葉書（「富士五湖」河口湖）、同行の満子、和哥子、苔渓、龍男の歌あり

鴨一つ山の湖上の静けさを破りて飛べバ使ひの如し　寛
暁の青木が原のもみぢ見ゆ十里の色の昨日にまさる

一〇月一八日の井上苔渓宛ての晶子の絵葉書（富士本栖湖）

船浮かず雲のミ波ニふれてゆく甲斐のおくなる山の湖

一〇月日不明の井上ますゑ宛ての寛の絵葉書（周防岩国名勝）同人の元保の歌あり

半月を五つならぶる形して橋あるもとの白き石原

第三節　昭和八年から一〇年にかけて

寛の還暦祝賀―祝宴、展覧会、全集　昭和八年は寛の還暦祝宴と記念祝賀展覧会と『与謝野寛短歌全集』出版という三つの慶事が重なった、これまでの寛になかったことである。祝宴日はこの年の寛出生の二月二六日、祝宴に関して先ず寛は渡辺湖畔へ

二月廿六日（東京會舘）の賀筵ニ御上京下さるべきよし、忝く存じ候。今夕も多勢右の打合にて拙宅ニ集ら

れ候につき、大兄御出京の義を披露致し申候。…　　　　　　　　　　　　　　　　１・21

と寛は書き、その末尾には「御上京の節ハ、拙宅へお泊り被下候事ニ願上候。炬燵も有之、ストオヴも暖かに候。晶子も御上京と承り喜びをり申候」とあって夫妻共に渡辺の賀筵出席を喜び、細心に配慮している。また右の祝宴に関する印刷物が小林天眠宛て書簡（昭８・３・10）に残されていた。それは

このたび小生の満六十回誕辰をお祝ひ下さいました御恩情に感謝致して居ります。無能なる身に取つて、全く過分至極の寵光だと存じ、恐縮にさへも存じて居ります。

茲に御礼を申上げると共に、ますます貴下の御清健を祈り上げます。また併せて此後も小生の微力に御指教と御援助とを賜はるやうに願ひ上げます。

御恩情に浴しつつ、只今の小生は、今後の研究と創作を以て、せめて其の万が一に対してなりともお答へ致したいと云ふ責任を痛感して居ります。　拝具

昭和八年三月十日　　　　　　　　　　　　　　　　　　与謝野寛

わが寿筵に人人梅を歌ひ給ふに

春の日に光る木多しこの花も寒き香ながら咲きぬべきかな

と極めて謙虚に書きながらも、今後はより一層奮起し「研究と創作」を以て報恩一筋に精進したいという意向だったが、その二年後に寛は他界する。右の文中の「研究」とは大正七年二、三月の「六号雑誌」の「日本語原考」（上）（下）二回と大正一一年四月から昭和二年四月の「明星」終刊号までの三〇回と昭和五年九月から一〇年一月までの「冬柏」一九回と合わせて五一回の「日本語原考」連載を指しているのだと思う。これらは昭和一〇年三月二六日の寛の死の二ヶ月前まで書き続けていたが、死によって中断、恐らく寛は続ける積もりだったと思う。この

「語原考」について著名な新居格は「先駆的な著書として学会に寄与するところ多大」（「冬柏」昭10・4）だと追悼文で認めている。寛にとって自由に書ける「冬柏」があったからこそ、文筆に意欲を燃やし続けられたのだと思う。

また祝賀展覧会も開かれることで資料蒐集としてのお願いごとを一月一一日の白仁秋津宛ての寛書簡に、

啓上　来月の展覧会に出し度候が、以前の雑誌の内「常盤木」のお持合せ無之候や。若し御所蔵ならバ折返し御返事を奉煩候。目録ニ入れ度候。また二月五日まてニ御出品（当方へ）を願上候。祝の歌ハ梅の歌と決し候

と書き、「常盤木」は二号から七号までは晶子名義の小型の新聞（2号のみ雑誌）で、明治四一年五月から翌年五月までの隔月の七集で終わり、新詩社から発行、それを借用したいと頼む。また堺の歌友河野鉄南宛てて寛は

さて小生の還暦記念ニ著作一切の展覧会を東京の高島屋が主催しくれ候。ついてハ遠里小野の安藤氏ニ

桂林餘芳

海内詩媒

と申す漢詩の雑誌（大坂の日柳三舟先生が発行せられしもの）が若し保存せられをらバ、貴兄の名ニてお借り出し被下拝借致度候。或ハ他ニ所有の方あらば、その方より御借り出し被下候てもよろしく候。右ニハ小生の澄軒と申候頃の詩が掲げあり候。……　昭8・1・22

とあり、右の漢詩集の「桂林餘芳」は「海内詩媒」に改題された。寛は前記の「澄軒」の号で明治一七年（12歳）から二二年（17歳）までの五年間に「桂林餘芳」一二九集（11月）から「海内詩媒」一三四集（6月）まで五四回（月毎に一篇か二篇）、鉄幹は殆ど毎月に近い程の漢詩を掲載していた。このように嘗ての自作を展覧会に提示する準備に寛は、苦心して方々に資料蒐集を依頼していたことが書簡に残されている。

かくして賀筵と展覧会は無事に終わったが、永遠に残るものは「全集」で、最も懸念されたのであろうか、これについて渡辺湖畔には「還暦御送金」の礼を述べ、その後の湖畔宛ての寛書簡に

全集まことニ吾ながら悪作のミなるニ赤面致し候。此度くり返し見て、もはや歌を断念せんかとさへ存じ候。併し猶努力仕るべく候。……　3・27

と寛は全集を「悪作」だと反省している。同人石井龍男にも寛書簡に

全集の誤植と重出をお示し被下忝く奉存候。全くお示しの通りに候。別に「著」が「著」になりをるところも有之候。次号に訂正致すべく候。猶誤植可有之と存じ候。壽筵に間に合せ候ため、印刷を急ぎし事が誤植及び重出の原因に候。　4・8

とあり、折角出版できた全集だが、文芸に造詣深い寛からみれば不満のようで、この『与謝野寛短歌全集』は昭和九年の改造社出版の『与謝野晶子全集』二〇巻に比べると誤植はあるが、高度で行き届いている。

北原白秋宛ての寛書簡―親密と感動をこめて　白秋あての昭和八年の書簡三通には、明治の頃には考えられない白秋の優れた才能に敬服する寛の熱意が伝わる。

「詩と音楽」毎回頂戴、大兄の御精力と才分の無尽蔵を嬉しく思ひつゝ拝見してゐます。大兄が身を挺し、我等の云はんとする処を、近時の詩歌壇に御警告なされたことも、難有く存じてゐます。……　4・8

と近頃の「詩歌壇」への「白秋の警告」に謝意を表しながらも、それを理解出来ない人々に「大兄の精力」を費やすことは「大した消耗」だとも書いて心配している。その一文の前には「小生のために賀筵を御開き」と書いているように前記の還暦祝賀にも白秋が協力していたことにも感謝している。次の寛書簡に

先般ハ御高著を御恵与被下早速拝読致し、大兄の御才華の無尽ニ展開致し候ことに敬服仕り候。延引ながら御礼申上候。

6・24

とあり、また同じく「御高書」の御礼を五ヶ月振りにも、寛書簡に白秋に宛て

啓上

御久闊を御寛恕被下度候。御高著をいつも御恵与被下忝く拝読致しをり候。大兄の御精力と御感興との豊満なること、いつまでも青春の人なるニ驚きをり候。

さて「冬柏」正月号へ久久御高稿を頂き度候。或ハ「千駄ヶ谷時代の新詩社の思出」などをお書き被下候はゞ幸ひニ候。年末ニ近づき、その御余暇あらせられずバ、何にても、御執筆被下、十二月七八日までニ御寄稿願上候。妻よりもよろしく申伝候。

11・25

と書き「白秋詞兄」と記して文人に対する敬称を使用している。また「大兄」ともあって弟子扱いでなく、同輩以上に扱っている。嘗ては「明星」に背反し脱退した同人白秋だったが、このように昭和八年の時点では、もはや詩壇の重鎮としての白秋を重用し、自らを卑下しながら謙虚に白秋に「冬柏」掲載の原稿を依頼している。

二人の旅の歌　昭和八年の一月一日の菅沼宗四郎宛て寛、晶子の絵葉書（榛名富士全景）、同行苔渓の歌あり

三すぢほど竹を流せる色をして湖に在り凍らざる水　寛

軒近き渚の石を繭のごと雪のつつめる水亭の冬　晶子

宿の炉の忽ち恋ひし車捨て尺の雪をば四五歩踏む時

一月四日の二人の絵葉書（伊香保）同行の苔渓、満子の歌あり二通あり

・白仁秋津宛て　（伊香保一ツ嶽と相馬山を望む）

見ゆる山ミな暫くも定まらず吹雪するあり日の射せるあり　寛

山の夜の寒し手織のどてら借り敗荷のやうによる炬燵かな　晶子

・西村一平宛て　（伊香保名所）

雪の山うへにも遊ぶ雲ありてスキイの子らに影と日を投ぐ　寛

湖の旗亭の炉なるほのほより日の勝れりと思はるべしや　晶子

三月日不明の菅沼宗四郎宛ての二人の絵葉書（奥多摩渓谷）、同行の満子、苔渓の歌あり

三月の川に混じりて消えんとす紫陽花いろのきのふのなだれ　晶子

前の渓岩荒ければ避くるごと杉の木かげにのこるしら雪　寛

八月九日に三通あり同行二人の絵葉書の苔渓、満子の歌あり

・井上ますゐ宛て　（草津名勝）

草津にて白根の裾のから松の中もきたりし車と別る　晶

浅間より白根ニ及ぶ高原の草津秋なり霧に日のぼる　寛

・白仁秋津宛て　（白根山噴火口）

夕立の東へ去りし後に来て艸津の月夜空とほく晴る　寛

門づけがながし初めたる三味若し山のあらゆる物の音より　晶子

・菅沼宗四郎宛て　（草津名勝）

運転手われの半を聞きさして路を問ふ野《の》に山の名を聞く　寛

かしは手に次ぎて乾《ひ》うを（魚）をけづるより草津の秋の隣室のおと　晶子

八月一一日の菅沼宗四郎宛ての絵葉書（莫哀荘庭園）、同行の行雄、苔渓、わか子、満子の歌あり

雲垂れて浅間を巻きぬその裾の引きたる末に青き空あり　寛

碓氷より遠く流れてこし水に燈籠かくる莫哀の荘　晶子

九月八日の白仁秋津宛ての寛、晶子の絵葉書（三津海岸ヨリ見タル富士）、同行の酔粛、英子の歌あり

松杉が夜泊の船と三津の灯を透かげにおく山の家かな　晶子
（裏）畫のほどまたかの空の富士ニあり万づの塔を積むごとき雲　寛

一一月三日の井上苔渓宛ての晶子の絵葉書（富山県宇奈月温泉全景）に
一もとの楢がもみぢをちらすわざ早きをなげくトロの座にわれ
ある家はしろがねの根をもつやうに清水つたへり宇奈月の町

一一月四日の菅沼宗四郎宛ての二人の絵葉書（無名戦士の碑）、同行悌六、安喜子、苔渓、山荘生の歌あり
わが歌もあるじの酒とひとしきか常に思ひぬ未だ足らずと　寛
風立ちて森もすすきもそよめきぬ伊豆沼をまく山のうち側　晶子

この年の月日不明の嶋谷亮輔宛ての二人の絵葉書（伊香保見晴山）、同行の苔渓、満子の歌あり
わが坐る伊香保の楼の高さにて金の夜明を抱く連山　寛
湖の寒き氷を底として無期ニ消えざる雪つもりゆく　晶子

九年になっても旅を続けて来た二人の歌　寛と晶子は大正六、七年頃から死に至るまで旅を続けていた。はじめ、地方の新詩社同人達は、「明星」廃刊後、歌壇の傍流にあった夫妻を慰安し励ましたい一心から文通で恩愛の情を通わせていた。そのうちに夫妻を招聘して、夫妻の素晴らしさと新詩社の歌を広めたい気持ちもあってか、歌会、講演会など催し、さらに二人に揮毫を依頼して頒布会を開いたりした。これは報恩の気持ちからの思いつきだったろうが、大勢の子持ちで貧しかった夫妻のために色紙、短冊、掛軸等の頒布会で、売れ残りは同人たちがそれぞれ引き取ったとのことなど、お弟子方からの直言も得ている。このようにしていたが、昭和五年「冬柏」創刊後は、

殆ど毎月のように歌作りの旅となり、数人から一〇人近い同人を同行した。昭和九年には旧臘三一日から西那須高原温泉に行ったが、晶子の持病の狭心症を起こしたため一月二日に帰京した。この病気について書簡には一切書かれていないので本書には触れないことにする（『新版評伝』昭和篇305〜309頁参照）。昭和九年一月三一日、旅ではないが寛は大阪へ、二月二日に熱海で晶子、藤子と同人吉良と落ち合う。

二月三日の内野辨子宛ての二人の絵葉書（伊豆熱海温泉水口園）、同行の吉良の歌あり。

山の軒雨にまじりてちる海を手にも受けまし香と涙　寛

花咲ける伊豆に残らず海にのミ余寒のこりて雨送るかな　晶子

池水を神居古潭としてさける水口園のえぞさくらかな　『白桜集』56　晶子

四月二八日の菅沼宗四郎宛て絵葉書（大峰山上喜蔵院宿坊前）

よろい戸を明くれば朝のわが顔に思はず触るる山吹の花　寛

五月一三日には二人宛ての二通絵葉書（塩原温泉）あり同行真純、龍男、英子の歌あり

・井上苔渓宛て

わが軒のけやきがのぶる枝に似ずたのむべからず山川の橋　晶子

瀧を見るかたへに黒し壁のごと切り立ちながら空に入る山　『与謝野寛遺稿歌集』1492　寛

・白仁秋津宛て

渓の山若葉の上の岩の背に見えがくれしてしら雲のわく

誓ふべし山の秘密を守るべし蛾よわが路へよりくるなかれ　『与謝野寛遺稿歌集』1514

六月七日の井上夫妻宛ての二人の絵葉書（KAWANA GOLFLINKS IZU. JAPAN）

客房ははるかならねど朝霧をふみてテラスに人来寄るころ　晶子

ほととぎす故を知らねど山かげにくくと笑ひぬ堪へ得ざるごと　寛

七月一三日には三通あり。同行のわか子の、歌あり

・井上夫妻宛て（赤城山小沼）

ゆくりなく湖畔の大樹しづくして鳥よこぎりぬ我が近づけバ　『与謝野寛遺稿歌集』1660　寛

船をいで山梨の木のもとをゆく赤城明神ましませる岸　晶子

・白仁秋津宛て（赤城名所）

髪ぬれて山のしづくに立てるなど昔も今もなつかしキかな　『与謝野寛遺稿歌集』1661　寛

隙間なる湖水の明り夜も白しあるかひなきは客房の燭　晶子

・菅沼宗四郎宛て（大沼湖畔）

外輪の山ことごとく霧に消え牛と馬ら天上にゐる　『与謝野寛遺稿歌集』1607

船やりて千里の水と見ゆるなれ霧のひろさの加はるならん

八月七日の白仁秋津宛ての二人の絵葉書（琵琶池の眺）、同行苔渓、周二、吉良の歌あり

肱枕野尻の亭の涼しよ空より吹く妙高の風　『与謝野寛遺稿歌集』1728　寛

白根より沓野に向きて来るけしきいつもあるなる笠法師山　晶子

八月九日には三通あり。同行三人、それぐ〳〵歌あり

・内野辨子宛ての晶子の絵葉書（白樺模様）

初すゝき香油を塗りて巻毛してまじる浅間の花草の原

・白仁秋津宛ての寛、晶子の絵葉書（朝霧の妙義連峰　軽井沢碓氷峠見晴台より）、同行の苔渓、周二、吉良の歌あり

一線の浅間の裾ハ西に落ち前に妙義の紫とがる　寛
山いくへ隔てて見ればのりくらも蝌のこゝちにあぢきなきかな　晶子
・菅沼宗四郎宛ての絵葉書（浅間山）、苔渓、周二、しづ子の歌あり　『与謝野寛遺稿歌集』1773
山の朴痩せたる幹のほの白しひろ葉のしづく沙に点する　寛
置ける山短きもなし上信の大を碓氷にわれおもふかな　晶子
八月二七日の井上苔渓宛ての二人の絵葉書（欧州大戦無名戦士の納骨塔）、同行の是山、千三、満子の歌あり　『与謝野寛遺稿歌集』1792
われ老いて秋の盛りとなる如し心やうやく月に似るかな　寛
青海の沖縄嶋の正忠がするごと月に上ぐる杯　晶子
八月二八日の白仁秋津宛ての二人の絵葉書（欧州大戦無名戦士の納骨塔）、同行の是山、文三、苔渓の歌あり　『与謝野寛遺稿歌集』1792
われ老いて秋の盛りとなる如し心やうやく月に似るかな　寛
むさし野の草のすゞしき夜とならん登場したり文三と月と　晶子
（裏　絵の下に印刷）
ヹルダンの沙にまじらで桜さく国に千代経ん慰めよかし　寛
わが国の小室の山に迎へ来て塔とす西部戦線の骨　晶子
一〇月一日の白仁秋津宛ての二人の絵葉書（四万温泉）、同行の苔渓、悌六の歌あり
何の蛾ぞ大紋を著て酔ひ臥すと見る姿しぬ廊の片隅　寛
四方の川泉の瀧を受けてのち流るゝる色は天上の青　晶子
一〇月二二日の西村一平宛て寛の絵葉書（抛書山荘より観たる朝の大池）

木を透《すか》す午前の日あり庭に満つ秋の終りの雑艸の色　寛

一〇月二六日の井上苔渓宛ての二人の絵葉書（奥利根名所）、同行の和歌子、満子、辨子の歌あり

大きなる幹斜めしてもみぢちる拾ふ能はず渓の瀬にちる　寛

毛越のさかひ清水の峠より南の野山紅葉しにけり　晶子

『与謝野寛遺稿歌集』1924

一〇月三〇日の井上苔渓宛て晶子の絵葉書（新潟市イタリア軒）

朝市にいてふの実など得て越えぬ柳を被く新潟の松

生きて「語原考」を完成させたい　死の前年の、昭和九年には「死」を予想だにしていなかった寛は、弥富雅兄に宛てて

小生も今しばらく生きて語原攷をまとめたしと存じ、衛生的ニ注意致しをり候。　昭9・1・14

とある「語原攷」とは「日本語原考」のことで、かつて寛が明治二六年の「婦女雑誌」に「歌格について」（8月）、「歌疵を論ず」三回（26・11から27・1、2）などを載せていた。これらは歌に関わる詞について書き、その後それらに近いものを「語原考」として、大正から昭和にかけて、「六合雑誌」や「明星」、「冬柏」にそれぞれ「日本語原考」と題して全部で五一回が連載していた。半年後の六月三日の渡辺湖畔宛ての寛書簡に

今十年ハ生きて、諸友と唱和し、一面に自分の研究もまとめたしと存じ候。併し、いつ突然と地下ニ入るべきやも計られず、その覚悟ハ致しをり候。……　昭9・6・23

ここで何となく死の到来を予想しているようだが、「語原考」を「自分の研究」といって「まとめたし」と言っているのは翌年の寛の、この世に送った遺言のように思われる。其の後の八月一九日の工藤大成に宛てた書簡にも

何卒今しばらく天寿を得て、語原考の著作をまとめ、歌にも層一層私共の世界を開拓仕り度しと存じ候。

とあり、「今しばらく」とか「今十年」とか「天寿を得て」と書き、何としても「語原考」を完成させたい意欲が漲っていた。それが翌年の寛の死によって中断されてしまう。しかしこれらの書簡により、この研究をやがて完成させるという寛の熱い信念が如何に強かったかが切々と伝わって来る。

寛の短歌の指導のあれこれ　寛の歌の指導について昭和九年一二月二〇日の渡辺湖畔宛て書簡に

小生まだ本日も忙しく候。一人の歌を見るニ多きハ三四日を費すことあり、少きも一時間を要し候。これを更ニ浄写して印刷所ニ廻し、自ら校正致候ことなれバ、「冬柏」も小生と妻の命を切り刻ミ候結果に候。

と書いて、歌の添削にどんなにか熱心であったかを伝えている。その指導は厳しいが長所もあげて励ます手法であった。まだ年少だった北海道芦別の西村一平宛てのこの年の四月七日の書簡に「貴下の歌ニハ」「可なり精力と時とを空費して」いるので「精選」した歌を送れば「小生等夫婦にて選抜す」ると親切に導き、またその歌について

たしかに貴下の個性ニよりて開拓せられたる詩境と詩語とが光りをり候。他の人人も貴下ニ注目致しをり候故、御自重御自愛を祈上げ候

と推賞している。続けて同人上代糸子の歌についても

出雲の上代氏ハ言葉に誤りなきハ勿論、よき歌多く、出詠の八分九分までが「冬柏」ニ紹介せられ候。

とある西村一平、上代糸子の両氏は戦後、よく上京し、筆者とは何回もお会いし、親しく文通させて頂いた。

さらに渡辺湖畔あて書簡はかなり厳しい。それは「詩に比べて、お歌ハよほど遜色が見えるのハ」欠詠が多かっ

たためで「失望」はしないが、と言って更なる歌作を奨めてから

国語の力が乏しい。それで切角の想を、古語と古調で安易に納めてしまはれるやうに見える。もつと言葉を古典で研究し、それを新しくお用ひ下さい。　昭9・5・21

と国語力の低下により「切角の想」や「古語や古調」が見失われるようなので、「言葉を古典で研究し、それを新しく用」いるように注意し、擬万葉的な歌を批判してから

古今東西のほんとうの詩人ハ、さう云ふ擬古のゴマカシを排斥し、著想も新鮮に、言葉も新鮮にと努力してゐるのです。

と率直に意見を述べている。渡辺湖畔は漢詩に堪能で、寛とは漢詩の交換を度々していた人であった。さらに「漢詩を作る」のは「一種の修養」で「遊戯分子が多い」と寛は言って

真の創作ハ、国語を新しく生かせて、それを駆使し、他人にも、古人古人にも無い新境を開拓する事です。

と言って「国語」の重要性を凡ての「創作」に於いて如何に必要かを説き、最後に『与謝野寛短歌全集』について

拙なれども何人の模倣もせず、可なり「自分の個性」の特異な所を出してゐる積りです。

と『与謝野寛短歌全集』を出版当初は自ら卑下していたが、ここでは「自分の個性」ありとして「特異な所」ありと自ら認め、自負している。

石井篭男宛ての書簡にも寛は詩歌の「個性」を強調し、自分の歌は「大衆行には作り難く候」と言い

今は凡庸なる詩歌が行れ候。あのやうなるものが詩歌ならば、人間の一生を打込むに足らず候。新しき機械にも、そのすぐれたるものには、新しき様式と新しき作用あり。まして詩歌は一首ごとに新世界を我が手にて開きたく候。幸に諸友の内には、この意味を直感せらるる数氏あり。刻苦をお重ね下され候こと恭なく存

じ候　昭９・７・15

とわが新詩社の同人を「諸友」と言って、彼らは「新世界」を開いている同人だとも言って推賞し自負している。続けて具体的には白仁秋津と渡辺湖畔の歌について二人は

この楽しみは知りながら、言葉の芸術を作るだけの言葉の修養と鍛錬に疎懶にて、ややもすれば「くり返し」になり、自己の「型」に局促致し候。之がためには読書が大に必要に候。今頃万葉や芭蕉を云云致し候人人には、昭和の新声を打ち出す力無かるべく候。

と書いて厳しく指導し、「昭和の新声」とは「万葉や芭蕉」を否定するところにありと辛辣に見ている。「芭蕉」に関しては嘗て「人を恋ふる歌」（『鉄幹子』）に詠まれた「芭蕉のさびをよろこばす」の再現のようにも思われる。

わが新詩社は歌壇の外に　明治三〇年代前半の革新的な出発から「明星」王国まで登りつめたが、後半頃から華々しさは失せ、「明星」廃刊後、二人の歌はずっと歌壇の傍流にあった。しかし二人は「明星」に掲げた精神を全うすべく、当時の歌壇に妥協することなく、自らの生き方を貫き通した。そうした精神の発露が寛の死の前年に、このように書簡を通して多く残されていたことは、まさに寛の、この世に遺したメッセージとも言えようか。そうしたことを松原啓作宛て寛書簡にみると

私共の歌は世の滔滔たる歌壇の歌とは、全く根柢《ママ》より別のものに候。日本、支那、欧州の文学を栄養としながら、我我現代日本人の新しき三十一字詩を創造するを目的と致し候ゆゑ、従来の歌にのみ慣れたる人人には解りにくきが当然に御坐候。右御含み下され、御清読被下度候。　昭９・６・29

とあり、当時の歌壇の外にある自分達が作った「新しき三十一字詩」を守り抜いている意志表明を鮮明にしている。

晶子もまた四国の猪熊信男宛てた書簡に

御承知のやうに、わたしどもハ、弟子を取り候ことを好まず、以前より、自然にあつまる熱心なる友人と、「明星」、「冬柏」などの上にて歌を詠み候のみに候へバ、誰れも選者などにならんと望む俗情の所有者が見当らず、全く歌壇の外の存在に候。わたくしハ今も新聞雑誌よりたのまれて止むなく選を致すこともあれど、良人ハ絶対に断りをり候。芸術ハ各自の工夫を主とし、各自の楽しみに終始すべきものと存じ候わたくし共ハ、世間に、進んで仲間を得たしとハ考へ申さず候。

昭9・7・3

とあるのを見ると、新詩社同人たちとは「自然にあつまる熱心なる友人」であり、一般的に言う師弟関係ではなく、同人は「友」だという意識である。多くの書簡にみる同人達はみな「同友」「歌友」で「選者」とは特別な人ではない、従って自分はやむなく「選」をすることはあるが、夫寛は絶対に選はしないこと。また無理に「仲間」を得ようともしない、という「俗情」に捕らわれない新詩社のあり方を示し、それは一般的な歌壇とは異質であることをも表明している。さらにまた前記したことのある工藤大成宛ての寛書簡にも

この数年、私共はわざと歌壇の外に立ち、自ら信ずる所を究め候ことに一心になりをり候。従って世の謂ゆる歌人達とは交渉なく、清き晩年の生活をつづけ候。

昭9・8・19

と自分らは仙人のように「清き晩年の生活をつづけて」いると自負している。所謂歌人という人たちとは没交渉のように書いているが、現実にはそれらの人たちと全く没交渉とは考えられない。

当時の歌壇の中心は以前からアララギ派であった。それとは逆行していた二人だったが、晶子は弛みなく多作に追われていた。しかし寛の独自著作は大正四年八月の詩歌集『鴉と雨』を以て終わるが、晶子の執筆を寛は多面的に補助していたと思われることが多々あった。その一方で、「冬柏」同人達の、与謝野夫妻への尊崇と敬愛の精神

は尋常でなかった。それが「冬柏」を支え、二人の晩年と死後までもその業績を正当に評価して伝え広めようとしていた熱情が強烈に痛感されるのである。

寛の生涯　寛は明治六年二月二六日に生誕、昭和一〇年三月二六日に昇天。生没の日が同じく「二六日」なのは偶然であろう、前記したことだが、明治二六年で二〇歳の寛が「二六新報」の記者だったころ小中村義象に「御脱稿」願いの書簡の追伸に

二十六日に生まれ二十六日に討死仕候

と恰も生没日を宣言するかのように「二十六日」と再度書き留め、それを「討死」と言ったところに、六二歳までの生涯を予知していたように思われる。寛の一生は誹謗、罵言、悪声の厳しい現実に対峙しながらも革新的な生き方を貫いた。あまりにも先駆的だったために嫉視の徒輩らの譏訴によるエッセイなどが明治二〇年代後半ころから始まり、明治三四年三月一〇日には文壇から鉄幹を失墜させようとした魔書『文壇照魔鏡』、翌三五年には『叙景詩』（1月）『公開状』（3月）・『文壇笑魔経』（5月）・『魔詩人』（10月）など、鉄幹個人への攻撃から「明星」への悪宣伝や風刺、また渡欧の帰朝前後にも前記したが「黒猫」二号（大1・12）に寛の渡欧についての罵評として

与謝野氏は綺麗な仏蘭西の詩の花畑に、灰を撒いて歩いてゐる

とか、また同誌に「御国の恥さらし」とも書かれていた。この他にも多々あった。一時は歌壇の王者の如き絢爛さのあった「明星」も廃刊、それ以後は歌壇の傍流にありながら、自分等の詩精神を遵守し続け、大正から昭和にかけての「明星」も五年で休刊となる。その後も寛、晶子は「明星」復刊を熱望したが叶わず、「明星」同人らの熱願で「明星」同様の寛編集、同人平野万里の経営で「冬柏」は昭和五年三月に個人誌として創刊された。寛、晶子

は多作の歌、評論を忌憚なく掲載出来る「冬柏」により死に至るまで存分に作品を残し得たことは夫妻にとって至福の極みであったと言える。同人たちの夫妻への一途な尊崇と敬愛の思いが「冬柏」を献身的に支えた。歌壇の中心から離れた二人の歌は「冬柏」によって守られ、存分にその才気を発揮し、多くの業績を残し得た。

寛の昇天　寛の死の前後の晶子書簡は少ないので一〇年の「冬柏」（5月）掲載の「良人の発病より臨終まで」（晶子）を見て行く。晶子と寛との生活は「三十五年」であった。昭和一〇年になって、寛の漢詩の師である「吉田増蔵先生の七十の賀の相談会」に忙殺されていた寛は七度五分の熱があったが、約束していた鞍馬の信楽真純、芦屋の丹羽安喜子と晶子と四人は伊豆へ旅立った。この年の二月「二十五日の朝」寒い「丹那トンネル」「船原」「土肥」「湯の町」へ、氷雨のため予定を変更して下田の玉泉寺へ、白浜から今井の浜で一泊、晩餐に寛の二月二六日の「誕辰」祝いで献歌。この時の晶子の歌を「この夜の妻の頭は冴え返つて居る」と寛が褒めたのを聞き、晶子は感動してその夜は不眠となる。翌日の寛は「真先に立つて元気よく振舞ふ」、その翌日伊東の拠書山荘へ、その後熱海で晩餐して帰宅、その時七度五分の熱あり、その日と翌日は入浴せず。二日は元気になって歌を詠む。五日以来床に就く、七度五分の熱が続いたので入院を勧めると「末期の水をママに飲ませて欲しいから」嫌だと言う。一二日は熱が八度あり「肺炎の徴候」とあって「絶対安静」となる。その夜明けに「胸部の痛」あり、一三日入院、「七日目の十九日の早朝」は「六度八分」まで下がる。「一進一退」で「絶望するには及ばぬ」と言われた。二二日「四男昱の帝大」合格をきいて「良人は手叩いて悦」んだとあり。「二十四日に葡萄糖の注射を受けて熟睡、長男のすすめで晶子の健康を案じて一時帰宅して病室に戻ると「『今迄何処に居たの』と初恋をする少年のやうに私を見たのが忘られない」と晶子は書いている。「二十六日の早朝」、「吉報を得ようと電話すると光が出て」

「熱は七度二分」だが「脈が百二十」あるのが不安だという。「心臓麻痺」が起こり、晶子と末女の藤子が駆け付けたが臨終に間に合わなかった。宇智子の「父の臨終」（『むらさきぐさ』昭42・11）に

父は昭和十年三月二十六日の明け方、もう意識はなくなり、その前夜少し気をゆるして帰宅していた母は、報せで妹藤子と急いで信濃町の慶応病院まで車を飛ばしたが、間に合はなかったようである。父は臨終を前に、何度か母の名を呼んだという

と書いている。日頃寛が言っていた「末期の水」には晶子が間に合わなかった。微熱がありながら寒い雨中の伊豆の旅がなかったならば寛は助かったかも知れない。

寛亡き後　寛歿後すぐ晶子と万里により『与謝野寛遺稿歌集』が二ヶ月足らずの昭和一〇年五月一五日、明治書院より刊行、寛の漢詩の師匠吉田学軒（本名増蔵）の「序」により寛の法名について知り得る。それは

君の逝くや夫人の請に依りて冬柏院雋雅《シュンガ》清節大居士の法諡を擬せるは雋雅の二字は君の歌風学風を又清節の二字は君の人物風格を偲ぶよすがにもと思ふ心を表せる文字なるも。冬柏其の物にも亦実に雋雅の気味あり清節の風概ありて。而かも君が関心尤も切なるものありしを以てなり。……

であり、寛没直後の「冬柏」六号（5月）掲載の晶子の「寝園」一〇六首は、その前書に寛の「五七日」に吉田学軒から受けた漢詩の「五十六字」を結び字にして詠んだとある。その漢詩の初篇の「楓樹粛粛杜宇天」中の「楓」と「宇」を結び字として

青空のもとに楓のひろがりて君亡き夏の初まれるかな　『白桜集』124
一人にて負へる宇宙の重さよりにじむ涙のここちこそすれ　『白桜集』129

と詠んでいる。これらは晶子の遺歌集『白桜集』（昭17・9）の「寝園」の124～178に収められている。寛亡き後の「冬柏」の編輯は晶子の一手にかかってきた。「冬柏」には多くの追悼文や歌や詩が載せられた。この『与謝野寛遺稿歌集』は、昭和八年に寛自作の『与謝野寛短歌全集』に継ぐ歌集として歿後出版され、寛の研究にとって重要であり、他に遺稿として「冬柏」に連載された「与謝野寛書簡抄」三一回と「註釈与謝野寛全集」六回がある。この「与謝野寛書簡抄」の書簡は八木書店刊行の『与謝野寛晶子書簡集成』第一巻（平14・10刊行）に再録されている。『註釈与謝野寛全集』は前記した『与謝野寛短歌全集』（昭8）の歌を晶子が注釈した。これは六回で終わり歌数は少ない。これらは何れも寛の歌を残そうとする晶子と同人達の、寛への深い思い入れによりこれら「遺稿歌集」「書簡抄」「註釈全集」はこの年の寛の業績として世に知らしめた。この年（昭10）には晶子の著作は残っていない。

追悼の数々　前記の「良人の発病より臨終」の一文の次には「弔辞　佐藤春夫」の美文調の追悼の辞が「冬柏」に掲載された。

　憶一代の詩魂いま春はあけぼの紫の雲のまにまに天に帰り給へり。……

と書き始めている。春夫の父と寛は親交が深かった。

四月の「冬柏」の追悼文は戸川秋骨から始まり、これは「都新聞」（3・27）転載で「人格の力とお歌の力」によって二種の魅力を生じ」とあり、死の無念さを訴えている。

評論家新居格の「弔辞」の前半は四月の「冬柏」に、後半は「都新聞」（3・27）に掲載。「非常な」「文学上の業績」ありとし「国文学者」「偉大な詩人」として高く評価している。さらに「日本語原考」の「研究」について前記したが、「先駆的著手として学界に寄与するところ多大」と論じているのは寛の偉大な学績を倍増するほどの価値ある至言と言える。

「東京日日」（３・27、28）で「馬場孤蝶」は寛の「若い時分からの路は荊棘の路」で、それは「芸術」と「生活」の面にあり、「新詩社の仕事」の「重要」性は「世に定評」ありとも評している。「東京朝日」（３・28）で高村光太郎は「現代詩歌人の中で先生ほど悪意に満ちた讒謗と、意地わるく執念ぶかい排撃を嘗て受けた者はさうあるまい」と書いて具体的に示してから「先生の矜持の力は自己鍛錬の鉄敷として活用するの妙機たらしめた」とあるのは追悼の辞として最高の評価と言い得る。

「短歌研究」（昭10・５）に佐佐木信綱の「与謝野寛君を憶ふ」があり、そこには「明治二九年朝鮮から帰還した寛君と上野のつり橋で会い、二人で歌を詠んだ」など、さまざまな追想を多面的に伝えている。

追悼の辞の中で切実に迫るのは最後まで与謝野夫妻を忠実に見守ってきた「冬柏」主宰の平野万里の一文である。これはこの年の「短歌研究」（４月）に掲載された。

一生を通じて先生を慰めたものも歌であつたが先生の寿命を身を縮めたものもまた歌であったとある通り、歌を第一としたことで健康を第二とし、歌の世界に埋没して死を早からしめた一生であったと言えよう。これらの弔辞はみな「冬柏」に掲載されている。

旅の歌　昭和一〇年二月三日の二人絵葉書二通あり同行の吉良の歌あり

・井上苔渓宛て

（伊豆熱海温泉水口園）

猶しばし口ずさみつつ我歌をしらぶる夜半に梅が香ぞする　寛

『与謝野寛遺稿歌集』2325

海くらししらぬ他界にとらはれてある初しまのこゝちこそすれ　晶子

・菅沼宗四郎宛て（水口屋熱海）

なつかしき小室の山よ鞭あげて川奈の崎をこしに駆けしめ　寛

なほしばし口ずさみつつわが歌をしらぶる夜半に梅が香ぞする　晶子

誤りて余寒の雨をふらすなり日を失へる東海の雲

二月二三日の菅沼宗四郎宛ての二人絵葉書（伊豆仁科堂ヶ島仙洞）、同行の真純、安喜子の歌あり

かささして仁科の船の上にあり土肥のいでゆを朝立ちしわれ　晶子

浪の音前なる濱に高まればわれ絶間あり歌を思はず　『与謝野寛遺稿歌集』2409　寛

二月二八日の井上苔渓宛ての二人の絵葉書（伊豆仁科堂ヶ島仙洞）、同行の真純、安喜子の歌あり

雨ふれバ石廊が崎へ行き難し我れも豆州の常の湯の客　寛

くらがりの船に並びて見るは何仁科の洞の岩窓の雨　『白桜集』86　晶子

五月二九日に晶子の絵葉書三通あり同行の満子の歌あり

・井上夫妻宛て（箱根仙石原温泉）

山上の仙洞を占めなほかくは帰りもこざるくちをしきこと　晶子

・内野辨子宛て（箱根木賀温泉）

山あひに宮の下あり身かゞめて先づ見はやさんこひしき人は　晶子

・菅沼宗四郎宛て（強羅公園）

明星の山隔てなく全きをば木賀の村より君と仰がず　晶子

六月一二日の羽賀虎三郎宛ての晶子書簡（毛筆巻紙）に

おくはこね宮城野橋に折るゝみち誰れとこえたるわれはしば〳〵　『白桜集』237

君と見しはこねをおなじ山なりと更らにおもはぬ方便もかな

夜の山に友をおもハんよしもがなほもひと度君とならびて

六月一七日の井上苔渓宛ての晶子の絵葉書（広瀬川と矢筈山（山水風景））

（印刷）落つる日は矢筈《やはず》の山に光る矢を置けど檜垣《ひがき》の嫗《おば》を見ぬかな
指さして矢筈の山を語るとき猶そのうへにのこる夕焼《ゆふやけ》
山のさま西の京《きやう》とも云ひつべき出水《いづみ》のの郷《がふ》のむら雨に濡《ぬ》る
与謝野　寛

六月二六日の内野辨子宛ての晶子の絵葉書（千鳥の濱と飛鳥）
（裏）扇をばさぐらんとして手にふれし冷さハその水晶の数珠

七月一日の菅沼宗四郎宛て晶子の絵葉書（明治天皇御駐蹕之碑寺泊名所）、同行の苔渓、満子の歌あり。
寺泊小木の港にわが向きていいはんとするも帰らざること
『白桜集』275

七月九日の内野辨子宛ての絵葉書（方谷山瀧見亭）
（裏）（印刷）与謝野晶子氏歌
高梁をきりの疎らに巻くものか山の都をかざるけしきに
晶子
まろき山霧よこぎりてそのもとに夜明の川の光る街かな
寛

七月一七日の山田知子宛て絵葉書
良寛の字に似る雨と見てあればよさのひろしといふ仮名もかく

七月二九日の西村一平宛ての絵葉書（愛宕山より見たる鶏足山の霧）
（裏）（印刷）与謝野先生歌
人間の惑ふにハ似ず霧たてば山も美くし渓も美くし
寛
とぶわざも舞ふふるまひも忘れたるたかくら山のしづかなる霧
晶子

八月一三日の菅沼宗四郎宛ての晶子書簡（高原ホテル）

ましぐらに蓼科の雨すすみ来ぬ十反ほどの水槽の上　『白桜集』982　晶子

九月三日の晶子の絵葉書三通あり同行の満子、わか子の歌あり

・内野辨子宛て

二夫人とともになげけり南国の九月はいまだうすものをきて　晶子

（淙々園より見たる熱海第一の絶景）

・後藤是山宛て

十四年のちの灯ともるさがみやに誰れ山泉と海景を書く　晶子

（熱海町伊豆鳴沢―淙々園）

・菅沼宗四郎宛て

二夫人とともになげけり南国の九月はいまだうすものをきて　晶子

（南日南風に恵まる淙々閣《ママ》）

九月八日の白仁秋津宛ての晶子の絵葉書（南日南風に恵まるる淙々園）、同行の満子、和哥子の歌あり

十四年のちの灯ともるさがみやに誰れ山景と海景を書く　晶子

一〇月一四日に絵葉書二通あり

・内野辨子宛て（抛書山荘より観たる朝の大池）、同行の苔渓の歌あり

わが船は湖水を立ちて鴨小さくとぶ夕空を上にしてこぐ　晶子

・菅沼宗四郎宛て（伊東港）、同行の苔渓、静子の歌あり

大室は親牛ならん山荘の「さくらじま」にもくらべて云へば　晶子

一二月二日の与謝野寛宛ての晶子の書簡

正月二日に二泊にて昔の伊豆山のさがみやへ、行きて見んとおもひ候。円城寺さんがゆかずば藤子とゆくべく候

かへりみぬ十はたちなどわが子をばその世につけておもふ正月
あはれなり昭和の十とせ終る日も春のあけても喪の家の子ら
子をもてる母のおもひをしらざらばかひなかるべき近き一とせ

告別の前後　告別前の西村一平宛ての印刷書簡は冬柏発行所の田中悌六、近江満子、鈴木糾武の名で

冬柏　第六巻第四号　延刊
本月号は与謝野寛先生御病気の為め遺憾ながら延刊仕り候。第五号よりは従前通り発行致す予定に有之候に付可然御承知下され度候　　昭和十年三月十八日

と書かれてあり、その後にペン書きで

十六日、肺炎と御決定。
十三日より慶応に御入院です。目下の処右も左も申上げかねます。　　満子

と添えられている。その後の印刷書簡も西村一平宛てで忌日に長男光からの

父与謝野寛　豫て病気の処本日午前八時五十五分死去致候に付き此段御通知申上候
追て告別式の儀は来月三月二十八日午後二時より三時迄に神田区駿河台文化学院に於て執行可致候猶放鳥供花の儀は堅く御辞退申上候
昭和十年三月二十六日

と光、秀、親戚一同で出信三月三一日の後藤是山宛てには
拝啓　父死去に際し御懇篤なる御弔辞を賜り難有拝受致し候　先は不取敢御礼申述度如此御座候

三月三十一日

東京市杉並区荻窪二―二九
与謝野　光

とあり、印刷で出信している。このように寛の葬儀は多くの人々の真心こめた熱誠と恩愛により恙なく終了した。

第四節　昭和一一年から一七年にかけて

寛の一周忌　昭和一一年の晶子書簡は、天眠宛て五通、『書簡集成』一三四通あり。この年の菅沼宛ての晶子書簡には

一昨日は多磨へまゐり、雪を掻かせてまゐり、何となくうれしくおもひ候。墓碑のことにて御心配をおかけいたし恐れ入り候。大分出来居ることを石屋の仕事場に入つて見てまゐり候　昭11・2・13

と書き送り、さらに「平野氏と相談いたし円覚寺の法事は三月二十二日の日曜の朝十時半より定め候」と報せ、読経のあと「精進の御とき」、「午後はまた帰源院にてかり歌よまん」とあって、さらに

その前日二十一日の春季皇霊祭の午後一時半より墓参を皆にてせんとの話に候　2・13

と墓参の予定を書き、宇智子宛ての書簡に

墓が廿一日に出来るか、どうかが、雪多き今年のことなれば、疑問にて、心配いたし居り候　昭19・3・20

と墓碑が間に合うかと案じていたが予定通りに行われた。三月二七日には白仁、菅沼、西村、渡辺へ同じ思いをそれ〴〵に伝え、その後に

・白仁秋津宛て（鎌倉海浜ホテル）　たそがれの昨日の雨の流れきておもくしめれりかまくらの砂

・西村一平宛て（右同）

多摩の野のきのふの雨の流れきておもくしめれるかまくらの沙
長き日におん名をかきて山寺の立つ門になどしらざりし君

・渡辺湖畔宛て（右同）

多摩の野の昨日の雨の流れきておもくしめれるかまくらの沙
（裏）世にありて北条殿のおん寺へ迎へられてもはかなからまし

と書き送っている。「多摩の野の」は繰り返し詠んでいる。当日の天候につき白仁秋津と渡辺湖畔に

・白仁へ　廿一日は雨廿二日は晴れてかまくらの梅白く見え申候。
・渡辺へ　廿一日は雨空日の鎌倉の日は晴れにてとゞこほりなく法要はすみ申候。

と同一の内容だが、微妙な違いがみられる。

寛の一周忌は、他に三月二六日に京都の鞍馬寺でも行われた。

極内輪にて御一周年祭を鞍馬山にて営み候。上人から二十五日に必ず登山せよと命あり、早起して出発夕刻上人の一行荘に著座いたし候へばすでに入相の鐘なり渡り候。

と「冬柏」（4月）の「消息」に松永周二が書いている。同消息に晶子が「鞍馬寺での法要の事は石井さんと松永さんの文で御承知下さい」と書いているだけで、晶子自身は出席していない。

寛、晶子の著書展覧会　昭和一一年三月二七日の菅沼宗四郎宛て晶子書簡の末尾に「三保ゆきは四月十一日土曜の午後よりときまり候。」と送り、四月五日に再び菅沼に「さていよいよ懸案たりし三保行きの実行となり申候」と書いて、「十一日ひる一時の『さくら』にてしづをかへ」、すぐ「（四時三十分とか）清水へ向ふべく」、乗船して海からの景色を見て「三保につき」とあって

その夜は歌の勉強をいたし初むべく、さいしようがうまくまゐらねば気がくされて候て、この大事の旅を無駄にいたすこととなるべければ、なるべく歌以外の方にはお会ひせぬ方がよろしくおもはれ候。私だけが人にあひ居り候ても気が気にてあるまじくおもはれ候　4・5

と書いている晶子は作歌指導に専心したい気持ちで一杯なのであろう。実に細かい配慮である。一二日は一〇時頃出発、鉄舟寺で昼食をすませ、「二時間ほどの時間をうたにつかひ、久能山へ」晶子は登らず待つ、その後で

午後三時ごろに静岡松坂屋へゆき、湯浅氏開催の与謝野両人の著書展覧会を見物　4・5

とあって、その後「一寸休み」「浅間神社のさくら見」て、東京に帰る人は帰り「私ども三四人は湯浅方（多数ならば宿屋）に一泊」。翌日「沼津へいで修善寺のさくらを見、一浴ののち拗書荘へ」と予定を立てている。

その後四月八日にまた菅沼に同行の人数を報せしたいが、「誰もが『なるべく』とか『たいてい』とか申居られ候に、しひて確答もきめかねて居りしことに候」とあって、人数が決まらず困っているようだったが、やっと「横浜を入れ候て十一人はたしかかとおもひ候」と同書簡に書いて（）内に同行する人の名前を入れている。「横浜」とは菅沼中心の横浜短歌会の人たちを指す。

その後の四月一六日の同じく菅沼宛ての書簡には「昨日正午過ぎに荻窪へ帰り申候」とあるので、「十一日ひる一時のさくら」で出発したとすれば、帰宅したのが「昨日」なので五日間の旅となる。

前記の静岡松坂屋の遺墨展が四月の「冬柏」の「消息」に晶子は

本号の裏表紙に出て居ります故人の著作物と遺墨の展覧会は湯浅光男氏お一人のお持物を静岡の松坂屋百貨店の階上の室へ出品されたものですが、よくもこの様にお集めになつたものと感歎いたされるばかりでした。同所で蒲原有明先生御夫婦とお目に懸かれました事も私の大きな喜びでした。

とあるように晶子にとって最大の恩恵と感謝に満ちた旅だった。同号の「冬柏」の「満耳潮音（二）」一一九首に

神づかさ桜を指して羽ごろもと云はば云へかし美穂のみやしろ
鉄舟寺普陀洛山に昨日より友我を待ち花散り初めぬ
静岡に今日君が本墨の跡集りてまた梅花の香立つ（松坂屋にて）
忽ちに明治三十四五年の世の帰り来て不覚にも泣く（蒲原有明先生に逢ひ奉りて）
修善寺の花見してのち車をば乞なる友の山荘に入る（以下真珠荘にて）

などなど感慨深い旅の思いを晶子はさまざまに詠んだ。

宇智子への優しい母心　昭和一一年からの晶子の一人旅は、常に同人たちが同行して共に歌を詠んでいた。門人たちの歌作を指導する立場にあったから楽しみながらも責任は重かった。旅から帰れば自歌は勿論同人らの歌の添削や自らの執筆に追われる生活だった。多くの人達への書簡は残されているが、この年に見る母晶子の思いを、前記した一一年三月二〇日の宇智子宛て書簡にはお墓のことを書いていたが、その冒頭に

はがきばかりをあげて、手紙をながくかかれず、きのどくにぞんじ居り候ひき

とあり、如何に多忙であるかが分かる。「そのうち名古屋帯でも、つくりおくるべく候」と母親らしい配慮で、また

あなたの病気をどんなに心ぐるしく思つてゐたかしれませんが今日まで手紙をかくことが出来ませんでした。許して下さい。じつは昨夜まで私も咳が出て、これは肺炎になる過程かななどとも昨日は苦しかったのです。それを病気になる先きに仕事だけを片つけてねませうとおもひ、仕事をつづけ、昨夜やつとまた〳〵近江さんへゆき注射を初めてして貰ひました。　昭11・4・18

と書き、宇智子の「病気」を心配しながら、「自分も」「肺炎」を恐れながらも執筆に追われる日々であった。

次は同じく無沙汰を詫びてからまた

どんなに、あなたの手紙を、かかれぬことを、心苦しくおもひ暮したでしよう。今月は脚気もおこり旅のつかれもあつて、冬柏が今までかかつたのです。（学校も始まりましたし）

昭11・9・21

とこのように手紙が書けなかった心苦しさを訴えている。常人には考えられぬ程の繁忙な日々の中で、末梢神経が麻痺状態になり、下肢がだるくなる病状の「脚気」に悩む晶子だった。そんな情況にありながらも寒くなったことについて「入用なものがあつたら、かいてよこして下さい。おひおひに揃えておくります」と母親らしい優しい思いを伝えている。この頃の宇智子は女高師を卒業して大阪の大谷高女の数学教師として勤めていた。同じ大阪在住だった同人の内野辯子には色々と世話になり、晶子は辯子に何度も謝意をこめた礼状を出していた。

・すべてうち子に関し候ことにつきての御深切をひとつにいたしうや〳〵しく御礼を申上げ候。

昭11・7・25

・うち子のためにわざ〳〵電報をたまはりまことにおそれ入り候。御さがし下されし家によろこびて移り申せしこと、存じ候。今後とも何とぞ宜しくねがひ上げ候

昭11・9・1

など他にも辨子宛ての宇智子への心遣いに対する晶子の母親としての感謝の気持ちが書かれている。宇智子への手紙は無沙汰の言い訳ばかりであるが、また繰返すように

相変らずこんな紙へかく手紙をはづかしくおもひます。長いことごぶさたをしましてそれも恥づかしいことの一つに数へます。忙しかったのです。御承知のごとく。

ママは旅行をしても人一倍忙しいのでせう。

昭11・11・16

とも書いて旅に出て「歌をよみに行くことは」「勉強のためとお、もひ下さい」と「旅」は遊びでなく「勉強」だと、歌人ならぬ宇智子に理解してもらいたかったのであろう。

晶子の第一回目の脳溢血とその発症期日の誤報　以前から高血圧の家系にあることを常々恐れていた晶子に第一回目の脳溢血が発症したのは、昭和一二年であった。その三年前の昭和九年一月元旦には「持病の狭心症的な発作」が起こっていた。これは昭和八年の旧臘三一日から正月にかけて寛、晶子と末女藤子、同人井上苔溪の四人が西那須高原に行った時のことで、晶子は九年の元旦に倒れて二日の夜行で皆と共に帰京した。そうした病状にありながら健康に留意せず超人的な仕事振りと毎月、同人達を率いての歌作りの旅は、歌作の練成の場でもあり、夜を徹して揮毫することもあった。そのように体調を顧みず不摂生のまま執筆したり、外出したりしたことにより「十八日からまた少しく異状を示し」たことなどが「正月の初めにラヂオや新聞で可なり、大袈裟に重体らしく伝へられた」(「冬柏」2号の消息）ことで大騒ぎとなり「各地から電報」「五十余通の見舞」を受けたことがあった。それにも関わらず、その年（昭9）の「冬柏」をみると翌二月は千葉の鴨川、四月は箱根へ、五月は横浜短歌会へ、六月は箱根、熱海、伊東の拗書山荘へ、小田原へ、七月は「九日会」へ、八月は赤倉温泉へ、九月は横浜短歌会へ、一〇月二五日から一一月六日まで佐渡、新潟へ。新潟の三条の宿で午前三時に起きて作歌し、揮毫し、弥彦山に登山というかなりの強行な旅であったが、その合間に講演もしていた。

寛亡き後も「冬柏」の編輯を引き継いだ晶子は毎月発行する「冬柏」編集の責任と歌作指導のための毎月の旅を続けていた。このように昭和九年の正月に発症した狭心症の後も休む間なく寛と共に旅を続けていたが、一年余りして寛は死去した。その打撃も大きかったが、その後は休む間なく、不調を訴えながらも過労の重なる日常であっ

た。昭和一二年の寛の三回忌の三月二一日の前日の二〇日に第一回目の脳溢血を発症した。ところが冬柏発行所から西村一平宛てに

さる十八日与謝野晶子先生が極く軽微な脳溢血にて病床に就かれました。幸ひ其後順調に快方に向つて居られますので案ぜられる御容態ではないのですが御病気が御病ゆゑ……「冬柏」は次号を休刊致します…

とあり、続けて「医師からも数週間の絶対安静を勧められた」とあるのに不摂生を続ける晶子だった。

ここに「去る十八日」に「極く軽微な脳溢血にて病床に……」とあるが、「冬柏」(3月)の「消息」に「三月十九日の夜です。先程先生のお宅へ著きました私は……先に線香を焚いて下さつた晶子先生のお姿が私の目にはあまりにおいたはしく……」とあるのを見ると、通知の「去る十八日」の発症とあって、倒れた翌日に故人への焼香が出来るというのは変だと思っていたが、「冬柏」(5月)の「三月以来」に「発行所から皆さんへお知らせした十八日発病は私のことでなく藤子の誤りである」と晶子は書いて、さらに同文で晶子は「十九日に良人の法会へ出席される筈の西村一平氏が北海道から上京されることになつていたから……」とも書いていることから「冬柏」(3月)の「終息」の記事は晶子の発病前日の西村の様子だと分かる。従って発症は「三月十八日」でなく三月二〇日が正しい。

病後も続く歌作の旅　軽症とはいえ脳溢血の重患の身を顧みることなく、従前通りに殆ど毎月のように同人らを引き連れての歌詠みの旅を続けていた。一二年の脳溢血発症から半月目の旅は内野辨子宛ての四月二日の絵葉書に

昨日より大磯へまゐり候。……二十九日より箱根の湯本館へ移るべく候。まだ自重して歌は作らず候。

とあり、医師の勧告を無視しての旅は近郊とはいえ大磯、箱根へである。さらに四月二七日、井上夫妻に宛てて

「秀が昨夜まゐり法師温泉のやうなるやどなり早く便利なるところへうつれと申候へば」と言ったので「まだ歌を初めず自重いたし」ていたが、引き続き「法師温泉」へ行き、そこから箱根の湯本館へゆき、翌日の西村一平宛ての絵葉書（4・28）には

一昨日より大磯にまゐり居り候。全く宜しともおもはれず候バ歌は二三日后より初めんと存じ居り候。

とあって、それまでは「自重して歌は作らず候」とこのようなことを二回書いていた。三回目から歌作りをぼつぼつ始めようとしているが、そんなことより医師の言う「数週間の絶対安静」の健康管理の方が大切なのに、旅の方を優先させていた。

昭和一二年一月一三日の三人宛て絵葉書あり

・井上夫妻宛て（東海道興津一碧楼水口屋）

除服せぬ心の中にうかぶ時三保の神話も墨の羽衣

・内野辨子宛て（水口屋庭園）

除服せぬ心の中にうかぶ時三保の神話も墨の羽衣

・西村一平宛て（一碧楼水口屋）

人よりも天城のこころ曇るなり興津の磯をわれは子とゆく

除服せぬ心の中にうかぶ時三保の神話も墨の羽衣

一月一四日にも絵葉書三通あり同行一人、歌あり

・内野辨子宛て（静岡附近有度山）

白と青高く二つをあざやかに空へ塗りたる富士の神山

同行の菅郎の歌あり

・白仁秋津宛て（国立公園富士香久山）

百万の迷路も底にあるごとしくらく深かり有度の大浜

同行の宗四郎の歌あり

・西村一平宛て（日本平より久能山を望む）

富士高し三保のいみじき松原も洲を這ふ草と見ゆる峠に

『白桜集』935

同行の宗四郎の歌あり
二月一日に菅沼宗四郎宛て（瀬波温泉）同行の苔渓、万寿栄の歌あり
いちじろく瀬波の山にかげろふの立つと噴き湯をとりなしてまし
二月一二日に絵葉書二通あり同行の苔渓の歌あり
・白仁秋津宛て（羽越線名勝笹川流れ）　はろばろと白くくもれり雪山のいくつ立つらん北海の底
・西村一平宛て（瀬波温泉全景）　つらなりて雪したる日は山もまた人の建てたるこゝちこそすれ　『白桜集』973
三月一日絵葉書三通あり同行の苔渓、わか子、たづ子、綾子、しづ子の歌あり
・白仁秋津宛て（大室山）　春蘭を夫人等摘めり穴むろの怪異これより語られざらん
・菅沼宗四郎宛て（赤沢海岸より見たる大島）　梅白し無名戦士の墓を見にナチスの使こし日ののちも　『白桜集』1019
・西村一平宛て（静岡伊東）　君とこし二とせのちのきさらぎの末の七日の山荘の雨
五月四日の井上夫妻宛ての晶子絵葉書（国立公園箱根）、同行の富士子、つた子の歌あり
なびくなり雨におはるゝかすみほど今ははかなく残れる桜
六月一五日には絵葉書二通あり同行の苔渓、吉良、英猪、田鶴の歌あり
・白仁秋津宛ての絵葉書（日本百景　奥多摩鶴の温泉弁天岩）　小河内の渓にこもれり池にする噂も心うごかしにけん　晶子
・西村一平宛て（日本百景奥多摩鶴の温泉）　たそがれの宿に帰れば涙おちかじかしばらく冷ややかになく　晶子

六月一六日の有賀精・君子宛て絵葉書

君にまた逢ぬよしもがなゆく方に雲取山のあるもあらずも　晶子

七月一二日には四通あり同行の満子の歌あり

・井上苔渓夫妻宛て（箱根名所）

夕明り湖水にさせば帆た丶みてくらげと見ゆる平たきヨット　晶子

・内野辨子宛て（堂ケ島温泉箱根）

世の中のいとも辛きを忘るべく友とたづさへ遊ぶ湖　晶子

同行の満子の歌あり

・菅沼宗四郎宛て（倒富士）

富士の雪ただいくもとのしらかばのかげを湖水におくる夏かな　晶子

・西村一平宛て（箱根名所）

富士の雪たゞ白樺のいくもとのかげを湖水におくる夏かな　晶子

七月一四日の渡辺湖畔宛て晶子の絵葉書に

箱根路の山のホテルが燈火もて夜とたゞよふはあさましきかな　晶子

八月一三日には絵葉書二通あり、同行の満子の歌あり

・井上夫妻宛て（KAMAKURA KAIHIN）

なほ仮りに上の三十七号の客とさだめてある湯殿かな　晶子

・西村一平宛て

なほ仮りに上の三十七号の客とさだめてある湯殿《ゆどの》かな　晶子

（KAMAKURA KAIHIN HOTEL）

とあり、同行二人、一首ずつあり。

八月一四日の白仁秋津宛て絵葉書（KAMAKURA KAHIN HOTEL）

由比が浜夜気危ふしと云ふ友に今はひかれてかへる客室

水いろの灯篭多し大地にも星雲をもつ家のあるごと

九月一一日二は絵葉書三通あり同行のわか子、満子、田鶴子の歌あり

・井上夫妻宛て（「月ノ名所姨捨山」）

旅ゆけば愁ひの軽し山国の雨に押さるゝ二百二十日も　晶子

・白仁秋津宛て（信州戸倉と上山田温泉附近）

屋はなけれ女の湯とて幕ばかり板を張りたる上山田かな　晶子

・菅沼宗四郎宛て（信州戸倉と山田）

北しなの五山何せん雲にのみ晴間ありとてかひなきものを　晶子

九月二三日の西村一平宛て晶子絵葉書（平井武雄作碓氷峠の絵）

三とせすぎホテルハ壁を作りかへわれは心をそのまゝにおく　『白桜集』1163　晶子

わが友と浅間の坂にゆき合ふもこひしき秋に似たることかな　『白桜集』1165

一〇月一一日の白仁秋津宛ての晶子絵葉書（抛書山荘より観たる朝の大池）、同行二人、歌あり

外套の折り返したる襟ほどの万二郎山と秋の朝風　晶子

一〇月二九日の井上夫妻宛ての晶子絵葉書格（日光）、同行の光雄、英猪、あい子、たづ子の歌なく名のみ

湖の出嶋の紅葉つゞくなり陽明門の軒廊のごと　晶子

一一月二日には絵葉書二通あり

・白仁秋津宛て

（天下第一品日光華厳瀧）

山頂のすでに千樹の葉のなきは裸ならぬがもつかげに似ぬ

大正の一の娘が六寸の帯して立ちし歌が濱これ　晶子

日光の華厳の瀧を白菜のひとはと見るを人なとがめそ　『白桜集』1252

・西村一平宛て（日光歌ケ濱）

かつらの葉焼栗ほどに蝕ばむも重ねて拾ふいちやもみぢに

大正に一の娘が六寸の帯して立ちしうたが濱これ　晶子

昭和一三年になって一月六日の井上夫妻宛て晶子の絵葉書（熱海市伊豆山鳴沢温泉）
見ることの許しあれども思ふこと禁ぜられたる伊豆にこしかな
一月七日の西村一平宛て晶子の絵葉書に（熱海伊豆山鳴沢温泉）
柑子の気太陽の香のとゞまれるものとおぼえてなつかしきかな
見ることの許しはあれど思ふをば禁ぜられたる伊豆へ来ぬわれ
二月一四日絵葉書二通あり。同行の苔渓、かよ、しづ子の歌あり
・白仁秋津宛て（熱海多賀名勝）
しら波が五かさねほど騒ぐなり多賀の月夜のやゝふけしころ
・西村一平宛て
青海を行く船に立ちいみじくも思ひ上れバ海人身じろがず
（南熱海高原より多賀湾の眺望）
二月一五日の菅沼宗四郎宛て晶子の絵葉書（中野海岸より上多賀を望む）
稚子として海のみわれを養ふとかねてはしらず今こそは知り《ママ》
三月一七日の菅沼宗四郎宛て絵葉書（海浜ホテル）、同行の光雄、あい子の歌あり
くもまより月もれてさし松原に雨の音する由比が浜かな
『白桜集』1440
五月一一日の菅沼宗四郎宛ての晶子書簡（転載）
もののふの国をおもへるまごころの上には熱き太陽もなし
六月一一日の西村一平宛ての晶子の絵葉書（湯河原温泉）に
病いえあたらしき日といふべくもあまりさびしき山の湯の客
『白桜集』1510　晶子
六月一四日に絵葉書三通あり。同行満子、わか子の歌あり

・井上夫妻宛て（湯河原藤木川畔清光園附近の景観）、満子、わか子の歌あり
まばらなる青葉のすゝき百草をしかも従へまへる山風　『白桜集』1544　晶子
・菅沼宗四郎宛て（湯河原温泉）満子、藤子、わか子の歌あり
天高し箱根も高し雨はれてわがゆく渓の路に仰げば　晶子
・西村一平宛て（湯河原）満子、藤子、わか子の歌あり
うつくしき風を流せり六月の山の千草は花咲かねども　『白桜集』1543　晶子
七月九日に絵葉書二通あり。同行の満子、たづ子の歌あり
・井上苔渓宛て（伊豆下田名所）
いと小さく白馬のごと清き船茶屋崎にゐてなくほとゝぎす　『白桜集』1589　晶子
・西村一平宛て（伊豆下田港全景）
月夜より雨となれるも定まれる筋としがたし君の死ねるも　晶子
七月二二日には絵葉書三通あり。同行の辨子の歌あり
・井上夫妻宛て（相州湯河原温泉中西旅館）
瀧つ瀬の絶間絶間の岩はだの汗してあるハさまあしきかな　晶子
・内野浅次郎・雄一宛て
（相州湯河原温泉中西旅館庭園の一部）
夕ぐれに涼しき波を見て倚れバ瓜のこゝちす石橋の欄　よさの晶子
・西村一平宛て（相州湯河原温泉）
同行の辨子の歌あり
われもまた土用に入りて帰するごと藤木の川の渓にこしかな　晶子
七月二五日に絵葉書三通あり
・菅沼宗四郎宛て（日金山十国峠）
空晴れて渓かわらけきよき朝のまだきに驢馬を見るうれしさよ　晶子

湯河原にて与謝野晶子

・西村一平宛て（清滝の絶景）

清滝があらき籠目を岩山にかき二方にひぐらしのなく　よさの晶子

・山田知子宛て（湯河原）

高きより雨次ぎ次ぎに峰を消し一重となりぬ湯河原の山

『白桜集』1593　晶子

七月二七日には絵葉書二通あり

・井上夫妻宛て（湯河原温泉）

悪僧の七つ道具の一つかと橋こえくるを見れバ三味線　『白桜集』1615　晶子

・内野辨子宛て（湯河原白糸）

二夜三夜橋にもいでず新しく老いねど友のかたへせざれバ　晶子

八月三日の内野辨子宛て晶子の絵葉書（伊豆下田武ヶ濱下田温泉ホテル）

七嶋に通はん船やかりなまし蓬莱嶋は心にあれど　晶子

九月九日の西村一平宛て絵葉書（朝ノ離山）

秋風や一茶《いっさ》ののちの小林の四代の弥太にあがなへる鎌　『白桜集』1681　晶子

九月一〇日に三通あり、同行二人、歌あり

・有島生馬夫妻宛て晶子（荻窪より）「軽井沢に旅の帰途一泊」

七八たりひろき露台に仰ぐなり閏七月のもちの夜の山　晶子

友の塚母浄月尼信濃見ずいくとせ君を悲しみにけん　晶子

・内野辨子宛ての晶子絵葉書（野尻湖風景）、同行のたづ子、藤子の歌あり

なゝめにも牙のやうなるしら樺の草より立てる深山の月夜　晶子

・西村一平宛ての晶子の絵葉書（雲の浅間山）

秋寒し三笠の牧の書記室の机に上げし乳の杯　晶子

一〇月一〇日の嶋谷亮輔・静子宛て晶子の絵葉書（伊豆式根島　海岸の岩間に湧く地鉈温泉）、同行の満子の歌あり

地奈多の湯千尋なければおぼつかな波のかよへば倚れるいはほも　晶子

一〇月一二日には絵葉書五通あり同行満子、田鶴子の歌なし

・井上苔渓宛て（伊豆式根島　神引山ヨリ新島渡島大島ノ遠景）、同行の満子歌あり

（裏）はしたなき荷船にのりて入る前の波浮の港の燈火の桟敷　晶子

元村にて　嶋の松伊豆本国に皆向けりわれの心はいにしへに向く　『白桜集』1724

式根をはなる、時　船移り小濱港の鶴姫が野伏の坂の白きにかはる　『白桜集』1709

・井上ますゑ宛て

（伊豆式根島　足附海岸の自然温泉）

かげとして鏡の中にうごくごと嶋の岩湯を浴びたるはだか　『白桜集』1694

・内野弁子宛て

（伊豆式根島　小濱港の静波）

はしたなき荷船にのりて入る前の波浮の港の燈火の桟敷

・白仁秋津宛て（伊豆新嶋）

波かよふ門をもちたる岩ありぬ式根無人の嶋なりしかば　晶子

辛ひは三原の山の沙渓にもにたる力に流されぬわれ

・西村一平宛て

（伊豆新島　前濱ノ鯨地曳）

はしたなき荷船にのりて入る前の波浮の港の燈火の桟敷

船つくと新じま男旗振れり君が使のかたらましかば

一〇月一三日の嶋谷亮輔宛て晶子の絵葉書（伊豆式根島　温泉ホテル）

水いろの愁ひの煙わが方へ山はゞかりて吹かぬ大嶋　『白桜集』1722　晶子

（裏）平家方寿永四年に流れつき住みしてふ説無人嶋説
一〇月一五日の中河与一宛て晶子の絵葉書（伊豆大島風景）
はしたなき荷船にのりて入る前の波浮の港の燈火の桟敷　晶子
一一月九日には二通あり同行の周二、苔渓、わか子、安喜子の歌あり
・井上ますゑ宛て（国立公園富士山麓）
から松のおちばも秋の霜も噛む湖村のやけ沙の道
・内野辨子宛て
（富士五湖　秀麗の富士に映ゆる本栖湖の美観）
から松のおちばも秋の霜も噛む湖村の焼沙の道
西村一平宛て三通あり
・一一月一〇日の晶子絵葉書
（富士五湖山中湖）
富士の山月のあたりて新しく雪湧きいでしこゝちこそすれ　『白桜集』1747
・一一月一一日の晶子の絵葉書二通あり
（御坂峠湖見屋根）
車とく船津の町へくだりきて今よりぞゆく昔の路を
（精進湖と富士）
なほいまだ船に居ならひ仰ぐべし富士の湖畔の後期の紅葉
赤松に精進《しょうじ》ホテルの楼台の焼け亡びしも君よりはのち
一二月一二日には絵葉書二通あり、同行の静子の歌あり
・井上夫妻宛て小室より下りし友と多賀の星見ん夜がこれに終らざれかし
（南熱海公園より多賀湾の眺望）
・内野辨子宛て（熱海多賀名勝）
海人船が志したる方ありて波乗り切るはあはれなりけれ　与謝野晶子

「絶対安静」という医師の言葉を無にして脳溢血発症の昭和一二年三月二〇日から半月後には都心から近いとは言え、大磯から箱根へ行き、その後も殆ど毎月の同人らを伴う歌作りの旅に出て、書信を頻繁に同人らに送る。それに加えて「冬柏」の編輯『蜻蛉日記』と『新新訳源氏物語』の口語訳など、忙殺される晶子の生活だった。

『新万葉集』出版への尽力

①準備から完結へ

『新万葉集』は昭和一二年三月から一三年九月にかけて改造社社長山本実彦の熱誠により九巻は一年半で完結した。その完結の九巻末尾に山本は「新万葉集の完成」と題して全国から応募した中から厳選した審査員一〇名により「歴史的完終篇を見たことになります」と本文完終を確信を以て書いている。

九巻で本文は終わり、「補巻」・「補遺」は一〇巻（昭1・6）、「宮廷篇」は一一巻で全巻が完遂したのである。全巻を通して「私どもが第一に当面した難関は宮廷篇」であったことを山本は告示している。時恰も軍事体制下にあり、皇室中心の日本帝国であり、天皇の御楯となる国民は一億一心となって尽忠報国に身を献げる時代であった。「和歌は敷島の道」として「建国当初より国風として御庇護、御奨励になり」と敬語詰めの一文である。そういう時代が現実であった昭和一二、三年以後、現代でも「年の初めに御歌の会を開かせたまふ御嘉例がある位」とある通りで、今も挙行されている。その『新万葉集』準備の審査状況について、山本は続けて

昭和十二年一二月三日夜、東京市麹町区山王星ケ岡茶寮で開かれた審査員第一回の会合から始まる

と書いており、審査員一〇人の名（太田水穂、北原白秋、窪田空穂、齋藤茂吉、佐佐木信綱、釈迢空、土岐善麿、前田夕暮、与謝野晶子、尾上柴舟）をあげている。これは紅一点の晶子にとって至上の栄誉だった。第一回目の会合は脳溢血発症の一七日前のことであった。

二回目の審査会は六月一四日、三回目は一一月二六日で、ここまでは審査会があった。一回目の審査会に晶子は出席したが、それ以降は出席できなかったものの『新万葉集』の仕事は他の仕事と共に続けていたことは、時折の書簡によって明らかである。翌昭和一三年一月から出版し始め、最終の「宮廷篇」は九月一〇日の出版で終わる。

②書簡にみる『新万葉集』　『新万葉集』の審査会の初会に晶子は出席できたが、脳溢血発病後は『新万葉集』の仕事を果たしつつ、晶子は「冬柏」の編輯もまた毎月の歌作の旅も昭和一二年には一〇回、一三年には一一回も続けていた。その中で『新万葉集』に関わる書簡を昭和一二年にみると先ず西村一平宛てには猛暑であったらしく、山本の一文にも折々出てくるが、

石狩の秋風はおもひやられ候へどもまだこのわたり暑く候。今一寸したしごといたし居り候がそれがすめば内より涼気もいつべしとおもひ候。今日は二十六日の命日にて、像の前に閼伽の花多くてうれしく候。殺人的の暑さと私のおもひ候時はまことにさなりと思召べし。いつすみ候やらん　昭12・8・26

と猛暑の中にあっても寛の命日の「二十六日」を忘れずに多くの花が仏前に供えられていることに感謝し、「一寸したしごと」だと『新万葉集』の仕事をさりげなく書いているが病身の晶子には大儀であったろうと思われる。

菅沼宗四郎宛てにも「猛暑」について

残暑の烈しく候ひしもやうやく終局をつげ、危き中より脱出し来りしここちはたしかにいたし候へども、ともかくも無事にしごといたし居り候（改造社の新万葉の選）…　9・5

と、ここでは「しごと」の中味を知らせて無事を報告している。内野辨子宛て書簡には

山より帰りまゐり候。汽車中にて新万集と申すものの選などいたしそのため肩のこり候て歯をいたくいたし

いまだに困り居り候。序文のこと承知いたし候。……　9・14

とあり、菅沼宛て書簡にも同じ内容だが

二三日まへに山よりかへり申候。汽車中にて改造社の選をいたしなどしたるため歯痛はげしくおこりこまり居り候ひしが、今日は大分よろしく候。……　9・16

とある。これらの書簡に書かれている「山」とは昭和一二年の第八回目の旅のことで、九月の「冬柏」の「消息」にある「上山田の温泉へ行って千曲川の秋を味ひたい」と晶子が思い立った時のことである。同号に晶子の「千曲川」一〇九首あり、これは「以下上山田滞留中」六八首、「以下軽井沢にて」三〇首と分載されていることから旅程が分かる。またその後の九月二二日の西村一平宛てにも

信州へまゐり候時汽車中にて改造社のうたをえらびしたための歯痛いつまでもなほらずこまり申候

とあり、また二八日の井上苔渓宛ての絵葉書（信州戸倉上山田温泉）にも

改造社のがまだ残り居り候て昨日やつとすませ、直ぐに氷枕をして休み候。

とあって、発熱したものか、辛い仕事の情況が察せられる。同日の内野辨子宛ての長文の書簡にも

忙しきことの（改造社の）やうやくすみ安心いたし候。来月のうたは伊豆の抛書荘へよみに月の八日ごろにまゐらんかとおもい候。まだ遠くへいで候ことにその夜の不安あり候へば……　9・28

とあり、この書簡が最後で、以後『新万葉集』について書いて居ないのは、一応審査と選が終わったものと思われる。

全国の歌人中から厳選された一〇人の審査員に女性一人として選ばれた晶子の存在は、アララギが歌壇を牛耳っていた頃、反アララギ派の晶子が選ばれた。歌壇の傍流にあっても個人誌の「冬柏」を発表の場として細々ながら

生きてきた晶子を、時流の王者のように仕立て上げた当時の歌壇人の高踏と山本の力量を改めて認めたい。

③『新万葉集』の寛と晶子、礼厳の歌　二人の歌は九巻に寛は四九から五四頁まで、晶子は五四から五九頁まで五〇首ずつ採られた。寛の歌は『東西南北』二首、『相聞』二〇首、『檞之葉』一首、『鵜と雨』七首、「大正元年より昭和五年に到る雑詠より」一八首を収録している。晶子の歌は『恋衣』一首、『舞姫』二首、『夢之華』一首、『常夏』二首、『春泥集』三首、『夏より秋へ』四首、『桜草』二首、『朱葉集』二首、『舞衣』一首、『晶子新集』三首、『火の鳥』六首、『太陽と薔薇』一〇首、『草の夢』一三首である。『草の夢』を最高数に選出したことについて『現代短歌全集』五巻（昭4刊）の「あとがき」に晶子は

漸くわたしの肉体が出産などに煩はされず、心理にはげしい変化のない、おだやかな人間になつてつくられた歌を、わたしの歌として認めてほしい

と記して、それを具体的に示唆してか「『草の夢』は私の歌を鑑賞して下さる人達には是非に読んでいただきたいと思ふ歌集である」と昭和一三年になって晶子自ら推薦した歌集が『草の夢』だったことが『新万葉集』により分かる。この歌集には晶子短歌の代表ともいうべき歌が冒頭に

劫初より作りいとなむ殿堂に我れも黄金の釘一つ打つ

があり、晩年近くに晶子はそれまでの自らの生き方を顧みて、劫初から続いてきた、この敷島の道に最も輝かしい「黄金の釘」を一つ残したい、という自負と確信と希望に満ちた歌である、この歌集を見直して多くの歌を選出したところに当時の晶子の心境を思惟したい。病身でありながら病魔と戦い常人では果たし得ない『新万葉集』を短期間とは言え「冬柏」編輯と歌作練成の旅の仕事の合間に成就させた。このように最後までやり抜いたことは、寛

が死の一月前まで歌作の旅を懸命に成していたことを思い、共に歌道に生き抜いた歌人夫妻の価値を顕彰したい。寛の父与謝野礼厳の歌を「補巻」の一五四から一五七頁に三〇首入れたことは寛への菩提を弔い、そこには寛への再認識を懇願する晶子の必死な祈りも籠められいるように思われる。

『平安朝女流日記蜻蛉日記』刊行　晶子の『蜻蛉日記』の現代語訳は古典訳として六冊目の出版である。これらのうち『和泉式部歌集』だけが寛との共著であった。本著は『現代語訳国文学全集　九巻』の「平安朝女流日記」の目次に「解説　蜻蛉日記　和泉式部日記　紫式部日記」と記載され、昭和十三年四月十五日、非凡閣発行とある。現在刊行中の『鉄幹晶子全集』二七巻に『蜻蛉日記』だけ収録し、『新訳紫式部日記・新訳和泉式部日記』をこの全集の一六巻に収録していた。冒頭の「解説」の「蜻蛉日記」末尾に

正宗敦夫氏が古典全集に採られた本を私は主として用ひ、訳本の性質上意味の通らぬ所だけは流布本に由つて補つた。然かも正宗氏のその本が無かつたならば蜻蛉日記の訳本などは到底出来なかつたものなのである。

とあるのを見ると、嘗て大正一四年一〇月から寛、晶子、敦夫が始めた『日本古典全集』刊行の始めは好調だったが、二年足らずで不調になり、寛と晶子は退いたが、正宗は後を引き継でいたことで、その『蜻蛉日記』校本を晶子は使ってこの『蜻蛉日記』の現代語訳を成した。このことについて晶子は心から謝意を表している。

いつ頃から、この『蜻蛉日記』の新訳に着手したか分らないが、出版した昭和一三年四月の一年前には前記したように第一回目の脳溢血を起こしたのだが、「絶対安静」という医師の言葉など無にして、その翌月から近い所といえ毎月のように歌作りの旅に出ていた。その合間にこの大作の『蜻蛉日記』の現代語訳を書き続けていたのであろうか。旅のことは書簡に歌も入れて頻繁に書いている。翌一四年から出版し始める『新新訳源氏』のことは書簡

によくでくるが、『新訳蜻蛉日記』については何の消息も意見も書簡に出てこない。

晶子の『蜻蛉日記』新訳につき『鉄幹晶子全集』二七巻（379〜380）の『蜻蛉日記』の解説（増淵勝一）には

晶子の現代語訳は、直訳的・逐語訳的というよりも、晶子なりの解釈を加えた意訳・大意を綴ったものということができよう。したがって『蜻蛉日記』の現代語訳というより、晶子の想像力と言葉とから紡ぎだされた新『蜻蛉日記』と称してもよい側面もあったということができよう。こういう方法は近代作家の堀辰雄の『かげろふの日記』（昭和十四年六月刊・創元社）や室生犀星の『かげろふの日記遺文』（同五十五年五月刊・講談社）等にも顕著に見られるところであって、原文に作者自身の想像力を発揮し、独自の解釈を導いたのである。晶子のこういう方法は、『源氏物語』や『栄華物語』等の解釈に向き合って以来のものである。そういう意味では晶子の現代語訳は作歌や歌人の口語訳の一つスタイルを先導したものとして、まず評価されるべきであらう。

とあるように晶子独自の『蜻蛉日記』の新訳と言えよう。何れにせよ病と忙殺の身でありながら昭和一三、四年と連年の古典大物の現代語訳を果たした翌一五年に第二回目の脳出血発症、その二年後に人生を終えるのである。

晶子の体調と寛筆の晶子文字　昭和一四年には天眠宛て書簡九通、書簡集成五八通あり、それらを見ながら病気と闘う晶子の姿を見てゆく。天眠宛ての書簡には「発病以来さま〴〵に御厚情頂き」と何時もながらの天眠に対する謝意を述べた後で晶子は

三十一日に金尾さんの校正を六十頁ほど見ましてまた悪くなり、寝て居りしに候が暖きところへ
昭14・1・21

という「子供達のすすめ」で「五日より伊豆山へ転地いたし候も愚かなる人となりて」と落ち込むが、続けて

十六日に冬柏が気がゝりのため帰宅いたし、やつと今日校正を了へ申し候。安眠も自家の方が却つてよく出来申し、三四日まへよりすと立つの自信生じ申候。血圧の高くなり（肺炎のあとは反動にて然るがならひのよしに候）心臓の方を医師方も御心配下されしにて退院後はたび〳〵脳溢血の再発をおそれ居りしことにて、歌を二つ三つたのまれてよみ候ても夜は頭痛などいたし候も心細く候ひき。　1・21

とあり、これまでの過労から「入院、転地などのことにて、（金尾氏は気の毒なれば煩はしがたく）」と書いて、『新新訳源氏』出版元の金尾文淵堂に申し訳なく思い「健康が第一なりと今度などしみ〴〵悟り申候」と病の恐ろしさにやっと気付いたものか反省している。しかし

源氏の四巻も今月末には出来申すべく候。私が表紙の字をかき候ことが出来ざりしためおくれしに候

とあるが、四巻は「二月十一日」に刊行された。右にある「表紙の字が出来ざりしためおくれ」とあるのは脳溢血のため字が思うように書けないという後遺症からか、現実に『新訳源氏』と『新新訳源氏』の背文字をみると共に寛筆で、晶子筆とは微妙な違いに気づく。与謝野夫妻の弟子の湯浅光雄氏によれば「寛先生は揮毫の際には晶子先生の字を見ながら書かれる」という発言を私は何回も聞いていた。という既刊の『新新訳』の一巻の刊行は寛没後であった。しかし『新新訳源氏』に着手したのは昭和七年なので寛は元気で晶子の字と混同するような筆跡の寛筆で書いておいたものか。その前後に寛が書いていたものか、『新訳源氏』の背文字をそのまま復元したものか。何れにせよ『新訳』の背文字、表紙、扉の字全ては寛筆である。現実の晶子の著作の表紙や背文字の多くが寛筆であったことも含めて二つの源氏訳も同様に考えられる。その後の一月二六日の天眠あて書簡にも病気が気懸りで

私はまだ血圧の高きにや　目など赤きが神経にさはり候。……私は肺炎はよも再発すまじといふ自信のあり候。

と脳溢血の再発を恐れながらも「肺炎」の再発を否定することで些少ながら自慰し自信を持ちたかったのであろう。

その後の天眠あて書簡にも『新新訳源氏』のことが気懸りで

> 金尾の続稿に筆をつけ居り候が何分ともあはれなる金尾の状態に候へば　広告も十分に出来ぬ運命となり居り候へども、それは死後にでも売れ申すべしと期し居り候。……今三年くらゐ生きてゐねばならぬやうにもおもはれ、さりとて執着がさまであるにもあらぬにて候。半身半随《ママ》などは、唯だいやなるものに候へばさけうべきだけさけたく候。……人がなつかしくなりなどするハ死の前兆なるべければ堺へ行かじと弟に申居り候へども京へはそのうちまゐりたく候。　昭14・3・1

と書いて、未だ三年生きていたいという悲願が、その三年後の一七年五月二九日には報いられてか、晶子は他界する。「半身不随」は「唯いやなるもの」と書いていたが、それが現実となって翌年の昭和一五年には左半身不随の身となる。　一四年の七月三日の天眠宛て書簡には

> 源氏も漸く全部の草稿なり申し、あと一日半ほどにて清書終るべく候へど　その間にまたはさまねばならぬ用のあり、結局七八日におくらんと存じ居り候。本屋さんは御承知の如き心細き人なれども、自分の仕事は完成させおかば気のらくになることに候。娘なども私の死後には多少の印税も頂け候ことゝ存じ申候。

とあり、ここにある「娘」とは次女八峰のことで、長男光氏の言ではこの手紙通りに、戦後、『新新訳源氏物語』は改題されて出版したのが非常に売れ、その印税は八峰が独り占めしたとのことであった。以上が「源氏口語訳」と最も関わりの深かった天眠宛ての書簡であった。

晶子は病と闘いつつ『新新訳源氏物語』執筆　大正二年に『新訳源氏物語』全四巻出版前後までに九児の出産あ

りそのうち一児は出産後二日で急逝。そうした中にあっても大正期に三三冊（寛共著二冊）出版している。その中に五冊の古典訳（『新訳源氏物語』、『新訳栄華物語』、『和泉式部歌集』、『新訳紫式部日記・新訳和泉式部日記』、『新訳徒然草』）があり、この古典訳の第一が『新訳源氏物語』で最終の七冊目が『新新訳源氏物語』なのである。晶子の古典訳の第一歩は明治四二年九月一八日の小林天眠宛ての書簡（明42・9・18）から始まる。与謝野夫妻の貧困救済のために天眠は晶子に「源氏口語訳」を依頼した。その返信に

この度の御文何も〳〵私どものために御たて下され候ひし御もくろみと涙こぼれ候

とあり、非常に感動して受け「私一生の事業としてそのことはいたしたき考へに候」と同書簡に書いているが、前記したように後内田魯庵依頼の「源氏訳」を短期間で仕上げた。天眠依頼の天佑社での「源氏口語訳」は百ヶ月の猶予があったので後廻しにしたが、百ヶ月後の創設時には半分も出来ておらず、その上始めから書き直すと言い切って、その進行中に関東大震災で原稿は全焼した。その打撃は大きく、一時は放棄していたが、昭和七年になって再度の源氏訳完結の使命感が突如湧いてきたことを『新新訳源氏物語』の「あとがき」に

今から七年前《ぜん》の秋、どんなにもして時を作り、源氏を改訳する責めを果さうと急に思ひたつ期《き》が来た。そして直ぐに書き初め、書き続け、少い余命の終らぬ間《ま》を急いだ。ところが昭和十年の春に私は良人《をつと》を失つた。一家を負つてなさねばならぬ用の殖えたことは申すまでもない。また一方崩れた心は歌を作る以外に力の出しやうもないやうに思はれた。

とあるように、夫歿後の悲しみと共に「冬柏」編集の負担の中で体調を気遣いながらも歌作りに懸命であった晶子の生き方が偲ばれる。昭和七年から書き始めた『新新訳源氏物語』執筆中の昭和一三年四月に古典の大物と言われている『蜻蛉日記』の新訳も完結している。昭和一二年に、軽症とは言え第一回目の脳溢血を発症しており、これ

までの書簡にみられた高血圧への憂慮がつきまとっていた。晶子には「源氏物語」に関わる歌が非常に多い。

源氏をば十二三にて読みしのち思はれじとぞ見つれ男を　『朱葉集』92

美しき少女をたたふドン・ファンも光源氏も憎むに足ると　『瑠璃光』307

源氏をば一人となりて後に書く紫女年若くしてわれは然らず　『白桜集』181

また光源氏と関わる人々を

わか紫十五の君は紅梅のやうに紅して夜も寝たまひぬ　「明星」明38・1

夕顔やこよと祈りしみくるまをたそがれに見る夢ごこちかな　『舞姫』130

上卿《じゃうけい》はけうらの男ひげ黒に藤傘《ふぢかさ》するは山しろつかひ　『常夏』41

さかりなる御代《みよ》の五節《ごせち》の舞姫は天《あめ》の子等よりめでたかりけれ　『朱葉集』528

たけ二尺いはば薫の大将の過ぎつるほどの香を立つる梅　『白桜集』2145

などと詠んでいる。晶子の二回の「源氏訳」は他の古典訳と共に晶子文学の根源をなして多様に詠まれ、書かれている。これこそが晶子文学そのものであり、生涯を通して懸命に生き抜いた晶子の生の証しであったとも言える。

病を抱えながらの晶子の生き様を書簡を通してみてゆく。まず昭和一四年一月一九日には二通あり。

・菅沼宗四郎宛ての絵葉書（伊豆山仙人風呂）に

いろいろ御心配をかけました。退院はいたしましたが元日よりまた心細くなり、五日に伊豆へ立ち、三日ほどまへ帰京いたしました。冬柏の詠草を今は見て居ります。無理はいたしませんから御安心下さい。……　昭14・1・19

・西村一平宛ての絵葉書（熱海市伊豆山鳴沢温泉）

血圧が高くなりましたのを危まれながらの退院でした。……今少しづゝ社友の詠草も見られます。

とあるように病を気遣いつゝも詠草の選や添削をする晶子の日々であった。同月の小林天眠宛ての書簡にも

私はまだ血圧の高きにや　目など赤きが神経にさはり候　1・26

と血圧昂進のために眼が充血しているのを気にしている。

さらにまた内野弁子宛ての書簡にも肺炎の後で「十分心して養生」してとあり、

じつは血圧の高くなりしと心臓の弱りしなりしを申されしことにより、脳溢血の方が頻りに再発いたし候やうのこゝちありて伊豆山にてもまれにより湯へも入らず候ひき。……伊豆山にては一字もつけず、歌といふものが作りうるかどうかさへ今のところ疑問におもはれ候。来月の初めには箱根へなりともまゐり歌を試むべく、頭の病をしたるならねばと自らなぐさめ居り候。　1・27

と血圧昂進と心臓の弱りから歌作りの旅にあっても「脳溢血」の「再発」を気にして「一字」も書けず作歌への疑惑も感ずるようになる。このように一回目は軽少な「脳溢血」だったが、前記のようにかなりの無理が重なり少しずつ悪化してゆく中で、この年に完結する「新新訳源氏」のことが心から離れず、三月四日の菅沼宗四郎宛て書簡でも「少し時間はかかり候へども。（今源氏の新新訳を了ってとおもひ候へば）」と完了の日を心待ちにしていた。

その後の島谷亮輔・静子宛ての書簡には

源氏の原稿も来月半までには了る見こみに候。それがすまば安心いたして強羅ホテルへにてもまゐるべきかとおもひ居り候。二月か三つき絵をかきてくらしうるやうなる日の現れてこよとのみ待たれ候。人事はかにかくも。　5・24

と書き、完結の暁には強羅で静養して、暫く絵が描きたい心境だったようである。巴里からの帰国の際にもそんな思いだった。さらに再び内野辯子宛ての長文の書簡には

源氏の原稿今日にて清書を終り候てまことにほつといたし申候。ともかくもよろこびを分けてお丶もひ下されたく候。……まだ三巻二巻と心細くおもひてまゐりしことが全く出来しことにてうれしきに候。7・5

とあって完結間近の歓びを手放しで書き、七月八日の白仁秋津宛ての書簡にも

長く御無沙汰をいたし居り候ひしも源氏のため過労のためと御ゆるし下されたく候。いよ〳〵一昨日すべて〳〵をかき終り候へば御安心下されたく候。今月はまだ疲れし身に候へども三津の濱へ旅をいたさんとおもひ居り候。盆の佛ももろともにとおもひ候。

御身御大切に遊ばすべく候。

とある「一昨日」に総べて完結とあるのは全巻書き終えた日が七月六日となる。最後の六巻刊行が九月一二日なので、出版まで二ヶ月余りかかったことになる。その後の「源氏」に関わる書簡をこの年にみると

・西村一平宛て　源氏につかれし人はよき作もならずさびしく候　7・15

・信楽真純宛て　源氏の稿の清書終りしは、まことに安心いたし申候。この七日ごろのことにて候ひき　7・16

であり、脳病のための極度の疲労を克服しながらの長年の労苦の積み重ねによってやっと完結したのである。

『新新訳源氏物語』の第一巻は昭和一三年一〇月二一日、二巻は一一月二一日、三巻は一二月二一日、四巻は一四年二月一一日、五巻は一四年六月三〇日、六巻は九月一二日刊行である。このようにして晶子は病魔と闘いながら、それと共に寛亡き後「冬柏」を守り、同人育成のための歌作りの旅にも精一杯尽力していたが、今から見て医

学の不足もあったろうが極度の過労もあって翌一五年に案じていた脳溢血の再発により重傷な半身不随となる。

旅の歌　昭和一四年二月一一日には絵葉書二通あり

・井上夫妻宛て（十国峠の富士）

こくうすくむら山の雪ひらめきぬ早川の末濱ひろくして

あしがらのはこねの上にある空を天がけりても君の忘れじ　『白桜集』1791

・西村一平宛ての絵葉書（神奈川箱根湯本）

はこね行く有明の月限りある光なれども水にさしつゝ　『白桜集』1809

二月一三日絵葉書二通あり同行七人の歌なし

・内野辨子宛て（国立公園箱根）

をちこちのうす雪を見てわたれども二月の日さす玉だれの橋

・白仁秋津宛て（神奈川清水）

前山はなまめかしかるうすら雪湯本は小雨梅花の台も

二月一四日の菅沼宗四郎の絵葉書（箱根）

たづねこし夫人の顔を灯のてらし車の出づる夜の哀れなり

三月一六日には三通あり

・内野辯子宛ての絵葉書（鵠沼風景）

鵠沼の西と東の長き磯五段の波の寄るところなり

・内山英保宛て書簡（便箋）

道折れて七里か浜もありなしの姿となりぬ行合ひの橋

江の嶋の体の中なる夕の灯透きつゝ見ゆる春の海かな

・西村一平宛て（鵠沼風景）

いたましく波の砕けずひろげたる扇を袖にもてかくのみ

四月一四日には絵葉書二通あり

・内野辨子宛て（抛書山荘の桜花）

（裏）山ざくら塗り上げしごと全くてその木のもとにいざよふ落花

・西村一平宛て（抛書山荘（伊東））

南国の星の大嶋ざくらより大きく咲ける春の夜の空　『白桜集』　1832

五月一五日の西村一平宛ての絵葉書（日光名勝）

きりの夜に灯の屏風をば橋本屋大阪屋など立つる山かな

六月一五日には絵葉書二通あり

・内野辨子宛て（武蔵嵐山湯本附近渓流）

浅みどり柳絮とおなじ質ながら飛行の技なき栗の花かな

・西村一平宛て（武蔵嵐山）

鳥よりも大きなる蛾に変るべき心をもてる栗の花かな　『白桜集』　1904

七月一四日には絵葉書二通あり同行三人、しづ子、たづ子の歌あり、須賀子なし

・井上夫妻宛て

狩野の川わが身の中をゆくごとしたちゐる水の上下を見て

（伊豆国嵯峨沢温泉嵯峨沢館）

・内野辨子宛て（狩野川の清流）

夕立をそこはしらずもありぬべしはるかに高き天城街道

七月一五日の絵葉書は西村一平宛て（伊豆国嵯峨沢温泉）

蝉なきて街道白し噴泉のごと限ある山の雨かな

青すゝき川瀬のおとのそとはかとなくたゞよへる山の湯にして

（裏）かのゝ川わが身の中をゆくごとしたちゐの水の上下をみて

八月一二日の井上夫妻宛て絵葉書（浅間高原）

暁や北の信濃の秋風に望めるまどの冷たかりけれ

八月一三日には絵葉書二通あり

・白仁秋津宛て

たはやすく住みし城主の興亡を書くいしぶみは悲しかりけれ

（小諸城不開門趾と藤村詩碑）

・西村一平宛て（小諸城址）

寄合所納屋二階よりはかなかるはしごを通ふ秋の初風　『白桜集』1933

一二月九日には絵葉書二通あり

・内野辨子宛て（熱海来宮神社）

先立ちて帰りし友の車中の語きかでしるこそあはれなりけれ　『白桜集』2084

・西村一平宛て（熱海町全景）

かへるべき静かならざる都もち身も投げがたし青海の伊豆　『白桜集』2087

一四年の九月から一一月の間は旅の歌はないが、九月二日の西村一平宛て書簡に「私の健康が少しよろしからぬために候」とあり、また同月一八日の嶋谷亮輔宛ての書簡にも

七八の両月は宜しかつたのですが九月の一日からまた病床について居りました。その中で湯河原へまゐりましたのは無理なことだつたですが、もう宜しいかと思つたのでした

とあって健康状態に触れており、また一〇月一六日の菅沼宗四郎宛て書簡にも「私もかきものと病弱にて、旅行を今度何《マ》ほ《マ》どためらひしに候が、……おつあひいたし伊香保にて一泊して帰り候……せめて歌を詠まんと自らむちち候も、成績あしく御恥しく存じ申候」とあって、「かきものと病弱」故に旅行も気になりながら、一一月七日の井上苔渓・ますゑ宛ての書簡には「昨夜笹の湯より帰り候。笹の湯は八分どほりもみぢに候ひしが、法師へまでまゐり」とあり、此の年も病を気にかけながら歌を作るために続けていた。

第二回目脳溢血の発症前後　歌作りの旅　昭和一五年の一月五日の西村一平宛ての絵葉書（洋間の写真）には

旧冬より病床をここにうつしたるまでのことながら静かにてや〻心臓の調子もよろしくなり申候。

とある「ここに」とは昭和一四年「四月一日」から同人の有賀精が「山川の美を気楽に味はせたい」主旨の義侠心

から安い料金の「素人の旅宿」の依水荘（『新版評伝』昭和篇466頁参照）を設けた。それを指す。昭和九年の正月の「狭心症的な発作」、一二年三月の「第一回目の脳溢血」発症があった。それ以来病床にありながら「冬柏」の編輯、同人らと歌作りの旅を続けてきた。

昭和一四年暮れから正月にかけて、この依水荘で過ごした。西村宛て絵葉書（上野原桂川）に

　　これなるは都留の郡をあとにしてゆく大川を我が送るまど　『白桜集』2092　1・5

昭和一五年一月六日には二通の絵葉書あり。

内野に「風邪の方は大分宜しく心臓がまだ宜しからず血圧も上り居るやうに候へばとあって、心臓も血圧も不安な状態だったので「諏訪への雪の山を見」るのを止めて「明日帰京すべく候」とあり、

・内野へ（依水荘）　目にすれど嶋田の橋のはるけくてたゝずみゐべくたのまれぬかな

菅沼に「石老の雪を見にまゐることにて候が、危険におもはれ候へば明日は一度帰宅いたべく候」とあり、

・菅沼へ（龍門峡）　川の上日の光をばくりよせてある糸遊と見えわたるかな

一月七日の井上苔渓宛ての絵葉書（依水荘発行上野原桂川畔）に

　　かくのごと悲喜隣するものならむ龍門峡ニ日さす川原と　『白桜集』2108

とあり、「依水荘」について嶋谷亮輔・静子宛て書簡に

　かしこは静かならんとてまゐりしかどやどやは皆階段の多く、また外へいで候に崖の坂多くてそのためにや風邪はなほり候ひしかど血圧が上り居るらしく目の赤くなりしをわびしがり居り候ひしが一昨日より白くなり初め候へば御安心下されたく候。　1・14

とあり、続けて「学校は二月より行かんかとおもひ居り候」と書いているが、一月三一日の内野辯子宛て書簡には

「病牀にて拝見」とあり、「気管支炎にはじまり肺炎の一歩てまへにてとどめ……やうやく昨日より平熱に復し候」とあり、不健康が続くが「天の橋立へ」の雪見を「病気のためおくれ」るが「断念いたさず二月の末か三月の初めに」と予定している。

三月七日の西村一平宛ての絵葉書（上水道貯水池）に

　片時も大室の山たち去らずなど山に似ぬいのちなりけん　『白桜集』2185

三月八日の白仁秋津宛て（欧州大戦無名戦士の納骨塔　抛書山荘）

（印刷）ヱルダンの沙にまじらで桜さく国に千代経ん慰めよかし

　わが国の小室の山に迎へ来て塔とす西部戦線の骨　寛

三月九日の内野辯子・菅沼宗四郎宛ての絵葉書に

・内野には「この三日より五日まで抛書山荘の梅を見に、…陽春のころ関西へまゐのたく」とあり

（名所土浦）ゆきづりのあはれにあまり哀れなり伊東の湯場の松原の橋　3・9

・菅沼には「四月二十日過ぎ（冬柏のしごとがすんでから）に先づ蘆屋へまゐり、鞍馬、天の橋立へまゐりたく」

四月一三日の内野辨子・菅沼宗四郎・西村一平への絵葉書あり

・内野には「二十二三日ごろに蘆屋の…申ホテルへ」、「西伊豆は天城おろし烈しくてさくらに気の毒」とあり

（静浦）夕ぐれに散る足速きさくら見ておのれのことは思はずもがな　『白桜集』229

・菅沼には「三津の五松荘」に「三泊」、「大瀬の崎へ船にて」とあり

（三津風景）岬なる彼の大海のひろき見て俄かに思ふ仏説流転　『白桜集』2262

「船につかれ、食事の漁毒にてじんましんのいで快からず候」とあり、

・西村には「三津の五松荘へまねかれてまゐりしに候が歌よむ人ならぬ、井上夫人と三泊いたしまゐり候。」

（静浦・海岸の富士）　山ざくら天城おろしはくるしきかわれも悩めり身を捨てじとて　『白桜集』2239

五月五日の井上苔渓・内野辨子・信楽真純・白仁秋津・菅沼宗四郎・西村一平の絵葉書三通、書簡三通あり

・井上宛て絵葉書（有馬名勝）に「三十日に帰京」とあるのは関西からの帰京が四月三〇日、「こんどの歌の貧困さをおもひ補はんとて旅心と別れを告げかね居りしことに候」とあるのは、病のせいか。

鳥地獄極悪道の諸相にはつゆあたらずてまふ落花かな　『白桜集』2270

・内野宛て書簡に「このたびはあまりにほいなく御別れいたしたるやうにて……」

・信楽真純宛て書簡に「じつはこの度の旅行の歌おもふやうに出来ず……生きて今一度くらまへまた上りたく身をいたはり申すべく候」とあり

・白仁宛て絵葉書に「有馬、橋立等へまゐり…三津以来漁毒にかゝり頭わろくなり歌の貧困を覚えしたび」

（有馬名勝）　上人と故人の歌の碑とわれに心のかよふ春の夕ぐれ　『白桜集』2282

・菅沼宛書簡に「こんどは歌の貧困（三津の魚毒にて）を覚え、……「京にての御別れの」とあり

・西村一平宛て絵葉書（有馬名勝）に「三津以来漁毒にて頭のわろくなり居り」とあり

ほのかなさくらの光りそひたりな虫地獄にも鳥地獄にも

これら五月五日の絵葉書三通や書簡三通を書いた翌日に晶子は第二回目脳溢血を発症する。

五月九日の西村一平宛て冬柏発行所から通知には

与謝野晶子先生去る夜九時頃御入浴中脳溢血の発作起り目下臥床に有之候。只今の処　稍小康を保ち居候も
左半身は感覚を失ひ　困惑致し居候

当分絶対安静を要する状態にて　いづれ又経過を御知らせ申可く候

とあり、左半身不随となる。漁毒が原因で旅先で歌が出来ないと何度も書簡に書いていたが歌の出来ない原因は、この第二回目脳溢血が潜伏していたのであろう。その後二五日の書簡も西村一平宛で、「冬柏休刊御通知」として

御清見健を賀し上げ候

扨与謝野晶子先生には去る六日夜九時頃自宅にて脳溢血の発作有之左半身の自由を失はれ申候憂慮すべき状態は既に遠ざかり申候へ共一意専心御療養中に有之已むなく今月発行の「冬柏」は休刊仕るべく候に付然可御了知下され度願上候

昭和十五年五月二十五日

東京市杉並区荻窪二ノ一一九

冬柏発行所

が送られ、同月二五日にも同様の内容の通知の葉書が出された。同二五日の西村一平宛ての藤子の絵葉書には

母の病ひを御案じ下され、御見舞の御文誠にありがたく頂戴いたしました。御蔭様にて経過は全く順調で最早熱も下り、たゞ安静にいたしてをりますれば、その中に手足も或程度自由になるのではないかと存じます。もう冗談なども申しますし、花の色、絵などたのしんでをります。

とりあへず一筆おしらせまで

かしこ

廿二日

とあり、それ以後「書簡集成」には昭和一六年月日不明の晶子の文化学院校長の西村伊作に送った最終の書簡があ

る。病床の中から書いたもので筆蹟が非常に乱れていて読みにくかった。恐らく絶筆の書簡であろう。

病ひがちな私が去年からまれ長煩《ママ》ひの床に就いてしまひまして、皆さんにお目にかゝる機会を逸してしまひ、心でたゞ過去の年月のことを思ひ出してくらして居るばかりです。……さて昨冬から学院の中におもひがけぬ風波の立ち初めましたとおもひます　まもなく新聞には平生我々としては有り得べきことゝせぬ報伝へられましたのは残念極ることです。……一昨日校長が私の病床をお訪ね下さいましたがその時の悄然とした校長を見まして、私の心は涙に咽んでしまひました。……

まだまた続くが、文化学院に起こった、ある騒動であったものか…

この他の書簡は「書簡集成」によると菅沼宗四郎と西村一平に宛てた晶子の死亡通知が光により拝贈された。それは

母与謝野晶子儀永々病気の処本日午后四時三十分死去致しました右御知らせ申上げます。

追て来る六月一日午前十時三十分より十一時三十分まで青山斎場にて佛式により告別式を営みます。

猶御供物の儀は時局柄堅く御辞退申上げます

昭和十七年五月二十九日

東京市杉並区荻窪二ノ一一九

与謝野　光　秀　麟　昱　健

親戚総代　小林政治

友人総代　平野万里

新詩社同人一同

であり、六月六日の西村一平宛の官製葉書は光と秀の名で送られた。それは

拝啓母晶子死去に際しては早速御鄭重なる御弔詞を賜はり厚く御礼申上候不取敢右迄早々

昭和十七年六月　日

東京市杉並区荻窪二ノ一一九

与謝野　光

秀

以上で「書簡集成」の日付判明の書簡は終わり、他に年月日不明の書簡は二〇七通が収録されている。

天眠宛ての書簡は昭和一五年一月二七日から四月一三日までの六通で終わる。その天眠宛ての最後の書簡となった四月一三日の絵葉書には「（三津）内浦長浜海岸の富士」と記されており

啓上

ゆるりと御礼の文かきてと存じ居りしに候が、歌旅行につゞき冬柏に追ひたてられ心ならぬ失礼をいたし居り候。十日いたさば御目にかゝりうること、存じ申候。

先づあしやへまゐり、くらまはしだてへまゐるか、くらまをあとにするか未定に候。

とあって終わる。蘆屋、鞍馬、天の橋立への「歌旅行」を予定していたが、その後、五月六日に起こった第二回目の脳溢血で左半身不随となり「歌旅行」は果たされず、昭和一七年五月二九日に昇天する。

晶子の死について該書簡集の最後は報告や挨拶のみで終っているので拙書『新版評伝与謝野寛晶子』の昭和篇の第十七章（晶子64歳）に記述した（503～519頁）一文を参照して頂きたく存じます。

あとがき

与謝野夫妻には自筆の日記が全く残っていない。作家研究には先ず日記を読んで、その出生から生活感情、作品へと展開してゆくのが常識で、その基になる二人の日記がないのに気付いたのは早稲田大学の卒業論文を提出した後のことだった。そんなことに逡巡としていた頃の昭和二六年一一月三、四日、大正大学で「一葉・晶子資料展」が開催された。このとき若き日（明34）の鉄幹四通、晶子六通の書簡、山川登美子宛て晶子書簡一通、鉄幹の先妻林瀧野に宛てた鉄幹書簡一〇通などが展示された。初めて接する晶子文字が非常に難解だったが長年かけて辛うじて読み終えた。これら一〇通の書簡は戦後、淫乱な風評を巻き起こしたことについて本著の「はじめに」で述べたが、現在では考えられない程の、二人に対する淫風が流行して、多くの小説、エッセイ、芝居、テレビ、映画などが多彩的に横行していた。

翌二七年の夏、晶子の生地堺を訪ね、晶子の歌仲間だった河野鉄南に宛てた晶子書簡二九通（後一通発見）のあることを知り、その後も堺の河井酔茗、宅雁月宛ての晶子書簡なども発見された。また間接的ながら協力して下さる方々のご好意により書簡が多面的に蒐集されたことも有り難かった。それ以前の昭和二四年の第一回目の「晶子祭」で知り合った与謝野門下の方々との交流もあって書簡は勿論、直接与謝野夫妻についての実話も伺ったり、文通したりしていたが本格的に書簡求めての全国巡りをはじめたのは昭和五六年頃からであった。このことも本著の「はじめに」に述べた。全国巡りの折、門弟の生存者は北海道の西村一平・九州の倉田厚子両氏のみだった。

書簡蒐集で想い出されることが二つある。その一つは平成一三年四月、鹿児島文学館所蔵の、最後となった萬造寺斉宛て書簡三九通蒐集の折のことで、入院中の夫の退院を期待して退院日の三日前に鹿児島へ行った。文学館到着直後、何となく夫のことが心配になってきて息子に電話したところ、肺癌末期で余命三カ月という涙声に驚く一方で、二度と来れぬ書簡写しを目前にして悩んだが、当館の規則で書簡コピーは許されず涙を隠しつつ、その日は同行の助手と共に徹夜で書き写した。あの夜のことを思い出すのは辛い。涙を拭き拭き書簡を汚すまいと懸命に書き写していた姿が目交《まなかい》に浮かぶ。翌朝一番の飛行機に乗り急いで帰京した。早速看護のために病院に泊まり込みながら、その合間を縫って昨秋に契約した『鉄幹晶子全集』の編纂をこの年（平13）の五月から着手していた。余命三ケ月と宣告された夫は九ケ月後の平成一四年一月一八日にこの世を去った。まるでこれまで集めてきた書簡集『新版評伝与謝野寛晶子』三巻の完結と『鉄幹晶子全集』を継続させるために僅かな延命の後、慌ただしくあの世へ旅立ったような気がして胸が痛む。あれから一四年経っても、この時のことがさまざまに想い出されてきて脳裏を離れず、いつまでも心底深く潜んでいて想い出されてくる。

もう一つは長年かけて蒐集して刊行してきた、二つの書簡集を読み直したくなってきて開いてみると、これまでに果たして来た鉄幹、晶子の「評伝」、「全集」、「歌集全釈」とは違った場面、視野、見解などの別の世界が展開されているように思われてきて、これらの書簡をもっと深く追求すべきだと考え始めるようになった。そこで早速歌誌「波濤」にお願いして連載させて頂くことになった。その後の私は初心に返ったような気分を楽しみながら書簡集に関しての連載は九四回（平12・8〜25・6）まで書いて来た時のことである。それは、平成二五年四月二日の夕方、恒例の「高村光太郎の会」に出掛けようとして靴を履こうとするが、足下が絡みついたようになってどうしても靴が履けない。そこで字を書いてみたが字になっていない。不安になって懸かり付けの医院へ、その日は大雨で土砂降りだったがサンダルを履いてやっと到着すると、医師から救急車ですぐ病院へ行くように言われた。帰宅すると偶然なことに息子が戻っていて、すぐに私をお茶の水の順天堂病院へと運んでくれた。この病院は入院困難だと聞いていたが、息子は友人で順天堂病院の医師の名を出して、かなり強引に頼み込んだようでやっと入院させてくれた。すぐ検査が始まって即刻、脳出血と診断された。それは「視床《ししょう》」という視神経からの出血のため手術できない、非常に危険な場所だった。一刻を争う病魔だったが一時間以内に検査して処置したことで半身不随の難を逃れて半月で退院できたのはこの上ない幸運であったと感謝している。退院して久しぶりにパソコンを開いて見ると「波濤」連載の書簡原稿が出てきて嬉しくなり、どんどんカーソルを押していくと最終の九五回の原稿が現れた。すぐ読み直してみるとこのまま破棄するのが忍び難く、何としても完成させるべく挑戦しようと発心してから続きを書き続け、二年ほど経て、やっと念校まで来た頃のことだった。

このころ富山の「高志《こし》の国《くに》文学館」で「企画展　夢二の旅―たまき・翁久允とのゆかりにふれつつ」が三月二一日から五月一六日まで開催され、その途上の四月二三日に「夢二と久允」の講演を頼まれた。この時ふと「波濤」に「夢二と父翁久允」を一五回連載（平21・11～23・2）していたことを思い出した。以前から一冊に纏めたいと思っていたので、念校までできているこの書簡原稿を後回しにして『夢二と久允』出版を優先するようにお願いした。いま思うと身勝手なお願いを快諾して下さったこと、このために本書出版が大変遅れたことも風間書房の風間敬子社長に申し訳なく思うと共に、編集の下島さんの精細で正実なご協力も心より感謝したい。

終わりに当って、本書の「索引」（人名・事項・歌）は『与謝野寛晶子書簡集成』第四巻に収録されているので勝手ながら割愛させて頂くことを深くお詫びしたい。

書簡探しの全国巡り――『明星銀河』の百首より

踏み分くる草むら奥の秋津邸、鉄幹晶子も白秋も来し
二百通に余る書簡を秘蔵せし遺族の尊したぐひ稀なる
わが手とり「歌の妹さらば」とて老いても若き一平の声
師への愛貫き通すその歌風静けき一生保ちし一平
師を熱く思ふ是山《ぜざん》の意志示す書幅色紙の館に満つるは
晶子書簡ＮＨＫより報せあり馳せ参ずればただの一通
貴重なる晶子書簡と聞きて機に急ぎて来れば寛の代筆
晶子名の色紙なれども水茎の微かな違ひ寛の手なり
出迎へし内野辯子のおん孫の心尽くしの瀬戸内の美味
いく度か与謝野夫妻の訪れし湖畔の旧家雪に埋もる
灘《なだ》見ゆる正宗文庫そのかみに与謝野夫妻は二度訪ひし
かくばかり僻地の和気郡よくぞ来し寛晶子の足跡いづこ
未発表の正宗あての晶子書簡借りて写せし半月尊し
信あつき万造《まんぞう》寺《じ》齊《ひとし》あて書簡三九通今し世に出づ
鹿児島に夫の重病の報せ来つ子の震え声受話器にひびく
書簡見し喜びも萎ゆ病名を聞く夜は夫の身を案じつつ

平成二八年六月　逸見久美

著者略歴

逸見　久美（いつみ　くみ）

早稲田大学文学部国文科卒業、同大学院修了
実践女子大学日本文学研究科博士課程修了
1975年３月『評伝与謝野鉄幹晶子』により文学博士号の学位取得
女子聖学院短期大学教授、徳島文理大学教授、聖徳大学教授を歴任

【著書】
『評伝与謝野鉄幹晶子』（1975年、八木書店）『新版 評伝与謝野寛晶子』（明治篇2007年、大正篇2009年、昭和篇2012年、八木書店）
晶子歌集―『みだれ髪全釈』（1978年、桜楓社）『小扇全釈』（1988年、八木書店）『夢之華全釈』（1994年、八木書店）『新みだれ髪全釈』（1996年、八木書店）『舞姫全釈』（1999年、短歌新聞社）『恋衣全釈』（2008年、風間書房）
寛歌集―『紫全釈』〔鉄幹〕（1985年、八木書店）『鴉と雨抄評釈』〔寛〕（1992年、明治書院）『鴉と雨全釈』〔寛〕（2000年、短歌新聞社）

【編纂】
『翁久允全集』全10巻（1974年、翁久允全集刊行会）『与謝野晶子全集』全20巻（1981年、講談社）『天眠文庫蔵与謝野寛晶子書簡集』（植田安也子共編、1983年、八木書店）『与謝野晶子「みだれ髪」作品論集成』（1997年、大空社）『与謝野寛晶子書簡集成』全４巻（2001～３年、八木書店）『鉄幹晶子全集』全40巻（勉誠出版、2001年より刊行中）

【随想】
『わが父翁久允』（1978年、オリジン出版センター）『女ひと筋の道』（1981年、オリジン出版センター）『翁久允と移民社会』（2002年、勉誠出版）『回想 与謝野寛晶子研究』（2006年、勉誠出版）『資料 翁久允と移民社会⑴『移植樹』』（2007年、大空社）『夢二と久允』（2016年、風間書房）

与謝野寛晶子の書簡をめぐる考察
―『天眠文庫蔵与謝野寛晶子書簡集』『与謝野寛晶子書簡集成全四巻』―

二〇一六年八月一五日　初版第一刷発行

著者　逸見久美
発行者　風間敬子
発行所　株式会社　風間書房
101-0051 東京都千代田区神田神保町一―三四
電話　〇三―三二九一―五七二九
FAX　〇三―三二九一―五七五七
振替　〇〇一一〇―五―一八五三

印刷　藤原印刷
製本　井上製本所

©2016　Kumi Itsumi

NDC 分類：915.6
ISBN978-4-7599-2140-3　Printed in Japan

JCOPY〈㈳出版者著作権管理機構　委託出版物〉
本書の無断複製は、著作権法上での例外を除き禁じられています。複製される場合はそのつど事前に(社)出版者著作権管理機構（電話 03-3513-6969、FAX 03-3513-6979、e-mail : info @jcopy.or.jp）の許諾を得て下さい。